U0490857

李闇

九翅苏都

摄山女

太岁

姑获鸟

牛头旃檀

李阁

从姑获鸟开始

活儿该 著

四川文艺出版社

果麦文化 出品

目录

第一卷 城寨风云 001

第一章 大枪落幕 002

第二章 一个月，三百万 026

第三章 生死翻盘 043

第四章 茱蒂与夜 059

第五章 入手！ES造血细胞增强剂 074

第六章 全都拿走 088

第七章 一颗豪胆博富贵 109

第八章 云与泥 126

第九章 破绽 153

第十章 终焉 180

第二卷 脱落者 196

第一章 结算 197

第二章 如是我闻，阎浮汀走 212

第三卷 壬辰鏖战 223

第一章 倭寇！尸骨！猫又！ 224

第二章 乱局 251

第三章 冲围 270

第四章 宋经略 300

第五章 降临！ 326

第六章 截杀大同江！ 359

第七章 天只一算 369

第八章 东西对垒 395

第九章 深重 411

第十章 回归 430

第四卷 致命丰收 435

第一章 丰收 436

第二章 丹娘 460

第一卷

城寨风云

第一章
大枪落幕

河北，一座要在地图上找很久的小县城里。

女人透过车窗打量着眼前布满灰尘和污渍的夜市，鼎沸的人声能传出好远，街上满是火锅店里飘来的油腻香味。

烧烤摊边的老板油光满面，来往的人裹紧了大衣，穿过浓烟。

逼仄，凝涩，冷硬且粗粝。

"大城市是这个国家的幻象，小县城才是这个国家的真相。"

女人以前听人说过类似的话，只是从来没有太深的体会。

这恐怕是自己最后的机会了，她叹了口气，说道："是这儿了，白叔，下车吧。"

北方这时候风大，女人裹着一件宽大风衣，把身体曲线都遮挡起来。她身后跟着一个三十多岁的男人，站姿笔直坚挺，留一个利落的平头。两人一前一后踏进了一家破旧的音像店。

这个惨淡的行当在当下实在是不多见了。

老式的电视有些发潮，年轻的窦唯在发绿的屏幕里声嘶力竭。她进门前正赶上那句："你所拥有的是你的身体，动人的美丽；我所拥有的是我的记忆，美妙的感觉。"

一摞一摞的武侠小说堆得到处都是。梁羽生、古龙，还有倪匡。

暖色玻璃柜里列着20世纪末的各色唱片和录像，还有一些像素模糊乃至于黑白的老照片。泰迪·罗宾、许冠杰、谭咏麟拿着话筒相望，旁边写着"84年太空旅程演唱会"的字样。

墙上贴着老式海报，写着"胭脂扣"三个字，画上女扮男装的梅艳芳脖颈和眉眼都淡得像烟。

"来点什么？"

嗓音清朗温和，不像个粗粝的北方男人。让人跌破眼镜的是，这样老土的店，主人却是个高高瘦瘦的年轻人，模样看上去不超过二十五岁。他穿着一件黑色的T恤，面色苍白。

"请问你是李阎先生吗？"女人微笑着问。

"啊，我是。"

眼前这个穿着风衣的女人鼻梁高且挺拔，眼窝很浅，五官很漂亮，显得英气十足，整个人透出一股利落劲头。

李阎不着痕迹地瞥了一眼女人身后缄默的平头男人。

"我是中华国术协会的理事，从广东来，我叫雷晶，雷洪生是我爷爷。"女人露出一口洁白的牙齿，"论辈分，我该叫你一声师兄才是。"她握住李阎的巴掌，入手温润有力。

李阎的眼睛像是蒙了一层薄薄的灰尘，听到"雷洪生"这个名字才有一丝光彩透露出来。

"哦，坐，坐，地方小，别见怪。"

女人落落大方地坐在一旁的椅子上，默默打量着李阎。她家中还存放着爷爷和这个男人早些时候的合照，她却很难把照片里那个锐利桀骜的青年和眼前这个音像店老板联系起来。

"我常听爷爷提起师兄，他总念叨着，你是他见过的人里天分最高的。"

男人转身拿出暖壶，一边沏水一边问道："老爷子身体还硬朗？"

女人的眸子一低："他老人家，年前去世了。"

李阎的手很稳，水半点也没洒出来。他放下暖壶，深深地看了女人一眼："有什么我能帮你的吗？"

女人抿了抿嘴唇，说道："我希望李师兄能够跟我去广东，担任协会的顾问。"

李阎挑了挑眉毛，说道："我是个什么人，雷小姐应当有所耳闻。说句有自知之明的话，在武术界，'李阎'两个字称得上声名狼藉。你怎么会认为，我能帮你？"

雷晶默然了一会儿，嫣然一笑道："与其说声名狼藉，倒不如说是凶名昭著，也许那些人不会尊敬师兄你，但是他们一定会怕你。"

李阎闻言不禁笑出了声："听上去很有道理。可惜你来晚了。"

雷晶一皱眉头："师兄这是什么意思？"

"唔，你稍等啊。"男人说完，在凌乱的茶几上翻找着什么，又挨个打开抽屉，嘴里嘀咕着："哪儿去了？"好一会儿，他终于在几本破旧兵器杂志中间翻出一张化验单。

AML——雷晶飞速地掠过上面的字母，心头涌上一股阴霾。她夺过化验单一行行往下看，印证了自己心里不祥的预感。

急性髓细胞白血病。

李阎抿了一口水，好似化验单上的名字和自己无关。他平静地说："一个月之前我被确诊患上了这种病。你家老爷子清楚，我这个人无亲无故，骨髓移植比较困难。"他笑了笑，"所以，我恐怕帮不了你了。"

女人低头看了一会儿指甲，才干涩地说："南方的医疗条件比这里要好很多，我也认识一些国外的知名医生，白血病算不上绝症，即使师兄你没有兄弟姐妹，也完全有可能找到配对的骨髓。"女人抬起头来，整个人凌厉了许多，"可能我这次来让师兄很为难，但是，"雷晶斟酌着字眼，"协会是我爷爷一生的心血，我不能眼睁睁地看着它沦为一些政客弄权或牟利的工具。"

"你说弄权……"李阁忽然打断了女人的话，他把热水饮尽，把玩着手里的杯子，冲着女人一笑，身上莫名多了几分嚣烈的味道，"为什么把协会交到你手里，就不是弄权？你能不能告诉我，你跟你厌恶的那些政客，区别在哪儿呢？"李阁的话说得十分不客气，惹得一旁的平头男人皱紧了眉头。

女人的脸色很平静，只是慢条斯理地解释："国术协会是我爷爷一手创立的，我从十六岁开始接触协会的相关事宜，没有人比我更了解它，也没有人比我更热爱它。"

李阁摇了摇头，放下杯子："刚才我跟雷小姐握手，你的手很嫩，没练过武吧。"

女人抿紧了嘴唇："我从小身体不好，家里的功夫又霸道，所以只练了一些调养气息的吐纳功夫。"

"所以啊。"李阁低着头，忽然扯了句题外话，"雷小姐喜欢看武侠小说吗？"

雷晶被问得有些发蒙，她试探着回答说："金庸？"

"老舍，《断魂枪》。"

女人显然没听懂李阁什么意思，倒是一旁的平头男人眯了眯眼睛。

"总之，我这病秧子，真的没什么余力能帮你的忙，谢谢你的好意。如果你们两个想留下吃顿饭的话，我煮了饺子，如果不想，请便吧。还有，替我向老爷子上炷香。"

话说到这个份儿上，显然没有谈下去的必要了。

好一会儿，雷晶才默默地站了起来，却没有立刻离开，而是在李阁的注视下掏出一张名片放在了桌子上。她说："有太多人跟我说起过，李阁是个多么跋扈的人，他们一定想不到师兄你现在的模样。"

李阁歪了歪脑袋，没有说话。

"我爷爷一直很欣赏你，一直都是，你知道他是怎么评价你的吗？"雷晶直视着男人，学着自己爷爷的口气，"习武之人，心头先养三分恶气，我这辈子见过这么多后生，只有这浑小子不多不少，养足了这三分恶气。"

"无论师兄你答不答应我的请求，我都真心希望师兄心头这三分恶气，没散。"说完，雷晶转过身，和中年男人离开了。

李阁呆呆地坐了一会儿，弯腰把两杯热水端起来喝完，才扑哧一笑："真是个厉害的丫头。"他拿起纸巾抹了抹鼻子，也不在意纸上的一片殷红，随手丢到旁边，整个人躺倒在沙发上。

"三分恶气……嘿嘿。"李阁用右手遮住自己的额头，回想起那位精神矍铄的浓眉老人，笑容中多了几分苦涩，"对不住了，老爷子……"

嗒……一双锃亮的黑色皮鞋踩在了自家的地板上，李阁认得出皮鞋的主人，正是那名跟在雷晶身后的平头男人。

"还有什么事吗？"李阁坐起身来，抬头一看，顿时背脊一凉，栗色的瞳孔不住收缩。

门框被男人苍白的手指捏得咯咯作响，他野兽一般埋着身子，脸上的鲜红皮肉一点点垂落，粘连着丝状发白的筋膜，整张脸已经糜烂。

听到李阁的问话，男人缓缓抬头，布满血丝的眼球向外突着，狰狞如同厉鬼。

李阁把冰冷的空气一点点吸进肺叶，伴随着电视屏幕里激昂的打击乐，是他短促有力的骂声："肏！"

这绝对不是人！在李阁转念的同时，那可怕的怪物竟是一记凌厉的鞭腿，如同一道黑色的闪电击向李阁的太阳穴。

李阁下意识伸出胳膊去挡，却被庞大的力道轰得侧飞出去。

没等李阁站起来，一条霸道的黑影当头砸下，他躲避不及，被一脚砸中右肩，整条胳膊顿时酸麻难当，紧接着眼前一花，对方鞋尖带着劲风，又阴又毒地对准他的面门砸来。

这连珠炮似的出腿骤雨一般降临，他根本避无可避，一旦踹向面门的这一脚砸实，李阎非死即残。

李阎想也不想，双手扑向平头男人飞起的腿，整个人身体顺势蜷缩，左手手指悄无声息对着男人膝盖侧翼狠狠一剡！

啪！

扑通！

平头男右脚踹中了李阎手肘，可他整个人却扑通跪在了地上，那张皮肉模糊的脸正对着李阎。电光石火之间，一直被动挨打的李阎伸手抓住平头男的肩膀，身子向后一仰，平头男上半身不受控制地跟着向前倾倒！

李阎眼中有戾气闪过。他就地翻身，扯住平头男左手腕，右腿压住男人脖颈，只听见咔吧一声，平头男整条胳膊被硬生生扯断！

紧接着李阎抵住平头男后腰，抓起他另一只胳膊，干净利落地一拉一扯，不顾令人齿酸的骨骼断裂声音，右脚重重地踹向男人的胫骨，这一脚又凶又准，平头男的小腿被踢到错位，不规则地往外扭曲。

他这才站起了身，居高临下地俯视着趴在地上不断挣扎着的平头男，目光在那张皮肉腐烂的脸上逗留了许久。

看着挣扎半天依旧爬不起来的平头男，李阎长出一口气，转过头想去拿自己的手机。而趴在地上的男人这个时候居然以完全违反关节活动的方式不可思议地暴起，张开惨白的牙齿咬向李阎的大腿！

仿佛背后长了眼睛，李阎拧腰旋身飞踢，右脚带着风声，狠辣地踢在男人的太阳穴上。平头男的颈骨被这一脚硬生生踢断，脑袋如同一根断裂的发条，拧了足足九十度，以一个诡异的角度挂在了脖子上，惨烈得难以表述。

李阎舔了舔牙龈，吐出一口血水："还他妈挺唬人。"他凶戾的目光来回扫视着男人的尸体,带着血腥味的冰冷气焰肆意喷薄,哪还有半点音像店主的温暾在?

"精彩,真是精彩!谭腿的单展贯耳讲求气势连绵,一旦抢得先机,对手基本不可能翻盘,没想到却被一手凶奇的白马翻蹄反败为胜。都说河间李家枪剑双绝,手上的擒拿功夫也犀利得很啊。"

他抬起头,看着站立在门口的一个身材五短的胖子。那人穿着一件白色背心,喇叭裤,脚踩拖鞋,头发发油。用"死肥宅"三个字来概括,简直没半点不合适的地方。

而李阁却敏锐地发现,胖子的身后一片漆黑,门外没有月光,没有霓虹灯,没有烧烤的烟气和汽车的轰鸣,只有一片黏稠的黑,黑得可怖。

"那女人呢?"李阁逼视着眼前的胖子。

"接受能力很强,身手和反应都是一流,很好。"

感觉到李阁的目光越发不善,胖子脸上带笑指了指地面。李阁用余光一扫,却发现地上的男人竟然消失不见了!只有躺倒的沙发和一片狼藉能证明,刚刚的一切确实发生过。

"我做梦了?"李阁抚着额头,也许什么都没发生,自己喝了三杯热水就倒在沙发上睡着了,没有什么皮鞋、脸上掉肉的男人,什么都没有。

"我跟刚才那两个人没有任何关系,唯一的相同点在于,我们都对你很有兴趣。别担心,我只是借用那个平头男的一个念头来向你打个招呼,仅此而已。他们两个对此一无所知。"

李阁没说话,等着胖子的后文。

"嗯,做个自我介绍吧。哎,我叫什么来着?"胖子把手伸进口袋里,翻出一大堆东西,诸如歪七扭八的维生素包装纸,画着美女的理发店折扣卡,用过的不明卫生纸团……最终,他翻出了一张带着污垢的身份证,上面清楚地写着"王晨阳"三个大字。

"总之你叫我王阳就好了,不过你也可以叫我另一个名字。"胖子诡异地一笑,"貘。"

李阆看了他一眼,呵了一声:"魔,吃饺子吗?"

王阳有一瞬间的错愕,随即就笑出了声,而且笑得愈发癫狂:"你……哈哈,你太有趣了,哈哈哈……"

李阆眯了眯眼。他可以对三祖太爷发誓,自己很想用脚上的皮鞋恶狠狠地印在这个油腻胖子的脸上。

"我可以救你的命。"胖子忽然不笑了。

李阆盯着他问:"你有我的配对骨髓?"

"那太小儿科了。"王阳摇着头,"我可以让你拥有更好的。"

李阆双手垂下,沉吟了好一会儿,直到王阳有些不耐烦了。

"我能为你做什么?"

王阳摊了摊手:"试试看不就知道了?不过,这是条不能回头的路。"

"听上去比等死强多了。"李阆眼里冷厉的光一闪而逝,"来吧,说出来听听。"

胖子咧嘴一笑,脸色变得异常阴暗而肃穆:"那么,来吧。"他身后,一片深渊般的黑色浪潮汹涌而出,将惊骇的李阆整个吞没。

那一刻,李阆感觉自己在下坠,黑色将自己笼罩,眼前浮现无数光怪陆离、不可思议的景象——

横贯天际的黑色锁链,数千万斤绿铜浇筑的巍峨大殿,旋舞在天际的金红色信天翁。黑沉沉的乌云中,孕育着蓝紫色的浓郁雷浆。以及大殿当中,注视着自己的无数道庞大神秘的阴影。

无比滚烫的血液烧得李阆眼前一片通红,而通过猩红色眼帘,他看清了那些庞大神秘黑影之中的一个。十八道翅膀长短相接,九颗头颅显得凶恶而怪异,一条脖颈鲜血淋漓……

"唤醒她,我的行走。"

"你是谁?"

李阎发不出声音,只能在心头呐喊。

冰冷,黑暗。

李阎睁开眼时,映入眼帘的是一排白色的灯管,周围嘈杂的呐喊声和刺鼻的香烟味道让他有些头疼。

他摸着水泥地板坐起身来,双眼四顾。

李阎此时箕坐在墙边,正对着的是一块五米见方的拳台。左手边环绕开来,高低错落不下几百个座位挤满了人,此刻正冲着拳台声嘶力竭地呐喊,卖力挥舞着手中的白色纸券,双眼发红。

"这是……地下黑拳?那胖子人呢?"李阎喃喃自语。

而此时此刻,在无比嘈杂的环境当中,有一道沙哑低沉的嗓音清晰无比地传进了李阎的耳朵:"行走大人,欢迎来到阎浮。我们已经为你准备好了新的身份,不会引起任何人的怀疑,请放心地大闹一场吧。"

紧接着,李阎清晰地看到一旁墙壁上有烟熏出来的黑色小字:

时间:1986 年

位置:旺角,北纬 22.35 度,东经 113.5 度
香港新界以北,九龙城寨,逼仄、脏乱、拥挤、暗无天日。贩毒、走私、杀人、抢劫横行,赌场、娼馆、烟馆、犬肉食堂林立,治安混乱,黑恶势力猖獗。

这里是罪恶之城、垃圾之城。这里是暴力之城,也是暴利之城。

本次阎浮事件的要求如下：
1. 在九龙拳台上打至第七擂。
2. 获得任意《古小说钩沉》录本残篇。
3. 唤醒《古小说钩沉》中的姑获鸟。

完成以上任一条件，阎浮事件正式开启。
你可以逗留的最长时间为一个月。
请注意，一旦输掉拳赛，则无视当前阎浮事件进度，即刻回归。

貘的馈赠：获得额外的购买权限（1/1）

你的个人信息如下：
姓名：李阎
状态：高热，发炎，出血
专精：古武术 81%

  李阎站了起来，盯着"专精"那行看了一会儿，总觉得其中有什么言犹未尽的东西，只是现在自己还琢磨不出来。

  正当李阎思考这些的时候，一只带着汗臭和廉价香烟味道的巴掌冲着他的头打了过来。

  啪！

  李阎抓住来人手腕，刚想发力，耳边就听到了一阵爆炒豆子似的喝骂："站在这儿扮僵尸？冚家铲[1]！上台打拳啊。"

---

1. 冚家铲：粤语脏话，意思近于诅咒对方全家死光。本书除特殊说明，均为编者注。

他瞟了一下来人，大概四十岁，穿着一身不大合身的西服。一脸的横肉，豆子大小的眼睛圆睁着，有点凶恶，也有点滑稽。李阎迅速低下头，松开那人手腕，用余光扫了一眼那面墙，果不其然，只剩下杂乱的烟渍，什么字都看不出来了。

那人本来被李阎的眼神吓了一跳，见他低头，立刻恢复了嚣张气焰，理一下自己的西装，朝地上啐了一口，嘴里嘟囔着："傻乎乎的。"

如果他真能让我来到1986年的香港，那就没理由治不好我的病。李阎沉默地往拳台上走去，心中却微微战栗着。

"下面，有请今晚我们下注额度最高的选手。他就厉害了，号称今晚要斗通关，打败台下全部六位拳手。"台上油头粉面的主持人对着话筒用夸张的语调喊着，试图调动起现场的气氛。

李阎对于这样的环境没感到半点不适应，音像店的那只怪物激发出了这个男人身上久违的戾气。他走到拳台边，刚要上去，却被一旁戴着墨镜的保安人员拦住了。"那边。"那人指了指几名站在拳台下面的拳手。

这时候，场上忽然爆发出山呼海啸一样的呐喊声音。李阎一抬头，一名皮肤黝黑、双臂抱胸的精悍男人登上了擂台。

"查猜！查猜！查猜！"

李阎似笑非笑地看着台上被称作"查猜"的男人。他穿着紧身背心，浑身上下肌肉虬结，膝盖和手肘都结着厚厚的老茧。似乎感受到李阎的目光，查猜一扭头，笔直地盯住了台下的李阎。

李阎与查猜目光交互了一会儿，便朝那五名台下等查猜挑选的拳手走去，心中却暗自惊异。他从这个男人身上看到一丝晦暗的红光，而其他人似乎并没察觉。更有意思的是，当他打量起身边几名拳手，也从他们身上看到了一样的光，只不过比起查猜来要暗淡一些。

台上的主持人耸了耸肩膀，故意用轻松的语气说道："查猜有多凶猛不用我多说了,买他赢的赌客今天有的赚。接着,请查猜选出自己今天要对战的第一位拳手。"

查猜凶残如狼的眼神一直盯着李阁,直到他走到拳手中间,才扬手示意主持人,拿手指指向了李阁!

台下一片嘘声,这个脸色苍白的高瘦年轻人怎么看也不像是个能打的。一些拳台的老赌客更是笃定这人是自己没见过的生面孔,不是头脑发热、想赚快钱的四九[1],就是负债太多、被人逼上拳台的学生仔。

主持人看了一眼手上的单据,大声喊道:"查猜选中拳手李阁,李阁登台!"李阁活动了一下肩膀和脖颈,翻身上台。查猜露出一个残忍的笑容,冲着面无表情的李阁做了个抹脖子的动作。李阁盯着对面左右晃动的查猜,身子稍微后倾,摆出了一个摆扣步的架势。

观众在台下吹起口哨:"后生仔,扮李小龙你也打不赢啊。""第一场嘛,找个蛋散[2]随便打两下,后几场就热闹了。"

场下不少人都是抱着查猜能连赢六场的心思来看比赛的,更别提那些下注赌查猜斗通关的赌客了。这个名叫查猜的男人出生在泰国南部的董里府,跟随的泰拳老师是号称"泰南彗星"的拳王乃佛。他学习泰拳二十年,踢断过不知多少棵酸柑树。如果没有足够的实力和底气,查猜也不敢扬言要在龙城擂台上斗通关。

忽然,查猜冲了过来,一记又凶又快的直拳直奔李阁面门,左脚微不可察地一滞,膝击已经蓄势待发——这也是泰拳里较为常见的攻击套路,以直拳为佯攻,用膝撞打开局面,一旦占到便宜,就是暴风骤雨般的肘击和膝击!

---

1. 四九:香港黑社会性质组织中的底层新人。
2. 蛋散:一种广东小吃,引申意为没出息的小人物。

李阎往左跨步，左掌微屈去搭查猜的拳腕，往上一抬，右手从查猜右臂外侧笔直穿过，扣向查猜脖颈。这鬼魅般的速度让查猜一惊，自己膝盖还没抬起，对方手掌离自己喉咙已不足一尺！他下意识往左一躲，眼前的李阎竟然消失不见了！

还没等他回过神来，膝盖窝已似被小榔头狠狠敲中一般。查猜下身一软，整个人跪倒在地，豆子大小的冷汗涔涔而落。

在他身后，是神色冰冷、刚刚站起来的李阎。

看台前排，一个脖子戴着金链子、穿一身白西装的男人歪了歪脑袋，喃喃自语："子胥过关？八卦掌？"

西装男人看得清清楚楚，李阎是从查猜胳肢窝穿过，一脚蹬在了他右腿的膝盖窝上。正是八卦掌中的子胥过关！

台下的观众一片哗然。什么情况？泰国佬一个照面就被打倒在地，还是被一个谁也没见过的生面孔？不少人怒骂着把手里的纸券扔到场下，群情激愤，都质疑查猜打假赛。

查猜阴沉着脸站了起来，活动了一下右腿，冲着李阎扬起了拳头。

"该我了。"

这次换作李阎一个箭步冲了过去，右直拳击向查猜的脸颊。查猜慎重地护住了脸，结结实实地挡下了这一拳，不料李阎右腿弹踢，小腿踢向查猜的裤裆——正是刚才查猜的意图！

查猜眼中凶光一闪。李阎的打法对他来说是莫大的羞辱，尽管膝窝还隐隐作痛，但他想也没想就一记膝撞顶了上去。然而查猜没注意的是，在他小腿抬起尚没多高、威力远远不足之时，李阎还在空中的小腿便往外笔直地一折，再次爆发出惊人的速度，凶狠地踹在了他的膝盖上！

咔吧！

台下人群的呼声戛然而止。他们清清楚楚地看到，查猜的膝关节被李阎硬生生踢断,整条小腿呈现出诡异的角度,查猜人也失去平衡,一下子摔倒在了地上。

李阎摸了摸自己的鼻子,那里正有两道鲜血流下来。他瞥了一眼瞪圆了眼睛的主持人,扬了扬下巴:"宣布吧。"

那主持人怔怔地看着倒在地上的查猜,艰难地咽了一口唾沫,这才结结巴巴地说:"本……本场拳赛的获胜者——李阎。"

扬言斗通关的查猜第一场就被人打翻,就是经验再丰富的老赌客也跌碎一地眼镜。

拳台上的李阎面无表情地扬了扬手:"不是要斗通关吗?查猜输了,下面谁跟我打?"

台下的拳手相互看了两眼,李阎两个照面就放倒了泰国佬查猜,没人愿意这时候上台触霉头。

"哈哈哈,后生仔,龙城的拳台是要有人下注才开的。刚才有人下注买查猜斗通关,你才有得打。如果没人下注和你打,你就只能下台啦。"说话的正是那个叫破李阎路数的白西服男人,他的粉色衬衣敞开着,露出一角夜叉文身,异常苍白的脸上露出一个笑容,从怀里掏出一沓厚厚的钞票,"那些蛋散没人是你的对手的,够不够胆量跟我的人打一场?无论输赢,这五万块都是你的。"

九龙城寨的擂台有高下之分,像刚才李阎打的是第四擂,拳手上台打赢有五千块收入。这个西装男开口就是五万块,李阎要赢整整十场才能拿到。

1986年的香港,杂碎面十块钱一碗,量大份足;一盒万宝路二十块钱。五万块,绝对是一笔巨款。

本来李阎对这五万港币不太在意,毕竟他只在这里待上一个月,何况有没有命去花还是两说。只是当他的目光转移到这五万块上时,眼前竟然划过别致的字样:

> ⚠
>
> 港币：五万元。贵重物，可换取5点阎浮点数。
>
> 此类物品须在你确定拥有权后才能兑换。
> 备注：哪怕1点阎浮点数，也是你所渴求的。

一开始对李阎十分傲慢的小眼睛胖子赔笑着跑了过来："九哥，九哥。"

白西装男人看都不看他一眼，只是瞅着台上的李阎："怎么样，打不打啊？"

"九哥。"胖子一后心的白毛汗，却不得不硬着头皮笑道，"九哥高兴，愿意赌拳，这里的拳手你随便挑嘛，我立刻让这仆街[1]打给你看啊。但是让你的人登台，这……不合规矩啊。"

九哥这才把目光移到了胖子油腻的脸上，语气不善："肥仔，你脑子秀逗？让我花五万块看第四摞的垃圾打拳？拿我花衫九当水鱼[2]？"

"九哥，我怎么敢呢——"胖子还要说些什么，被花衫九直接打断："你不用说了，我不过让我的人下场玩玩嘛，钱我也给足，委员会有哪条规矩写明不让外人登台啊？要是太岁怪罪，我去给他赔罪好咩？趁我心情不错，滚开！"

胖子左右为难，花衫九身边围坐着四五十个脸上带着痞气的四九仔，都眼色不善地盯着他。他私下瞟了一眼委员会登记单据的工作人员，看人家点了头，这才灰溜溜地跑开。

"小子，你走运了！"他咬牙切齿地走到李阎身边，小声嘀咕，

---

1. 仆街：粤语粗话，意思近于混蛋。
2. 水鱼：粤语，指容易被骗的人。

"这人是和联胜风头正劲的揸 fit 人[1],你打漂亮点,然后挨上几拳躺地上就有五万块拿了,知咩知[2]?"

李阆眨了眨眼。

"你醒目一点,自求多福了。"

"好啊。"李阆的表情很轻松。尽管他的状态栏里挂着"高热,出血,发炎"这些白血病的并发症——他的身体状况其实很差,乏力不说,时不时还会莫名地牙龈出血或流鼻血,甚至有过一次练功时突然昏厥的经历——可李阆却感觉这是自己几个月来从未有过的巅峰时刻。拳拳到肉的击打,鲜血在唇齿间翻覆的咸腥味,这一切的一切撩拨着他心底的那份戾气,那份强烈无比的活着的感觉。

花衫九咧嘴一笑,拍了拍旁边一个脸上长着雀斑的青年的肩膀:"小周,知道你等不及了,上拳台跟这位八卦掌的师傅玩玩吧。"

小周的个子不高,一头凌厉的短发,眼中透着煞气。他站起了身,也不走甬道,直接从看台上翻身跳下,然后登上了擂台。

花衫九看着一脸冷漠的小周,笑着摇了摇头。自己这位小兄弟祖籍山东,也是学传统武术出身,不是那种学过三五年的花架子,而是浸淫了十几年,放在香港任何一家国术馆都有开馆教徒的资格,身手凌厉,是自己的得力干将。

小周早年和一位程派八卦掌的武师切磋,吃了大亏,被打断五根肋骨,右耳失聪,所以这么多年,他一直希望能再和八卦掌传人交手,报一箭之仇。可八卦掌多传于京津一带,在香港的八卦掌武馆可谓凤毛麟角。花衫九倒是知道九龙城寨里有一位八卦掌正宗传人,可再借他十个胆子,他也不敢找那位给自己兄弟练手。

---

1. 揸 fit 人:香港黑社会性质组织中的中层领导,和后文的"红棍"是同样的意思,负责动武类工作。
2. 知咩知:粤语,即知不知道。

站在拳台上的小周拱了拱手,不像是混社团的四九,倒有几分老派武林人的劲头:"杜家拳,周维涛,请了。"

李阁看了他一眼:"河间,李阁。"

小周微不可察地皱了皱眉,眼里有一丝怒意闪过,欺步上前,手肘直戳李阁胸口!李阁轻盈地后退半步,让过小周手肘的大半势头,左臂由下往上去带对方手肘,右脚往小周胫骨处踹去。待到李阁触到小周手肘,感觉对方劲道一放即收,心下顿时一奇:"有点意思啊。"

小周眼中有精光暴起,身子一个旋绕步让过李阁的脚,左拳自斜下方如同铁锤一般锤向李阁的太阳穴!李阁眯了眯眼睛,脚步一斜,往小周怀里撞去,右手成爪扣住小周呈60度的拳腕,打的是折断小周手腕的主意。

杜家拳脱胎自老洪拳,擅长的就是擒拿和肘击。此刻李阁用擒拿来对付自己,小周顿时冷笑起来。他也不管李阁拿住自己左手,矮身探爪朝李阁裤裆而去。李阁反应极快,膝盖往上迎去,震回小周手掌,同时右手往外侧发力,意图拧断小周左手。谁知道,手上传来一股极其古怪的劲头,李阁发力竟然不能拧动小周分毫,同时小周的拳头已奔着李阁下巴轰来。

"高手!"

这时的李阁终于认定,自己在九龙城寨地下黑拳台上碰到的这个小混混,竟然是一个尽得杜家拳虚实拳劲个中三昧的高手!他放下小周手腕,抽身飞退。

花衫九俯着身子,双眼死盯着擂台,看见李阁后退,紧握的拳头才松开。

台上的小周冷冷盯着李阁,缓缓说道:"你很狂妄啊。"

李阁眯眼一笑:"我只是没想到,一个混社团的小混混,还真是个杜家拳高手。可惜文圣拳头趟母架[1]真传,却捞了偏门。"

这话似乎戳到了小周痛处。他唾了一口,对着李阎冷笑不止:"你个偷渡到龙城的内地杀人犯,有什么资格说我捞偏门?董海川知道有你这么个徒孙,怕不是要从棺材里跳出来清理门户。"

小周的嘲讽李阎丝毫不放在心上,他笑嘻嘻地说:"那我可动真格的了。"

"求之不得。"小周话音刚落,离自己至少有五步距离的李阎竟转瞬飞身到了面前,那张苍白冷冽的脸庞直勾勾地压向自己的双眼!

形如鬼魅!

就在这时,一道清朗的声音传了过来:"难得九哥光临我们龙城看功夫擂,可是我没听说和联胜的红棍跟了我们龙城的马夫[2]啊。"

这话一出,顿时吸引了擂台上下所有人的目光。大厅外影影绰绰来了三十几个人,穿着黑西服,脸色不善,腰间都别着手枪。花衫九见状,一张脸迅速阴沉了下来。

随着说话人步入场内,两旁的人群如潮水般退开。这是个大概二十多岁的年轻人,身上披着一件皮夹克,身材高挑,有点娃娃脸,清秀得像是还在读书的学生。

花衫九往座位上一靠,大咧咧地说:"红鬼,你吓坏我了。怎么?吴老鬼和我们撕破脸,和联胜的人连到龙城看拳都要被赶,这么霸道?"

被叫"红鬼"的年轻人走到花衫九身边,挨着他坐下来,嘴里点了根烟,含糊不清地说:"和联胜与吴先生之间的恩怨呢,和我们这些靠拳台混饭吃的没关系,我们跟太岁的嘛。不过你把我的拳台当养鸡场,想上就上,想下就下,不是坏了我们的规矩?难道以

---

1. 头趟母架:文圣拳的基础,由三十二个主要技击动作组成。
2. 马夫:黑话,指拳手的经理人。

后来看拳赛的都可以随便上台？那我们还怎么收单据赌拳，你说是不是？"

花衫九"嘿"了一声，指了指拳台上的李阎："我就直说了，我家小周想找一个练八卦掌的师傅搭手很久了，你多多少少也有耳闻。不是我花衫九闹事，我怕出了这里，你们的人连见都不肯见我。说到底，吴老鬼和太岁都在龙城委员会共事，低头不见抬头见。你们不想惹我这身腥，我都明白。话讲通透，我没想坏龙城的规矩，只想让我的人和你手下的拳手打一场。如果这点事你都不答应，那就摆明车马[1]喽。"

红鬼双手交叉，慢慢地摇了摇头："规矩就是规矩。别的我管不着，但是今天，你的人上台，就是在龙城闹事。"

花衫九气极反笑："好啊，那没得谈了——"

"九哥！"小周跳下擂台，喊住了花衫九，又对着红鬼说道，"你刚才说我几时跟了龙城马夫，是不是说，只要我按规矩上拳台打拳，就能和他搭手？"

红鬼把眼皮一耷："那你要从第一擂打起。如果委员会认定你们成绩相近，又有人肯下重注，当然没问题。"

"好，那我就在龙城擂台从头打起。"

红鬼点点头，淡漠的脸看向花衫九："九哥怎么说？"

花衫九脸阴得吓人，没有说话。

小周走到花衫九身边，喉咙动了动："九哥。"

花衫九斜了他一眼："哪有做老大的不疼自己的马？"

小周有点不好意思地笑了笑："九哥，这件事情我自己搞得定。"

花衫九嘀咕了一句什么，想来是在骂娘。

"我们走。"花衫九从座位上站起，呼啦啦起来四五十人，往外

---

1. 摆明车马：粤语俗语，意思是明明白白地讲清楚。

走去。有几个小混混临走还脸色挑衅地看了几眼稳稳端坐的红鬼,红鬼也只当看不见。

临走前,小周走到李阎面前:"李师傅,九龙城寨的拳台上打传统武术的不多,今天不尽兴,等我在龙城的拳台上站稳脚跟,我们好好打一场。"

李阎点了点头,开口道:"我说,周师傅,你家九哥说的五万块钱还算数不算数?"

小周愣了一下,好一会儿才脸色古怪地点了点头:"算……"

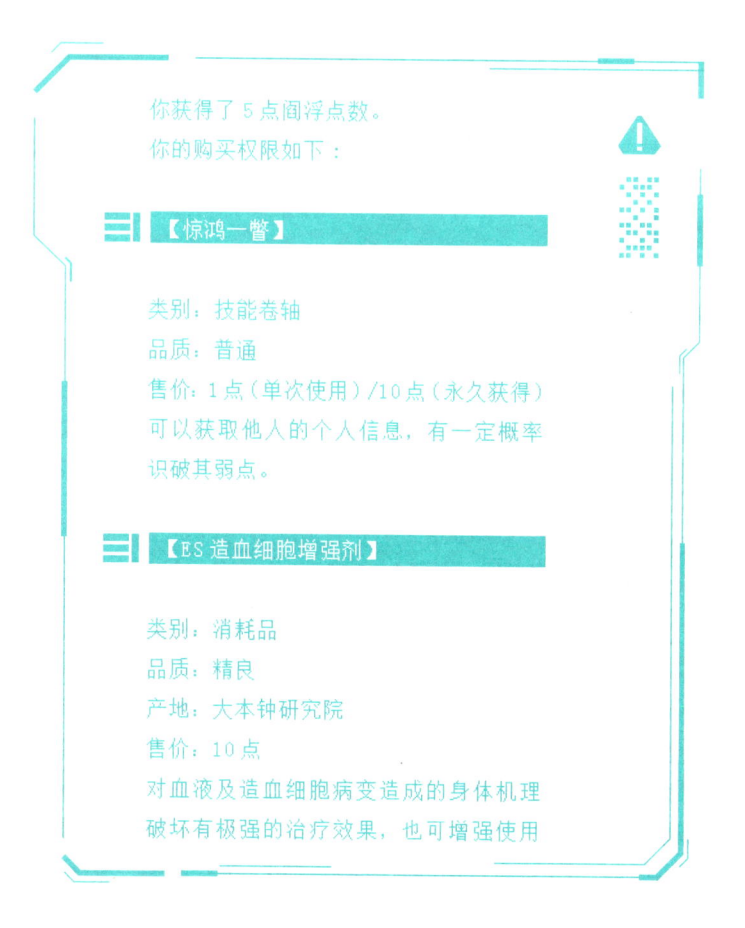

你获得了 5 点闻浮点数。
你的购买权限如下:

【惊鸿一瞥】

类别:技能卷轴
品质:普通
售价:1点(单次使用)/10点(永久获得)
可以获取他人的个人信息,有一定概率识破其弱点。

【ES 造血细胞增强剂】

类别:消耗品
品质:精良
产地:大本钟研究院
售价:10点
对血液及造血细胞病变造成的身体机理破坏有极强的治疗效果,也可增强使用者的血液活力。普通人用后有极小概率领悟技能：血液活化。

貘的留言：虽然不能根治你的病，但也不至于让你拖着伤病之躯打拳。

【ES造血细胞补完剂】

类别：消耗品

品质：稀有

产地：大本钟研究院

售价：300点

对血液和细胞的病变拥有极强的治疗效果，也可增强使用者的血液活力。身体机能正常的人服用后将领悟技能：血液活化。

请注意，貘馈赠的额外购买权限可在每次阎浮事件中开启一次，两次阎浮事件后，馈赠消失。

貘的留言：新人，我觉得自己已经很厚道了。

  阅读完这些信息后，李阎顿时有了豁然开朗的感觉。ES造血细胞补完剂——这就是那个胖子承诺的能治好自己病的东西。而自己要做的，就是得到足够的阎浮点数。

  这时，李阎才切实考虑起什么叫确定拥有权。毕竟，这决定了李阎获取金钱的方式。毕竟在这个世界上，赚快钱的方法太多了。

  李阎坐在角落里扮作出神，心里做着盘算，这时一道人影走到他身边，俯视着他，正是红鬼。

"你叫……李阎对吧？来香港多久了？"

李阎抬头，假意揉了揉眼睛："就最近的事儿。"

"红鬼"蹲下身子："你以后跟着我，在我手下打拳，钱、女人，我都不会亏待你，听懂了？"

李阎冷着脸点了点头。

红鬼笑了笑。"跟我来。"说着他转身向楼上走去。李阎一语不发地站了起来，暗暗打量着眼前这个样貌和善却人称"红鬼"的年轻人。

连李阎自己也没注意到，他盯着红鬼看了没多一会儿，瞳孔之中竟然泛起一阵黑色的涟漪！

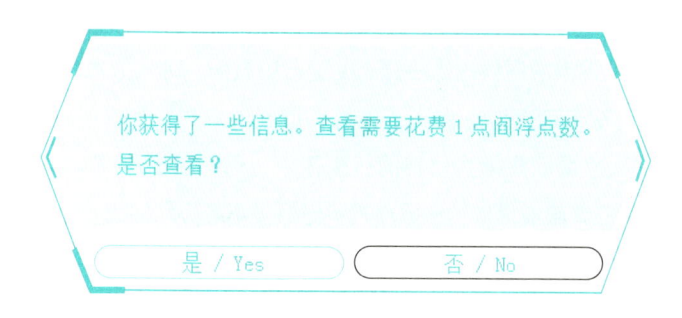

> 你获得了一些信息。查看需要花费 1 点阎浮点数。是否查看？
>
> 是 / Yes　　否 / No

李阎心中盘算了一阵，最终没选择查看红鬼的信息，只是跟着红鬼上了楼梯。

两人一前一后走上了天台，水泥浇筑的楼顶上耸立着错乱的天线，让人无处下脚。极目所望，是凑在一起、歪歪扭扭、高高搭建起来的楼房，简陋、破落、拥堵，但也繁忙、壮观，透着鲜活的烟火气。

"九龙城寨，别人嘴里说出来就吓死人，其实这里还不错的，有空我带你去吃狗肉火锅，保证让你舌头都吞掉。"红鬼如是说着，"龙城是出了名的飞地，没人管嘛。马来西亚和中国的澳门、台湾，每年不知道有多少通缉犯走投无路逃到这里来,要么就做打手,剩下多数都上了九龙城的拳台,就像你了。"

顿了顿,他又说:"香港九成的白小姐[1]是从这里流出去的。军火、走私、人蛇[2]、赌场、娼馆,群魔乱舞。和联胜、14K、洪义安,社团林立。"他伸出一根手指,"可是在龙城,委员会不允许,没人敢闹事。委员会说句话,没有半个社团敢讲个'不'字。在这儿,港督也没有委员会大,你懂咩?"

红鬼也没指望李阁会回答,自顾自地说道:"你在龙城打拳,是跟着太岁混一口饭吃。太岁,就是龙城执行委员会的执行委员,龙城大大小小所有的拳台生意,幕后老板都是太岁。你的事情我听肥波说了。今天格外生猛嘛,两个照面就放倒查猜?肥波都说自己看走眼啊。"

"刚来香港的时候水土不服,生了一场重病,到现在才好一些。"

红鬼不置可否地点点头,也没有追问的意思。他点了一支烟,说道:"太岁最欣赏拳头犀利的后生仔了,你有前途的。"

李阁盯着眼前逼仄的破败楼群,好似漫不经心地问道:"红鬼哥,听他们说我打的是第四擂,那高一点的擂台有多少钱可以拿?"

红鬼抽了抽鼻子:"第四擂呢,场子小,平常只有龙城下了工的工人和作坊主会看,你打赢一场有五千块可以拿,打输也有一千。前五擂每天都会开,只要有人买你上场,你就有得赚。第六擂不是每天都开的,拳手不多,一周三四次,打赢可以拿到三万块,打输就五千,花样也多。如果有水喉[3]肯加钱,铁笼斗、兵器斗,怎么都行,你一晚上几十万都有得赚。不过呢,弄不好常常就出人命。"

---

1. 白小姐:指毒品。
2. 人蛇:黑话,指偷渡。
3. 水喉:黑话,指出手阔绰的赌客。

红鬼说得轻描淡写，李阎却可以想象得到：擂台上两人手持利刃，以命相搏，鲜血满地，看台上的人越发疯狂地嘶吼……想到这些，李阎的眼角不由得闪过一丝冷意。

第二章
一个月，三百万

啪叽。

鞋子踩进污水里，溅起大片浑浊的水花。

比猫小不了多少的老鼠受到惊吓，从李阎身边蹿了过去。空气中弥漫着从这栋楼后面的鱼蛋加工厂传出来的腐烂臭气。无论九龙城寨这座贫民窟在后世人眼中有怎样的传奇色彩，肮脏和破败才是这里的色调。城寨里那些纸醉金迷的地方，至少是现在的李阎接触不到的。

李阎拇指上绕着的一串钥匙，属于眼前这栋墙面斑驳的公寓内的某一个房间。

钥匙是红鬼给的，算是送李阎的见面礼，不用和那些低级别擂台的拳手挤一个房间。这里离九龙擂台所在的龙津道只有十五分钟路程，对李阎来说还算方便。

在龙城打拳的拳手，都要给自己找一个合适的经理人，也就是所谓的龙城马夫。拳手什么时候上场，怎么打，都是经理人安排。之前李阎在龙城的经理人就是那个小眼睛胖子，叫肥波。而现在，他的经理人自然就是红鬼。

比起只能在第四擂作威作福的肥波，红鬼是整个龙城擂台都赫赫有名的人物：十三岁用"陈敏红"的名字上拳台，二十一岁成为第六擂擂主，拳脚生猛，下手也重，红鬼的名头也是那个时候流传开来的。退下来后跟着太岁做事，是太岁身边最倚重的几名经理人之一，连委员会的会长吴豪锡见到红鬼也会笑眯眯地招呼一句"阿红"。跟着红鬼手下打拳，在肥波这样的人看来，是要放爆竹买烧鹅庆祝的大喜事。

而在肥波眼里一步登天的李阁,此刻正摸索着裤兜里的几十块零钱,脸色难看,全然没有任何沾沾自喜的样子。

"300点阁浮点数,就是要足足三百万港币,我去劫银行好不好啊?"

尽管貘给了李阁三次阁浮事件的时间去凑齐这300点,可李阁显然等不了那么久。他想的是一步到位,就在1986年的九龙城寨,一个月之内,赚够三百万港币。

"喵。"

李阁低头一看,一只橘色的幼猫在自己脚下来回踱着步子,鼻尖时不时撞在自己裤腿上面。

"阿咪。"楼梯上面传来一声稚嫩的女声。李阁循声看去,楼梯上面是一个十三四岁的小女孩,穿着洗得发白的衬衫,赤着脚,柔柔弱弱的,神色看上去有点怕人。

"喵",幼猫听到主人的呼唤,两三个跳跃就跑到了女孩身边,喉咙里发出呼噜呼噜的声音。

"对不起,先生,阿咪总喜欢乱跑。"

李阁笑了笑:"你的猫很可爱。"说着他走进了这间公寓,寻找着红鬼告诉自己的房间号,"小妹妹,你知不知道413号房间在哪里?"

小女孩闻言点了点头,抱起自己的猫,示意李阁跟着她走。

走了大概两分钟时间,小女孩才停下脚步,指了指身边房间上的号码:"这里就是了。"

"谢谢你啊,小妹妹。那,哥哥请你吃糖。"李阁从口袋里掏出两颗牛奶糖,递给了小女孩。糖是他在龙津道上买的,用来给自己镇痛。

"阿秀,这么晚你在跟谁说话?"李阁背对着的那家房门里传来女人的声音，有点沙哑，明显中气不足。

"没有，妈，我去楼下找阿咪了。"看到李阎手里的糖果，女孩本来有些迟疑，但听到房里传来的声音，她就急匆匆地向李阎道别，回房间去了。

李阎剥开糖纸，往嘴里塞了一颗奶糖，也没多想，拿出钥匙开了自己的门。对门是母女两个，总好过什么惹是生非的莺莺燕燕，至少现在的李阎是不想节外生枝的。

房子虽然逼仄，但是还算干净，只是公寓后面的鱼蛋加工厂传来的腥臭气息太浓，即使关紧门窗也闻得到。李阎只是找个落脚地方，倒也不太计较，略微收拾了一下就蒙头大睡。

深夜，某家赌档里。

"开！十二点大。"随着骰子停止转动，西装凌乱、发际线往后的中年人一下子瘫软在地，身上还有隐约的酒气。围拢在赌桌前的人有的眉飞色舞，有的咬牙切齿，不过没人看他一眼，仿佛这个脸色难看好像要心脏病发作的中年人是一堆要被扫到大街上的垃圾一样。

"来来来，买定离手啊。"摇骰子的黑牙泰头发散乱，被熏黑的牙齿咬着半截香烟，正红光满面地吆喝着。

"等、等等，这把我还压小。"眼睛发红的中年人沙哑着嗓子惊声尖叫着。

"拿钱啊，老伯。"黑牙泰吐了一口浓痰，语气乖张地冲中年人喊道。他眼光毒辣，自然看得出这个中年人身上已经半毛钱也没有了。如果这时候他敢嚷嚷着什么拿手指来赌的话来挑事，黑牙泰一定叫人把他拖到后面，扒光后扔到海里喂鲨鱼。

中年人嘴唇哆嗦着，从怀里拿出一只扁平的木匣："这个能值多少钱？"

木匣子打开，里面是一张淡黄色宣纸，纸上烫金的纹路交错，画着一只栩栩如生的夔牛，周身金色毛发纤毫可见，一只独脚擎立在大地上，做仰天长啸状。纸的背后，则留有密密麻麻的小字。

黑牙泰想也不想，连木匣带里面的宣纸一同拍在中年人脸上："拿一盒厕纸过来就想换钱？冥币就有要咩？没钱就滚远点！"

中年人被打得跟跄后退，两道鼻血顺着嘴唇流到地上。他爬起了身，一边狼狈地往外走一边嘟囔："不识货，古董来的。"他拍打着身上的灰尘，摇摇晃晃地往外走去，却没想到，这样醉醺醺地走在九龙城逼仄的街上，最招惹眼光。

"烂仔，乱讲话……"他还在抱怨着，却没注意到一个身影鬼鬼祟祟地从后面接近了他，趁他不注意，手中的水泥块狠狠地击向他的后脑！

中年人应声而倒，那人蹲下身子在他身上的口袋里急切地摸索着，却一无所获，正懊恼的时候，余光看到他手中攥着的那张卖相不凡的烫金宣纸，想也不想，就夺到手里，看了一眼四下无人，转身要走。

这时候，一只手忽然死死抓住他的裤脚，将他绊倒在地。中年人满头是血，嘴里呻吟着："救……救我，救……"

那人浑身颤抖着，死命去踹中年人的胸口，想让他把手放开，可中年人手攥得很紧，死活也不肯松。他喘着粗气，怒从心头起，摸索起刚扔到地上的水泥块，双手高举，重重一砸！

砰！

李阁的手掌穿劈而下，正砸在对手的脸上，直接让他失去了意识。

"这后生仔犀利啊，一晚上连赢五场了。"

"搞乜[1]鬼啊，这家伙摆明不是第四擂水准，还让他打？"

红鬼靠在拳台边上，挥手示意让李阁下台。

"乜事啊？红鬼哥？"李阁半开玩笑地问道。

红鬼苦笑了一声："你再这样打下去，白痴也知道无脑跟你嘛，害我拳台见财化水啊？跟我走啦，你今天最后一场去大场子打。"

"好啊，去哪儿？"

红鬼把烟头扔到地上："福义大厦。"

红鬼所说的福义大厦同样在龙津道上，是一座相当巍峨的青黑色大楼。

上电梯的时候，红鬼有意无意地对李阁说："来福义大厦看拳赛的人呢，非富即贵，一晚上的花销少说也有一百几十万。这里的拳手有抽成的。你想在这里站稳脚跟，一定要找个大水喉撑你下场。这方面我来联系，你到时候不要说错话。"

电梯很快停了下来。随着电梯门打开，李阁的眉毛不由得挑了一挑。

这栋大厦十层往上整体被打通，抬头一望大概三十米高，四层看台之上，十六盏流苏灯笼高高挂着，上下的木质雕纹扶梯上铺着红毯，中间的大理石擂台四周矗立着汉白玉石柱，还有穿着黑色燕尾服的女侍者来回为客人送上酒水。另有四面两米高的屏幕对着看台，保证客人在任何一个角度都能看清拳台上的拳手。

"点样[2]？场面够大吧？你今天不走运，换个时间有兔女郎看的。"红鬼跟李阁正说笑着，一个黑燕尾侍者就急匆匆赶了过来："红鬼哥，邓太太吵着要见你。"

红鬼揉了揉脸，对李阁道："大水喉来了。"说着带着李阁上了

---

1. 乜：粤语，什么。
2. 点样：粤语，怎样。点，怎。

扶梯，转身进了一家包厢。

其实李阎不太理解，拳台这种血腥场面竟然会有女人捧。只能说世界之大，无奇不有。

两人进了一间小型包厢。刚打开门，就见满地茶色的玻璃碎屑，飞旋的彩光摇摆不定，茶几上摆着李阎看不懂牌子的洋酒和点心。沙发上慵懒地坐着一位二十八九岁的少妇，长腿蜂腰，大波浪的卷发，妩媚的丹凤眼，深深的酒窝，一只嘴角总是不自觉上翘，让这个女人看上有几分凌厉。

"让你叫阿红来，你就给我扮死人？他不在福义，难道跑到龙城外面饮汤？"

"茱蒂姐，红鬼哥真的出去了。"黑燕尾的女侍者满脸为难，一旁有人打扫碎了一地的酒瓶。

"乱讲话，我这不是返来啦。"刚刚踏进房门的红鬼立马出声，"都出去。"

黑燕尾们如蒙大赦，李阎的眼睛在少妇和红鬼间转悠了一圈，本来也想退出去，被红鬼瞪了一眼。

"茱蒂姐，乜事发这么大火气？生皱纹的。"红鬼坐在茱蒂身边，拿起两杯酒，语气诚恳地对着女人说。

女人接过酒杯，扬了扬下巴，语气不满："啊，你个死鬼终于肯现身，一晚上都不见人影，你系度做紧乜[1]？知道我来龙城故意躲我？"

"当然冇[2]啦，我去照看手下的新血嘛。"红鬼语气无辜，配合他那张学生脸，对女人的杀伤力确实很大，"阿阎，过来。"

李阎不情不愿地走了过来，对女人挤出一个笑容："茱蒂姐。"

---

1. 你系度做紧乜：粤语，你在这儿干什么。

2. 冇：粤语，没有。

茱蒂上下打量着李阁：两颊消瘦，颧骨突出，下巴勾勒出一道美人沟，剑眉略微上扬，眼神沉稳。茱蒂抿了一口金黄色的酒液，嘴唇越发红艳。

"模样倒是蛮靓仔，不知道撑不撑得住啊。阿姐我是中意靓一点，但是上了台，一两个回合，就被人家打倒，我好冇面子的。上次我撑的拳手打输，何昌鸿这个仆街居然糗我，"说着她忽然眼前一亮，"不如阿红你来打，你上台多少钱阿姊都撑你的嘛。"

"好啊。"红鬼点点头，酒杯里的洋酒一饮而尽，"不过总要给新人一点机会嘛。这样，阿阁如果打输呢，我就下场，替茱蒂姐扫平何公子那边的蛋散。"

茱蒂露出一个甜美的笑容："那就说定了。"说着脸冲向李阁，"小弟弟，你要撑久一点。"

李阁低着头淡淡一笑："茱蒂姐说笑了，红鬼哥是我老板，害自家老板下场打拳这么糗，我不如去跳海。"

女人笑得花枝乱颤："呐，如果你能顶住，阿姊一定疼你的。"

李阁的太阳穴隐隐抽动，不过面上笑容可掬，一点也看不出来。

"别说我不照顾你，茱蒂可是龙城擂台的大水喉，她的死鬼丈夫生前是太平绅士，她自己也有上百亿的身家，每天晚上酒水小费都要七八十万。你抱住她这条香喷喷的大腿，绝对飞黄腾达。"

李阁学着红鬼一开始的模样揉了揉脸，龇牙咧嘴地问道："那你要我点样？"

红鬼拍了拍李阁的肩膀："你今天赢了这场就算在第六擂站稳脚跟，打出风采来，我红鬼很久不收新血，别让我丢脸。"

"风采就有，风骚就冇。只要你不让我出卖色相，老虎我也打给你看。"

红鬼脸上笑出一个浅浅的酒窝："上台吧。"

李阎率先登台，用余光扫了一下看台上不时举手示意下注的赌客，并最终将目光投到了包厢玻璃墙对面的茱蒂身上。这女人手里端着高脚杯，露出一截白皙的手腕，冲擂台上的李阎扬了扬眉毛。

"身家百亿，三百万就是九牛一毛喽。"

随着越发热烈的欢呼声音，李阎转过头来，望向他今天最后一个对手。一个三十多岁、脸色蜡黄的男子走上台来，他穿着黑色练功服，神色冷漠。

这个男人叫城户南，是日本政府通缉的逃犯，曾经在北海道奸杀过七名年轻女子，最后一个受害者年仅十四岁，被残忍分尸。城户南没想到的是，那女孩是稻川会副会长的独生女，他也因此受到稻川会的追杀，走投无路下逃进龙城。毫不客气地讲，这人哪怕走出龙城一步，都会死得很难看。

城户南精通枪械和匕首，同时有一身娴熟的冲绳刚柔流空手道功夫。在李阎之前，今晚他已连赢三场。三个对手最轻的也是被他卸掉两臂骨头，打裂肾脏，昏死在拳台。

随着白色毛巾落地，李阎几乎第一时间冲了上去，右手如电，横劈而出，砸在城户南用来格挡的手肘上面，左掌则抽劈向城户南的脖子，脾气暴烈得不像话。众人都惊讶于这个生面孔竟敢主动向城户南伸手，红鬼却把目光移到了李阎悄无声息向前探了半步的左脚上。

城户南把腰一扭，拳背撞在李阎抽击而来的胳膊上，笔直的右手前伸，去抓李阎大臂。手掌触到李阎肩膀的一瞬，城户南嘴角露出一丝笑意。他没想到这个高瘦年轻人这么不堪一击，但他手下丝毫不停，四指发力，大拇指如同铁钩，冲着李阎肩胛骨狠狠一剜！

看到城户南抓到李阎肩膀，看台顿时响起一大片重重叹息。之前三场，无论之前形势如何，一旦让城户南近身抓到肩膀，施展出他的关节技，对手几乎就没了翻盘余地。

不料受制于人的李阎右腿忽然朝天而起，用之前探半步的左脚为支点，右脚如猛龙升天，暴起的鞋尖狠狠踢在城户南下颌，踢得他脖子向后一仰，一口鲜血朝天喷出，右手也无力地松开。

李阎得理不饶人，蹬地前冲，抓住身子后仰的城户南的手腕，眼角有冷冽的凶光闪过。

"刚柔流源自南拳白鹤门，今天我让你拜拜祖师爷。"

刚柔流空手道，虽不像因大山倍达而名噪一时的极真流空手道那样风行于世，但也是空手道中较为著名且实用的流派。而它，也确实源于南派传统武术。刚柔流的创始人宫城长顺师从唐手名家东恩纳宽量，而后者曾拜福建名家、人称"后如司"的谢宗祥为师，宫城自己也曾赴中国学习拳法。二人技法传承都是南少林的白鹤门。连"刚柔流"这个名字，也源于明代著名军事著作《武备志》中"法刚柔吞吐"一句。至于现代人去学刚柔流，反把传统武术斥为花拳绣腿……其原因非常复杂，一句两句很难说清。

李阎虽然出身北方武术世家，却在广东待了足足七年，加上底子好，天赋高，对南派武术的理解不弱于同龄南方拳师。他说要让城户南见识白鹤门功夫，就绝不是空穴来风。

李阎手指成爪，钩住城户南手腕向外一翻，左手三指并拢呈鸟喙状，铁锥一般戳向他的腋下。城户南也算身经百战，虽然吃了大亏，但反应极快，此刻没有妄图拉开距离，而是忍着右臂好像戳进钢钉般的痛苦，往李阎怀里一撞，右手钢鞭一般抱住李阎的腰，泼皮打架似的张嘴去咬李阎的耳朵！

如果厮杀经验不够丰富，即使是技击水平在李阎之上的老一辈武术家，也很容易被这种野兽般的撕咬扳回局势。可惜的是，年纪不过二十五的李阎搏斗的经验让人瞠目结舌。"河间瘦虎"四个字，是李阎一拳一脚打出来的，字字带血。

城户南的手臂刚刚触到李阎的腰，李阎右手手肘已经凶狠地撞向城户南的面门,发出砰的一声闷响!血水混着汗水迸溅而出,两颗断裂的牙齿在空中打着转儿飞出擂台。城户南被当头的肘击打得一滞,李阆双手如箭,狠狠轰在了对手的身上!

台下观众清楚地看见,城户南只有脚跟沾着地面,整个人仿佛从中折断,如一个破碎的洋娃娃,承受着李阆骤雨般的拳头:鸣鹤拳之双插箭!单劈斗!左右劈掌,双蛇吐芯!揪捶!鹤顶!……大团大团的血迹浸透开来,刚猛的拳劲几乎将城户南打得稀烂。

"嘶——"赌客们目瞪口呆,喉咙好似被扼住一般,圆睁的双眼一动不动地盯着快被血污浸透的城户南,嘴里的雪茄快要燃尽也浑然不觉。足足三个呼吸的时间,城户南才扑通一声摔在地上,大团的血污扩散开来,一股血沫从他的口鼻间喷出,过了没一会儿就停止了抽搐。

场上场下,一时间鸦雀无声。

李阆直起身子,血顺着手指一滴一滴落在拳台上。他甩了甩拳头,回身望向看台。

这个时候,整个福义大厦才响起了山呼海啸一般的尖叫和呐喊:"劲啊!这才过瘾!""我买一百万让这小子下场,我撑定他了!""靓仔,再来一场兵器斗!"

李阆环顾了一周看台上的观众,眼底有一抹疯狂的血色闪过,只是很快就被收敛起来。

红鬼满意地点了点头:"打得不错。"

小型包厢此时已经暗了下来,谁也看不清里面的动静。

"乜事这么大条,要劳烦黎 sir 出动?"

九龙城寨执行委员会委员、龙城治安队总队长司立争笑着沏了一杯茶水,递到一名头发半白、不苟言笑的老人面前。

黎耀光,香港警队华人总探长,有"白头神探"的美誉。

"司委员,我就坦白讲了,我要调飞虎队进龙城办案。"

司立争耸了耸肩膀:"香港警察办案几时要向委员会汇报?黎sir说了算嘛。"说着他抿了一口茶水,眼里闪过一丝精光,"不过要出动飞虎队这么巴闭[1],有人刺杀港督?"

黎耀光把四张照片放到司立争的桌上。

"乜鬼来头?"司立争随口问道。

"大圈仔[2]。"

司立争眉头一皱,好像被茶水烫到一样。

"这个带头的叫阿东,有案底,其他三人是他的同乡。四天前,他们从丰宝银行抢劫了四百六十多万港币和价值两千万左右的珠宝,还有一批古董,其间杀了五名安保人员。这伙人枪法准,胆子大,很难对付。警队围剿他们的时候,他们中一人受了枪伤,虽然最后追回了大部分财物,但是那批古董下落不明。我们封锁了将军澳和观塘,查遍香港的所有医院,都没有查到他们的下落。"

说着,黎耀光又掏出一张相片,上面是个发际线靠后的中年男人。

"这个人是丰宝银行的银行经理,已经被丰宝开除。我们一直怀疑是他里应外合,跟那帮大圈仔勾结,甚至干脆这帮大圈仔就是他找来的。不过,昨天夜里,他的尸体在九龙城寨被人发现,头部被钝器反复击打致死,线索断了。"说着他敲了敲桌子,"这个案子现在震惊全港。整个香港,只有九龙城寨有私人医馆肯接纳他们,加上那名银行经理死在这里,所以,我希望委员会能帮我们找到他们的下落。"

司立争没有犹豫太久,权衡了一番之后,便用极为笃定的口气

---

1. 巴闭:粤语,厉害。
2. 大圈仔:粤语,内地到港澳台及海外从事犯罪活动的人或群体。

回答:"三天啦。只要这群人真的在龙城,三天之内,我一定找到他们。"

黎耀光一直紧皱的眉头略微松了松。

"那就劳烦司委员了。这些人已经穷途末路,什么事都做得出来。如果找到他们,不要打草惊蛇,交给我们警方处理。"

"警民合作嘛。"司立争笑眯眯地,"对了,他们抢劫的是乜鬼古董?我托人查一查有冇线索。"

黎耀光递了一份古董名单过去,司立争拿眼一扫,第一行赫然写着:林语堂大师珍藏《古小说钩沉》录本!

城户南死得很惨。这也是李阁生平第一次动手杀人。

对于城户南这样的人,李阁很难生出什么恻隐之心。不过他也明白,如果死在拳台上的是自己,那些赌客一样会歇斯底里地欢呼呐喊。他自认比别人清醒的地方在于,不会用诸如"我这是替天行道""那种人该死"这类的话来麻醉自己。要知道,城户南死在台上而自己能活下来,这跟所谓善恶是非没有半毛钱关系。

"猛虎眼下无沟壑,厌货面前全是坎……"镜子前的李阁洗净双手,自言自语了两句。

和联胜的花衫九、打文圣拳的小周、自己的经理人红鬼、大水喉茱蒂,还有素未谋面的幕后老板太岁……李阁隐隐觉得自己能抓到什么。三百万港币,《古小说钩沉》录本,甚至能抓到更多。

出了洗手间,李阁步入休息室去找红鬼,其间倒是引起了不少拳手的目光。有皮肤黝黑的菲律宾人、眼神凶恶的马来西亚人、神色木然的越南人,甚至还有一名满脸横肉的黑人壮汉,形形色色,身上都弥漫着或浅或深的红光。

经过这几天的琢磨,李阁大致明白了红光的作用。只有一个人对自己抱有敌意的时候,他或她身上才会散发红光,而对自己的威胁程度越高，红色也就越浓。这似乎是自己作为"阎浮行走"的特别待遇，别人是看不见的。

这些人当中，红色最深的是一名穿着作战服、正擦拭着匕首的越南人。至少李阎对比之后觉得他身上的红光不在那名叫小周的文圣拳高手之下，可能还有过之。

至于毫无威胁的人，则会发出程度不一的白光。

他穿过休息室，正看到红鬼迎面走来。

"你的。"红鬼把一沓钞票塞进李阎胸前的衬衣口袋里，"晚些时候开个户头给我，我把你打赢拳赛的钱打进去。"

"那这个是？"李阎指了指自己的口袋。

红鬼似笑非笑地看了李阎一眼："邓太太给你的，拿去买身靓一点的衣服，她明天想约你吃饭。"

李阎点了点头，什么都没说。

"打了这么久，肚子饿了吧？走，带你去吃消夜。"

李阎眼神飘忽了一下："红鬼哥，我刚见完血，不太舒服，不如改天。"

"见血更要补一补，走啦！"

李阎咧嘴一笑，也没再坚持。接触下来，这个叫"红鬼"的人比自己认为的有人情味得多。

和李阎想象中不大一样，红鬼并没有带他去什么风月场所，而是带他到了一家烟气缭绕的火锅排档，这让李阎多少有点失望。

火锅汤料很快端上了桌，咕咚咕咚冒泡的奶白色沸汤里滚动着红色的辣椒，让人食指大动。

"这家火锅味道很正的，尝尝。"红鬼招呼了一句就拿起筷子，夹了一口往嘴里送。

两人吃到鼻尖冒汗，红鬼这才有意无意地问："对了，阿阎，你跟着哪一派的师傅学拳？我看你之前打的是八卦门，怎么今天又改打鸣鹤？"

李阁笑吟吟地看着红鬼："红鬼哥对传统武术蛮有研究的。"

红鬼摇了摇头："冇就有，整个龙城谁敢在太岁的地盘上说自己对武术有研究啊？我这点见识也是太岁指点的。"

李阁心中一动："太岁对传统武术很有造诣？"

"香港国术协会名誉会长，一双腿不知道踢爆香港多少武馆。龙城擂台话事大佬的名头是太岁用拳脚打下来的，你说有冇造诣啊？"

李阁"唔"了一声，接口问："那太岁是乜武术传承？洪拳？蔡李佛？"

红鬼没好气地看了李阁一眼，笑骂道："仆街，是我问你，仲[1]是你问我？"

李阁嘿嘿一笑，答道："我在广东拜过白鹤门的师傅，算是带艺投师。"说着李阁目光一闪，"雷洪生不知道红鬼哥听过没有？"

红鬼想了想，摇了摇头："冇。"

李阁点点头没再说话，低头吃肉的时候余光一扫，看到了一个熟悉的身影。

洗得发白的衬衫，不太合脚的布鞋，脚下还有只不时用鼻尖撞撞她裤脚的橘色幼猫。是自己对门那个女孩，好像叫阿秀。她应该是晚上出来帮工，毕竟住龙城的人生活条件不可能太好，不过眼下这个小女孩似乎遇到了麻烦。

"你盲的！笨手笨脚！"一个穿着鼻环、发尖一抹红的年轻男子指着自己湿了一片的裤裆，恶声恶气地骂着。

"对……对不起。"阿秀脸色苍白，似乎被吓蒙了。

"对你妈！开水来的。"说着年轻人抓起桌子上的水壶往女孩脸上泼去。

---

1. 仲：粤语，还是。

阿秀下意识往旁边一躲，滚烫的开水洒到地上，升腾起一片白雾。

"你还敢躲？"鼻环男咬着牙齿，抬手一个巴掌呼了上去，啪的一声，女孩的脸颊肉眼可见地红肿了起来。男人伸手抓住女孩头发，往自己身边拉扯。女孩疼得眼角浸出泪珠，身子蜷缩着，那只橘色幼猫围着男人使劲叫嚷，场面乱哄哄。

"给我舔干净——"

正起劲的鼻环男手腕忽然一阵剧痛，隐约还能听见咔吧一声，紧接着眼前一花，四十一码的皮鞋带着沉闷的风声几乎将他鼻子砸平，整个人倒飞出去，砸翻了桌椅板凳不说，还被一锅滚烫的火锅淋在了身上。

"淋到开水而已嘛，我替小妹妹说对不起好不好？"李阁脸上带着轻松的笑意，把女孩拉到一边，冲着倒地的鼻环男说道。这一下不要紧，呼啦站起来十多个四九仔，把李阁围了起来，手上的砍刀闪着寒光。

"都别动！"李阁挑了挑眉毛，说话的居然是那名鼻环男，他颤颤巍巍地站了起来，"好威风，好能打，你混哪里的？"

听到这句香港电影的经典台词，李阁几乎笑出声来。他没说话，只是摇了摇头。

"扮英雄好过瘾的，和顺昌的人你也敢打？"

见李阁沉默，鼻环男的气焰更嚣张了。他围着李阁转了两圈，歪斜的鼻子显得有些滑稽，也有些狰狞。他从手下手里夺过一把水果刀，拍在桌上。

"呐，这么喜欢扮英雄，不如扮到底。你一刀从我脖子上戳下去，一了百了，不然我杀——"唾沫飞溅的鼻环男话还没说完，李阁的手已经拿起桌上的水果刀，对着鼻环男的脖子插了过去！

扑哧。

刀锋割过皮肉的声音让鼻环男瞬间崩溃。他一屁股坐在地上，双手死命地握住刀柄，双眼圆突，一股温热的体液从裤裆流了出来。好一会儿，他才发现自己的脖子凉凉的。那把水果刀从他的衣领穿进又穿出，森森的寒意激得鼻环男起了一脖子鸡皮疙瘩。

"我还以为你真不怕死呢。"李阎居高临下地看着鼻环男，脸上似笑非笑。

"给我砍死他！"鼻环男歇斯底里地怒吼出声。

李阎脸上有狰狞一闪而过，脚下刚要发力，桌子那边的红鬼好似学生一样的声音夸张地叫道："哇，砍人这么犀利，我有眼福。"

鼻环男恶狠狠地瞪了过去，在看清桌子那头吃火锅吃得鼻尖冒汗的男人的脸后，一张凶恶的脸瞬间垮了下来。

"红……红鬼哥……您，也在啊？"

红鬼笑着点点头："乖啊。不过我没见过你，你在和顺昌做乜鬼？"

鼻环男抹了一把冷汗，颤声说道："和顺昌四三二草鞋[1]红头蔡，拜门大佬山刀鹏。"

"哦，你讲四眼鹏我就知。"红鬼抹了抹嘴，"这家店我常来的，小妹妹做工不容易的，干吗动这么大肝火？对人家小妹妹说声对不起，赔了桌椅板凳闪人啦。"

鼻环男赔笑着点头，一脸和颜悦色地跑到小女孩面前："妹妹仔，不好意思，我是个粗人来的。你原谅我讲话粗鲁，我给你说抱歉。"

阿秀往李阎的身后躲了躲，没敢说话。

"老板！"红头蔡从兜里掏出港币，交到火锅店老板手里，拍了拍胸脯，不顾自己头上还沾着汤料，"这里的所有损失我都包赔。"说着看向红鬼，"红鬼哥，您看……"

---

1. 四三二草鞋："草鞋"是香港黑社会性质组织的中层领导，黑话也称"四三二"，负责对外工作。

红鬼扬了扬手。鼻环男如临大赦，带着一众四九狼狈地离开了火锅排档。

"不要坏了心情，继续吃啊。"

李阁拉着阿秀坐下，回了一句："还是红鬼哥有牌面。"

红鬼咬着狗肉，含糊不清地说："内地都改革开放了，还干这些？有前途的。"

李阁抿了一大口白酒下肚，被酒气冲得脸色通红，没有说话。

今天，是他来到九龙城寨的第五天。

第三章
生死翻盘

"话说回来,没想到你喜欢这种风格的,难怪我介绍茱蒂给你你都有反应。"红鬼瞧了一眼坐在旁边低着脑袋的阿秀。

"她是我邻居,房子的钥匙还是你给我的,不记得?"

"庙街那所公寓。"红鬼恍然大悟。

李阎把在桌子下面打转儿的小猫抱了起来,放到阿秀腿上:"你几时下工?我送你回去涂点红花油,第二天就冇事了。"

阿秀咬着嘴唇点了点头。

"对了。阿阎。"红鬼从口袋里掏出一部爱立信,顺着桌子递了过去。

李阎看了一眼,夸张地叫出声:"哇,红鬼哥,对我这么好!又送房子又送移动电话!"

红鬼白了李阎一眼,说道:"明天你不用上拳台,自己去买身靓一点的西装,等我电话去见茱蒂。敢跟我玩失踪,我就丢你下海。"

"一定记得。"李阎嬉笑着把电话接了过来。

两人一直吃到深夜,李阎才把阿秀送回庙街的公寓。

"这么晚不回家,你妈一定很担心你,进去吧,明天见。"李阎看了一眼阿秀旁边412的房门,和蔼地对女孩说。

阿秀抬头看了李阎一会儿,脆生生地开口:"谢谢你,阿……阎哥。"

李阎挠了挠头,冲女孩一笑,打开自家房门走了进去。

砰!

门关上后,楼道的灯熄了大半,映得女孩的脸上半明半暗。

"嘶——"关上房门的李阁疼得冷汗直流。他往自己嘴里胡乱塞了几块糖,但是无济于事,深入骨髓的痛楚让李阁的脸看上去有些癫狂。

下了擂台后,李阁就开始感到阵阵的骨痛,这也是李阁一开始拒绝红鬼的原因。席间的白酒稍稍遏制了一下,但回到公寓后,疼痛又变本加厉地袭来。

良久,骨痛逐渐消退,浑身上下被冷汗浸透的李阁才一点点松弛了身体。缓了一会儿,他从胸前的口袋里掏出钞票数了数。茱蒂不愧是红鬼看重的大水喉,甩出来叫李阁买身衣服的钱也有足足三万多,加上明天红鬼打给自己赢得拳赛的五万块,自己手上的阁浮点数就达到了 13 点。保险起见,等明天钱一到,就先把 ES 造血细胞增强剂兑换到手。毕竟,要是在拳台上发病,那乐子就大了。何况现在那本《古小说钩沉》录本还没有头绪。

躺在床上的李阁想着这些,逐渐陷入了梦乡。

第二天清早,李阁去浅水湾的照相馆租了一身西装,搭乘巴士绕了好大一圈,着实欣赏了一下后世很难见到的 1986 年的香港。如果李阁心宽一点,他完全可以去看一场梅艳芳或者张国荣的电影,甚至找他们要签名;谭咏麟的"86 万众狂欢演唱会"也就在这几天;成立三年之久的 Beyond 乐队,在今年发行了第一张专辑《再见理想》……1986 年的香港,有太多逝去的再不回来的韶光。

可惜的是,李阁还要为自己的小命奔波,这些想法就只能停留在纸面上了。

等到李阁回到庙街已经是下午两点。九龙城寨还是一如既往的逼仄和阴暗,道旁时常能看见脸色发白、吞云吐雾的瘾君子,和浅水湾的富贵景象形成了鲜明的对比。

走进公寓楼甬道,上楼转角,一道急匆匆的人影撞了李阁一个满怀。李阁下意识扣住对方手腕,没想到对方的反应和自己一般无二,且那人抓自己手腕的架势隐隐露出几分军队里擒敌拳的味道。

李阎讶异地看了对方一眼。那人三十多岁的年纪,穿着格子西装,浓眉大眼,颇具英气,只是眼里布满血丝,好像很久没睡过一个好觉了。

"不好意思。"那人松开了手,憨厚地冲着李阎笑了笑。

"没关系。"李阎往前走了一步,想到什么似的回了个头,"兄弟,你哪里人?"

那人愣了一下,过了一会儿才回答:"我老家在河北,小地方,文安县。"

李阎乐出了声,重重拍了一下那人肩膀:"我老家在河间,离得不远啊,文安县那间破窑庙后面我还撒过尿的!"李阎当然去过文安县,因为那里碰巧是八卦掌祖师爷董海川的家乡。

"哦,同乡?"听到这话,那人也眼前一亮。

"我叫李阎,兄弟你叫什么名字?"

那人握住李阎的手,笑得很畅快:"何安东,他们都叫我阿东。"

一个小时之前,福义大厦。

"龙津道以北是太岁的地盘,虽然九龙城寨的治安是我来负责,但是在太岁的地盘找人这种事情,还是阿红你派人去比较好。"司立争推了推自己的楠木眼镜框,饱经风霜的脸上显得淡淡的。

红鬼腼腆地笑了笑,说道:"争叔,这种客套话你就不要讲了。我们这些擂台马夫哪有余力帮警察找人啊?争叔你想查哪里就查啦,只要不把我们这里翻过来就冇问题。"

红鬼这么爽快,倒是让司立争有些不自在。"不如,你先问问太岁?我不急的。"

在龙城执行委员会的五名委员当中,会长吴豪锡做毒品,是全港最大的毒品庄家。其余几人,一个做人蛇,一个做皮肉生意,司立争做赌档。而太岁，只死守着一个拳台，地盘也是五人里面最小的。不过即使是气焰最嚣张的吴豪锡，也要给足太岁面子，因为太岁足够疯，疯得让人忌惮。

说到底只是一点小事，司立争不想因为这个跟太岁闹得不愉快。

"我拿这种事情去烦太岁，岂不是要被打断腿？争叔你中意点样就点样。"红鬼语气轻松。说白了，擂台马夫的生意简直与世无争。哪像吴豪锡，和各大社团矛盾不断。

"那就行喽。"司立争点点头，门外一个保镖模样的人快步走了进来："老板，人我们找到了！"

司立争闻言放下雪茄，冲红鬼笑道："看来的确是不用麻烦太岁了。"然后转头问道，"点回事？"

"他们找到一家相熟的中医馆，那里的医生悄悄报了警，现在警察已经进了龙城！"

"那家医馆在哪儿？"司立争问道，一旁的红鬼事不关己地掏出一根烟给自己点上。

"庙街22号公寓里面。"

打火机差点烧到红鬼的眉毛。他一跃而起，冲着那人叫道："你讲乜鬼？"

"想不到在这里还能碰到同乡，真是不容易。你来香港干什么？"李阁递过去一根烟，颇有兴趣地问道。

虽然李阁来到1986年的香港没有几天，但强烈的陌生感和距离感依旧让他觉得有些落寞，只是以他心志之坚毅，不会轻易表现出来。而现在何安东一口熟悉的乡音，让李阁感到了无比的亲近。

何安东闻言神色一暗："我本来带几个同乡想来香港博一博富贵，结果却……"

"还有别的同乡也在？"

"哦,他们不住这儿。"何安东的眼神飘忽了一下,"别说我了,你来香港做什么?"

李阁冲他摇了摇头:"说了你也不信,还是算了吧。"

何安东闻言,露出一排洁白的牙齿:"有什么不信的?难不成你抢了银行,现在被全香港的警察追捕?"

李阁瞅了他一眼:"比这要惊险离奇。不说这个了,时间还早,我知道一家很不错的火锅,我请客。"

何安东连忙摆手:"算了算了……"

一阵急促的振动声音打断了二人火热的气氛。

"我接个电话。"李阁说。

何安东点点头表示请便。

"喂,红鬼哥,现在才两点钟,要不要这么急?"

"你现在在哪儿?"红鬼的语气分外急促。

"在公寓里面。"李阁皱了皱眉毛,他从红鬼的语气中听出了几分急切。

"你个仆街!躲在屋子里面不要动,那栋公寓里藏着一伙大圈仔,飞虎队已经过去了,小心殃及池鱼啊!"

"你说乜?"李阁没反应过来。

"你那所公寓里藏着一伙杀人越货的大圈仔,为首那个叫阿东!冇人性的,杀人不眨眼!"

"呐,你这样说我就懂了。"李阁长出一口气,"不过红鬼哥,给你提一个小小的建议好唔好[1]?"

"这个时候你同我讲咩嘢[2]?讲啊。"

"你以后讲电话的时候呢,声音尽量小一点。你讲这么大声,

---

1. 好唔好:粤语,好不好。
2. 讲咩嘢:粤语,说什么。

047

我身边的人听得一清二楚,我好尴尬的。"

"你讲咩?"

"嘟——"李阆挂了电话,静静地看着眼前的阿东。

"同乡,叫你朋友不要乱说话,没有人性这种话不能随便骂的,很难听。"何安东笑着说。

"喵",一只小猫不知道从哪里蹿了出来,抓着李阆的裤脚往上笨拙地扑腾着。

"阿咪,你又不乖。"女孩跑下楼,抱起自己的橘色小猫,抬头看着李阆,脸上有难得的笑,"阆哥。"

"有冇人性,不是讲出来的。"刚才李阆一直是用接近普通话的河北方言和何安东对话,这时却换上了带点口音的粤语,"乖了,阿秀,你身上有冇零钱啊?"李阆摸了摸女孩的头。

"有。"阿秀点了点头。

"帮哥哥一个忙,出了公寓去街上买一包糖给哥哥好唔好?"

女孩乖巧地点了点头,转过了身去,接着又一下子转了过来:"那你要在这里等我。"

"冇问题。"李阆笑着点头,目送着女孩抱着小猫离开,然后缓缓转过头。

眼前是一个黑洞洞的枪口,和浓郁得让人睁不开眼睛的红光。

"兄弟,见谅,我也不想的。"

李阆抿着嘴,没有说话。

何安东手里的五四式黑星握得很稳,一看就知道有过经年累月的艰苦训练。

此刻在李阆眼中,何安东身上红光的浓郁程度堪称沸腾,甚至有隐隐向紫黑色转变的趋势。毕竟枪口顶在自己胸口,对方又是一个老辣沉稳的江洋大盗,基本没什么翻盘的机会。

"这时候灭我口,没什么意义吧?"

"把头转过去。"

李阎深呼吸了几口气,把牙齿咬得咯吱作响,却没有过多犹豫,而是干脆地转过了头。只是何安东没有看到,在李阎转身的时候,眼中泛起的阵阵黑色涟漪!

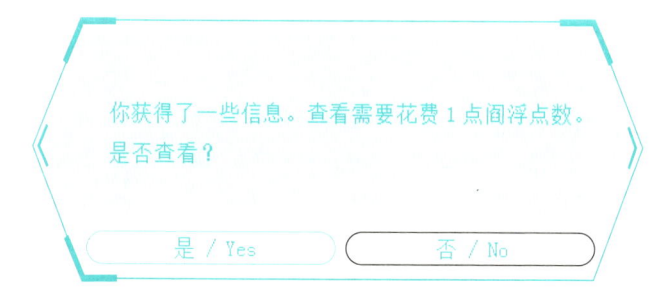

> 你获得了一些信息。查看需要花费1点阎浮点数。是否查看?
>
> 是 / Yes   否 / No

"是!"刹那间,一股冰凉的感觉涌上李阎的大脑。

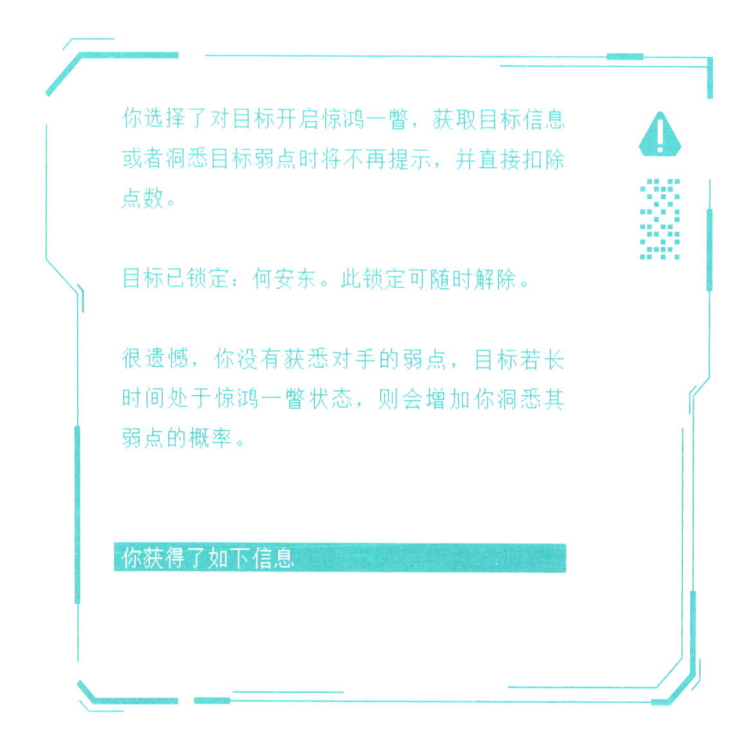

> 你选择了对目标开启惊鸿一瞥,获取目标信息或者洞悉目标弱点时将不再提示,并直接扣除点数。
>
> 目标已锁定:何安东。此锁定可随时解除。
>
> 很遗憾,你没有获悉对手的弱点,目标若长时间处于惊鸿一瞥状态,则会增加你洞悉其弱点的概率。
>
> **你获得了如下信息**

> 姓名：何安东
> 状态：疲惫，轻伤
> 专精：热武器 39%
> 技能：
> 1. 训练有素：全方位战斗素质的提升
> 2. 杀人如麻：87/100（未解锁）
> 威胁等级：深红色
> 备注：原则上，我们不支持没有任何传承的行走对抗热武器。当然，黑色以下的威胁程度，你都有获胜的可能，祝你好运。

如果一万港币只换到了上面这段文字，那李阊基本可以宣告完结，并对貘那个死胖子竖起中指。但惊鸿一瞥能与ES系列药剂并列，成为貘馈赠的购买权限之一，它的实用价值在貘看来是毫无疑问的！

尽管只有转头前的一瞬，李阊还是清晰地感觉到，自己眼中的何安东似乎与整个世界抽离开来了。他的每一块肌肉的收缩，胸膛的微微起伏，在自己看来都是如此清晰明了，甚至他那因食指扣在扳机上而压得轻微变形的皮肤，自己也一目了然。这种超现实的体验，前所未有。

如果换作何安东还没拔枪的时候，八步之内，这种状态下的李阊就有把握将何安东当场格毙！

不过李阊转过身后，这种奇异的状态也就消失无踪，只剩下冰冷的枪口抵在腰后的粗糙感觉。李阊毫不怀疑，自己只要有任何异动，何安东都会毫不留情地扣动扳机，子弹会斜着穿过自己的肺叶，并迅速结束自己的生命。什么八卦掌、鸣鹤拳，高达81%的古武术天赋,都是扯淡。

"我让你怎么走,你就怎么走。"何安东在李阎耳边低语道。

"如果我是你,我不会回去报信,也许现在飞虎队还来不及包围这里。用我做掩护,赶紧冲出去才能活命。"李阎半真半假地说道。

何安东沉默了半晌,才语气平静地回答:"是我把他们带出来的,我就一定会把他们带回去。"

李阎双眼微微眯着,不知道在想什么。

"走!"

何安东推着李阎下楼,七转八绕了很久。九龙城寨很多行人道都逼仄到只有一个肩膀多一点宽,公寓就更不用说。两人走了没一会儿,就到了一家房门前。

"敲门。"何安东轻声说道。

李阎无奈之下用力拍了拍铁栏门。不一会儿,一个穿着白大褂、眼窝深陷的老头子打开了房门一角,透过铁栅栏看着李阎:"你找谁?"

"文叔,是我。"何安东的脑袋从李阎身后探出来。

"阿东?你怎么……"

"文叔,先让我们进去,一会儿我再跟你说。"

文叔不着痕迹地抿了一下嘴唇,点了点头,动手解开门上的锁链。

何安东推着李阎进了房门。这似乎是一间私人诊所,屋子分里外两间,充斥着消毒水味,连弥漫在整所公寓里的鱼腥味也被冲散了。里屋担架床上躺着一个不时低呻的男人,他身上裹着绷带,旁边的盘子里有七八颗歪歪扭扭的子弹。此外还有两名神色悲戚的男人,一个守在担架床边,一个坐在椅子上默默抽烟。

"东哥。"

"东哥。"

椅子上那人站了起来，担架上那人也冲着何安东喊道。

何安东把李阎推到站起来的那人身边，手里的黑星手枪依旧指着李阎。"高成，拿根绳子把他手绑了，小心点，这人可能练过。"

看上去李阎的境地似乎更糟了，可他却暗暗松了口气。在他看来，这可比何安东真架着自己突围出去要强太多了。这里不同于内地，包围的也不是人民警察，所以他不认为面对这帮穷凶极恶的匪徒，警察会因为自己投鼠忌器。即使不是这样，李阎也不想赌。想活命，就不能靠别人！

"阿东，咱们不是说好了吗，你怎么又带了一个人过来？"文叔抱怨着。

何安东憨厚地冲老头子笑了笑："不好意思，文叔，我包里还有四万块钱，加上之前的两万，你都拿去，我们恐怕还得在这儿多住一段时间，我兄弟的伤也都拜托你了。"

老头子的脸色好看了一点："阿东你也不用这么客气，大家好朋友嘛，你有难我一定帮的。"说着他转过身似乎要拿什么东西。何安东脸上的凶戾之气一闪，扬起右手，枪口喷吐出刺眼的火舌，文叔的脑袋顷刻间被打得粉碎，血污爆裂。

李阎咧了咧嘴，惊叹于何安东的狠辣果决。虽然电话里红鬼没说为什么警察能这么快找到这里，但毫无疑问，这个白大褂老头最有嫌疑，而眼下显然没时间让他自证清白。

"东哥，你怎么……"坐在床边那人也惊得站了起来。

何安东垂下手，说："他告了密，警察马上就到，我们得立刻离开。"

"什么！"两人脸色瞬间青紫不定，床边那人一屁股坐在凳子上，似乎万念俱灰。

九龙城寨比不了外面，这里太过拥堵逼仄，而且错综复杂，一旦被警察堵在这里，插翅难飞。

"小金怎么办？"高成的反应快一点，可他的问题让所有人都沉默了下来。

"东……东哥……"床上的小金嘴唇颤抖着，张嘴呼喊了一句。

何安东快步走了过去，握住小金的手，眼神坚定而沉稳："小金，你相信东哥吗？"

"东……东哥……"

"相信吗？"何安东低吼了一句。

"信……"

"你听着，香港不做海盗是不会被判死刑的。你留在这儿，警察会送你去医院。等着东哥。只要我何安东还有一口气，我一定去劫监狱，把你救出来……"

小金张着嘴，越听脸色越白。

"不行！"坐在床边的男人猛地抬起头来。

何安东与那人对视了一会儿，眼神淡漠如虎。

那人的喉结上下抽动了一下，说："东哥，你之前说过的，不会抛下小金的……"

"你们也答应过我，出来一切听我的。"

那人仰着脸，脖子上青筋暴起："听你的？听你的听到抛下自己人？大伙儿把命交给你，你就这么对待自己兄弟？"

何安东猛然抬手把枪口顶在他额头上，双目赤红，高成惊得往前两步。

"我何安东想抛下兄弟就不会回来！再讲最后一遍，走！"

"东哥，不要……"

"开枪啊，打死我连我那份一起吞！"

"你他妈少说两句！"

"现在钱也没了，命也没了，剩下什么？剩几张草纸啊！"

那人歇斯底里地大喊出声，一把将桌上的皮箱子掀翻在地，金灿灿的港币撒落一片,还有两张烫金纹路的宣纸跟着一起落到地上。

"我他妈让你少说两句!"高成也火了。

咔吧!此起彼伏的怒吼声中,这声脆响显得如此微不足道,却让红了眼的何安东没由来地心中一冷。

李阎修长而骨节宽大的手指不带一丝烟火气,行云流水一般抄起盘子里的手术刀直接捅进了高成的脖子。异变乍起!一股血箭飙了出来,染红了龟裂的墙皮。

何安东呆呆地转过头。

高成的脸上带着不可置信的神色,所剩无几的体温随着血液飞速流逝。他的身后,是一张消瘦而苍白的男人面孔。

"东……东哥。"

电光石火之间,何安东有些恍惚:我到底带回来一个什么人?

李阎的左手拇指被自己硬生生卸掉,看上去有些畸形。手腕上是一团杂乱的麻绳,右手的手术刀大半截没在高成脖子里,整个身子埋在高成身后。

何安东几乎下意识抬起手来。床边那人也飞快地抽出腰间的手枪,双眼都是血丝。

"成子!"

"我拔出刀他立刻没命。"

"你拔你就死!"

"退后!"

四人成掎角之势,血顺着李阎的手腕滴在满地的钞票上,看上去有些讽刺。

何安东作势欲冲,李阎提着高成的脖子往后一顿,手中刀又深了几分。

无数微尘在昏暗的灯光下飞舞着,几个人的呼吸都越发粗重。

"你是谁？"

"你放开他，我放你走。"

"老乡，你讲笑话？"

何安东慢慢挪动步子，另外一人也横移过来，两人一左一右，像是猎食的猛兽慢慢逼近。

"把成子放开！"

"再动我就拔刀。"

"你不敢拔！"

"那就开枪啊。"

几个人你来我往，语速越来越快。何安东几次想抬手射击，李阎都猛地一顿，刀身在高成的脖子上微微搅动。

"把枪扔开我就放人。"

"你做梦。"

"警察来了左右是死，大不了鱼死网破。"

"破啊！

"破啊！

"破啊！"

怒吼声一个比一个高，李阎每向后一步，何安东的枪口就高一分，何安东的枪口每高一分，李阎手中刀就紧一分。

三人脚下踩着泥泞的血和钞票来回踱步，彼此拉锯间碰翻了桌子，大大小小的手术用具叮叮当当响成一片。

床上的小金掐紧了床单，毫无血色的脸越发难看。

何安东的眼神非常冷漠，冷得让人摸不准他是不是下一刻就会把李阎连同高成一起射成筛子。可李阎的眼神却极为晦涩，似乎蒙上了一层灰尘，又像一口幽深的古井。

就像两条争食的蟒蛇，既对彼此的棘手忌惮不已，又无法割舍摆在眼前的饕餮盛宴。

"老乡,今天我何安东认栽。我数三声,我俩扔枪,你放人,怎么样?"

"好啊。"李阁一口答应。

"一!"

李阁的脚趾如钩,往前微微犁动着。

"二!"

坐床边那人一会儿瞅瞅李阁,一会儿瞅瞅何安东,神情有些紧张。

"三!"

手枪往前一扔,矮身蹲地前滚,似乎在心中演练过无数遍一样,几乎在手枪落地的同时,何安东已经滚了上去,闪电般拾起手枪!抬手!瞄准!眼前是跌跌撞撞被李阁推过来的高成,自己的枪口对准失去人质的李阁!

高成的眼睛已经失去神采,脖子上的血宛如一道喷泉汹涌地喷溅出来——李阁拔了手术刀!

"你!"何安东怒吼出声,手指欲扣动扳机,一道银光扎进他的手腕。他吃痛之下,手枪跌落在地。

那是一柄被踩断的手术刀片,在四人对峙撞翻桌子时,被李阁悄悄踩到了脚底。

李阁饿虎一样蹬地前冲,一脚把手枪扫飞出去,右腿蹬踢,脚尖轰在何安东的喉咙,将他整个人踹得翻了个身。紧接着他一个虎跃,冲向了弯腰拿枪的另一个人,凌厉的鞭腿抽击在那人小腹,右腿落地时往后一带一扫,使那人痛苦跪地,左手肘蟒蛇一般缠住他的脑袋,手术刀在他脖子上划出一道血线。

扑通,李阁放倒他软绵绵的身体,面无表情地回身,奔着何安东走去。蓦然间,李阁觉得自己腰间一滞,床上的小金竟然双手抱住李阁的腰:"东哥,快跑!"

一切仿佛是噩梦一般。这个被东哥挟持回来的瘦高男子，似乎顷刻间化作择人而噬的恶魔，将这个逼仄的诊所化作了炼狱。

李阁想也不想，回身挥手，反握的手术刀戳进小金脑袋。尽管已经毙命，小金的手臂依旧死死环着李阁。何安东爬着站起来，没想着逃，却是去摸远处的手枪！

不死不休！

两人此时都是满眼的凶戾杀气，眼前的世界一片血红。

摸到了！

"啊——！"

何安东翻身抬手，李阁已到了面前，手术刀迎面戳下！

砰！砰！砰！

"我再重复一遍，这帮大圈仔心狠手辣，胆敢反抗或者逃跑，立即开枪，必要时可以当场击毙，听懂了没有？"

黑压压的防暴盾牌压了过来，机动大队包围了整座公寓。五十六岁的黎耀光紧随两名机动部队警察，手持MP5K冲锋枪冲进房门！

血和钞票铺满了地面，整个房子里横倒着四具尸体。一个瘦高的男子面对着黎耀光，笔挺的西装上和脸上满是血污，此时正伸手去合何安东圆睁的双眼。

"双手抱头！慢慢站起来！"黎耀光怒吼出声。

李阁矮着身子，依言缓缓起身，眼前是逐渐平静下来的黑色涟漪。

本次惊鸿一瞥状态已持续九分四十三秒，
没有洞悉目标弱点，当前消耗 5 点闻浮点数。

你解除了对目标的锁定。
目标死亡。

第四章
茱蒂与夜

"姓名？"

"李阎。"

"哪里人？"

"河北。"

"来香港干什么？"

"走亲戚。"

一名军装警察两根手指夹着圆珠笔，瞟了桌子对面的男人一眼，飞快地在纸上记录着什么。

"你的口供里讲，他们劫持你，但是闹内讧，然后……"警察顿了顿，语气中带上了几分不可思议，"你一个人杀了他们四个？"

"警官，我是自卫。"

警察注视着李阎："你知唔知那几个人和你是同乡？"

"知道，我就是看他们是同乡才多聊了两句。"

"多聊两句？你讲你跟他们的案子没关系？你看阿 sir 似不似白痴？"

"这种事情谁说得准呢？"

"你！"

"警官，想清楚点。"

已经站起了半个身子的警察盯着眼前双眼微闭的李阎，又气冲冲地坐了下来。

这个男人到警局没多久，律师事务所就有电话打进来。上峰态度暧昧不明，显然有人保他。加上没有任何证据显示这个叫李阎的男人跟这起案子有关，人家保释金交足，能把他留在警局一夜已经很不容易。再想想眼前看着病恹恹的男人，单凭一把手术刀就杀了四名持枪匪徒，军装警察觉得自己后脊背有些发凉。

房门被一个手里端着茶杯、头发白了大半的老人推开了。

"黎sir。"军装警察站了起来。

"你先出去，关好门。"黎耀光摆了摆手，坐在了李阁对面，挑着眉毛把桌上的纸张叠好摆在一边，"这一夜过得怎么样？"

"茶很难喝，沙发也很窄。"

"这是差馆，你以为宾馆？"黎耀光直视着眼前的男人，"就凭一把手术刀，几分钟之内就杀光我们要出动防暴部队追捕的大圈仔，龙城的擂台拳手这么厉害，不如叫你们改组特种部队。"

李阁没有说话，只是平静地看着老人。

"你来香港多久了？"

"一两个月吧。"

"过得如何？"

"还好，不觉得累。"

老人笑眯眯地："我祖籍福建厦门，从小在香港长大。我父亲当年来港在油麻地拉车，过得很清苦，可是他不捞偏门。当年我考警察，那个时候人人都要给考官茶水钱，他偏不给，我当了七年警察都脱不掉军装，可我从来不觉得他错。"他盯着李阁，"人再潦倒，也不是作奸犯科的理由。"

李阁咧嘴一笑："这些话你该跟那几个死鬼说。我来香港没多久，庙街的站街女都冇见识过，不过呢……"他忽然不笑了，"阿叔，道理是填不饱肚子的。如果有一天香港再也没有大圈仔，你觉得有冇可能是被你说服的呢？别人愿意把命拿出来赌，死了不可惜，但是没必要踩着人家尸体说风凉话吧？"

黎耀光也不生气，顿了一会儿说道："我现在倒是愿意相信你跟他们没有关系了。一个把事情想得这么清楚的人，是不会去抢银行的。"

"还是阿叔有眼光。"李阎打趣着，心里却想到那个死在自己手下、一脸冷漠说要去劫监狱的男人。他，想得够清楚吗？

黎耀光接着说："喝完这杯茶，等律师来了你就可以离开。不过话说回来，你在龙城打拳能赚几多？"

"总不会有抢银行赚得多就是了。"

"风险大嘛。"

"擂台打拳风险也不小，我开销又大，捉襟见肘啊。"

"那你有没有兴趣多做一份工？"

李阎一愣："你讲乜？"

黎耀光语气不变："我问，你有冇兴趣做辅警？"

"阿伯，你讲笑话？"

黎耀光伸手递给李阎一张名片："乜时候你觉得我冇讲笑话，就打这个电话。"他低头看了看表，"时间也差不多了，你可以自便。"

李阎犹豫了一会儿，接过黎耀光的名片，起身要走。

"对了，那帮大圈仔在银行里劫走一批古董，本来是用作慈善拍卖会的，现在大部分都不知所终，你被他们劫持的时候有没有听他们提起过？"

李阎站住脚步："谁知道？如果是我早就销赃了。求财嘛，谁会带着那些东西到处跑。"

黎耀光饶有所思地点点头："那就是轻便一些的可能会带在身上了？"

砰！李阎把门一甩，走了出去。

老人沉吟了好一会儿，良久才苦笑一声："人都死光了，想这些有什么用。"

你获得了《古小说钩沉》录本残篇×2。
你正式开启了本次阎浮事件！

事件要求如下

⚠ 唤醒画有姑获鸟的录本中的残魂，失败则扣除本次阎浮事件所有点数，并抹除本次阎浮事件中所开启的购买权限。
录本残篇的位置不定时通报，有效距离为五公里，届时请注意查收。

⚠ 请注意，入手更多录本残篇，将为你带来更高收益。

⚠ 请注意，你在本次阎浮事件中的所有行为造成的影响将为你提供额外的购买权限和更高的结算奖励。你的行为所造成的影响越大，结算奖励越高。本项原则适用于绝大多数阎浮事件。

备注：还记得初入时的话吗？请大闹一场吧，行走大人。

造化弄人啊！李阎不禁感叹。他快步穿过审讯室，见到了等候他的红鬼。

"点样？那帮警察有冇难为你？"

红鬼还是老样子，身穿黑色的皮夹克，看起来有些稚嫩的脸上带着笑。

"麻烦你了，红鬼哥。"

"是太岁帮忙，不然你哪有那么快出来。"

"太岁知道这件事？"李阁对这位素未谋面的拳台太岁的确有几分好奇。

"知。现在谁不知道九龙城寨出了一位单枪匹马杀光持枪悍匪的阁王？人人都把你当超人呐。"

"你别开我玩笑了。我半条命都要没了，正准备去天后庙烧香还神。还有，茱蒂那里你怎么解释的？"

"没事就好了。"红鬼拍了拍他的肩膀，"保释金是茱蒂替你付的，一会儿吃饭你自己去解释咯。"说着他往不远处努了努嘴。

李阁顺着他的眼光看去。茱蒂坐在办公桌边上，对面是保释李阁的鬼佬律师。这是李阁第一次看到茱蒂穿正装。她穿着白领黑毛衣，戴着一顶礼帽，手腕搭在脖子上，正侧耳倾听着什么，抿在一起的嘴唇不自觉上翘，风姿绰约。

李阁不自觉摸了摸鼻子。比起那天晚上妩媚艳丽的茱蒂，眼前这个平静如一汪碧蓝湖水的女人倒是确实让他有种被什么东西击中的感觉。

"我刚惹皇气，就这样陪人家吃饭，不好吧？"

"哇，人家身家上百亿，腿长胸大脸蛋俏，倒贴你啊？你乜鬼语气？"

"不是，你听我说——"

那边茱蒂已经谈妥了手续。"那就这样，查理斯，有什么事我们再联络。"茱蒂站了起来，伸出洁白柔软的手。告别律师之后，她望向红鬼和李阁，朝这边走了过来。

她上下打量了一下李阁，满意地点点头："这件衬衫不错，和你很搭，就是单薄了点。"

"外套弄脏了，只能将就穿，我还没谢过茱蒂姐帮我。"李阁舔了舔嘴唇，有点干涩地回应。

茱蒂伸手去挽李阁的胳膊："走，我带你去买件新的。"

红鬼顺势说道："那我就不打扰二位了。"

茱蒂白了他一眼："你这么着急去找太岁，我也留不住你啊。"

红鬼打了个哈哈，拍了拍李阁的肩膀。就这么离开了。

茱蒂低声抱怨了一句，李阁只听了囫囵："也不知道……哪儿比我好？"

"茱蒂姐你刚才说什么？"

茱蒂转过身，笑吟吟地看着李阁："我是说，你以后叫我茱蒂就好。"

李阁咧了咧嘴，一时间不知道如何回答。

"走啊。"茱蒂拉了拉李阁的胳膊，眉眼带着几分笑意。

偌大的餐厅只有李阁和茱蒂两个人，房间里的钢琴声音悠扬，曲子是理查德·克莱德曼的《秋日私语》。

"我很久没有买过成品西装，不过你穿上去蛮不错。"

烛火下的餐桌上，茱蒂的眼神在李阁身上来回扫视，眼光深处隐藏着一丝……火热？

李阁喝酒的动作像是牛饮，不顾一旁服务生惊讶的目光。他沉吟了一会儿，忽然抬头，问道："茱蒂小姐，其实我很奇怪，关于我这个人，你了解多少？"

茱蒂切着一块黑松露牛排，头也不抬："你指哪方面？"

"这么说吧。我能理解有人花钱捧一个拳手上台，几多钱都不在乎。可我不太理解有女人会邀请一个刚刚杀了四个人的凶徒共赴晚餐，还专门为他买了一身价格不菲的西装。"李阁有些心疼地抬手看了看袖子，这一件西装，自己 ES 细胞增强剂的钱就出来了。

茱蒂双手交叉，手背托着下巴想了一会儿，没有直接回答李阁的问题，而是伸手把杯子里的红酒饮尽。

"不如我们玩个游戏。我们每人问对方一个问题，不可以撒谎，也不可以不回答，更不能说跟问题无关的内容。不然，就喝一杯酒。反之，对方就喝一杯。"

"好啊。"李阎一如既往的爽快，就像他答应何安东放开人质。

茱蒂率先开口："红鬼第一次向你介绍我，嗯，大概就是龙城大水喉之类的话吧？你看到我的时候，心里是怎么想的？"

李阎的指甲不经意划了一下桌子。眼前这个女人今晚的表现，显然不像福义大厦里表现出的那样气盛，甚至可以称得上狡黠。所以李阎最终决定实话实说。

"我当时想，这女人身家百亿，如果走投无路，找个机会绑了她，随便榨点油水出来也够我过下半辈子。"

茱蒂神色错愕了一下。她放下刀叉，用餐巾擦了擦手，思考了一会儿，忽然点了点头，给自己倒了一杯加烈葡萄酒。

"虽然有些伤自尊，不过我喜欢诚实的人。"她的高跟鞋钩了钩李阎的裤脚，眼中带有迷人的磁性，"如果你真的绑了我，只是要钱这么简单？"

"不知道，到时候再说。"李阎本以为今天这顿酒会很尴尬，不过真的赶鸭子上架，倒也不是那么难以接受。

"该你了，就是刚才的问题吗？"

李阎点了点头。

"这种事其实因人而异。"茱蒂歪着头，手掌托着脸蛋，"鲜血和暴力，有的人面对这些会感到恐惧甚至厌恶，可也有人为此深深着迷。拳头、汗水、血肉，甚至杀戮。"她叉起一块鹅肝放进嘴里咀嚼着，朱唇轻启，"我是后者。"

"其实龙城擂台上有很多——"

"太丑了。"茱蒂打断了李阎。

李阎被噎了一句，只得尴尬地回应："啊，很合理。"

065

"整个龙城，本来我只对红鬼有期待，直到我看了你和城户南的拳赛。"她的脸上带着嫣红，冲李阎勾了勾手指，"离我近点。"

李阎把身子靠过去。眼前这个女人睫毛长而弯曲，眸子如同秋水。她一张嘴，芬芳的吐息喷在李阎的脸上。李阎不受控制地咽了一口唾沫，下意识地往后一缩，端起红酒杯给自己倒上，然后满饮了一杯，一向稳如磐石的手腕竟然有些哆嗦。

茱蒂见状，吃吃地笑了起来。

二十五年里，李阎没有见过一个像茱蒂这样奔放而性感的女人。他自认不是什么雏儿，却被这个女人三言两语撩拨得失了方寸。

"又该我了。你以前是做什么的？来香港以前。"茱蒂一边倒酒一边笑着问，似乎刚才什么都没说。

因为酒喝得太急，李阎的呼吸粗重了很多："我？我从小跟着我爸，居无定所，辗转南北去过很多地方。我爸走了以后，我自己下海做过一阵生意，在武馆里教过学生，还卖过一阵电子表。"

茱蒂伸手拿起葡萄酒，仰脸喝下。

"轮到我问了。"李阎咂了咂嘴，"那茱蒂小姐你呢？你结婚以前的生活怎么样？"

茱蒂挑了挑眉毛，过了一会儿才回答："我是个孤儿，家中领养我不久，父亲就去世了，我至今记不清他的模样。"李阎静静聆听着，没有说话。"我母亲……对我很好，就是工作太忙，没时间陪我。"

李阎忽然抬头看着茱蒂，茱蒂也眼睛不眨地看着李阎。两个人僵持了一会儿，气氛有些微妙。良久，李阎露齿一笑，端起酒杯喝光了里面的葡萄酒。

有意思的是，李阎对茱蒂的死鬼丈夫绝口不提，而茱蒂也无意深究李阎为什么杀人偷渡。当然，即使她问，李阎最多现编。他至今都弄不明白，貘，或者说阎浮，是怎么保证自己的假身份天衣无缝的。要知道，让一个人无声无息地消失，这并不算难。可是让一个人无声无息地出现在另一个世界而没有丝毫破绽，这份能量就堪称恐怖了。

"该我了。"茱蒂接口，"你在内地有过喜欢的女孩子吗？"

"……没有。"

"噢。"茱蒂也不知道信还是不信，不过酒是喝得很痛快。

茱蒂的酒量比李阁想象的要大得多，但到底比不过李阁这样的纯正北方男人。几个回合下来，茱蒂已经有了明显的醉意。她胳膊搭在李阁肩上，说话已经含糊不清。李阁往门口望了一眼，那里站着几名戴着墨镜、英姿飒爽的女性保镖，此刻正眼色不善地盯着自己。

李阁招了招手："你们老板喝醉了，送她回家吧。"

"那李阁先生不和我们一起走？"一名年纪稍长的女保镖语气古怪地问。

李阁看了她一眼："我坐的士回九龙城寨。"

"那您路上小心。"

"我会的。"

李阁扶着茱蒂把她送上车，目送着车子离开，然后解开扣子，把西装装回袋子，穿着那件从照相馆租来的单薄衬衫小跑着去拦计程车了。

"丽，你觉得他怎么样？"车的后厢，茱蒂双手环抱，哪有半点喝醉的模样。

"这个男人城府很深。"开车的女保镖头也不回。

"没那么夸张吧，我觉得他很可爱啊。"茱蒂笑得格外爽朗。

"茱蒂，他一个人赤手空拳就杀了四个大圈仔，这种人发起疯来很危险的，你唔要玩火啊。"

茱蒂换了个姿势，把修长的左大腿压到了右腿上。她抿了抿嘴，语气透出几分争胜的意味:"那个疯子能做到的事情,我一样能做到。"

丽翻了个白眼,沉默了一会儿才说:"总之他要是敢对你起歹意,我就一枪打爆他的头。"

车子疾驰,里面传来女人放肆的笑。

九龙城寨入口,一块银色的金属牌子上写着"九龙城寨"四个字。

摆脱了几名向自己搭讪的莺燕和瘾君子,踩着满地的废报纸和污水走在逼仄的巷子里,这个时候,李阁才终于缓过劲来,开始思考阁浮事件的内容。

原本按照李阁的设想,他应该在城寨擂台上打到第七擂时才能开启阁浮事件,没想到阴差阳错,从何安东手里拿到了两张残篇,提前做到了这一点。

可以想见,其余残篇也绝对跟何安东等人脱不开关系。李阁当时仔细搜过,何安东手里只有两张残篇。而警察方面则说,《古小说钩沉》录本的五篇统统被何安东劫走了。那么剩下的三篇哪儿去了?

有两个可能。一个是何安东处理掉了。事实上他们的确把一大批不易携带的古董折现了,当初李阁见到的满地港币,一大部分就是折现的钱。考虑到他们被警察追得匆忙,小金中枪前这批古董还在他们手里(这是被警方证实过的),小金受伤后他们就到了龙城给小金治伤,中间应当无暇去做这种事。所以很有可能,这批古董,他们就是在九龙城寨里处理掉的。

另一个可能,就是银行工作人员监守自盗。到时候抓不到这帮大圈仔,死无对证,东西自己黑下来,这个可能性也是有的。如果自己想找到五张残篇,尤其是那张姑获鸟残篇,就要从这两方面入手。考虑到残篇的位置每二十四小时就会通报给自己,李阁觉得在剩下的大半个月里找到它们并不算很困难。

路边有个金发碧眼的中年修女派着纸张，大抵是多去教堂消灾祛病之类的内容。她操着一口别扭的粤语，听得李阎有些想笑。他想起小时候自己在广东，一个本地孩子指着自己的鼻子说："唔识听就返乡下[1]。"让他薅着脖领子一顿胖揍。

李阎正要走开，胸口忽然传来一股灼烫的痛觉。

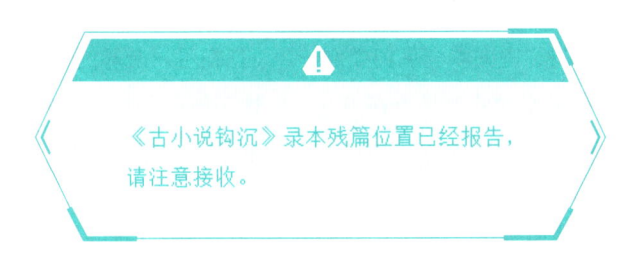

> ⚠
> 《古小说钩沉》录本残篇位置已经报告，请注意接收。

李阎眼前蓦然现出一张立体地图，正是九龙城寨的地理全貌，仿佛沙盘。四个金红色火焰图标点在九龙城里，其中两团的位置交叠，正是自己，而有一团火焰，距离自己只有不足百米，且正在移动！

李阎猛然回头，顾不上街边摆摊卖物的老人，从草编筐上直接迈了过去，穿过四通八达的街巷，往火焰的位置靠近。

"让下！让下！"

奇怪的是，那团火焰也忽然加速！李阎咬住眼中沙盘上那团金红火焰，紧追不放，穿过七八条小巷，耳边才传来低沉沙哑的男声。

"报告结束，本次报告持续时间为一分钟。"

李阎脚步骤然一停，有些丧气地叹了口气。当然，他也不是全无收获，至少他知道在九龙城寨里，的确还有三张残篇，而整个城寨也没有超过方圆五里，找到这几张残篇花费不了多长时间。

李阎审视着眼前的每一张面孔，在感应消失的一刹那，他距离

---

1. 唔识听就返乡下：粤语，听不懂就回老家。

那团金红色火焰大概只有十五米。也许只需要一个转身,或者进了某家店面,他就能找到那个身据残篇的人。

"喂,朋友,今天我们不做生意,识趣点走开啦。"两名凶神恶煞,就差把"四九仔"三个大字顶在头上的混混对李阎说道。他俩守在一座帐篷前面,帘子拉着,看不清里面。

这应当是哪个社团开的白粉档。九龙城寨里有很多这样的帐篷和棚户房,进去就会见到躺倒一片、正在吞云吐雾的老道[1]。李阎不确定自己要找的人是否在里面,但这不妨碍他想进去看看。

李阎抽了一下鼻子,似模似样地咽了一口唾沫,走上前去,看起来和毒瘾发作的老道一般无二:"老兄,我懂规矩的,入场费七块五嘛,我给十块。"

那混混有些不耐烦地摆摆手:"没货啊,兄弟,去别家。"

李阎乐了,自己扮次老道,还能碰上粉档断货这种事,真是稀奇。

"乜事这么吵?九哥骂了。"一个短发男人从帐篷伸头往外看,正瞧见李阎,"是你?"

李阎看见那人,也有些惊奇,张嘴打了声招呼:"你好啊,周师傅。"

"哇,我道是谁,这不是城寨里风头正劲的阎王哥?这么晚来我这儿?太岁那碗饭吃不饱,想拜山门?"

帐子里很空旷,花衫九看到进来的李阎,皮笑肉不笑地打趣了一句。

花衫九是李阎来香港后的第一个金主,没有他那五万块,李阎连斗杀何安东时维持惊鸿一瞥的点数都凑不齐。虽然他现在语气不

---

1. 老道:黑话,吸毒者。

善，李阁也没计较，只回答说："九哥这玩笑我可担待不起。在九龙城寨里称自己是阎王？几条命都不够。有个毛贼偷了我的钱包，我一路追到这里，想进来看看是不是躲进来了，没想到能遇到九哥。"

"以你的功夫，哪个毛贼能偷到你的钱包？"小周有点不信。

"话不是那么说，术业有专攻。"李阁含糊了一句，"怎么样，周师傅？这么碰巧遇到我，不如切磋一下，还你夙愿啊？"

"没那个必要，过不了几天，我们自然会在拳台上见面。"小周语气冷淡。

"我家小周入拳台不过几天，在擂台上四连胜，中国功夫打得那帮越南猴子上蹿下跳。你在拳台上遇到，谁输谁赢还不一定。"花衫九帮了句嘴。他平日里最喜欢看拳，那天在红鬼那儿落了面子，本来有点下不来台，这几天看自己兄弟在拳台上所向无敌，那点不快早就抛到了九霄云外。

虽然是和联胜的揸 fit 人，但是花衫九的确没什么架子，看上去挺好接触。可要在九龙城寨里打听一下，说到当年提着空心金属甩棍、不到一百个烂仔就敢去油麻地插旗的和联胜红棍花衫九，没人不称一句犀利。

李阁没太在意花衫九的话。那次搭手看不出小周深浅，但李阁也不觉得自己会输，若是在惊鸿一瞥的状态下，自己更是有九成以上把握。被小周在拳台上打败，从而结束自己的1986香港之旅，李阁真没想过。

"不过九哥怎么晚上这么闲？粉档里半只苍蝇也冇。"李阁只是随口一说，花衫九的脸却一下子沉了下来，冷笑一声："吴老鬼想扫光我场子，哪有那么容易？过几天就让他沉尸。"

李阁没接茬儿。不过在他看来，这种时候放这样的狠话，和联胜多半是让吴豪锡压得有些喘不过气来。

正骂着，花衫九的眼光又转到了李阁身上："怎么，太岁有冇兴趣插一脚?她死守着龙城的拳台能过多久?吴老鬼的霸道不是一天两天,都在委员会共事,她冇体会?"

李阎连忙摆手,打趣道:"九哥,我到香港才几天,太岁的面都冇见过,你唔要吓我啊。"

花衫九哈哈一笑,也没放在心上。其实无论吴豪锡还是和联胜,都不希望这个时候横生枝节,把别的龙城执行委员牵扯进来,更别提太岁这个出了名的疯子。花衫九只是开句玩笑,何况他也不认为李阎这个刚到香港没多久的外江佬能影响当下九龙城寨的时局。别说他,就连他的经理人红鬼也没这个能力。

"对了,九哥,小弟我初来乍到,乜都不懂,九龙城寨里有冇大点的典当行?"

"你问这个做乜?"

"我从内地来的时候,身上带着一件传家宝,想看看能卖几多。"

这种谎李阎放个屁都能说上四千多个不带穿帮,花衫九就是问得再细他也圆得过去。不过现实没给他发挥的余地,一边的小周已经接口:"马路对面有家利兴大押,老板给的价格还算公道,而且人脉广,什么都收。龙城做这行的不多,毕竟有好货也不会有人在城寨里押当。你要是想卖高价,还是去龙城外面吧。"

李阎心中大喜,告罪一声"打扰"就往外走。

"李师傅!"小周叫住了李阎,目光灼灼,"拳台上见。"

"拳台上见。"李阎哈哈一笑,奔着那家利兴大押去了。

"最近拳台咁[1]多新血,太岁一定很高兴。"

九龙城寨第一马夫、太岁最亲厚的经理人、五十六岁的廖智宗拿起桌上的一张单据。照片里正是李阎,旁边还有小周的单据。"九

---

1. 咁:粤语,这么。

龙城寨的第六擂这么热闹,还是第一次。"他感叹着。

"是啊,我打拳那时候,可没这么多花活。"红鬼手里也拿着一份单据,照片上的人戴着狰狞的青色面具,"武二郎,呵呵,这个花名起得真是调皮。"

红鬼有些轻蔑地笑笑,尽管单据上这个新血最近成绩不错,但是这种故弄玄虚的做法,一般只在一些低级的拳台上才有人耍,不太入他的法眼。

"对了,廖叔,太岁去哪儿了?"

廖智宗看了红鬼一眼:"咱们龙城拳台来了一位了不得的人物,太岁去见他了。"

"了不得?"红鬼露出好奇的神色。

廖智宗把一份单据抽出来,放到红鬼面前:"就是他咯。"

红鬼拿起来一瞧:徐天赐。

照片上是个十八九岁的年轻人,笑起来会露虎牙,稚气未脱。

红鬼皱紧眉头:"太岁去见这个小鬼?"

"他也是最近才上龙城打拳的拳手,还没输过。"

"廖叔你也说他最近才来,没输过很正常。何况就算他真的常胜不败,太岁没理由单独见他吧?"

廖智宗摆了摆手:"太岁见他不是因为他的成绩,主要呢,是因为他爷爷……"

红鬼一句"他爷爷港督咩"已经到了嘴边,不过没说出来:"他爷爷是谁?"

廖智宗很罕见地露出郑重的神色,语气沉重:"徐尚田。"

徐尚田,叶问亲传弟子,咏春四大天王之一,有"念头王"的美誉,曾经在九龙城寨拳台上创下过三十二场连胜纪录,打得整个九龙城寨无人再敢上台。

第五章
入手！E5 造血细胞增强剂

在利兴大押，李阁没找见什么有用的东西。只听说有个毒瘾犯了的老道在店里卖过一件玩意儿，来路不正，价压得很低，听描述跟《古小说钩沉》录本残篇很像，但已被人买走了。具体情形老板也记不清了，李阁旁敲侧击了几次，没什么效果。

之后的几天，李阁产生过数次感应，其中一张残篇一直不动，李阁打听才知，那个位置是龙城委员会开会的地方，只有几名委员和他们亲近的人才会去那儿。另一张则显得非常调皮，李阁靠近，它就远离；李阁不理，它竟会悄悄凑过来。几次周旋下来，李阁基本已经确定，那个掌握着这张残篇的人知道自己的存在！

也许，他和自己一样。

一开始李阁没往这方面想。后来他反复思索那天和貘的遭遇，几乎可以断定，自己不是唯一的阎浮行走。相比李阁强烈的侵略性，对方显得更加谨慎。可李阁感觉得到，他就快按捺不住了，与这名潜在对手交锋的日子，不会太远。

天色已经很晚，李阁坐在公寓床上，轻轻摩挲着手中淡黄色的录本残篇。虽然看上去质地很脆，但是摸上去却是格外坚韧。他手中这两张残篇分别画着两头怪物，一头似羊非羊，似猪非猪，淡红色纹路画成的眼睛分外妖冶，左下角写着一个"媪"字。李阁把纸翻了个个儿，上面写着密密麻麻的蝇头小字：

> 秦穆公时，陈仓人掘地得异物，其形不类狗，亦
> 不似羊，众莫能名。牵以献穆公，道逢二童子。

> 童子曰："此名为媪，常在地下食死人脑。若欲杀之，以柏插其头。"媪复曰："彼二童子，名为陈宝，得雄者王，得雌者霸。"陈仓人舍媪逐二童子，童子化为雉，飞入平林。陈仓人告穆公，穆公发徒大猎，果得其雌。

李阎又看另一张，上面是个五只眼睛、须发飘飞的怪人，右下角写着"奇肱氏"三个字。李阎翻到背面，上面写着："奇肱氏，善奇巧，能为飞车，从风远行。"

"有点意思啊。"李阎皱着眉头，这录本残篇透着一股来自上古的神秘与悠扬。可惜李阎活了二十五岁，对这些华夏自古流传的神异怪谈并不了解，也很难从中窥破什么秘密。

姑获鸟、媪、奇肱氏，乃至于那个胖子自称的貘，这些都应该是见诸华夏神话史料的神鬼异端，本是虚妄之谈，可那个胖子却实实在在把李阎带到了这九龙城寨里。而在与何安东的搏杀中，他也亲身体会了"惊鸿一瞥"的神异功效。那个沙哑低沉的声音称自己是"阎浮行走"，那么，"阎浮"又是什么？

"等回去再考虑这些吧。"李阎一转念不再纠结，只把手里的港币换成阎浮点数，留下两千多块傍身。

今天是第十天，李阎连战连捷，手头的钱有十八万出头，也就是18点阎浮点数。照这个速度，想在一个月之内凑齐300点显然不大可能。不过李阎有自己的想法。

他盘算过，只有确认属于自己的港币才能换成点数。而李阎已经试探出来，所谓"属于自己"，主要是通过类似契约的形式获得的，比如拳台上的收益，甚至搬砖工资都可以；而诸如抢劫等非法手段得来的钱，则要在四十八小时之后才能兑换。这一点是他偷藏了几张何安东的港币证实的。当然，在警察眼皮子底下，拿钱并不多。此外,借来的钱无论多久都不能兑换点数,即使你准备厚着脸皮不还。

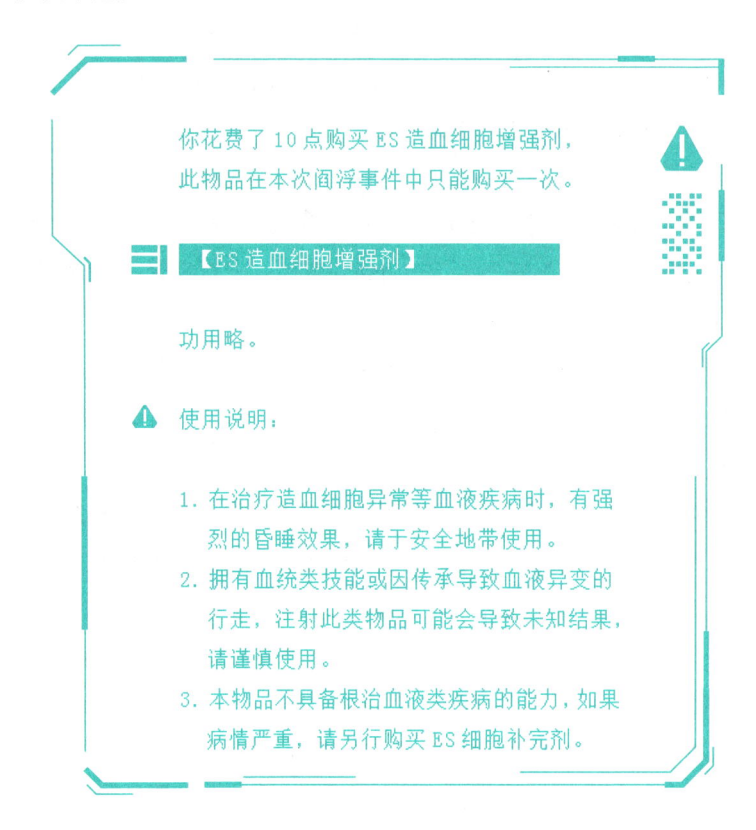

> 你花费了 10 点购买 ES 造血细胞增强剂,此物品在本次阎浮事件中只能购买一次。
>
> 【ES 造血细胞增强剂】
>
> 功用略。
>
> ⚠ 使用说明:
>
> 1. 在治疗造血细胞异常等血液疾病时,有强烈的昏睡效果,请于安全地带使用。
> 2. 拥有血统类技能或因传承导致血液异变的行走,注射此类物品可能会导致未知结果,请谨慎使用。
> 3. 本物品不具备根治血液类疾病的能力,如果病情严重,请另行购买 ES 细胞补完剂。

这几天,李阎的状况愈发不妙。原本他的命也就只有几个月,加上这段时间连番的拳台恶斗,李阎逐渐觉得自己支持不住。有一次明明是电光石火间解决了对手,下台后他的鼻血却怎么也止不住。连红鬼都看出李阎不对劲,劝他休息一阵。所以他才准备先把增强剂用了,怕出意外。

眼前是一个颇具金属质感的手枪针筒,充满了跨时代的科技感。有意思的是,当李阎将针剂打进自己体内,用完的手枪针筒就化作了黑色的数据流,消失不见了。

这东西立竿见影，李阎不一会儿就感到眼皮有些发沉，全身发热。他贴身收好两张残篇，便倒头睡去了。

这一睡，竟然直接睡到了第二天下午四点。当李阎再次睁眼，他感觉眼前是一个全新的世界，呼吸之间，都饱含着一种酣畅淋漓！

高热、出血，以及最要命的骨痛，多少次他在背地里流着冷汗撑过。旁人看他在拳台上技压群雄，没一个对手能在他面前撑过十五个呼吸。可只有他自己知道，速战速决是自己唯一的取胜之道，在那种状态下，他根本没有打持久战的体力。

李阎站起身子，两掌掌心一向里，一向外，两脚一摆一扣，左臂屈肘，右手掩肘，合膝，拧腰，裹胯，一套单换掌行云流水，毫无凝涩。内里的劲道变化却只有李阎自己知道。有那么一瞬间，李阎甚至觉得自己完全康复了！

床上的爱立信手机忽然响了起来，李阎拿起来接通，电话那边是茱蒂的声音："阿阎，今晚有冇空？"

"我今晚有拳赛，当然有啊。点样？茱蒂姐逛街又缺人抬行李？"

那边的女人扑哧一笑："我买得多一点，你个死相取笑我到现在。我好无聊，晚上陪我去福义看拳，第六擂有个新血好凶，你来看下是唔是对手。"

"茱蒂姐吩咐当然冇问题。"李阎在床上摸索了一下，抓起外套披在身上，"晚上几点？"

"我大概八点到，不要让我等你。"

"好。"李阎挂断了电话。

墙边摆满的是包装纸袋，里面是茱蒂买给李阎的衣服、手表、领带甚至古龙水，都被李阎整齐地码好，放在了一边。他脸色阴晴不定地朝这些东西看了一眼，不知道在想什么。

福义大厦。

"阎哥，你怎么来了？今天有你的拳赛。"

黑燕尾微笑着朝李阎打着招呼。这些天，他们跟李阎已经算是脸熟。毕竟比起那些越南、缅甸来的逃犯、杀手，李阎显然好接触得多。

"阿珍，到后厨帮我拿碗叉烧过来好咩？我好饿。"李阎冲着黑燕尾说道。

"后厨有叉烧啊，我帮你随便拿一点。"

"好啊，你快去快回，我在这儿等你。"

李阎靠着二楼的红色砌墙，抽出帘子后面的凳子坐下。前面的看台虽然宽敞，但是座位满了，李阎也不想上去凑热闹，就坐在了帘子旁边眺望拳台。

"好，你等我。"阿珍脚步匆匆。

台上的拳手是自己的熟人小周，他的对手是一名越南老兵，手里拿着一柄三棱军刺，而小周则戴着一对铁指虎。

"斗兵器？"李阎喃喃自语。他来九龙城寨还没斗过兵器，不由得多看了两眼。

比起三棱军刺，小周的铁指虎有些吃亏。李阎曾入手过一把中国56型三棱军刺，对这种武器有一定认识。这东西戳出的伤口是个圆洞，无法愈合，非常狠毒，因而即使戳中胳膊、大腿这些并非要害的部位，也会失血过多而致命。

不过从场上的局势来看，似乎是小周占上风。

"老兄，不介意我坐你旁边吧？"

李阎抬头，是个穿着运动服的女人，五官柔和，眉眼修长，长长的单马尾直到腰间。

"不介意。"

李阎伸手抽了一张椅子给她。她道了声谢，坐了下来，从兜里拿出一个巴掌大小的瓷瓮，拔开塞子，有浓浓的酒香。女人抿了一口，一抬眼，李阎正看着她。

"白干？"

"烧春。"

"女人爱喝白酒的可不多。"

"恶癖，不过难戒了。"

李阎不再说话，只是多打量了她两眼。一个穿着运动服、梳着长马尾、手里端一小瓶白酒的年轻女人，很惹人眼球。

那女人平静地看着汉白玉擂台，眉锋忽然一挑。一开始李阎以为是自己的目光令她不快，后来才发现不是，让女人动容的是台上的小周。

那越南人步伐迅猛简洁，打法凶狠，军刺的凿划又凶又快，无不擦着小周的要害而过，看得人背脊发凉。小周则突然磕开越南人的军刺，身子向左一荡，两腿微屈，一改原本稳健方正的步伐，铁指虎快如鬼魅，抹向越南人的脖子。

也是这时候，女人的眉锋挑了起来。

越南人右手回撤，去划小周手腕，没想到军刺和指虎碰在一起，上面传来的力道险些叫他的军刺脱手飞出。还没来得及反应，越南人眼前一寒，小周另一只指虎已经扎在他眼皮前！

"手上是文圣的拳理劲头，步法招数却是太极梅花螳螂里的缠龙挏眼。文圣拳长桥大马，螳螂拳步轻身活。能把两者杂糅到这个地步，可谓登堂入室，这小子倒也算个鬼才。红鬼手下的那个打八卦掌的老辣凶狠，经验在此人之上，可是气浮力虚，是个纸架子。要是让这人看出虚实，胜负还在两可之间。"

这话是那长马尾女子的喃喃自语，却让李阎心里猛然一坠。

女人仰头把白干喝尽，咂了咂嘴，起身要走，李阎忽然开口叫住了她："小姐，你很喜欢看拳咩？"

"你输了，自己下台。"

指虎只划破了越南人的眼皮。他咽了口唾沫，脸色青一阵白一阵，最终还是放下了军刺，双手举高，不顾场上一片嘘声，走下了擂台。

经理人阮鸿志点了点头。算上这场，小周已在擂台上十连胜，只不过他出手太过克制，很多赌客都觉得不过瘾，故而热度不高。

拳台上的规矩是要么倒地昏死，要么被打下擂台，否则无论如何也不算结束，而小周出手却颇有几分点到为止的意思。十场里输的对手全是皮肉伤，只有一名被小周制伏却背后偷袭的马来西亚人被他打瞎了一只眼睛。

"阮先生，我什么时候能跟李阎打一场？"小周走下拳台，语气不冷不热地问。

阮鸿志笑了笑："这几天拳台上人才辈出，十连胜的拳手也不只你和李阎。红鬼淡出以后，没人够资格做第六擂擂主，第七擂也很久没开了。而且按照规矩，只有连胜十二场以上，才有资格打第七擂。所以不是下场就是下下场，你们肯定要打的。"

小周的脸色和缓了许多："那就好。"

女人转身看了他一眼，嘴里带着酒气："你在跟我搭讪？"

李阎摸了摸鼻子："只是随便聊聊。"

女人莞尔一笑："别紧张，有靓仔跟我搭讪我蛮高兴。"她端详了李阎一会儿，"老兄你还蛮面熟的，经常来这里看拳？"

"差不多吧。"李阎点点头又问，"小姐似乎对传统武术颇有研究？"

这话似乎搔到了女人的痒处。她嘴角一勾，说道："我少年时曾拜八卦掌名家张臣缙为师，算是尹氏八卦掌的传人。"

李阎笑着说："难怪能一眼认出太极梅花螳螂，还能叫出缠龙掮眼，你讲你不懂北派武术我是不大信。"

"祖籍天津，见识是家里人带出来的。"女人轻描淡写地答道。

虽然沧州才是北方武术之乡，可民国历史上北方武术最繁荣的地方当数天津。如果女人祖上与天津武林有关系，认得出文圣和太极梅花螳螂也属正常。这人应当是香港某家大武馆的千金，谈吐中透着一种习武之人的飒爽之气。

李阁试探着问了一句："刚才说有个在拳台上打八卦掌的，小姐你看过他打拳？"

"叫李阁那个？在边上看过两场。他最近很红，有个美女大水喉撑他，人气很高。"

"边个[1]是？不如你指给我看。"李阁故意问道。

"他今天没拳打，不过你叫我认我也认不出，没在意过长相，只记得路数不是正宗八卦掌，应该北方几个散家教出来的。"

这女人既然出身尹氏八卦掌，能叫破自己出身也不稀奇。李阁不动声色地点了点头，似笑非笑地说："听上去小姐不太看好这人，不如详细说说，我本来还想靠他赚点钱。"

"不大好说，称不上不看好。"女人沉默了一会儿，"国术的精髓在于械斗。不动兵刃，看不出个高低。不过这人或有恶疾缠身，老兄你要买他还是谨慎点好。"

"我倒觉得，这人势头很猛，那个小周恐怕不是对手。"李阁一本正经地回答。

女人哈哈一笑："输赢都好。"她一双眸子在李阁身上转了转，"聊了这么久，老兄你怎么称呼？"

"呃……"李阁沉吟了一会儿，心想如果茱蒂看到自己和一名年轻女人交谈甚欢，那场面就有意思了，嘴上则是问道，"小姐你呢，未请教芳名？"

---

1. 边个：粤语，哪个。

"我?"女人歪了歪头,笑容清丽,"我姓余,叫余束,行里的人抬爱,叫我一声太岁。"

有那么一瞬间,李阆在想:这女人是不是耍我?

可女人的脸色极为认真。她看李阆不说话,凑到他身边,带着一股酒香,双眼眯着拍了拍他的肩膀:"对,就是你想的那个太岁。"

"太岁……是个女人?"李阆有点不敢相信地问道。

余束轻轻笑着:"就算很意外,也该先报自己的名字吧?"

"他叫李阆。点?九龙城寨的太岁连自己手下的拳手都不认识?"一道掩不住风情的声音传来。

嗒嗒的高跟鞋声音由远及近,来人穿一件素白的长袖衬衫,踩一双米黄色的高跟,黑色的九分裤笔挺修长,再加上休闲的金丝眼镜,活脱脱一副都市丽人模样。

茱蒂满面春风地走上前来,不着痕迹地挽住李阆的胳膊,脸冲着李阆腻声问道:"我不是让你在看台上等我,怎么到这儿来了?"

"看台上没位置就到这儿了。茱蒂姐,你们认识?"李阆问道。

"你老板的老板嘛,红鬼没给你介绍?"

李阆看着那张和自己年纪差不多大的年轻脸庞,有些迟疑:"这……"

"福义大厦的人都叫我'太岁',你也这么叫就行。原来你就是红鬼的新血,我还当是哪个来九龙找乐子的凯子。"

李阆颔首道:"太岁。"

余束看向茱蒂:"好久没见了,邓太太。"

茱蒂脸色一滞,但还是强笑着说:"很久没见,太岁你还是这么漂亮。不过女人嘛,总要学会打扮自己。"

"邓太太说得对,我记住了。有什么合适的化妆品记得推荐给我啊,邓太太。"

"一定……我约了阿阆还有事,先走一步。"

余束目送着两人离开,临走前还不忘说一句:"慢走啊,邓太太。"

叫阿珍的黑燕尾端着一个果盘走了过来,四下也没有望见李阎:"人呢?"

"找乜?"

阿珍吓了一跳,回头才看见余束的脸:"太——"

"嘘。"余束从盘子里抓起橙瓣送进嘴里,含糊不清地问,"怎么不去招呼客人,在这里做乜?"

"是,我这就去。"

阿珍飞快跑开,余束抬头看着李阎和茱蒂步入包厢,嚼干净嘴里的水果,徐徐摇头:"蠢女人。"

"这个混蛋,她一定是故意的!"茱蒂气呼呼地把手提包丢在沙发上,眼角瞥到低头不语的李阎,用高跟鞋轻轻杵了他裤脚一下,"仆街,笑我?"

李阎的眼睛弯成月牙模样。他摇了摇头:"茱蒂姐,虽然咱们认识的时间不长,不过我的确是第一次看到你这么气急败坏的模样。"

茱蒂端详了李阎一会儿,忽然问道:"你以前冇见过余束?"

"冇。"李阎摇了摇头。

对于九龙城寨五位话事大佬,李阎心中早有盘算。在他的想象里,九龙城寨五位执行委员之一的太岁应当是那种四十岁往上、城府阴沉的老头子,就像何安东那事后,红鬼带他见过的那位治安队的司立争。可那个马尾及腰、小口抿着白酒的年轻女人,多少让李阎有点把不住脉络。

"靓唔?"

李阎一本正经:"她是我幕后老板,当然靓啦,不过比不上茱蒂姐你嘛。"

茱蒂没说话,可是嘴角扬了扬,显然还是受用的。她歪头打量着李阎,越看越是顺眼。

红鬼是匹好马,太岁能让红鬼这样的好马死心塌地,我也一样做得到。

"对啦,你知唔知,九龙城寨最近来了几多新血,个个生猛。"

"你说小周?"李阎问。

"怕是不止。"

茱蒂冲拳台扬了扬下巴。李阎随意一扫,正看见拳台上刚结束的一场。一名脸上疤痕交错的凶恶光头眼神凝滞地倒在台上,脖子上伤口外翻,鲜血浸透他捂着喉咙的双手,很快染红了拳台。

对手那人个子不高,一米七左右,戴着狰狞的青色恶鬼面具,手中兵器向下滴血。他手中握的乃是一根烟杆,烟袋锅子外侧装有钢刃,两端都是生铁打造,中间则是斑驳的湘妃竹。

"这是……"李阎饶有兴趣地扬了扬嘴角。

"拦面叟!"

拦面叟,北方戳脚翻子拳的独门武械,虽然和烟杆子大致无二,却是真真切切的杀人兵刃。

茱蒂坐到李阎身边,轻声吐道:"他拳台上的花名叫武二郎,真名没人知道。呵,真是个怪人。"

"茱蒂姐点有空关注这人,难不成茱蒂姐想撑他的场?"

茱蒂瞟了李阎一眼:"你吃味[1]啊?嘿嘿。"

李阎微笑着不说话,有时让女人多一点想象也没啥不好。

茱蒂摘下眼镜,语气冷淡:"撑他场子的那个叫何昌鸿,我看这白痴不爽很久了。赌拳输赢我冇所谓,输给他就不行。这武二最

---

1. 吃味:意同吃醋。

近很热。呐,阿阎,你交个实底给我我不怪你,对上他,你有几成把握?"

李阎似笑非笑地说:"惹茱蒂姐不开心,那我一定有十二成把握让这仆街被人抬下擂台啦。"

茱蒂扑哧一笑,捶了一下李阎的胸口,正色道:"跟你说正经的。他待会儿还要打一场,平常打拳的录像带我这里也有,你拿来看下。"说着茱蒂拿起桌上摞得很高的录像带最上面的一盘,却被李阎按住了手。

他的脸贴得茱蒂很近,眼神如同海面上漂浮的冰块:"茱蒂姐,我说有十二成,就一定有十二成。"

茱蒂看着李阎,眨了眨眼,忽然蜻蜓点水似的在李阎脸上亲了一下,李阎为之一愣。

茱蒂后退两步,小声嘀咕:"混球,想撩过我,没有可能。"

李阎有点口干舌燥,胸口忽然一阵灼烫,耳边却忽然响起一个低沉沙哑的声音:

> ⚠
> 《古小说钩沉》录本残篇位置已经报告,请注意接收。

现在?李阎先是皱了皱眉,紧接着却瞳孔一阵收缩,猛地冲到玻璃面前,望向了拳台下面。

拳台边上,刚刚摘下恶鬼面具、把面容隐藏在斗篷后的武二郎蓦然抬头,左手捂着胸口,双眼不可置信地望向四层包厢玻璃后面的李阎。

"你好。"李阎轻轻做着口型,脸上带笑。他的眼里是一张年轻得过分的稚嫩脸庞,属于那个花名"武二郎"的少年。

> 惊鸿一瞥,发动!
> 惊鸿一瞥,发动!

二人同时一惊。

> 你发现了同行者!
> 你发现了同行者!

"做得好!"

另一个包厢里,一个西装笔挺、脸色乖张的年轻人正在放声大笑。

"雷叔叔,看来还是我撑的拳手技高一筹,今晚让你破费啦。"

年轻人对面坐着一个有些谢顶的中年人,脸色虽然不太好看,但总归没失了风度。他擦了擦额头的汗,勉强笑着说:"现在拳台上的新血还真是巴闭,托尼是第六擂老拳手里擂主呼声最高的,没想到在这小子手下还撑不到二十个回合,还是你何公子有眼光。"

年轻人脸上的笑容怎么也掩饰不住。他勾了勾手指,一名黑燕尾走了过来,躬身问:"何公子?"

"拿二十万给武二,就说我请他吃夜宵。"

"好的,何公子。"黑燕尾快步走出包厢。

"雷叔叔,拳台有输有赢冇所谓,重要的是玩得开心。我何昌鸿不是小气的人，大利商行那边，我去跟我老豆[1]说，一定有问题。"

中年人闻言脸色一振。比起何昌鸿这样的公子哥，他的账本自然算得更加明白，一番盘算，不由得心头大喜。

"这武二郎这么厉害，何公子最近一定赚了不少吧？"

"零花钱而已。你唔知，最近肯跟武二打的拳手已经不多了。就算我肯坐庄，都冇人肯跟啊。"

另一边，包厢的门忽然开了。一个烟视媚行的女人嗲着嗓子走了进来，后面跟着摘下面具的武二。这女人姿色中等偏上，但身材火辣，衣着暴露，让人看得喉咙发干。她身后的武二面容却十分清秀，若不是喉结突出，几乎就让人以为是个靓丽的女学生。只是这少年嘴唇薄而狭长，眼中不时有冷光闪过，让人心里发寒。

"阿媚，你来干什么？"何昌鸿两只胳膊平放在沙发靠背上，懒洋洋地说。

"何少，武二说要亲自过来，谢何少您的夜宵钱。"女人媚笑着说。

武二郎轻轻颔首："何少。"

"哦，武二，过来坐。"何昌鸿端起一杯气泡酒递给少年，"打得够靓！"何昌鸿满面红光地夸着少年。

"何少。"少年忽然开口。

"点？"被人打断，就算是自己捧的拳手，何昌鸿也有点不高兴。

"我听说，九龙城寨有个出名的大水喉茱蒂，跟何少您不对付。"少年眼中，似有深涧。

---

1. 老豆：粤语，父亲。

第六章
全都拿走

> ⚠ **你发现了同行者！**
>
> 你获得了如下信息：
> 姓名：张明远
> 状态：无
> 专精：古武术 69%
> 技能：惊鸿一瞥
> 传承：？？？
> 同行者：指可能发生利益冲突、目标一致的其他阎浮行走，杀死同行者不会获得任何奖励。

李阎这次阎浮事件的目标还剩下两个，一个是打到九龙城寨的第七擂台，一个是唤醒《古小说钩沉》里的姑获鸟残魂。前者，李阎已经连胜十场，再赢两场难度不大；可后者就麻烦多了。

其实换个角度想，阎浮事件的要求是唤醒姑获鸟残魂，却没说一定要一个人完成。同行者这个称呼已经说明了很多问题。原则上，李阎和张明远完全可以联手寻找姑获鸟残篇。可阎浮事件的说明里写明了入手残篇越多，奖励越高，而残篇最多只有五张。那么谁拿多？谁拿少？

福义大厦的白炽灯昼夜不灭，但冷清的角落肯定不少。李阎坐在一边的台阶上，翻看着惊鸿一瞥带给自己的信息，如是想着。

"来了。"李阊忽然开口。

张明远闻言脚步一滞,然后在李阊身后三米左右站定。

"其实我在拳台上听说有个叫李阊的人,就该想到是你。"张明远的声音很清澈,"河间瘦虎。"

李阊咧了咧嘴,他总觉得从别人嘴里听到这种话有些羞耻。北方的武术圈子不大,张明远认识李阊,李阊也对这少年的出身有些猜测。

他转过身子,把握着自己的语气:"我这个人不喜欢打嘴炮,今天破个例。大家来到这儿,各有各的缘由,我不问你的来历,你也别问我的。把你手里那张残篇交给我,姑获鸟我来找,你趁着这段时间多赚点数,等着走就行。如何?"

张明远摇了摇头,徐徐地说:"我刚刚见了何昌鸿,说想跟你打一场,他跟撑你的那女人不大对付,一口就答应了。"

李阊闻言,有些惊讶地挑了挑眉毛,没说话。阊浮事件说明里写得明白,一旦输掉拳赛,将无视事件进度立刻回归。

"我这个人……比较直接。"张明远思索着说,"我不太想跟人合作,信不过。咱俩拳台打一场。输的,一无所有;赢的,全都带走。"

李阊轻轻地笑出了声,拍拍屁股站了起来,朝电梯走去。

"你到底答应不答应?"张明远追问了一句。在九龙城寨这样鱼龙混杂的地方,两人的博弈可以变得极为复杂。张明远有自知之明。他只有十九岁,虽然自幼习武,但是阅历太浅,没信心跟李阊这种成名已久的老江湖熬神,反倒是拳台上见的干净,所以他有点怵头李阊不接招。

"明天拳台上见。"李阊进电梯前甩了一句。

随着电梯门缓缓合拢,李阊的双眉骤然拧紧。

"不是他。"

李阎回到茱蒂包厢门前，手指碰到把手，门却自己开了。一行人从门里出来，为首的是个脸色乖张的年轻人。

何昌鸿上下打量了一下李阎，怪笑了一声："阎王是吧？我倒要看看明天是谁见阎王。"

李阎一愣，那帮人已经走开。他往屋里走去，正看见不动声色抿着红酒的茱蒂和一旁沉吟不语的红鬼。

"阿阎，你需要乜样的兵器？我这就让红鬼帮你准备。"

"兵器？"

李阎大概明白了刚走的那人就是张明远嘴里的何昌鸿。这时候茱蒂开口问他要什么兵器，李阎便回想起了张明远手中那杆裹着生铁的大烟杆。

八卦掌中奇门兵器颇多，可正如太岁余束所言，河间李氏是散家，对八卦门里的兵器，李阎只有一两种娴熟。不过李氏之中，自然有家传的兵械打法。

"红鬼哥，帮我准备一把长剑，至少在一米以上，一米三最好。"

"冇问题。"红鬼瓮声瓮气地答应道。

"阿阎。"

傍晚，红鬼忽然叫住了李阎，丢给他一支香烟，趁着他点火开口问道："我前一阵子让你去检查身体，你去了冇？"

"红鬼哥，不是这么啰唆吧？我自己的身体我自己心里有数的。"李阎叼着烟回应。无论红鬼是不是真心实意，他对自己确实很照顾。

"你见过太岁啦？"

"见了。"李阎点点头。

"太岁看你打拳时，就说你气虚力躁，或有恶疾缠身。你有事不想跟我说，我不在意。可你才来城寨十几天，我不想这么快给你收尸。实在不行,休息一阵子吧,茱蒂那里我去说。"

李阎看着红鬼的眼睛,好一会儿才移开视线。

"红鬼哥,你这样的性格,不适合在城寨里面揾饭吃的。"

"太岁也这么说。"红鬼有些自嘲地笑出了声,把头转向李阎,"我认真的,太岁说再这样打下去,身体撑不住。"

"红鬼哥,明天太岁会不会看我打拳?"

"也许会,也许不会,看她安排。怎么了?"

"你务必让她看我打完这一场。"

"……好。"

当李阎回到庙街公寓,已经是晚上十点多钟。李阎捂着鼻子打开自家房门。他还是不太习惯公寓后面那家地下鱼蛋加工厂的味道,不知道是不是错觉,他总觉得这味道越来越重了。

没过多久,忽然有人敲门,李阎打开门,眼前是女孩那张纯洁又有点害羞的稚嫩面容。

"阿秀,这么晚了乜事?"

"阎哥,我妈听说你一个人住,特意给你做了叉烧,谢谢你照顾我。"阿秀把手里提的餐盒送到李阎面前。

"替我谢谢你妈妈。"李阎也没有客气,有时他回来得晚,又没吃饱,阿秀母亲总会给他送些做熟的东西过来,味道还不错。"对了,阿秀,我看你家最近晚上不开灯啊,总是点蜡烛,灯泡短路啦?"

九龙城寨私接电路严重,接触不良更是家常便饭。

"是,电路故障很久了。"阿秀低下头,有点不敢看李阎的样子。

"这样好了,我去你家看看能不能修好,正好我还没有见过伯母。"

阿秀忽然抬起头来,回绝得异常干脆:"不用了。"

"哦,那好。"李阎有些迷糊地眨了眨眼睛。

"那,我先走了。"阿秀蹦蹦跳跳地离开了,比起李阎刚见她时要活泼很多。

李阎回到屋里打开餐盒，米饭还冒着热气，筷子夹破荷包蛋流出金红色的溏心，碗边有几棵嫩绿的青菜，上面覆着一大块叉烧肉，让人食指大动。

李阎手肘倚着桌子，端详着桌上的叉烧饭，恍惚间，觉得城寨的日子过得蛮有滋味。

丙寅年六月二十四，忌安葬，宜斋醮。

福义大厦。

茱蒂和红鬼坐在包厢的沙发上，目光汇聚到场下李阎手里的兵器上面。

李阎持八面汉剑，长一米三，宽三指，剑刃粼光四射，血槽晦暗，气度森严，剑身上刻着"气生万景环成屈龙"八个大字。

张明远持拦面叟，杆长九十厘米，烟锅连刃宽四指余，两端裹生铁，中间是斑斑点点的木杆，烟嘴呈鸟喙状，略弯。

"阿红，你这把剑哪里搞的，靠唔靠得住？"茱蒂有点不放心。

"安啦茱蒂姐，这是太岁的私人珍藏，见过血的利器，冇问题的。"

一米三的汉剑听上去没有多长，可李阎握在手里，却能明显看出比寻常人想象中的铁剑长出一大截，充满了视觉压迫感。

余束坐在人群之中，黑亮的马尾辫搭在胸前，听着周围赌客的交头接耳，自言自语道："汉剑凶烈，最耗气力，他也不像个找死的白痴，难不成我真走了眼？"

汉白玉擂台之上，两人相面而立。

张明远深深吸了一口气。九龙城寨的人没听说过"河间瘦虎"的名号，他却如雷贯耳。高达81%的古武术造诣已经摆明二人身手上的差距，所以李阎听他主动要求在擂台上决一胜负，才会显得有些惊讶。可张明远，不觉得自己一定会输。

少年拱了拱手:"枝子门,张明远。"

李阎端详着手中汉剑,闻言抬起头来,说道:"河间,李阎。"

张明远单手握住烟杆,双腿微屈,脚步迸发,与地板摩擦发出嗤的一声,身形如掠过地面的鹰隼冲向李阎。

李阎手向上一挑,匹练一般的剑刃削向张明远手腕。张明远不躲不避,烟杆下扣,烟嘴钩住汉剑剑锋,把剑身往旁边一带,人如开弓之箭向前冲去,烟袋上的刀刃划向李阎握剑的手指。

"着!"张明远怒喝出声。

李阎来不及后撤,当机立断松开剑柄,身子后倾,脚尖一拧,右腿回旋,脚跟踢向张明远的脑袋。

"不好!"茱蒂看到李阎第一个回合被迫弃剑,惊得手一哆嗦,酒水打湿了衣服也浑然不觉。

张明远心中大喜,身体后仰让过李阎踢向自己的右脚,只等他脚面掠过自己便贴上身去,绝不给李阎任何喘息的机会。可等他让过李阎右脚,眼前竟然闪过一抹剑锋,抹向自己的脖子!

什么?!

几乎是本能,张明远依靠惊人的腰力做了一个铁板桥,总算避免了被挑破喉咙,可还是从脖子到下巴被划出一道长长的血痕。

李阎这一侧的赌客看得清楚。李阎松开剑柄,飞身回旋一脚,左手却稳稳接住了下坠的汉剑,借着右腿遮挡,汉剑划出一个大半圆弧,奔着张明远的脖子斩落。张明远能后仰避过李阎的右腿,却避不过足有一米三的八面汉剑!

河间李家,枪剑双绝,斗剑二十四母架,藏月势!

"武当剑?"余束对着小酒瓮抿了一口,饶有兴趣地说道。

张明远抹了一把脖子上蔓延下来的血迹,不再贸然进攻,而是绕着李阎缓缓踱步。

李阎也不着急,把八面汉剑换到右手,一双眸子盯着张明远的脚步，血迹顺着八面汉剑的剑身缓缓滴落，没一会儿剑刃已洁白如雪，李阎眼前一亮："好剑！"

他"剑"字刚一落地，张明远再次折身冲向了他。李阎轻轻蹬地前冲抖腕，长剑由下至上撩向张明远的裤裆。张明远正握烟杆，烟袋从上而下抵住李阎剑刃，整个人凌空而起，戳脚中的寸腿扣向李阎脖颈。这一记天马行空连李阎也没想到，竟然被他一击得手！

双脚锁住李阎脖颈的张明远人在空中，腰上一拧，腿部发力如山洪暴发，拦面叟的烟嘴笔直戳向李阎眼珠！

蓦然，张明远闷哼一声，双腿一软就势倒地，一个翻滚站起身来，右脚腕血流如注。

李阎翻腕收回长剑。刚才拦面叟离他眼珠不足一尺，他却毫无惧色。他看着脸色苍白的年轻人，开口道："你不是我的对手，下台认输，否则生死勿论。"

张明远咬紧牙关站了起来："还差一点。"

李阎双眼一眯，冲着张明远勾了勾手掌。

张明远站定，眼睛当中泛起了阵阵黑色涟漪。

惊鸿一瞥，发动！

⚠ 你选择了对目标开启惊鸿一瞥。
目标已锁定：李阎。
此锁定可随时解除。
很遗憾，你没有获悉对手的弱点，目标若长时间处于惊鸿一瞥状态，则会增加你洞悉其弱点的概率。

> **你获得了如下信息**
>
> 姓名：李阎
> 状态：无
> 天赋：古武术 81%
> 技能：无
> 威胁等级：深红色
>
> 备注：作为第一次经历阎浮事件的初入者，这个男人没体验过阎浮的力量。相信我，这是你唯一的机会。

　　李阎飞身抢攻过去。惊鸿一瞥持续的时间越长，发现目标弱点的概率就越大。李阎面对何安东时并没发现所谓的弱点，可他不想在自己身上尝试。

　　汉剑和烟锅磕在一起，张明远眼中的黑色涟漪越发剧烈。他手中拦面叟腾挪若电，同时右膝高扬，戳脚中的提皇腿踢向李阎小腿。李阎汉剑斩落，逼退张明远的腿。惊鸿一瞥状态下的张明远看准李阎新力未生，抬手拦面叟的鸟喙烟嘴就戳向李阎的脖子！

　　就是这个……

　　李阎心中暗自叹气。惊鸿一瞥他也用过，对这项被划列为普通品质的技能，他有自己的理解。要是没有技击经验的普通人，使用惊鸿一瞥后会感觉对手的动作格外缓慢，再微小的细节都能看得清楚。而像李阎和张明远这样精于技击的人，惊鸿一瞥会加快自己的反应速度，从而做出更加从容的应对，效果非凡。别的不说，换作之前的张明远对上李阎的剑，是没有这样的眼力和反应的。

　　李阎左手挑开张明远的拳背，手中八面汉剑去抹他的肩膀。这时，拦面叟作为奇门兵器的凶诡之处尽露无遗。只见张明远手腕一抖，原本朝着李阎脖子的烟嘴一偏，锋利的刀刃划过李阎面庞，留下了一道寸长的伤口。

李阎不管不顾，手指呈鸟喙状戳中张明远手腕，汉剑也几乎沾到了他的胳肢窝。情急之下，张明远一个后跳，拉开和李阎的距离，连拦面叟都来不及抽回，险之又险地避过了李阎的剑锋。

被破了相的李阎不以为意，随手把手里的拦面叟丢到台下，冷冷瞧着不远处的张明远。而此刻的张明远右手腕紫青一片，脚上、脖子上鲜血横流，赤手空拳，狼狈不堪，可他的眼中却饱含着野性的光芒，没有丝毫的气馁。

包厢里的何昌鸿满脸阴沉。他在茱蒂面前话说得很满，可现在看来，武二郎恐怕不是这个阎王的对手。钱输了他无所谓，张明远的性命更不值一提，可自己在茱蒂面前落了面子，这是何昌鸿不能忍受的。

李阎矮身前冲，手中的八面汉剑带着凶烈的气息斩向张明远双腿。张明远蹬地而起，让过李阎迅猛的剑势，右脚去踩李阎握剑的手。李阎轻轻一抬手，剑刃向张明远一横，逼得他在空中一个扭腰翻身落地，没等他缓过气来，霸道的汉剑已经迎头劈下。张明远躲闪不及，右胳膊被划出一道长长的伤口。

任谁看上去，张明远都已经不可能翻盘：没有拦面叟在，张明远根本没有格挡的余地，偏偏李阎剑势凶暴，如同波澜大海中的滚滚黑潮，压得人喘不过气来。

可就在张明远胳膊被划破的时候，他非但不退，反而趁着汉剑垂落，不顾一切地冲向李阎。

"找死！"

就算李阎此刻弃剑，遍体鳞伤的张明远也不是他的对手，何况他没有弃剑的必要。李阎手腕一抖，垂落的汉剑如同怒龙昂首，剑尖斜斜戳向张明远的膝盖。张明远双眼圆睁，今日胜负尽在此刻，他顺势而起，脚跟蹬在李阎剑身上，凌空转身后踢，尽得戳脚脆响一挂鞭的个中三昧。

叶底藏花吊点腿！

李阎眼中，张明远的红色光芒骤然一黯，竟然隐隐有向黑色转变的趋势！李阎心中一寒，忽然想起了惊鸿一瞥中那三个问号。

张明远那鲜血淋漓的下颌向上一勾，瞳孔之中，一只周身烈焰、九头虎身、尾如弯钩的奇异猛兽正做啸状！

《山海经·海内西经》载："开明，兽身，大类虎，东向立昆仑上。"

啪！李阎下巴中腿，身子向后一仰，嘴角淌出血来。他的耳边传来怪异的虎吼声音，仿佛有一根棍子戳进他脑中狠狠一搅！

"唔！"以李阎的意志，他也忍不住痛呼出声，那种让灵魂为之战栗的痛苦远不是普通人能够忍受的。

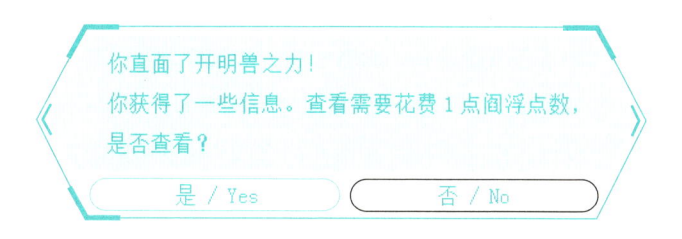

> 你直面了开明兽之力！
> 你获得了一些信息。查看需要花费1点间浮点数，是否查看？
>
> 是 / Yes　　　　否 / No

"是！"

> 姓名：张明远
> 状态：怒灵！
> 专精：古武术 69%
> 技能：惊鸿一瞥
> 传承：开明兽之瞳·怒灵

> **【开明兽之瞳·怒灵】**
>
> 类别：传承
>
> 品质：稀有（仅可通过完成相关阎浮事件后于特殊奖励中抽取）
>
> 举手投足间将带有开明兽之力，每次攻击将灼烧对手的魂魄，可以附加在任意武器上，远战效果只有近战的30%。

李阎剧痛之下手上一松，八面汉剑跌落在地。张明远脚尖刚刚落地，脚踝发力回旋，一记重踢踹在李阎肩膀，猛力之下原本就受了伤的右腿鲜血飞溅。李阎的右臂如遭雷殛。他就地打滚拉开距离，胳膊上剧烈的灼烫疯狂吞噬着他的意志，若是换作常人，此时已痛得满地打滚了。

李阎痛得手指微微颤抖，整条右臂无力地垂着，显然已经抬不起来了。张明远双眼满是血丝，维持这个状态对他来说也不轻松，他脚尖挑起汉剑，单手握住，蹬地冲向李阎——形势瞬间逆转！

李阎的眼神无比淡漠，似乎被废右臂的不是自己。他嘴唇轻轻翕动："开明兽之力再霸道，也要打得中才行。"

张明远手握汉剑直刺李阎，李阎拧着脚步向右一扭，身子鬼魅一般顺着张明远胳膊摆荡，顷刻之间便到了张明远面前，右脚踏前转身扬起左手，握拳砸向他的胸口。

八卦掌六十四秘手，行步撩衣！十字搬楼！

张明远大惊失色，立马意识到剑法本非自己所长，何况这柄八面汉剑比起一般长剑长出一大截，自己根本无法驾驭，而此刻悔之晚矣。张明远几乎下意识抬起膝盖，意图用戳脚中的莲叶腿逼退李阎，没想到膝盖刚刚抬起，李阎的右脚掌毒蛇一般如影随形，狠狠踢在了张明远的小腿胫骨上，竟然同样是戳脚门中的绝技——缠丝腿！

与此同时，李阎的拳背凶狠地捶在张明远心口，轰得他口吐鲜血，接着化拳为爪攀住他肩膀，沿着胳膊向下一滑夺下汉剑，手肘一横，将他压倒在地，锋利无匹的剑刃好似铡刀，冲着张明远喉咙压去！

"哈……呼……"张明远嘴角残着血丝，看着压在自己身上的李阎淡漠的双眼，眉心针刺一般，一阵阵地发痛。

"张道静，是你什么人？"李阎的声音格外嘶哑，是被开明兽之力伤了喉咙。

张明远咳出几点血沫子。他被那双微微发红的眼睛看得心头发寒，不由自主地回答："是我姐。"

李阎沉默了半晌，一滴溢出来的鲜血顺着压在张明远脖子上的汉剑滴落，发出轻轻的啪叽声音。

"你折我右手，这一个月里好不了后患无穷，我该杀你出气。"李阎一字一顿，语气森冷干哑。他丢开汉剑，抓起张明远的脖领，翻身把他丢出了擂台。

砰！张明远重重摔在地上，身上沾满了灰尘。"你怎么会我戳脚门的缠丝腿？"张明远有些不甘心地高声叫道。

李阎站起身，捂着右臂蹒跚着走下擂台，额头青筋虬结。听到张明远的问话，疼得咬牙切齿的他没好气地回答："回家问你姐去！"

包厢里，红鬼重重地出了口气。对决一波三折，最终还是李阎拿下了这一场。而且看他汉剑力贯剑背，身体也没大碍，可以说是再好不过的结局。他转眼去看茱蒂，却发现她满面潮红。

"红鬼，你先出去一下，走的时候把门关好。"

水流混着红色噼噼啪啪地砸在洗手池里，李阎在自己右肩被张明远踢中的地方绑上了一圈冰袋，效果聊胜于无。

"你弃剑的时候，我还真怕你输。"来人一头凌厉短发，拳头上缠着绷带，正是精通文圣拳和太极梅花螳螂两门功夫的小周。

"你没那么闲专门看我比赛吧？怎么样，一会儿跟谁打？"

"拳台最近最火爆的四个拳手，你、我、刚才被你打败的武二郎，剩下的那个。"

李阎舔了舔牙齿，确认口腔里的血吐干净了以后，转身看着小周："别阴沟里翻船。"

李阎性格桀骜，以前在武术界看得上的同龄人就极少，可他的确有点欣赏这个性情执拗、外冷内热的小周。而小周也确实当得起李阎的另眼相待。早些年跟随社团插旗火并，使得他的搏杀经验丰富无比，更琢磨出一套属于自己的步伐路数。太岁说他一句"鬼才"，足见赏识。

这个时代的传统武术，或许已撑不起"国术"这个中山先生亲笔写下的金字招牌。可其中才华横溢之人依然不知凡几，换成李阎所处的年代，小周这样的高手已经凤毛麟角。

他那天拒绝雷晶的邀请，一方面是自己命不久矣，另一方面大势倾颓，河间瘦虎又如何？富贵倒是能博一博，至于再多，则是痴心妄想。雷晶想利用他压过那些国术协会的老人，可无论如何，国术协会落到一群不懂国术的人手里，这是定局。这样的烂摊子，不值得李阎拿命去拼。

小周罕见地流露出一丝笑意："养好伤吧你，我可不想趁人之危。剑法不错，我到时候亲自领教一下。"

"到时候让你见识更好的。"李阎大笑说道。

有人敲了敲洗手间的门："安哥，九哥叫你，拳赛要开始了。"

小周点点头："知道了。"他回过头来，"还有件事。"

李阎尝试着活动右臂，一阵龇牙咧嘴："说吧。"

"公孙衍、张仪诚非大丈夫！"小周说完毫不拖泥带水，转身就走。

李阎张了张嘴，看见小周已经离开，深皱着眉头把融化的冰袋解开扔进垃圾桶。

"富贵不能淫嘛，好好说话不行？充什么知识分子。"

这句话是《孟子》里的，后面就是人们熟悉的"富贵不能淫，贫贱不能移，威武不能屈"。他大概是知道了李阎和茱蒂的事，觉得李阎贪图茱蒂的钱，傍了人家女大款。

李阎觉得这种人活得特别拧巴，自己已经混上了道，还反过来教育别人富贵不能淫。不过，并不讨人厌。

大理石擂台上的血迹已被擦干净，看台上的人嘈嘈切切，议论不停。

"你看好哪一个？"

"上次那个戴指虎的很犀利啊，身法快得不像人。"

"对啊，你看他那个对手，摆明是个学生仔，笑那么灿烂，拍师奶剧啊？"

"不是啊，我听说那个学生仔下手很毒啊。"

小周这次上台，没有戴那对铁指虎，而是拿着一柄九环大刀，看上去比李阎的八面汉剑还要凶猛三分。

台下的花衫九春风满面，冲着他身边一个戴墨镜的男人大咧咧地说道："喏，乐哥，这就是我的头马小周了，上了拳台从冇输过，今天也一样！"

阮鸿志快步跟上小周，追着脸色平淡的他急声说道："呐，小周，怎么说你也是我带的，别说我不照顾你。这次的对手不一般，而且十场比赛对方非死即残，收起你的菩萨心肠，下狠手。"

"我从来没留过手，只是没必要赶尽杀绝。"

小周跳上擂台，打量了对方一眼。十八九岁的年纪，长得非常清秀，此刻眯起眼睛笑着，有虎牙——很难想象这样一个人让阮鸿志用这么夸张的语气去形容。

"有件事情我要先说。"清秀少年忽然开口，小周疑惑地看了他一眼，少年舔了舔嘴唇，"既上拳台，生死勿论。"

小周抿着嘴唇冷笑了一声，没有回应，而是拱了拱手："杜家拳，周维安。"

少年似模似样地抱拳回礼："咏春，徐天赐。"

李阁走进医务室，张明远躺在临时搭建的病床上，拳台的护士把他裹得像个粽子。

"哇，你真是强壮，流几多血还有事，这道伤就快见脊骨了，痛唔痛？"

李阁在门口干咳一声，引得两人抬头看他。

"我有点事对他说，麻烦护士姐姐回避一下喽。"

李阁似笑非笑地盯着护士放在张明远大腿上的手。那护士一下子抽回右手，手足无措地在身上蹭了两下，踩着小碎步跑开了。

"残篇。"李阁伸出手来。

"你还真是直接啊。"张明远苦笑一声，用眼神示意了一下，"在我怀里。我左手软骨断裂，右手臂被你划出一道四十多厘米的伤口，不要这么残忍叫我自己拿给你吧？"

李阁虎着脸坐到张明远身边，把手伸进张明远怀里："哪儿？"

"往下。"

"没有啊。"

"再往下一点。"

李阁果然摸到一张纸帛质感的东西，抽出来一看，是一张烫金纹路的宣纸，上面画着一头独脚夔牛，做仰天长啸状。

"哪儿弄的？"

"运气好，两千块钱从利兴大押里买来的。有个老道毒瘾发作，摸黑砸死了一个在九龙城寨走夜路的倒霉蛋，从他身上抢来后卖店里了。再多的事儿你就得问那个死鬼了。"张明远看着李阎，"你不也有两张吗？哪里弄的？"

"这五张残篇是被一伙悍匪从银行金库里抢出来的，我把那伙悍匪杀了。"

张明远闻言倒抽一口冷气。歹徒不可能拿着水果刀在香港抢银行，即使是拥有开明兽传承的他，对上几个枪法精准的亡命徒也毫无胜算。他几乎无法想象李阎单枪匹马是怎么做到的，他应该还是个准普通人而已。

"对了，你不是第一次参与阎浮事件？"

"第二次。"张明远有些挫败地回答道。

"是个胖子把你带进来的吗？"

张明远一愣："不是，带我进来的是个很漂亮的女人，我终生难忘。"

"完成阎浮事件后，会得到什么奖励？"李阎又抛出一个问题。

张明远老老实实地回答说："第一次会百分之百获得一项阎浮传承，就像我的开明兽。"说到这儿，张明远的眼里闪过一丝狂热，"没有拥有过，你无法体会那种感觉，那种超凡脱俗的力量。"

"甭废话，说事儿，叨叨那么多干什么？真有用躺在这里的就该是我不是你。"

少年被刺激得面皮发红："如果我没去拿那把汉剑，输赢还不一定呢。"

李阎大力拍了拍张明远的肩膀，语气阴森："你都瘫床上了，何必给你自个儿找不痛快呢，你说是不是？"他点燃一支烟，"之后呢？还有什么？"

"阎浮事件完成后，你的所有行为都会被结算，结算的评价越高，就能拿到越多的阎浮点数和更高的购买权限。"

"购买权限是什么？"李阎敲了敲桌子，觉得自己问到干货了。

"是和当次阎浮事件中出现的一切事物有关的东西，我不知道怎么表述。"他回忆了一下，"我上次的阎浮事件是民国十三年的湘西，凤凰山附近一座义庄发生了尸变，最后当地军阀用火炮把整个义庄夷为了平地。而我在最后的购买权限中，就看见了'赶尸术'一类的字样，甚至还有'紫僵''血僵'这样的东西。只不过我的点数远远不够，连'白僵'都不够。至于'紫僵'是暗下来的，我根本不能买。"

"怎么提高自己的购买权限最有效率？"李阎追问道。他的心跳有点加速，忽然想起了那胖子的诡异微笑，还有那句话："我可以让你拥有更好的。"

"如果让我说，最有效率的方法就是……杀人。"

"杀人……呵呵。"李阎把玩着自己的手指，没有接话。

张明远忽然想到了什么，开口说："对了，大概两个小时，我的开明兽之力就会消散，你的右臂不会有事的。"

李阎表情放松了一些。他在九龙城寨还有几场硬仗要打，如果右手被废，会非常麻烦。

"最后一件事，这几天跟我玩猫捉老鼠的，是不是你？"

张明远摇了摇头："我不知道你在说什么。"

"行了，没事了，你安心养伤吧。"李阎站了起来，要往外走。

"你跟我姐是什么关系？"张明远扬着脸问道。

李阎不假思索地用了一个骚气的儿化音："老情人儿啊。"

"你！"张明远气得要坐起来，可李阎已经走出了门。

出了门后，李阎心里松了口气。"这小子还真是耐打。"拳脚无眼，何况刀兵。单是李阎搥在张明远心口的那记十字搬楼，就足以要人性命。可张明远中了李阎三剑一爪一拳，才堪堪失去战斗能力，这份让李阎也觉得棘手的身体素质，恐怕也是阎浮传承的功劳。

口袋里的爱立信嗡嗡地振动起来。李阎看了一眼号码，按下了接听键："红鬼哥，乜事？"

电话里一片嘈杂，喝骂声音响成一片，一个悦耳的女声清晰地传过来："阿阎是吧？你来下拳台，带一个年轻人从后门离开大厦，走楼梯。路上有人敢拦你就往死里打。"

李阎闻言一愣："太岁？"

那边已经挂断了。李阎心转数念，快步往楼上的拳台赶去。

"老子今天不斩死这个仆街，谁都别想从这个门口离开！"

男人的白西装被他自己扔到地上，露出一身精悍的腱子肉，夜叉文身双眼怒张，似乎要择人而噬。几百名社团四九把整个福义大厦十层团团围住，个个脸色桀骜。

福义大厦的五十多名持枪黑西装面无表情，只是拦在花衫九等人面前，而太岁余束在一旁小口抿着白酒。

"你花衫九好了不起，几百人把我们都围在里面。我们来龙城是看拳的，不是看黑帮火并。你想做乜？想闹事也要看看自己够唔够斤两。"说话的是一名五十多岁、西装笔挺的男人，头发一丝不苟，不怒自威。

这些赌客非富即贵，人数也多，即使面对和联胜这样的老牌社团，也毫无惧色。说到底，和联胜十四个揸 fit 人，也不是油麻地的花衫九一个人说了算。

"他不够斤两，不如郑伯你老人家称一称我够不够？"

郑姓老人把目光转移到说话的人身上，一时间沉默下来。那人一直坐在看台上没动，不声不响地擦着自己的眼镜，直到老人发声才出头。他从看台上站了起来，走到花衫九身前，面相颇为儒雅。

"和联胜常凯乐，做晚辈的，先给郑伯赔个不是，也给被打扰的各位老板说一声抱歉。"

"阿乐，你也不用这么客气，其实……"

男人扬了扬手，郑姓老人像是被扼住喉咙的鸭子，嘴里的话戛然而止。

"阿九是个粗人，一时情急乱讲话，大家不要放在心上。诸位老板想走，随时可以走。诸位老板想留下看戏，和联胜也不赶人。只是，这终究是我们和联胜的私人恩怨。希望各位，不要插手。"他这番话说完，恭恭敬敬地冲着看台和包厢鞠了一躬，身子低下去整整五秒才起来。

郑姓老人站在看台上，坐也不是，走也不是，正在为难，余束终于开口："郑伯，太子乐也算通情达理，既然人家也赔过不是，你也消消气。"

这个台阶递得刚刚好。老人见好就收，支支吾吾地答应着，带着自己人赶紧离开。其他赌客也纷纷起身，不想卷入这场风波。

人走了大半，福义大厦一下子空旷了许多，还有一些人真就留下来没有离开。这些人都是香港真正的豪门子弟，社团这种东西在他们看来新鲜刺激，却没什么威慑力。他们中的任意一个在九龙城寨出事，港英政府都会趁势组织第三次军警入城，把九龙城寨这块他们眼中的烂膏药强拆掉，和联胜也自然吃不了兜着走。

李阁就是这个时候来的。

"点回事，红鬼哥？"李阁低声问道。

"小周输了。"红鬼的神色阴沉。

李阁往拳台上望去，只看见满地黑褐色的血。

"他右手被砍断，肚皮上中了两刀，肠子流得满地都是，让花衫九的人送去就医了。和联胜的人现在在闹事。"

李阁朝人群那边看了一眼，除了太岁余束，还有小周的经理人阮鸿志，另一头是双眼发红的花衫九，以及一个李阁不认识的青年。

人群中不时传来诸如"九龙拳台的规矩""生死状"之类的字眼。

"他是太子乐，和联胜坐馆龙头常申的儿子。常申年纪太大就快退休，整个和联胜几乎是他一手把持。"

李阎听见"太子乐"这个酷似酸奶品牌的名字，也没来得及多问，只说："太岁让我带个年轻人先走，是谁？"

红鬼领着李阎进了后台，那里坐着一个小腹裹着绷带的年轻人。他身上大大小小有七八道血痕，但都入肉不深，只有小腹上的刀伤严重，即使包扎以后也在缓缓渗血。

年轻人的表情很放松，看到李阎进来，眼睛一亮："你就是阎王？"

李阎没理他，冲着红鬼说："是他吗？"

红鬼点点头："把他安全送出九龙城寨。他就是死，也不能死在我们眼皮子底下。"

年轻人似乎完全听不出红鬼话里的冷酷之意，依旧没心没肺地笑着。

"知道了，交给我。"李阎望向年轻人，"能自己走吗？"

"当然。"

"跟紧我。"李阎一马当先，顺着后门走出擂台大厅，紧跟着走下楼梯，身后的年轻人一直喋喋不休。

"我叫徐天赐，你叫什么？

"赢了你，我在拳台上是不是就再有对手？

"我练武十几年，都冇在九龙城寨几天过瘾。

"那个小周很能打，九环大刀斩得我手臂发软，可惜还是我快，八斩刀识唔识得？两刀就划破他肚皮。"

李阎忽然停了下来，脸上的表情似笑非笑："你练传统武术，信唔信武德？"

徐天赐一愣，想了一会儿才摇了摇头："那种东西过时了。"

李阎放声大笑，前冲蹬地抬腿，脚如猛龙抬头，狠狠踢在了徐天赐还在渗血的小腹上面。徐天赐被踢出一米开外，一连串血珠飞溅在空气中，他后背撞在墙上，白灰簌簌而落。

李阎站定，语气冷淡："我也这么觉得。"

第七章
一颗豪胆博富贵

"没死就起来跑路,你想被和联胜的人砍成肉酱?"

徐天赐拿袖子抹了抹嘴角,脸上的笑意终于消失不见:"这一脚我一定还给你。"

"我等你。"

李阎语气冷硬,转身往楼下走,口袋里忽然响起一阵嗡鸣声音。他看了一眼手机,干咳两声清了清喉咙,声音柔和地接起手机:"乜事啊,茱蒂姐?"

电话那头的女人语气幽怨:"你个仆街死哪儿去了?"

"我……我在做事啊。"

旁边的徐天赐脸色古怪地看了一眼满脸笑容的李阎,两人的脚步都不慢。

楼梯口附近蹲着两名和联胜的人,一边叼着烟卷一边打量着出口,正看见两个男人并排走出来,其中一个还接着电话。

"买车?买乜鬼车啊。茱蒂姐你这么大方不如折现给我。

"冇家业也需要钱嘛。

"哇,我怎么敢呢?冇,肯定冇。"

这男人低声说着,对电话那头软声细语。两名四九相视一笑,低头不再看他们。等两人已经走开三四步,其中一人忽然眨了眨眼,猛地站了起来:"前面老兄,等等。"

那人紧赶了两步,去抓徐天赐的肩膀,旁边讲电话的男人蓦然转身,一记凶猛侧踢踹在那人下巴上,把他的身体踢得整个横倒在地。

另一个人丢下烟头,下意识去摸腰间的狗腿砍刀,眼前忽然一花，一道模糊的黑影带着阵阵风声砸中了他的脸。

"声音？哦，我在做事嘛，当然有声音了。"

李阎脚尖踩住狗腿刀刃，另一只脚向上一挑，把狗腿刀握在手里，抓起徐天赐的胳膊，往下层跑去。

"球仔，怎么回事？"一伙四九仔听到声音从楼梯口往上赶，迎面正看见李阎。

"这王八蛋耳朵这么尖。啊，不是啊，茱蒂姐，我不是说你。"

李阎把爱立信丢给徐天赐，左手握住楼梯扶手，整个人腾空俯冲而下，双腿钢鞭一样横扫向众人。他右脚蹬在一名四九胸口，一个鹞子翻身，右腿摆荡落地，拳背自上而下，狠狠砸在另一人面门上。飞溅的血点和断裂的牙齿，以李阎的拳头为中心，呈现出一个喇叭状的爆裂弧线。

徐天赐戳在一边，手里的爱立信还响着："阿阎你搞乜鬼啊？怎么身边这么吵？我没看到你在太岁身边啊。哇，这次不知道多热闹。太子乐不怎么来城寨的嘛，以为带几百个社团四九委员会就不敢动他，太岁是癫的吗？他在这里大小声，今天恐怕走不出福义大厦。你听冇听到我讲话？"

"他——"徐天赐对着手机张了张嘴。

"听到，当然听到。"李阎甩了甩拳头袖子走上来，一把抢过手机，瞪了一眼跃跃欲试的徐天赐，"茱蒂姐，我这里很快就好，我待会儿打给你啊。"李阎挂断爱立信，冲着徐天赐使了个眼色，"快走。"

"宇哥，我们在这儿坐到屁股生疮，是唔是真能等到人啊？"

黑牙泰驱赶着周围凶猛的水蚊，一口浓痰吐进脏臭的水坑里。

男人瞥了他一眼，不耐烦地应道："闭嘴。"

"不是啊，宇哥，太子乐难得来城寨，现在出了事，你把我们叫到这里喂蚊子，可别人都挤在福义大厦里献殷勤的嘛！冚家铲！

鸡屎强那种废柴都懂得近水楼台,平常出了事这麻甩佬第一个跑路。"

其他人虽然沉默不语,但显然跟黑牙泰的想法一致。这群人除了黑牙泰已经混过四年,其他都只是刚出学校的小飞仔。可你不要太小看这些丢课本进火坑的飞仔。除了少数人是觉得满身文身的样子威风,以为吃饭不用给钱、打游戏还有保护费收、江湖义字当头如何如何,大多数选择混道上的飞仔也是为了讨生活,博富贵。所以这些人往往也够凶狠,为了博出位敢拼命。现在坐馆大哥的儿子在福义大厦,底层的喽啰自然想往他身边凑。

男人深深地吸了一口烟,把烟头丢在地上踩灭,冷冷一笑:"这件事闹这么大,你在福义的时候有冇看到把安哥斩到开膛破肚的那个学生仔啊?"

黑牙泰一愣:"那就冇。"

"太岁的势力在城寨是最小的不假,但是出名够打!留在那儿是祸非福。至于那个学生仔,"男人露出一口白惨惨的牙齿,"想也知道福义大厦叫他赶快出城的嘛。我就守在九龙城寨的大门前面,绑了他送到乐哥面前,你讲到时候谁立功?"男人这话讲完,其他人也不住点头。

也许是等的时间太长,男人貌似随意地问了黑牙泰一句:"对了阿泰,上次在你赌档要拿草纸换钱花的那个烂赌鬼,再去过冇?"

黑牙泰头摇得像拨浪鼓:"宇哥吩咐过我留意的嘛,他最近都没有再来过。"

"这样啊。"男人淡淡地回应了一句,伸手去掏裤兜里的烟盒,眼神一瞟,啪嗒一声,烟盒落地。"来了!"黑牙泰兴奋地喊了一句。

窸窸窣窣十几个人全都站了起来,手上都拿着明晃晃的家伙事。

"宇哥,有两个人——"一个四九仔转过头,却被男人的脸色吓了一大跳。

被人叫"宇哥"的男人咽了一口唾沫,眼里闪烁着寒光,语气压抑不住的紧张和狂喜:"阿泰,我不是让你找越南人弄把黑狗[1]以防万一吗?快拿来!"

黑牙泰闻言一愣。在他想来,对方虽然是个练家子,但是伤势不轻。他可是眼睁睁看见小周的九环大刀砍到那小子肚子上的。自己这方面十几个人,还带着家伙,甚至专门弄了一条打猎的钩锁过来,没理由搞不倒这小子。

他强顶着男人几乎要杀人的目光回答说:"宇哥,找越南人拿枪也需要时间的,你催得太紧,我……"

男人没有说话,眼神在九龙城寨的金属牌子旁那个消瘦的高个子身上怔怔看了很久。他回过头,眼神扫过眼前一张张兴奋又不安的稚嫩面容,脸色无比纠结。

"没搞到枪对吧?"

"我觉得……"

"有还是没有?"

"……没,没有。"

男人最后在李阎身上狠狠剜了一眼,从牙根里蹦出来一个字:"撤!"

"你自己叫计程车,以后出门当心点,和联胜的人不会善罢甘休的。"出了九龙城寨两条街,李阎冲着徐天赐说道。

徐天赐出手狠毒不假,但是两人上台前都签过生死状,既上拳台,生死无怨。更何况徐天赐伤势也不算轻。按道理讲,和联胜不应该生事。可惜这世上的事从来没有道理可讲。和联胜想对徐天赐赶尽杀绝,只需人情,不讲道理。

"这人没意思,不讲规矩。"徐天赐梗着脖子,神色中对和联胜

---

1. 黑狗:黑话,手枪。

并不太在意。

李阎瞥了他，心中微微一哂，也没说话。

"十五天。十五天之内，我一定养好伤。"

李阎好像没听到徐天赐的话，转身往东面走。

"喂，那不是回九龙城寨的路，你要去哪儿？"

"我去找家游戏厅打小钢珠。回九龙城寨？我脑子坏了才这个时候回九龙城寨。"

李阎舔了舔嘴唇。太岁、花衫九、太子乐，以及那个从未谋面的吴豪锡……今晚的九龙城寨，恐怕比一些人想象得还要火爆三分！

也许是"太岁"两字的名头太久不用就快发霉，也许太子乐真的为手下弟兄两肋插刀，总之和联胜的人马源源不断地拥入城寨，事态逐渐不可控制。

"我这个人当然讲规矩，不过讲的是江湖规矩。我好公道的。那小子砍断我弟兄一只手，就拿一只手出来赔。把我弟兄开膛破肚，就自己捅自己一刀。做完这件事，我的人立马撤出九龙城寨。"

对面一左一右，是红鬼和廖智宗。身前坐着的，却是一个穿着运动服、柔顺长发垂到腰间的女人。

女人脸上带着矜持的笑容："九龙城寨的拳台到今天有几十年，敢在这里撒野的不多，事后能从这里走出去的一个也有。常公子，想清楚点。"

太子乐轻轻笑了一声，慢条斯理地说："说起这个我倒是很好奇。余小姐这么年轻，又是个女人，是怎么做到九龙城寨五位话事大佬的位置？啊，九龙城寨这么多英雄好汉，太岁你一一说服他们，废了好大一番手——"太子乐重音放在"说服"两字上，语气放肆无比，可话还没说完，一股劲风扑面而来，磅礴的压力让他下意识双眼圆睁！

"阿红。"余束话刚出口,红鬼的脚面便硬生生停在太子乐鼻尖,动静之间,毫无凝涩。

太子乐身边两人如梦方醒,刚刚扬起手里的砍刀,就被太子乐喝止。红鬼一点一点收回右脚,脸色阴冷,缓缓退到了余束身后。

太子乐的喉结上下涌动了一下。红鬼跟自己少说也有四五步距离,不要说自己,就是身边这两个和联胜最负盛名的双花红棍都没看清红鬼的动作。

"太岁手下的脾气咁火爆,我讲嘢[1]的嘛。"太子乐强笑着说道。

太岁手下一文一武。陈敏红是当年第六揸揸主,自他淡出后这些年,九龙拳台没一个人敢以第六揸揸主自居,足见威慑。廖智宗更是了不得,他是洪门老人,曾经的上海洪门大佬向潜海的身边纸扇[2],洪门老前辈钟养兆的曾外孙。如果按辈分,太子乐还该叫廖智宗一声叔爷。这么多年,一直有人以为九龙城寨的太岁指的是廖智宗,甚至太子乐都认定,余束只是廖智宗放出来的鱼饵,他自己才是九龙城寨拳台的真正大佬。

余束没接太子乐的话。她端详了一会儿太子乐的脸色,这才缓缓摇头,张嘴就让太子乐心头一跳:"常公子,其实我蛮佩服你的胆色和魄力,不过你也太小看吴豪锡这头老鬼了。"

阴暗的长街上面,男孩嘴里叼着波板糖,一双眼睛毫无焦点地四下晃着,身上背着一个松松垮垮的包裹。男孩的面前是一座刷着红漆的酒楼,牌子上蓝底金字写着"福祥酒楼"四个大字。男孩立了一会儿,牙齿猛地用力把嘴里的糖板咬碎,发出清脆的咔嚓声音,迈步进了酒楼。

---

1. 讲嘢:粤语,开玩笑。
2. 纸扇:香港黑社会性质组织的中层领导,负责文职工作,类似于幕僚。

福祥的老板是吴豪锡的女婿。吴豪锡年逾六十，膝下无子，平常都会在这里吃午饭。

"我都讲太子乐这个纨绔迟早败光他老豆的家业。和联胜现在焦头烂额，他竟然跑去拳台为手下出头？"

香港最大的毒品庄家、九龙城寨委员会会长吴豪锡生了一张国字脸，眼皮耷拉下来。

他静静听着自家女婿的话，过了一会儿才说："常凯乐这个年轻人我冇见过，不过风评不差。他老子常申就快咽气，和联胜的老人也不是全无二心，其他人都是墙头草。花衫九是少数几个对他太子乐忠心不二的打手，他搞咁大动静也不稀奇。"

席上围坐着七八个人，都是吴豪锡的亲近和后辈，闻言都或多或少带着笑意。和联胜号称全港最大的和字社团，可场面铺得太开也不是什么好事，单是一个吴豪锡就让常申焦头烂额。如果再因为这种事惹上九龙城寨出名悍勇的太岁，和联胜一定招架不住。

男孩走上楼梯，面容绷得很紧。他茫然地四下环顾，与酒楼热闹喧腾的环境格格不入。

酒宴正酣时，吴豪锡接了一个电话。电话那头语气惶急，吴豪锡却连眼皮也不抬，松弛的肉皮一层一层地垂着，好似入定的老僧。

"爸，怎么了？"刚才出言嘲讽太子乐的男人给吴豪锡斟满了酒，出声询问。

吴豪锡没有回答，语气中带着笑意："初生牛犊不怕虎啊。"

男人眨了眨眼，没弄懂老人忽然的感慨。

"和联胜的人进城之后没去福义大厦，而是沿着龙津道去了新街。"

男人脸色一变，手中的酒盅一歪，打湿了袖子，同席的人也纷纷站了起来。新街是吴豪锡的大本营，吴豪锡的人手、设备、资金大多集中在新街。

"慌什么。"吴豪锡斥了一句。

"爸，是我考虑不周。"男人的脸色难看。他以为太子乐要跟太岁火并，和联胜的人进城他拦都不拦，乐呵呵地想坐山观虎斗，没想到和联胜气势汹汹奔着自己来了。

"假道伐虢，老掉牙的把戏了。"老人轻轻拍打着桌面，不慌不忙地端起酒杯，仰头一饮而尽，酒气激得他面色潮红，"常申，你儿子，还不错。"

他抽出椅子，刚想起身，眼角忽然瞄到一个双手放进布包、脸上脏乱的男孩。一阵阴冷的感觉忽而让微醺的他清醒了几分，几乎是凭着多年拼杀养成的直觉，老人猛地掀翻了酒桌。

砰！砰！砰！

男孩一只眼闭着，双臂被后坐力震得发麻，手上的枪口冒出袅袅余烟。子弹穿过桌子，一枪擦过老人肩膀，还有一枪不偏不倚打中了吴豪锡女婿的脖子。

"阿军！"吴豪锡红了眼睛。

男孩双手笨拙地端着枪，头往后偏，枪口抖个不停。一名身材魁梧的壮汉悍不畏死地扑了过来，将男孩压倒在地，捏着他瘦弱的胳膊朝地面一磕，手枪顿时飞了出去。

吴豪锡三步并作两步赶了过去，还没看清男孩的脸，忽然眉头一皱，伸手掀开男孩的衣服，露出里面瘦骨嶙峋的身体和一圈淡黄色的雷管！

酒楼外面，男人嘴里叼着烟卷，烟头暗红的光芒忽明忽暗。蓦然，酒楼里传来了枪声。男人从衣服下面拿出一个遥控器，想也不想直接按下。

轰！

"你安排人私底下和委员会的人接触。司立争是棵墙头草，不会强出头；做皮肉生意的花姑，早早收了你的钱；走私大王余占奎有道上背景，算是你半个自己人。九龙城寨这么多年街面上没动过火器，你想开这个头，计划也算周全，称得上有勇有谋。"太岁余束语气舒缓，"可你算错了两件事。"

太子乐把身子向后一仰，神色闪烁，但还是大咧咧地说："愿闻其详。"

"第一，吴豪锡在龙城称雄这么多年，把握着全港八成以上的毒品来源。他这块骨头，比你想象的难啃。和联胜想把他连根拔起，自己也要崩几颗牙。第二……"

女人脸上的笑容忽然收敛，额头青筋暴起，话语随着语气骤然转冷。

"你他妈的王八蛋拿老娘做挡箭牌，当我软柿子？今天和联胜的人有一个算一个，谁都别想从大厦竖着出去！"

半截手臂在空中旋出一个弧度，啪嗒一声摔到地上。

"斩死那帮仆街！"和联胜的揸 fit 人、绰号"王水"的杨昊怒喝出声。连同他在内，身后一干人众手腕都绑着红色布条。和联胜号称全港五万余人，十几个地区揸 fit 人，今天在龙城的就足足有十个。

砰！砰！一名吴豪锡的手下捂着喉咙，嘴里淌血，眼带不甘地缓缓倒地。手臂上文着两头猛虎的黑风衣男人啐了一口，一边给自己的手枪换弹，一边骂道："挑那星[1]！王水你痴线[2]啊？拿两把砍刀扮靶？你当腰里的短狗[3]是柴？"

王水双眼圆睁："怕乜鬼？现在城寨里至少有两千兄弟，围也围

---

1. 挑那星：粤语，骂人的话。
2. 痴线：粤语，有毛病。
3. 短狗：黑话，手枪。

死吴老鬼手下几百仆街!"

一个压抑不住的惊喜声音插了进来:"细佬那边得手了!"

此话一出,和联胜几名揸 fit 人都是精神一振。

"吴老鬼真的挂了?天都要我和联胜花开富贵。"忽然,黑风衣眉头一皱,"乐哥那边怎么一点消息都没有?"

仿佛一个不祥的信号,剧烈的爆炸声带着浓浓的硝烟味弥漫开来。

嗒嗒嗒……喷吐火舌的枪口缓缓逼近,几名冲在最前的和联胜烂仔一瞬间被近百颗倾泻过来的子弹灌进身体,像一只提线木偶被强大的动能撕扯开来。黑光油亮的枪械反射着冰冷的光芒,德国 HK 出产,MP5K 微型冲锋枪。

王水还没反应过来,一颗手榴弹拉出一道白烟,落到了他的脚下。"趴下!"闪耀的火光和无数锋利的弹片向四面八方爆射而出!

硝烟过后,猛虎文身男艰难地站起身来,晃了晃脑袋,耳朵里有血丝溢出。他茫然四顾,看到了肉骨分离的杨昊。

白烟弥漫之中,几个人影缓缓逼近。猛虎文身男怒吼着站起身来扣动扳机,硝烟被一阵突如其来的风吹散,露出了烟雾中对方的全貌。毫无疑问是吴豪锡的人。来人手里扛着 RPG-17 火箭筒,神色冰冷地瞄准猛虎文身男。

"挑那星……"猛虎文身男自己也没注意,他的话里带着惊恐的颤音。

哗啦啦……一颗颗钢珠从机器里倾泻而出。李阎随手抓起一把,又让它顺着指间滑落,怔怔入神。

让他察觉到不对劲的,正是那些疯狂拥入九龙城寨的和联胜烂仔。和联胜号称港九最大的社团,没理由蠢到同时立吴豪锡和太岁两个敌人。而且,他带着徐天赐一路从福义大厦出来,也并没受到太大阻碍。按道理，他们刚出大厦，和联胜的人就应当收到了消息。太子乐和花衫九既然是要找徐天赐出气，得知徐天赐出逃，应该立马派人追赶，没必要再跟太岁扯皮。可事实却是，他们一路走出九龙城寨，身后半条鬼影子也看不到。

今夜的形势，要么发展到三方混战，要么就是小周只是一个幌子，太子乐真正的目的是铲平吴豪钖。想起花衫九那天阴沉的脸色，李阁越发觉得后者的可能性更大。

他不知道今夜的九龙城寨会是什么样子，也许正是被不见天日的漏水漏气管道所遮盖住的"无法之夜"。李阁倒不怕城寨乱，怕的反是它不乱。不过现在的城寨像一锅沸腾的开水，李阁想浑水摸鱼，也要顾及流弹的威力。他的机会是在城寨混乱平息后，新的秩序建立前。

李阁扳着旋钮，把钢珠发射出去，也没注意机器上的数字，指间的烟头就要燃尽。

如果今夜九龙城寨重新洗牌，那张在委员会办公地点的残篇又将何去何从？还有那个一直窥伺着自己、耐性好到不可思议的家伙，他又在哪儿？他曾想过那人会不会和张明远一样是九龙拳台的拳手，毕竟自己和张明远的阎浮事件内容里都有一条"打到九龙拳台第七擂"，可脑子过了一圈，李阁也没发现什么合适的人选。

李阁也怀疑过徐天赐。他踢徐天赐那一脚一半是出于他看这小兔崽子不顺眼，另一半则是试探：如果他是那个窥伺者，没理由对自己毫无防备。但是自己动手之后，对方演技却毫无破绽。再者，无论是自己还是张明远，身份要么是刚来香港的外地佬，要么是父母新死、来拳台讨生活的孤儿，总之不会有太熟悉自己的人。可徐天赐，李阁听茱蒂提到过，了不得，徐尚田的亲孙子，可以叫叶问一声太师爷的武四代。这样的人，李阁想象不出阎浮怎么给他安排身份，单是习性和性情的改变就瞒不住别人。

而如果对方不是九龙拳台的拳手，说明他和自己任务不一样，也就是说……不是同行者。身处诡异的阎浮事件，对于其他行走，李阎想不到比"同行者"更温和的了。

不是同行者，矛盾只会更加尖锐！

夜已深了。李阎忽然想到，自己被獏弄到这里时，也是这样黏稠得化不开的夜色。而短短十几天，自己似乎已逐渐适应了九龙城寨的生活。斑驳又热闹的龙津道，几乎挨在一起的逼仄高楼，赤着脚在水泥天台上奔跑的孩子微微上扬的脸。红鬼、茱蒂，甚至邻居家的害羞女孩。要何等坚强的意志，才能在无尽的时空中流转而不知疲倦？正如獏所说，这条路不能回头。而自己，终究是个过客。

"还早得很呢。"他吐出最后一口烟圈，把烟头扔到地上狠狠踩灭，如是说道。

福义大厦。

"你最聪明的地方，就是没在我的地盘动火器。阿嚏！宗叔，把冷气关小一点。"余束身上披着一件黑色夹克，但还是打了个喷嚏。

陈敏红拳头上沾着血，穿着一件灰色短衫，身边横七竖八躺着四五个昏死过去的和联胜的人："港九道上的红棍一茬不如一茬，这点本事点够打？"

"你够胆动和联胜，今后九龙拳台永无宁日。"花衫九强声说道。他倒在地上，两个膝盖半月板被红鬼捏断，一向形影不离的金属甩棍早就不翼而飞，头上的鲜血一直流到脖颈。一眼望去，整个福义大厦十层躺满了一百多个社团烂仔，没一个还站得起来。一名黑西装走到红鬼面前："红鬼哥，太子乐带来三百多个四九仔，只要在福义大厦里的，都打扫干净了，点处置？"

陈敏红闻言看向余束。

"把这群烂仔扔到街上去。留下太子乐，等他老子常申来赎人。"

廖智宗走了过来，皱着眉头："外面现在乱成一锅粥，吴豪锡的手下连火箭筒都出动，城寨快十年没动过火器，现在闹这么大，港英政府不会善罢甘休。"

"走的客人有冇事？"余束问。

"都送出城了。"

"那就行了。"余束往前走了几步，冲着一直在包厢里静静看戏的几位豪客说道，"现在城寨的形势各位也听说了，麻烦大家暂时待在大厦里面，明天一早，我亲自送各位出城。有乜不方便的，希望大伙儿多多谅解。"

"你讲乜就是乜喽。"何昌鸿脸色潮红。城寨本就不大，新街那里的爆炸声音这边也能听个模糊，再加上眼前刚刚发生的数百人械斗，这位公子哥被刺激得肾上腺素飙升，心下暗暗咋舌。

茱蒂面有忧色："你扣下太子乐，不怕进城的和联胜杀你一个回马枪？"

太岁摇了摇头："和联胜，没这个余力了。"

丙寅年六月二十五日凌晨，大批防暴警察拥入九龙城寨，龙津道硝烟散尽，宛如鬼城。

是日下午，香港警队华人总探长黎耀光接受媒体采访，宣布警队在城寨捣毁一伙特大贩毒集团，抓获罪犯超过五十人，警队方面没有人员伤亡。

同日，有组织罪案及三合会调查科逮捕和联胜包括一名揸 fit 人在内共三百余人。

六月二十六日中午，和联胜坐馆龙头常申来到福义大厦要求面见太岁，二十分钟之后离开。

六月二十七日，城寨以南，启德机场附近，丽华酒店。

"阿阎，这里。"

李阎穿着蔚蓝色牛仔短衫,两只手指拎着淡黄色购物袋,闻言朝着男人喊话的方向走去。

"哇,新衣服?点靓!刚跟茱蒂约会回来?"

"红鬼哥,洗手间在哪儿?我换一下衣服。"

"换乜鬼,衣服买来就是穿的,跟我来。"红鬼一把拉过李阎,走到酒桌面前,"这是宗叔。"

眼前两鬓斑白的男人朝自己伸出右手:"廖智宗。"

"宗叔。"李阎握住了廖智宗的手,不卑不亢地回应。

"阮鸿志,你认识的嘛,小周的经理人。"

"哇,红鬼你唔要再提,因为我那位拳手,城寨都变了天啊。"

阮鸿志天生鹰钩鼻,让他的面相看上去有些阴冷,不过一张嘴,显然是个健谈的人。

"志哥。"

"不用客气,我一早就看好你,可惜红鬼抢先一步。"

"这是阿媚,也是九龙拳台的经理人。"

"阿媚姐。"李阎点了点头。

女人双手抱着胸脯,半开玩笑半认真地说:"你打得武二跑回内地老家,拳台上百万见财化水,还害得我损失了何昌鸿这个大水喉,准备怎么补偿我?"

"咦,上次跟我打的那个武二离开城寨了?"李阎故作惊讶。

"你不是在医务室跟那小子聊得火热吗?怎么不知道他离开香港?"余束甩着手上的水珠,落落大方地入席,貌似随意地问了李阎一句。

"太岁。"

"太岁。"

"太岁。"

除了廖智宗,一席人都连忙站了起来。

"都坐。"余束随口应了一句。

李阁问了一句："太岁，怎么今天特意叫我过来？"

余束放下筷子，直视着李阁："除了徐天赐，九龙拳台上再没人比你够打。那小子是来玩票的。无论你们之间输赢如何，以后第六擂擂主都非你莫属，我当然要关照一下未来九龙拳台的台柱子。"

"太岁你说笑了，我哪够格做擂主？而且擂台上刀剑无眼，我捞够老婆本就回乡下养老了。"

"香港是个好地方，留下吧。打几年拳退下来，在福义大厦做马夫，抽水赚钱。还是说……"余束眉毛挑了挑，"你不愿意跟我做事？"

李阁沉默了一会儿，忽然笑了出来："怎么会？"

"那就行喽，吃饭。"

酒菜上了宴席，阿媚开口问道："太岁，是不是今晚常申请洪门长辈作陪跟你摆和头酒？"

"到时候让宗叔去谈，我人到了就行。"太岁说着，又冷笑了一声，"和联胜小看了吴豪锡的反扑，闹得现在根基不稳，这时候想联合其他洪门社团向我施压，不知道要割多少肉。"

早在清末，香港已经有大批社团。宣统元年，原天宝山碧血堂红旗五哥黑骨仁联合十几个堂口召开洪门大会，建议在所有洪门堂口的名字前加上一个"和"字，寓意以和为贵。从此，香港以"和"字开头的社团便络绎不绝。

一边，红鬼问了李阁一句："今晚你要不要去见识一下，和联胜坐馆龙头常申是乜鬼模样？"

李阁沉下眸子想了一会儿，摇了摇头，反问道："红鬼哥，你知唔知小周在哪家医院？"

与此同时，龙津西关大街，一栋精致的别墅当中，常申和一名穿着睡袍的老人对面而坐。

"阿乐这一仗打出了名头。"

"呵,也打没了你们和联胜半条命。"

常申今天六十一岁,眉毛浓黑,神态中却有掩饰不住的疲惫。

"骨爷,我就这么一个仔。"

对面那人语气里带着几分笑意:"慌什么,那余束还能把你仔扒皮拆骨吞了不成?你也不用装傻。和联胜的人突然进城,火爆作风看起来像是血气方刚的后生仔,可细处却算无遗漏。委员会、越南帮,连警队O记[1]都被早早打点。两天时间,港九最大毒品庄家势力灰飞烟灭。你告诉我这是你仔的手笔?"

常申的脸色又苦涩了几分:"我土都埋到脖子,这时候不捧自己的仔,难道眼睁睁看着和联胜分崩离析?"

"吴豪锡一死,你和联胜能接光泰国六面佛的盘?"

常申人情练达,随即就明白了对方的意思。"大概能有七成。"

"六成吧,剩下的分给其他和字头社团兄弟,我也好帮你说话。"

常申皱紧眉头,过了一会儿才喟叹一声:"六成就六成……"

他不愿再多说话,告别骨爷后就坐上了一辆黑色福特汽车,引擎轰鸣,离开了别墅。

"我的仔打生打死,你白骨标一开口就要四成。好,好得很。"

常申枯槁的手指摩挲着真皮沙发。惨胜也是胜。他抛出四成红利这么大块骨头,除了换回自己的仔,更要堵住其他洪门社团馋得流口水的那张嘴。只要搭上泰国六面佛这条线,和联胜很快就能把损失的人手补回来,这些"相亲相爱"的洪门弟兄到时候再清算不迟。和联胜现在元气大伤,实在不宜和眼前这些城寨里的亡命徒再做纠缠。只是这个太岁……

常申透过车窗看见被风压低枝叶的枯槁老树,眼底掠过一丝说

1.O记:即前文"有组织罪案及三合会调查科"。

不清、道不明的神色。他紧紧身上的衣服，忽然想起年轻时候自己做车夫，最喜欢抄录报摊上杂书的诗句，其中有两句至今不忘：

  怨处咬牙思旧恨，豪来挥笔记新题。
  生来不展风云志，空负天生八尺躯。

第八章
云与泥

香港圣玛丽医院。

混乱了几天的九龙城寨即将平息下来,现在还站在场内的似乎没有输家:和联胜取代了吴豪锡,香港大小社团利益均沾,九龙城寨腾出好大一片生意,连太岁也贯彻了她一向的原则:"别惹老娘。"正一个皆大欢喜。

李阁手里提着果篮,刚到病房门口,就听见花衫九扯着嗓门:"小周,这件事事先我真的不知情。乐哥那天忽然来城寨,说想看你打拳,我当然高兴啊。之后我看你被那个仆街打倒,一时气愤才在福义闹事,我不知道乐哥早有安排。"

病床上的小周脸色苍白,眼皮垂着:"九哥,我冇别的意思。我也是拜过关公才入堂口,不会猜忌兄弟。事到如今,九哥你讲,我就信。你说唔知道太子乐的计划,我唔会再问。"

花衫九拄着拐杖,还要说什么,眼角瞥见了门口轻轻敲着玻璃的李阁。"挑那星,你还敢来?"花衫九红了眼睛。

李阁走了进来,把果篮放在桌子上,一边不紧不慢地给自己拿了一把凳子,一边对花衫九说:"九哥,冤有头债有主,你的腿是叫红鬼打断的,小周是伤在徐天赐手里。九龙城寨出事那晚,我在城寨外面打了一晚上爬金库[1]。无论怎么算,这笔账都不该在我头上吧?"

"你是太岁——"

"太岁是太岁,我是我。我充其量是在她拳台混饭吃的拳手,

---

1. 爬金库:即小钢珠。

拿命换钱而已。"花衫九一时语塞，李阁又接着说，"九哥，如果你唔介意，让我们两个练武的单独待会儿？"

从李阁进来，小周的目光就一直停在他身上。他闻言冲花衫九点了点头。花衫九瞪了李阁一眼，还是虎着脸出去了。

李阁拿起桌上的水果刀，熟练地给苹果削起皮来，嘴里问道："伤怎么样？没落下什么毛病吧？"

"就医及时，手臂接回来了，以后阴天下雨可能会痛。在床上躺个小半年，没大碍。"

李阁静静听着，小周说得轻松，可李阁明白，手臂断过一次的小周以后手用不得力，功夫已去了大半，算是废了。

他一边削着苹果，一边说道："退出来吧。这次的事一完，你欠他们什么人情也都还清了。"

小周虚弱地一笑："你这次来，就为了跟我说这个？"

"是。"李阁说得格外用力。他手上不自觉使上了劲，长长的苹果皮掉进了垃圾桶。

"我现在这样，退不退没差别的。"小周这时候还能笑得出来，"关心你自己好了。"

李阁把苹果递了过去，小周微微摇头："消化不了，肠子会烂，我现在只能吊葡萄糖水。"

李阁把苹果送到自己嘴里，面无表情，却重重地咬了一口。

两人相对无言。

说到底，李阁和周维安并没有深厚的交情可言，二人又都不是交浅言深的性子。气氛顿时沉闷下来，空气中只有李阁默默大口啃苹果的声音。

过了好一会儿，李阁站了起来。

"走了，你好好休息。"

"李师傅。"

李阎走到门口,身后的小周忽然叫住了他。

"谢谢。"

李阎停了停,然后头也不回地走出了房间。

出了房间,李阎身上的几许暮气也随之消散。萍水相逢,尽是他乡之客。关山难渡,谁悲失路之人?小周退场了,自己可是还在场上。

拄着两只拐杖的花衫九在走廊里点上一支香烟。"先生,医院里是唔能抽烟的。"一名踩着白色胶底鞋的护士走了过来。

花衫九长出一口气,瞪了那名护士一眼,最后还是把烟掐掉。他看到李阎走出来,拄着拐杖走了过来,冲着李阎叫道:"你跟小周讲乜?"

李阎没有回答,而是开门见山说道:"九哥,我有件事想请你帮忙。"

"请我帮忙?"花衫九气极反笑,"你发烧烧坏脑子了吧?我凭乜帮太岁的人?"

李阎笑了笑。他帮花衫九理了一下衬衫,说:"我讲过了,太岁是太岁,我是我。我来香港还不到一个月,混饭吃而已。太岁也好,和联胜也罢,我不想站边的。九哥管着整整一区人马,总不会像那些只知道耍狠的老四九,乜都看唔清,一个个被狗屁义气糊住了眼,活该被人家耍得团团转。"说到最后,李阎语气揶揄。

花衫九闻言却冷静了许多:"就算如此,我也没有帮你的理由。"

李阎低头抽了抽鼻子,低声对花衫九说:"今天和联胜的坐馆摆和头酒,替太子乐向太岁赔罪。过了今晚,太子乐就可以回家睡大觉了吧?"

"你想讲乜?"

李阎想起余束今天在酒席上的话,不动声色地说:"和联胜让给其他社团的那几成红利,其中有太岁一份。"

花衫九瞳孔一张,死死盯住了李阎。

成了!李阎没再说话,只是笑吟吟地看着花衫九。

花衫九压住心中的不快,冷冷问道:"你想让我帮什么忙?"

"我想让九哥帮我找一件东西。另外,我想跟太子乐谈一谈。"

"乜鬼东西?"

"好简单,一张纸。"

九龙长沙湾道2号四字楼C座,咏春国术馆。

徐天赐不安地坐在场下,看着师兄弟们练拳。一名老人端坐在他对面,两人间是黑白子密布的棋盘。

"天赐,下棋要专心。"老人嘴角总是习惯性向下撇着,看上去很严厉。

徐天赐抿着嘴唇,捻起黑子,一子落下。老人摇了摇头,白子一落,逐渐把黑子逼到了死角。

"瞻前不顾后,打拳这样,下棋也这样,一点长进也没有。"

徐天赐吐了吐舌头,没有说话。

"我听说你上拳台,把一个打文圣拳的师傅伤得很重,好像还惹了麻烦。"

徐天赐端详着棋盘,一边落子一边说:"爷爷当年,也惹过不少麻烦吧?"

"臭小子,还数落起我来了。"老人笑骂了一句,顿了一下,又说,"不要再去了。"

徐天赐报以沉默,手指捏着几枚黑子。

"你把'既上拳台,生死无怨'挂在嘴上,可有些人上拳台是为了谋生。这些人死在拳台上,不会埋怨。你上台是为了义气。你死在拳台上,不值。"

"爷爷。"徐天赐摸了摸下巴,一边思考棋路,一边说道,"我练拳练了十几年,从来不知道为什么练武。强身健体?保家卫国?可为什么我们总要防,总要守?为什么我们练中国武术的,永远是被挑战的一方?为什么要等着人家找上门来,指着你的名字侮辱你,我们才穿着长衫,慢悠悠地反击?凭什么要等着人家把'东亚病夫'的招牌扣在我们的头上,我们才拼着老命去说什么不许侮辱中国武术?好煽情吗?为什么我不能主动去宣扬我的功夫?我比你强,凭什么不去争?凭什么不能踢你的馆,踢到全香港都知道我的名字,踢到他们听到'咏春'两个字就怕,踢到他们再也不敢嚼舌根?"

徐天赐说得又轻又快,眼睛却微微泛红。

老人叹了口气,一时间不知道该说些什么,只是苦笑着说:"你这个年纪,还踩在云彩里。"

徐天赐笑出了声:"爷爷,我才十九岁,总不能早早就把脸埋进泥里吧?"说着他又下了一子。

老人一愣。随着天赐一子落下,原本四平八稳的局势瞬间被撕开一个大口子。徐天赐这般凶狠的打法,竟然透出几分逼人的灵气来。

老人盯着棋盘看了很久,再看看眼前这张微笑着的稚嫩脸庞,忽然觉得,自己似乎从来没真正了解过这个孩子。

"爷爷,我赢了。"徐天赐笑得露出虎牙。

半生浮沉的老人嘴唇微微颤抖,心中有三分欣慰,三分酸楚,四分辛辣,良久才咬着牙说道:"你要是折了,别来找我。"

"既上拳台,"徐天赐字字都像一颗钉子钉进地里,"生死无怨!"

丙寅年六月二十八日,宜交易,嫁娶,百无禁忌。

李阎穿着一条花色斑斓的短裤躺在遮阳伞下,手里捏着一张单据,上面是再过几天自己和徐天赐的拳赛。

"点?担心自己会输啊?"

李阁笑了笑,把手中拳赛单据扔到一旁,眼神自然地落在走过来的茱蒂身上。宝蓝色的泳衣把女人身体的曲线完美地呈现出来,水嫩圆润的脸颊,微微上扬的下巴,让她的笑容看上去多了几分甜美。

这些天,李阁的日子过得格外滋润。如今第七擂以下几乎没人愿意在拳台上面对这个"阁王",而只差一场就能勾掉"打至九龙拳台第七擂"选项的李阁也丝毫不急,除了每天在福义大厦打打桩保持状态,和茱蒂如胶似漆。

屁的如胶似漆,李阁心中骂了一句。他的眼神在茱蒂身上游弋了两个来回,忽然开口:"茱蒂,你饿唔饿?"

"嗯?"茱蒂坐在李阁身边,双腿并拢,手掌托着脸颊。

"我请你食云吞面?"

"啊?"

袅袅热气飘散开来,店里一片嘈杂。

茱蒂深呼吸了一口气,高耸的胸脯起伏不定,白嫩的巴掌按着桌子强压火气:"你现在讲同我讲嘢,我当一切没发生。"

李阁端起眼前的海碗,正狼吞虎咽着把整张脸都埋住,对茱蒂的话充耳不闻。

女人脸上浮现一个危险的笑容:"我每天晚上花几百万撑你的场,帮你买条CK的内裤都要几千块,你请我吃一碗八十几块的云吞面就同我讲分手?"

茱蒂声音不大,但几乎吸引住了店里所有人的目光,连李阁也差点被嘴里的汤水呛到。李阁放下碗筷,拿纸巾抹了抹嘴,忽然抬起了手。茱蒂咬着下唇等着李阁开口解释,却没想他招呼了服务生过来:"再来一碗,谢谢。"

砰!茱蒂一拍桌子站了起来,双眼几乎喷出火来。

李阁扑哧一声笑了出来:"茱蒂姐,别这么激动,这一点都唔像你。"

"你给我听着。"茱蒂语气阴沉,"如果我想,今天晚上就可以把你丢进海里划水,我保证第二天九龙城寨再也冇'阎王'这个名号,你信唔信?"

李阎横了横心,开口说道:"茱蒂姐,你在我对面讲这种话,我还真是心慌。不过大家一笔一笔算清楚点。拳赛,我没让你输过钱。你花钱给我买的衣服、手表,我已经打包邮到了你在浅水湾的别墅里,邮费我付。大家在一起唔过二十来天,不合适就分手,没上过床谁也唔吃亏。你讲我算得明白唔明白?"

茱蒂把银牙咬得咯吱作响。她点了点头:"好,好得很。"她抓起一边的手包,最后看了李阎一眼,一点也不拖泥带水,转身就走。

"等等。"

茱蒂冷哼一声,脸上不情不愿地问道:"还有乜事?"

李阎想了一会儿,淡淡回答:"练武的多少懂些医术,我前两天给你开的安神医方是家传的,对失眠、惊悸很有效。恼我归恼我,身体是自己的,你多保重。"

女人转过身,咬牙切齿地说:"我回去就把它冲进马桶!"

嗒嗒的高跟鞋声逐渐远去。李阎低着头蘸着汤料,啃了两口青菜。对面茱蒂那碗云吞只动了几口。她连兰桂坊都吃不惯,自然看不上铜锣湾、庙街这些地方的排档。李阎伸手把茱蒂剩下那碗云吞端到自己身前,丝毫不介意地大口吞咽起来,久久无言。

庙街22号公寓别的都好,就是鱼蛋加工厂的腥臭味太浓。其实李阎现在可以选择住福义大厦,那里有空调、酒水,甚至女人。不过他还是没搬。

九龙城寨这地方白天采光很差,即使是正午,李阎还是觉得浑身一阵阴冷。

"喵",李阁笑眯眯地抱起这只活泼的幼猫。小猫也不挣扎,小脑袋左顾右盼。他抬头看了一眼房门上的号码牌,没有着急回自己的413号,而是走到阿秀母女住的412号。果然,房门是开着的。

"阿秀,你家阿咪又跑出来了。阿秀?"李阁轻轻一推门。

吱——即使以李阁的意志力,房间里扑鼻的恶臭也让他皱紧了眉头,他几乎无法想象阿秀这样柔弱的女孩是怎么在这样的环境下生活的。

"加工厂这么臭,还不把窗子关好?"李阁放下猫,走过去把窗户扣紧。

"你找谁?"

耳边的沙哑声音激得李阁头皮发麻,下意识抬起了膝盖,但想到这里是阿秀家,他心念一动转踢为退,轻飘飘后退两步,再定睛一瞧,眼前只见粗糙又褶皱的皮肤,紫黑色的嘴唇,双眼仿佛死鱼,戒备的眼神让李阁想起了《七月十三》里的龙婆。

李阁心有余悸地张张嘴:"你……"

"雪姑七友七个小矮人,雪姑七友七个同埋条心,七个矮仔好多计,巫婆遇见佢地无觉好训。"

阿秀抹了一把脸蛋,手里捏着发皱的钱,一步一步爬上楼梯,嘴里哼着不知名的歌谣。一直走到家门前,她才发现门没锁紧,接着听见门里头有男人声音传来,阿秀吓得一张嘴,连忙推门走了进去。

李阁站在凳子上,手里翻弄着灯泡。厨房里,妇人围着围裙,正翻炒着什么。

"阿秀,你回来了。"李阁向女孩点点头。

"阁……阁哥?"

"你家阿咪跑出去,我送回来,顺带帮你家换下灯泡。"

"阁仔，待会儿在我家食饭。"妇人的声音从厨房里传出来。

"好啊，麻烦伯母了。"李阁看着低头不语的阿秀，笑眯眯地说，"呐，阿秀，阁哥给你一百块，你去买点猪肉回来好唔好？"

"唔用，家里都有的。"阿秀忽然抬起头，笑容灿烂地回答。

李阁深深地看了她一眼："这样啊。"

灯泡噼里啪啦地闪烁了一阵，然后亮了起来。桌上三人围坐。

"呐，我就讲一定行的啦。"

"我还冇谢过阁仔一直照顾我家阿女。"

"举手之劳，伯母的叉烧味道很好。啊，不过也怪，窗户关了这么久，屋子里还是这么臭。我下次买点香过来，镇邪驱鬼的。"

"住惯了就好。"

"我总是食白饭，实在唔好意思。"

"大家街坊，冇什么不好意思的。"妇人枯槁的脸上露出一个笑容，"阿秀还小，外面咁乱，我一直都担心她出事。我一把年纪就一个女儿。要是阿秀出事，我做鬼也唔甘心，你讲呢？"

李阁笑了笑没再说话，这顿饭吃得还算和谐。

"明天见。"

"明天见。"

哐，阿秀关上了门。她默默转身，自己的母亲坐在椅子上，脸色灰白，一动不动。

面对着门上 412 三个数字，李阁呆立了一会儿，拿起手机拨通号码。

"喂？"

"红鬼哥，大厦里还有冇位置，我想搬过去住……"李阁语气一滞，"红鬼哥，我晚点打给你。"说着他挂断了电话。

"喂？喂？"红鬼对着电话叫了几声，只听见一连串忙音，"神神鬼鬼。"他嘀咕了一句。

李阁对面，一个穿着深红色背心的黄毛走了过来，李阁认得他是花衫九身边的打手。

"乐哥要见你，说找到你要的东西了。"

常凯乐今年已经三十岁，接触和联胜的事务超过十年，但是他老子常申对于和联胜的堂口依然具有无与伦比的影响力。你讲"常凯乐"三个字，洪门没几个人能反应过来，他们认识的只是常申的儿子太子乐。

常申培养了常凯乐三十年。要论头脑、心志，常凯乐也绝不算差。所以这种尴尬的境地，本来应该在一夜之间得到改变。是的，本来。

可惜随着吴豪锡手下的猛烈反扑，以及太子乐被扣在九龙拳台，这一切都打了折扣。常凯乐至今都忘不了，福义大厦里那个眉锋如刀的女人。

他回来以后，常申什么话也没说，也绝口不提让位的事。在此之前，常申可是拍着他的肩膀，言之凿凿地大谈和联胜坐馆的位置就让他来坐。

"你要的东西。"太子乐的眼睛布满血丝，声音沙哑。他对面坐着李阁，身后是几名和联胜的保镖，挂着拐杖的花衫九则坐在他身边。

他的巴掌下面，是一张烫金纹路的宣纸。

李阁低头看了一眼，上面的异兽十八道翅膀长短相接，九颗凶恶怪异的头颅，一条脖颈鲜血淋漓。

他深吸了一口气，伸手去拿，太子乐垂在桌子下的左手忽然抬起，裁纸刀哆的一声刺向李阁手指缝隙的桌子。

即使知道不会受伤,李阎也下意识五指合拢,手腕轻轻一抖,向旁边一拉一扯,太子乐虎口吃痛,裁纸刀也当啷一声掉在桌上。屋里顿时响起一片保险栓拉动的声音。李阎眼里精光爆闪,右手抄起裁纸刀,朝着太子乐的喉咙划了过去!

"都停手!"裁纸刀停在太子乐白皙的脖颈上,李阎自己也被三四个黑洞洞的枪口顶着。

"把枪放下。"太子乐说道。

和联胜的手下一个个把手臂垂下,李阎也缓缓抽回了右手。

"乐哥,这种玩笑可开不得。"李阎的表情似笑非笑。

"你要的东西,我给你找到了。现在我问,你答。"太子乐冷冷地说。

李阎一脸无所谓地把身子向后一仰。"一张破纸而已,我只是想试试乐哥的诚意。我告诉你太岁和其他洪门字头有勾结,难道值不回票价?"

李阎知道有一张残篇落在了委员会,而那个地方平常只有委员会会长吴豪锡会住。和联胜进城以后,残篇有很大可能就落在了他们手中。不过他也不急,毕竟在这些人眼里,这东西的确和草纸区别不大。

"你讲我就信,你当我白痴?"

李阎的眼神盯在太子乐脸上,笑意瞬间收敛:"常凯乐,老子冒着被太岁的人丢进海里的风险跟你谈,你当我同你讲嘢?你讲你不信,那你坐在这屙屎咩?"

常凯乐看着有些压不住火气的李阎,心头疑虑稍去。他笑了笑,把残篇推给李阎,还扔了一根雪茄给他:"全九龙城寨都知道你阎王是太岁身边最红的新人,你突然爆自己老板的料,谁都要考虑考虑嘛。"

李阎冷哼一声,把残篇放进自己口袋,嘴里说道:"那你现在信唔信啊?"

"你讲太岁跟洪门社团有勾结,有乜证据?"

"证据?你们和联胜前脚火并吴豪锡,太岁后脚打你冷枪算唔算?你家老爷子去找洪门叔伯做中间人讲和,他们开口就要红利算唔算?和联胜让利,太岁冇半点好处马上放人算唔算?"

李阁的话句句像把利剑,刺在太子乐心上。他出生的时候,和联胜已是港九有名的社团,所以这位和联胜接班人从没有过最底层刀口舐血的拼杀经历。在他看来,大家出来混嘛,讲钱,讲人多,讲头脑。什么义气、面子,甚至规矩,在赤裸裸的利益面前应当一文不值。

九龙城寨的太岁说起来唬人,可你一个把持黑拳生意的,在城寨五位委员里也最不起眼。财力人手,哪儿比得上势力遍及全港九的和联胜?我的人闹你的场子不假,可以谈嘛。你跟我谈两句我就赶去斩吴豪锡了。我常凯乐一手好牌,这疯女人怎么他娘的直接掀桌子呢?

但如果她早有准备,这一切就好解释了。

一念至此,常凯乐火冒三丈。无论是谁,折损大半人手,蛋糕却被别人捡了去,那人还啪啪地抽你脸蛋,心情都不会太好。想起这些天社团老人若有若无的嘲讽,自己老子缄默不语的态度,常凯乐咬了咬牙。他脸上表情不变,问:"你为乜告诉我这些?太岁对你唔好咩?"

是时候表演真正的技术了。李阁抿紧嘴唇,努力控制着自己的脸部肌肉。

"好,她对我好到不得了啊。"李阁双眼直勾勾地看着太子乐,"乐哥知唔知在九龙拳台是谁撑我的场子?"

"知道,华茂地产的茱蒂嘛。"常凯乐悻悻地说道。像他们这些人,跟何氏、恒生这样的大资本家根本不在一个层面。和联胜能坐大，背后当然有资本支撑。可即使是那位，比起茱蒂这样身家上百亿、还有一个太平绅士太太的头衔、政界商界手眼通天的豪族相比，也相去甚远。李阎傍上这样一个女人，可以说一步登天。不过常凯乐倒也没多少看不起李阎的意思。拖鞋饭[1]也不是什么人都能吃的。人家能端上这碗饭，自然有人家的本事。

"太岁叫我跟茱蒂分手。"

"为乜？"常凯乐一愣。茱蒂是九龙拳台数得上名号的水喉，太岁怎么会有钱不赚？

李阎横了他一眼："一个女人要男人跟另一个女人分手，你讲是为乜？"

常凯乐闻言，心思一转，不由得倒抽一口冷气："你……"

这边的李阎脸色难看，咬牙切齿地说："我一开始跟她玩玩的嘛，谁知道这女人上了床就摆不清位置，逼着我跟茱蒂摊牌。挑那星！你一个九龙城寨的癫女人，胸平得好似搓衣板，怎么跟人家比？如果不是她，我现在早就在茱蒂的游艇喝洋酒了，还用在拳台上打生打死？"

一边的花衫九也愣住了。陈敏红是太岁多年的忠犬，这件事整个九龙城寨没人不知。他这么够打的人对一个女人死心塌地，想也知道是爱慕人家。可李阎这么一说，花衫九忽然觉得那个双拳带血、肘击膝撞就打翻和联胜七八个红棍的男人头顶上绿油油的。

常凯乐翻来覆去把李阎的话琢磨了一遍，想起那个披着夹克、眼眉如同刀锋般锐利的可怕女人，再看看眼前这个一脸不愤、一身衣服不超过两百块的男人，虽然有点难以接受，但是仔细想想，好像没什么毛病。

"太岁不倒，我不得安生。如果她跟茱蒂摊牌，我下半辈子……"

---

1. 拖鞋饭：即软饭。

李阎舔了舔嘴唇，没有说话，可话里的未尽之意溢于言表。

"你想怎么做？"常凯乐情不自禁地问。

李阎的表情近乎癫狂："五百万。给我一个月，我帮你做掉太岁。咱们里应外合，把福义大厦的人赶尽杀绝。"

常凯乐震惊之余双眼放光，而一脸杀气的李阎却暗暗冷笑：一个月老子早就回家睡大觉了，里应外合你个烂香蕉。不过怎么说呢，其实这都是他的临场应变。至少来见太子乐前，李阎没想到会这么轻易得手。在常凯乐看来，和联胜能给李阎的东西，茱蒂乃至太岁都能给，而且风险更小。所以他们要的，只是一个貌似合理的解释。

"所以他是这么说的。"

常申坐在沙发上，手掌撑着拐杖，脸色古怪。他的下首坐着花衫九，静静地点了点头。

常申笑出了声："比无线台的电视剧还精彩。"他想了一会儿，又说，"阿乐似乎不准备把这件事告诉我。"

花衫九对此报以沉默，脸色和以往那位豪爽的油麻地揸 fit 人判若两人。

"那人的话，你信几成？"

花衫九想了半天，才观察着常申的脸色说道："除非那小子让猪油蒙了心，否则绝对不敢坑和联胜的钱。"

"其实他说的是真是假都不重要。"老人眼皮垂着，"阿乐这个年纪，有自己的想法也对。只是现在，绝不是跟太岁撕破脸皮的时候。我这把年纪都等得，他有乜等不了的？"

"那，我去劝劝乐哥？"

常申摇了摇头："他现在心里有火气，不能硬往下压。"老人抿了抿嘴，这一抿，阴气盎然，"把那个拳手做了，干净点。"常申眼睛眯着,"五百万?他有命挣,冇命花。"

花衫九从常申的房间里出来时神色冰冷:"大春!"
那个穿红背心的黄毛走了过来:"九哥,你找我?"
"你去找那小子的时候,知唔知道他的门牌号码?"
那名四九回忆了一下,的确看见李阊从房间里出来。
"记得,是412。"
"一定唔会搞错?"
"九哥,你放心,一定唔会。"

你获得了《古小说钩沉》录本残篇。
你入手了画有姑获鸟的录本残篇!

姑获鸟昼飞夜藏,盖鬼神类,衣毛为飞鸟,脱衣为女人。一名天帝少女,一名夜行游女,一名钩星,一名隐飞。鸟无子,喜取人子养以为子。今时小儿之衣不欲夜露者,为此物爱以血点其衣为志,即取小儿也。故世人名为鬼鸟。

【钩沉录本残篇·姑获鸟】

类别:阎浮信物
品质:特殊
尚留有一丝残魂的阎浮信物。她渴望一缕留恋子女、不愿离去的母亲魂魄来补完自己。

> 备注：世上的每一次邂逅都绝非偶然。
> 我想，你知道你要做什么。

李阎手中的烫金宣纸似乎还留有温度。纸上十八翼的姑获鸟，似乎的确比其他三只多了几分灵性。他从胸口内衣兜里掏出其余三张残篇，一连串的信息也跳了出来。

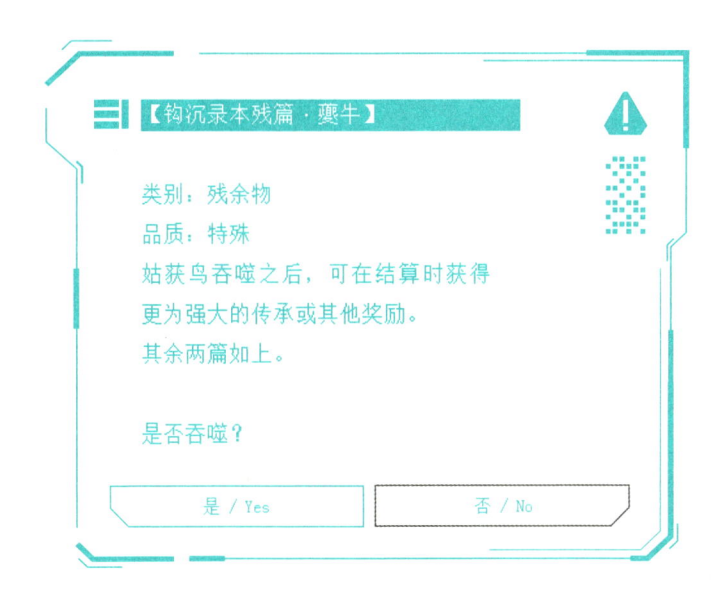

【钩沉录本残篇·夔牛】

类别：残余物
品质：特殊
姑获鸟吞噬之后，可在结算时获得更为强大的传承或其他奖励。
其余两篇如上。

是否吞噬？

[是 / Yes]　　　[否 / No]

"是。"

> 姑获鸟吞噬了夔牛、媪、奇肱氏的魂魄残余物，你将在结算时获得更为强大的传承或其他奖励。

李阎手中的烫金宣纸顷刻间燃起淡金色的火焰，却不烫手。烫金的纹路在火焰中逐渐卷曲，空气当中，传来龙虎一般接连不断的沉闷吼声。

李阎脸上没有任何表情，甚至有隐隐的沉重。世上可有鬼神？李阎不大敢说。他只是觉得，即使真有鬼神，最多就是敬而远之。他活了二十五年，不多，也不少。恰好让他能分得出，什么是鱼腥味，什么是尸臭。

今天他在阿秀家闻到的，是尸臭。是那个声音沙哑、形容枯槁、望向女儿的眼神却无比慈爱的妇人身上的尸臭。

如果当时他还有几分探究的欲望，但当离开412号公寓房时，他已经没有半点管闲事的想法。可现在，阎浮的提示很明显，他要用阿秀母亲的魂魄，来补完残篇中的姑获鸟。

九龙城寨的夜，李阎蹲在角落里的路灯下默默不语。灯光昏暗，脚下是零落的烟头。他的脑海里是阿秀洁白的脚丫，是她微微颤动的睫毛，是她时不时给自己端来的夜宵。这个来到阎浮当中，为了活命杀伐决断的男人第一次有些不忍——不忍打破女孩已然支离破碎的梦。

怔怔的他眼神忽然一动。黑暗中，隐约现出一张苍白却有严重黑眼圈的中年男人的脸，并且正直勾勾地看着李阎。男人的手脚不住哆嗦，一看就是犯了瘾的老道。

"滚。"李阎的声音不大，却透着十足的火气。

那人的眼光在李阁身上转悠了一圈,似乎在权衡什么。但是最终,还是慢慢退走了。

李阁深吸了一口气,站起身来,竟然觉得有些晕眩。

"对不起,她已经死了,可我得活。"

福义大厦。

李阁走进房间,迎面是兵器架上摆着的一把冷气森森的兵刃,剑铭"气生万景环成屈龙"。

八面汉剑。

他摘下剑来,转身要走,门口忽然传来女人的声音:"这么晚拿了我的剑,要去哪儿?"

"太岁?"李阁挑了挑眉毛,没有丝毫慌张,"有些私事要处理,跟拳台有关系。"

"讲国语吧,大家都方便。不着急的话,聊聊?"

李阁微不可察地抿了抿嘴唇,点了点头:"好啊。"

余束走了进来,找了张椅子坐下,有些头疼地说:"你跟茱蒂,怎么回事?"

"呃……"

"女人这种东西啊,"余束接过话来,语重心长,"上了床就容易摆不清位置,你得让……咦,你脸色怎么这么难看?"

李阁眨了眨眼:"我,有吗?没有啊。"

余束也没在意,接着说:"我操持拳台不容易。你体谅一下我,逢场作戏你也不吃亏对不对?"

李阁有些古怪地看了余束一眼。

"你不要看我,你说话嘛,有什么事大家坐下来谈一谈。"

"太岁。"李阁有些气闷,不只是因为阿秀母亲的事,"他们都说,九龙城寨最能打的不是红鬼,是你。不如大家戴上护具,切磋一下。"

余束闻言，歪了歪头，瀑布一般的长发倾泻下来："呵，你火气蛮大的嘛。"

"遇到一些不太开心的事。"

"没关系，帮人去火这种事我擅长。"

还算宽敞的房间里，二人对面而立。李阁持八面汉剑，寒光潋滟，面容肃穆。余束持青黑色厚背大刀，宽五指，刀面斑驳，马尾垂落至腰间。

八卦门，战身刀。

"八卦，余束。"

"河间，李阁。"

"我不会放过他的，绝不。"茱蒂穿着高领紫睡袍，唇边带着酒迹，高脚杯子里空空如也。

丽在旁边张了张嘴，想说话又不知道该说什么。像那个男人那种三更富贵五更死的家伙，见到茱蒂怎么有不死死缠上来的道理？不过，这对茱蒂绝不是一件坏事就是了。

"夫人，您的电话。"扎着辫子的女佣走了过来。

茱蒂拿起电话筒，嗓音低沉而有磁性："喂，查理斯先生？咁晚了，有乜事吗？案子？案子唔是结了吗？"茱蒂静静听着那边律师的话，"好的，查理斯，我会考虑。我有点累，改天联络。"茱蒂挂断电话，眉头紧紧皱了起来。

"点回事，茱蒂？"丽看到茱蒂神色不对，张嘴问道。

"古董被劫的拍卖会想私下见见那个冚家铲，说是清点追回来的古董，少了几张民国大师珍藏的孤本页。如果是他拿的，愿意出高价买回来。"

丽知道，她说的是李阁。"那种人哪里会有这种雅好？偷古董？"

丽哑然失笑。

"不对。"茱蒂摇了摇头,似乎回忆着什么,"有一次换衣服,我见到他放在身上。"

"你看他换衣服?还是你换衣服?"丽睁大眼睛。

茱蒂瞪了她一眼,低头沉思了一会儿,抬起头:"丽,待会儿联系一下拍卖会的人,搞清楚这东西的来历。还有,你帮我找渠道查查,最近哪里出手过这种东西,要快。"

丙寅年六月三十日,宜安葬,合寿木。

天色朦胧。

男人手里拿着用布裹紧的长条状物件,埋着头,避过脚下的污水,推开了庙街22号公寓的大门。胸口处的残篇越发滚烫,似乎在渴求着什么。

公寓墙上充斥着粉笔涂鸦,还有大片的龟裂墙皮。一个个号码牌越过李阎的眼帘,有些房间还亮着灯,有些则没有人迹。

直到面对412号。李阎握紧了拳头,轻轻一推,门竟然开了。恶臭也掩盖不住的浓郁血腥味扑鼻而来。李阎瞳孔一缩,下意识退后两步。清冷熹微的光洒下来,让屋子不至于一片漆黑。妇人坐在椅子上,一动不动,她正对着李阎,面容看不真切。

"呵,伯母,这么晚了还不睡啊?"李阎的眼神锐利如同鹰隼。他大步往里走,一直走到妇人面前,毫不客气地抽了一张椅子坐下。

"……"

"伯母?"李阎歪了歪头,对面椅子上的妇人依旧一动不动。李阎一咬牙,强忍着恶臭走了过去,借着熹微天色,终于看清了妇人的脸——大块大块的黑色尸斑触目惊心,几只绿头苍蝇落在已开始腐烂的脸上,身上有些地方已开始流出尸水。

"嘶——"李阎下意识屏住了呼吸。

蓦然，妇人紧闭的眼皮猛地睁开，枯槁恶臭的手爪袭向李阊的脖子。匹练一般的剑光划过，一截枯槁漆黑的手臂高高飞扬在空中，发黑的腐臭鲜血洒落一地。李阊双目圆睁，潋滟的剑刃在空中旋舞出一个迅猛的弧度，斩向对面这狰狞恐怖的尸鬼头颅。那矮小干瘦的尸体毫无征兆地向后缩去，剑刃最终只堪堪抹过它的脖颈，一缕发黑黏稠的血迹沾在剑尖。

"死！"

李阊毫无退缩之意，一个猛虎跳涧贴近尸鬼，剑刃如同离弦之箭凶狠地刺进她心口，将其捅了一个对穿，手腕接着用力一搅，腐臭的黑血喷涌出来，溅满了李阊胸口。李阊意图抽回汉剑，却发现手上的劲道如泥牛入海。

眼前是李阊前所未见的诡异凶险之局，而李阊的果断凶狠也尽露无遗。他竟松开剑柄，左小腿向后蹬地，右脚狠狠踹上剑柄，令整把汉剑刺穿鬼身，只剩一个剑柄露在外面；同时毫无凝涩地抄起一边的折凳，猛地轰在尸鬼头上。折凳立刻断裂开来，木屑飞得到处都是，只剩李阊手上的半截木板露出新鲜的茬儿来。

也许李阊太过用力，也许是折凳的质量太差。总之，一个让李阊心里一沉的意外发生了：一颗尖锐的木屑好死不死冲着李阊眼睛飞射过来。以李阊的反应速度，自然在木屑飞进眼之前就合上了眼皮，可他也因此失去了那只尸鬼的身影。

木屑划破了李阊的眼皮。当李阊再睁开眼，右眼帘已被血色染红，而原本在李阊眼前的那头尸鬼，竟然消失不见了！李阊想也不想，拧腰转身，背脊蛟龙一般扭动，拳背如同钢鞭，捶向了自己身后！

身后什么都没有。

"哈……哈……"李阊大口喘息着，四顾之下，没看到房间里任何能动的事物。他平稳了一下呼吸，开口大喊："阿秀！你在吗？

阿——"李阁忽然感觉腰间一阵剧痛,一柄剔骨尖刀不偏不倚,刺进了他的腰眼!男人之迅捷堪称可怕,在刀尖触到他衣服时,他已下意识反手去扣对方的肩膀,却再次摸了一个空,惊寒之余,只得捏紧刀柄,却发现这把刀居然是活的一般,狠毒地往自己的腰眼里钻去!李阁只得拔出尖刀,左手捂住不断淌血的腰,身子贴紧墙壁的角落,小心翼翼地端详着眼前的一切。

这几个回合下来,不像是猛鬼对凡人的悬殊碾压,倒像是一只敏锐凶狠的野兽和恐怖诡异的幽灵间旗鼓相当的交锋。

"嘿嘿,伯母,你火气比我还大嘛。"李阁这时候居然还笑得出来,眼神中的冰冷气焰却几乎喷薄而出,"我要就这么死了,怎么想也比你凶。怎么着,下了地府咱俩再碰碰?"

叮当叮当……屋子里的锅碗瓢盆一阵晃荡,李阁右手握尖刀,眼睛眨也不眨,任由眼皮的鲜血把眼前的一切染成血红色。屋子里一片静寂,似乎那只尸鬼已经离开。

十秒,三十秒。一分钟,两分钟。李阁的眼睛酸涩无比,却丝毫不敢眨动。汗水从额头流到鼻尖,再滴落到唇边,浸透进嘴里,味道咸腥无比。

终于,李阁忍不住眨了一下眼皮,眼前黑了不到半秒时间,一张腐烂且滴淌黑血的狰狞面孔猛地贴紧了他的鼻尖!噗!李阁一口鲜红色的舌尖血喷了出去,正喷了尸鬼一头一脸!

很多人都说,舌尖血驱鬼有奇效,只是这事向来真假难辨。可今天李阁可以负责任地说,用舌尖血驱鬼是真的很疼。

凄厉的尖啸刺得李阁耳朵发疼,尸鬼痛嘶着后退,周身蒸腾出阵阵白烟。男人毫不迟疑,蹬地进步,手中尖刀猛劈向她的头颅。

这时候传来一阵惊呼:"妈!"

李阁心尖一颤,一脚踢在尸鬼胸口,将之踹飞,有些纠结地望向声音的来源。赤着脚的阿秀脸色苍白,裙摆和双手沾满血污。更让李阎惊讶的是，女孩手里颤巍巍地举着一把手枪，正红着眼眶指着自己。阿秀的声音沙哑："别打我妈。"

惊鸿一瞥，发动！

姓名：张昌秀
状态：阴蚀（长时间接触阴物所致的精气寿命流失）
威胁程度：白色

"你哪儿来的枪？"李阎面无表情，往阿秀的方向走过去。

"别过来，我会开枪的。"

李阎似乎听不到女孩的话，脚下不停，眼看就走到了女孩身边。忽然，李阎感到左耳有一阵风声袭来，他想也不想就下腰抬腿，高鞭腿抽过尸鬼的脸颊，将其踢到了一旁。这一脚，李阎明显感觉对方虚弱了很多。

阿秀凄凉地闭上双眼，发白的手指按向扳机，却发现扳机像焊死了一样，她怎么用力也扣不动。

"你的保险没拉。"李阎捏着女孩的手腕夺过手枪，拉动保险，朝空处开了一枪，砰的一声，吓得阿秀一个激灵。

"放开我阿女！"狰狞的尸鬼干哑地嘶吼着，却不敢再轻举妄动。

李阎的脸色有些复杂。他沉默了一会儿，松开女孩的手腕，开口道："阿秀，你先进里屋待一会儿，我想跟伯母聊一聊。"

女孩咬着下唇，没有丝毫动作。

"乖阿女，进去吧。"那女人狰狞丑恶，语气却格外温柔。

女孩嗓子好像被什么东西哽住了，喉咙使劲往下咽了一口，带着哭腔哀求道："阎哥，我求求你别杀我妈。"

"阿秀，进去！"妇人的语气严厉了一些。

李阎拉起女孩的胳膊把她扯回屋子里面。他面对着妇人，背靠里屋的门板摸索着拉上门栓，阿秀哭闹着拍打门板的声音震得灰尘簌簌而落。

"为乜你们都要来打扰我？我只是不想我阿女可怜冇人照顾。"

李阎对妇人的质问报以沉默，神色却坚定无比："伯母，我今天一定送你上路。阿秀我会托人照顾，信唔信由你。"

"你点照顾？把我阿女送进保良局咩？"妇人厉声喝问。

"这个唔用你操心，阿秀就是进保良局也比跟着你等死强。"李阎冷冷地回答，"不过，"他的声音低了下来，"我也只是为了活命才来蹚这潭浑水，没资格对你说教。"他从胸口掏出那张炙热的姑获鸟残篇，轻轻吐出一口气，"说到底，我们还是手底下见真章吧。"

妇人浮肿可怖的眼睛注视着那张勾画着九头十八翼姑获鸟的烫金宣纸，眼神里开始还带着几分惶惑，过了一会儿，就转化为释然。

"你想要我的魂魄？"

"不是我，是它。"

妇人嗜嗜怪笑着："都一样。我可以答应你，但我有个要求。"

"呵，再斗下去，似乎我的赢面比较大。"李阎皮笑肉不笑。

"的确。"妇人沉默了一会儿，"你说帮我照顾阿秀，我要你发誓。"

"我唔会发誓。再讲最后一遍，无论如何，我会想办法照顾阿秀，信唔信由你。"男人依然拒绝。与其答应一些自己可能做不到的事，李阎情愿拿命拼出一条路来。人的选择与际遇和性格相关，李阎明知可能会见鬼，却选择去拿一把自己如臂指挥的汉剑而不是求黄大仙，就是这个道理。

妇人冷冷地注视着李阎，局面一下子僵住了。

过了好久，李阎腰间的伤已不再流血。他往前踏出一步，刀尖直指妇人。

"记住你的话！"妇人深沉地看了李阎一眼，竟然扑通一声倒在地下，姑获鸟残篇骤然散发出金红色的炽烈光芒。随着一声似泣似鸣的尖唳，一点淡红色的血点从妇人的额头渗出，旋舞着飞到残篇当中，接着一团血红色的火焰将残篇连同李阎的右手臂都包裹了进去！

李阎神色镇静，那血色火焰燃烧了七八秒就自然熄灭了。李阎毫发无伤，他摊开手心，残篇静静地躺着，原本淡金色的纹路变成了诡异的血红色，尤其是八双眼睛，竟像活的一样，缓缓流动着光芒。

> ⚠ 你唤醒了姑获鸟的残魂！
>
> 你已经完成本次阎浮事件的最关键部分。
>
> 你获得了结束本次阎浮事件的权利，请在十分钟内决定是否结束。一旦拒绝，则只有完成所有阎浮事件后才能回归现实世界。
>
> 你当前未完成的事件为：在九龙拳台打至第七擂。未完成此项会影响你的结算奖励。

现在还不是结束的时候，李阎心中默念。

> 拒绝结束。
> 祝你好运，行走大人。

与此同时，庙街某家 KTV 中。

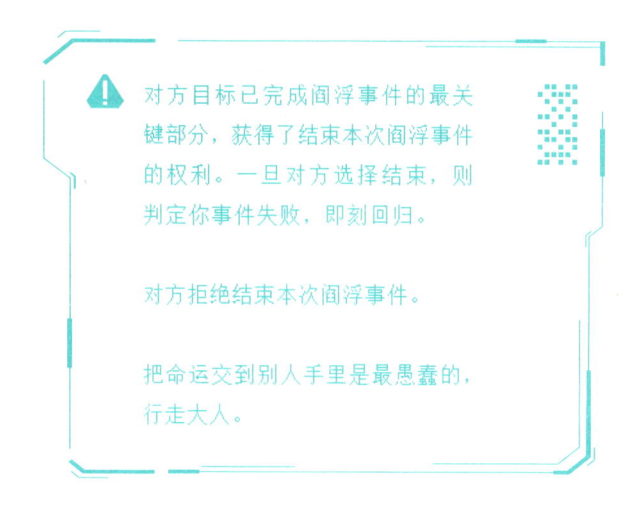

> ⚠ 对方目标已完成阎浮事件的最关键部分，获得了结束本次阎浮事件的权利。一旦对方选择结束，则判定你事件失败，即刻回归。
>
> 对方拒绝结束本次阎浮事件。
>
> 把命运交到别人手里是最愚蠢的，行走大人。

粉红色的灯光中，那人脸色难看，猛地把手里的玻璃杯子甩了出去。

李阁一点点走近倒下的妇人，失去某种执念的尸体此刻已经腐烂发臭，气味让人作呕。

李阁解下衣服，盖住了尸体的上半身。转身打开里屋的门，阿秀蜷缩在角落里，双手抱着膝盖，双眼空洞。

让李阁大吃一惊的是，屋子里横七竖八躺倒着五六具支离破碎的尸体，血还没干，有冲洗的痕迹。

李阁低头端详了一下地上的拖动痕迹。这些人应该是在半夜闯了进来，然后被阿秀的母亲杀死的，而拖动这些尸体进里屋的，毫无疑问，是衣服和手上都沾着血的阿秀。

潮湿恶臭的公寓，化身厉鬼的母亲躺在椅子上一动不动，女孩费力拖动着尸体，并一点点清洗着血迹……

朝夕相处的母亲有异样，她又怎么会毫无知觉呢？

"枪是他们身上的？"李阁走到女孩身边。

阿秀眼神木讷,似乎完全听不到李阁的话。

李阁伸出手想把女孩拉起来,却被她粗暴地推开。

阿秀像一只愤怒的幼兽,红肿的眼睛怒视着李阁。

李阁丝毫不气馁地又一次伸出手,阿秀猛地扑了上去,牙齿凶狠地撕咬着李阁的手背。

李阁半跪着,手被阿秀咬得鲜血直流,脸上却毫无表情,他的右手放在了女孩冰凉的后背上:"跟我走。"

第九章
破绽！

福义大厦。

李阁倚在门口嘬着烟蒂，房间里阿秀的头发湿漉漉的，换了件宽大的衣服，是李阁找大厦里的黑燕尾借的。

"这几天，你先待在这儿。过段时间我想办法，把你送出城寨。"

"不用你管，我不想再看见你。"女孩的嗓子哭得嘶哑。

李阁一听倒乐了："行，你保持住。"他心里暗道，"我也待不了几天了。"

李阁腰间裹着绷带，翻弄着手机里的通信录，目光在黎耀光和茱蒂两个号码之间来回扫视。他对那个头发半白的警司印象不错，但也仅限于此。

最终，还是把目光放在了茱蒂的号码上面。手机这个时候忽然振动起来，看号码，正是茱蒂。李阁脸色复杂地按下接听："喂？"

电话那头没有声息。

"咳咳，这几天过得点样，我的方子……"

"我冲进马桶了。"电话那头语气冷淡。

"哦，你出气就好。"李阁挠了挠眉毛。

"是吗？"茱蒂语带揶揄，"我把那些稀奇古怪的废纸冲掉也无所谓喽？"

李阁一愣："你乜意思？"

"我乜意思你心里清楚。"

"你从哪儿听来的？"李阁心中涌现出一股阴霾，五张残篇其中四张都在自己手里，而剩下的一张应该……

"哼哼。"茱蒂毫不犹豫地挂断了电话。

李阁皱着眉头打了过去，无人接听。

他冲下楼梯，让福义大厦的人帮忙照看阿秀，自己则离开城寨，奔着茱蒂平常居住的小别墅去了。

挂断手机的茱蒂把盖子一合，一双丹凤眼凝视着眼前的男人。深色的直纹西装，金丝眼镜，正狼吞虎咽地吃着眼前的蛋糕。任谁也看不出，眼前这个人是和联胜最近炙手可热的红人，道上的人叫他阿宇。

"钱，随时可以给你，我要的东西呢。"

大宇左右看了看，以丽为首的几名女性保镖正淡漠地盯着自己。惊鸿一瞥中深红色的光芒提醒着阿宇，这些女人不但危险，而且对自己抱有敌意。

阿宇舔了舔嘴唇："不如先谈谈价？"

"十万，一张。"

阿宇没说话，似乎对这个价码并不满意。

"二十万。"茱蒂眼睛也没眨。

"这个……"男人迟疑着。

茱蒂冷笑了一声："丽，我们走。"

她站了起来，看了男人一眼："和联胜的阿宇是吧，咁贪心，混道上一定有前途，我看好你啊。"

"等等，等等。"男人慌忙地站起身来，仿佛被蛋糕噎到了，狼狈地咳嗽了半天。

丽看着眼前拼命往嗓子里灌白开水的男人，眼里闪过一丝不屑。

"二十万就二十万。"

"东西给我，拿钱走人。"茱蒂一点也不拖泥带水。

"我可不会把价值二十万的东西放在身上。"男人咧嘴一笑，露出白森森的牙齿。

"那你的意思是？"茱蒂似笑非笑。

"到我家去拿。"男人漫不经心地说道。

茱蒂上下打量了阿宇一眼，忽然扑哧一笑："好啊，冇问题。"

自己出事，整个和联胜都要陪葬。一个不知道什么时候暴死街头的社团，茱蒂还真不放在眼里。

"带路。"

阿宇答应了一声，转身却被一个高挑的身影挡得严严实实。

"哇，美女，我差点撞球啊。"阿宇轻佻地吹了一声口哨。

足足有一米七八的丽笑着帮他把嘴角的奶油擦干净，凑到阿宇的耳边。

"我只是想提醒你，少动歪脑筋。"

阿宇瞥了一眼丽腰里故意露出来的半截枪身。比利时M1923勃朗宁，真正的爷们儿枪。

男人咽了一口唾沫："了解，了解。"

在李阁从张明远那里拿到第三张残篇之前，他曾经遭遇过一个同样掌握着残篇的行走。那人之前和自己周旋了好几天，又总是在城寨里社团林立的冷街活动，李阁猜测他的伪装身份应该是社团中人，而在自己和张明远遭遇那次，两张残篇同时出现在福义大厦，随即残篇易手，他能猜出自己身份也是顺理成章的事情。

有意思的是，和联胜入城事件以后，这个人却悄无声息地离开了九龙城寨，超过了五公里的探测范围，再没有出现过。

李阁本来自信他自己早晚会送上门来，可眼下一个月的时间已经濒临尾声，这个人却像是泥牛入海，一点消息也没有。

没想到再次听到这个人的消息，是在茱蒂的电话里。

李阁从不小看自己的对手，尤其是一个如此具有耐性的对手。

而眼下这个对手所选择的切入点，的确让李阁感觉到了一丝棘手。

茱蒂日常的安保工作一直是由一家在新加坡注册的保安公司负责，身边几个女人身手不凡，带上手枪就是自己也只有落荒而逃的份儿，但是如果有心算无心，就不大好说。

为今之计，只希望那个平常自己和她拉拉手，都冷着脸恨不得一枪崩了自己的女人素质过硬了。

"先生，前面是私人领地，计程车不能过去的。"司机转过头对李阁说。

"摆这种架子有鬼用？"李阁扔下一张钞票，骂骂咧咧地朝别墅区小跑着。

过了五分钟，李阁跑到了栅栏铁门前面，按动电铃。

"你好，先生，请问你找谁。"喇叭里的声音礼貌而带有距离。

"茱蒂小姐在咩？"

"唔好意思，我们唔能透露老板的行踪。这是我们的职业道德。"

李阁顺了顺气："如果我没记错你的声音，你是叫……Banana？"

面对着监控录像的女人抱着肩膀不住冷笑。她当然认识李阁，这几天茱蒂就快把这个男人的相片当成练枪的靶子。

"她到底在哪儿，我有很要紧的事跟她讲。"

"对唔住，冇老板的吩咐，我们乜都唔能讲。"

"我冇开玩笑，你家老板可能有生命危险。"

出于职业素养，女人没有笑出声。男人呐，呵呵。

"先生，如果你有乜话，不如现在讲，我会替你转达。"

李阁抿着嘴唇，左右环顾，抓起一块砖头冲着铁栏杆狠狠砸了下去！

"警卫！警卫！"Banana惊声尖叫着。

没一会儿，几名体形彪悍的门卫就虎着脸走了过来，手上的电棍火花噼噼啪啪响个不停。

李阎轻啐了一口,眉毛逐渐立了起来。

手机嗡嗡作响,李阎心中一动,把手里的电棍扔到一旁,按下接听。
"喂?"
"……喂。"
沉默了一会儿,电话里传来一个男人的声音,这让李阎颇有些郁闷地嘬了嘬牙花子。
"你想怎么样?"
"二十分钟,砵兰街伍盛日租公寓,我今天清场等你。"说完这句话,对方就挂断了手机。
李阎把电话收回口袋,没有理会大呼小叫的喇叭,转身离去,只留下一地呻吟的安保。
砰!
牌子花花绿绿的夏日荷花浴场被男人一脚砸开。这时候是白天,浴场人不多,几个头发花花绿绿的青年快步走了过来,腰里鼓鼓的。
李阎环顾一周。
"唔好意思,哪个兄弟肯借辆摩托车给我?"
"我借你个芭乐!"
一群人呼啸而上。

砵兰街,香港有名的红灯区。交通便利,人口稠密,时钟酒店、中西食肆、麻将馆、夜总会,有说不完的夜生活。
所谓日租公寓。嗯,大概就是你想的那种东西,日租嘛。
刺耳的摩托涡轮声音带着长长的尾气。李阎下了摩托。
"茱蒂怎么可能在这里出事?"
人群摩肩接踵,街面上非常热闹。即使再迟钝的人,也能感觉到对方选择的这个地方是多么的诡异。

李阎腰间别着被废报纸包起来的狗腿砍刀，还有一把从阿秀房里找到的手枪，没道理把这种东西丢在那里不用。他抬头看了一眼伍盛的牌子，说起来也巧，正在这时，李阎的胸口一阵发烫。

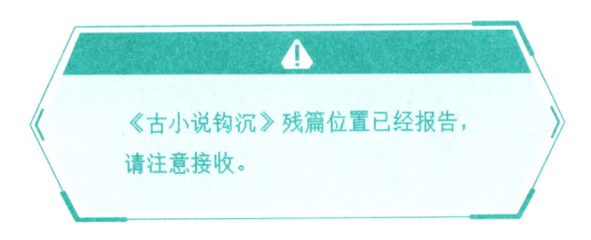

> ⚠️
> 《古小说钩沉》残篇位置已经报告，请注意接收。

"呵呵。"

李阎抬脚走进了伍盛当中。

阿宇一根根地抽着香烟，神色并不急躁。为了今天，他布置了太久，不差这一会儿。

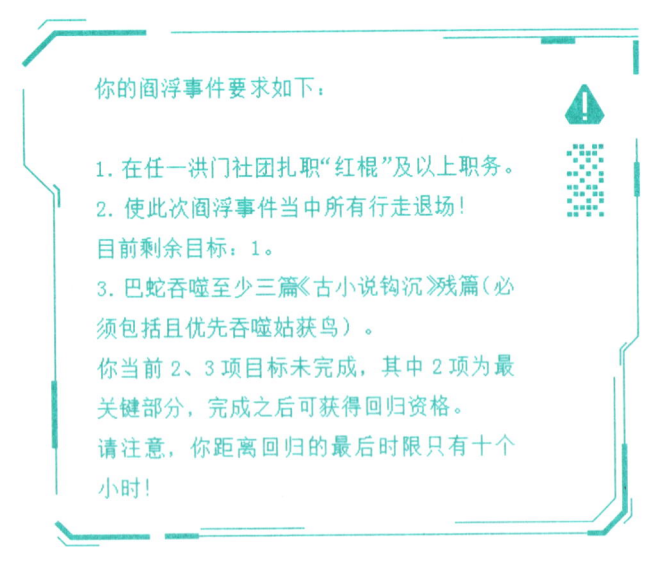

> 你的阎浮事件要求如下：
>
> 1. 在任一洪门社团扎职"红棍"及以上职务。
> 2. 使此次阎浮事件当中所有行走退场！
> 目前剩余目标：1。
> 3. 巴蛇吞噬至少三篇《古小说钩沉》残篇（必须包括且优先吞噬姑获鸟）。
> 你当前2、3项目标未完成，其中2项为最关键部分，完成之后可获得回归资格。
> 请注意，你距离回归的最后时限只有十个小时！

一眼望去，不过三四平方米的逼仄房间里，两具死状惨烈的尸体斜歪在地上，一个躯干上缺了三四块海碗大小的肉块，像是被橡皮擦去一样诡异。另一具头颅不翼而飞，颈骨被硬生生咬断！

"如果你是要钱，好商量。"双手被绳子绑住的茱蒂脸色苍白，身体不争气地颤抖着，却还是勉强说道。她脸颊上沾着血迹，看阿宇完好无损的样子，显然不是他的。

"发生在像80年代香港这样繁荣时代的阎浮事件，就算有上限制约，也的确是个刷点数的好地方。"男人若有所思，喃喃着茱蒂听不懂的话。

"这地方人多眼杂，你绑了我也很难拿到好处，我可以配合你离开这里，但是你要打电话送我的人去医院。"茱蒂说的是丽，她肺叶被子弹射穿，现在还不时咳着血沫，脸色惨白。

阿宇把空掉的烟盒扔掉。"别担心，这妞这么辣，合我口味，我没玩过怎么会轻易让她死。至于离开这里，开什么玩笑。"阿宇大拇指朝下杵了杵，"这可是我的主场。"

这已经是阿宇所经历的第四次阎浮事件了，虽然几次结果连差强人意都算不上，但是经过三次结算，在达成某些条件以后，自己依然可以获得蔑视世俗的力量。

就像现在……

也许过不了多久，自己也会在一些新人面前自称，嗯……巴蛇，听上去蛮不错。

茱蒂咬着牙齿看了阿宇好一会儿。

"你不是孤儿吗？国语说得这么好？你根本没出过海。点会认识在内地长大的李阎？"

阿宇笑了笑，吐出一口烟圈："你懂得提前调查我，怎么不查查你的姘头？"

正说着，他眼神一凝，阴沉着脸走到窗口，正看见李阎走进公寓时的衣角。

"真就这么来了？"

阿宇的脸色有些错愕，他转身端详了茱蒂两眼，忽然冷笑了一声。

他比李阁先察觉了对方的身份不假，但是这并不能弥补二人之间的硬差距。是的，他跟李阁之间的硬差距。

阎浮行走在进入阎浮世界之前，往往会掌握一些常人难以企及的能力，也就是所谓的专精。这份专精，在至少两三次事件之内，是阎浮行走安身立命的根本，更关系到未来的发展方向。而他的专精，在侦察上占有优势，可直接作战能力接近于零——"生物亲和：63%"。这是一个比古武术要稀有得多的专精，可惜的是，这也让他的几次阎浮事件苦不堪言。但是现在配合自己已经初具规模的传承能力，形势立刻大不相同。

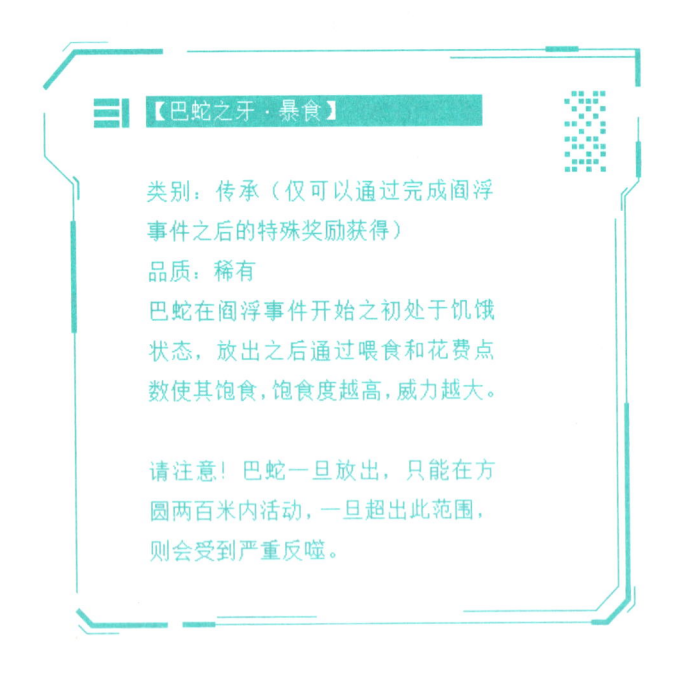

【巴蛇之牙·暴食】

类别：传承（仅可以通过完成阎浮事件之后的特殊奖励获得）
品质：稀有
巴蛇在阎浮事件开始之初处于饥饿状态，放出之后通过喂食和花费点数使其饱食，饱食度越高，威力越大。

请注意！巴蛇一旦放出，只能在方圆两百米内活动，一旦超出此范围，则会受到严重反噬。

限制很多，但是……一旦成型，阿宇可以硬撼一支小型特种部队！

李阎走进日租公寓的时候，就皱了皱眉头。空气刺鼻，甬道连同每一个房间都非常逼仄，甬道只有两三米宽，屋子里也不过三米多。

"处心积虑啊。"李阎心里暗叹了一声。

如果自己拿着汉剑过来，在这样狭窄的环境下很难施展开。这样看，李阎借来的摩托和狗腿刀倒是歪打正着。

更有意思的是，茱蒂身边至少随身带着三个保镖，个个带枪，如果对方有硬撼热武器的实力，根本没必要玩这些小把戏，更没必要拿茱蒂威胁自己。

这其中的缘由值得玩味……

李阎并不觉得对方很高明，如果对手真的算无遗漏，或者能力突出，根本不会等到现在发难，如果不是李阎还有些事情要做，他现在已经结束这次阎浮事件了。

何况，将布置和算计完全寄托在自己听到茱蒂的消息后会赶来这种消极的做法，也是李阎所不屑的。

如果对手无动于衷，你的心机岂不是白费？

他的脑海里一个阴冷的想法一闪而逝：放火把这里烧掉，逼他出来！就算伤及无辜，也只是这个世界素昧平生的人而已。茱蒂归根结底也才认识了二十来天，无毒不丈夫，何况她也不一定会出事……退一步讲，这个世界的真与假也难定论，这里的人可能就像游戏里的NPC（非玩家角色）一样，杀了也就杀了。

很诱人，但一闪，也就过去了。

雷洪生赞誉他有三分恶气。这三分恶气，说的不仅仅是动手时的狠辣，更多的，指的是一份无论处于何地，也不会被境遇，被所谓利益和立场动摇心志的硬气。

恶气重要，三分更重要。

"猛虎眼下无沟壑……"

李阎轻轻念着当初他杀死城户南时所念的话，步入公寓之内，眼神越发锐利。

"尻货面前全是坎儿。"

李阎在公寓里看不见一个人，他左手反握刀柄，右手拿着枪，鞋子踩在寂静的甬道上。

破旧的沙发上平常跷着二郎腿等客人的女人们不翼而飞。满地用过的塑料套子，往常屋子里咿咿呀呀的声音也听不见了。

蓦地，李阎一个矮身滚地，耳边听到砰的一声。浅红色的沙发猛地爆裂开来，弹簧和棉花溅得到处都是。

墙后面的阿宇咬了咬牙，李阎野兽一样敏锐的五感让他觉得有些棘手。他呼出一口气，又探出头，忽然火光轰鸣，男人眼前一黑！

李阎皱紧眉毛，空气中是一阵令人齿酸的金属破碎声音，让人不寒而栗。他对自己的枪法远不如剑术自信，单单看他连热武器专精都没有解锁，就能看得出，李阎只是比那些没摸过枪的人强上一点而已。

"没打中吗？"

墙后面，阿宇阴沉着脸走了出来，李阎想也不想，抬手扣动扳机，火舌喷吐之中，一颗颗子弹带着剧烈的动能射进阿宇的身体。

咯吱咯吱，一条若隐若现、周身黑气缭绕、三米左右长、手臂粗细的青首黑蛇盘舞在男人的身上，子弹有的打在它光滑的鳞片上，火花四溅，有的在快要射中男子的时候，被巴蛇张嘴咬中，像吃花生米一样吞进肚子。

> 你直面了巴蛇之力!
>
> ⚠ 惊鸿一瞥，发动！
>
> ⚠ 你发现了猎食者！
>
> 姓名：厉江宇
> 状态：暴食！
> 专精：生物亲和 63%
> 技能：
> 1. 惊鸿一瞥
> 2. 黄巾符咒（1/3）
> 3. ？？？
> 传承：巴蛇之牙·暴食
> 猎食者：与发动惊鸿一瞥的行走具有不可调和的事件矛盾，只能通过一方退场甚至死亡才能解决。被猎食者杀死猎食者将获取对方在本次阎浮事件中获得的全部购买权限和30%结算奖励，并有一定概率吞噬其传承。猎食者杀死被猎食者不会获得奖励，但是百分之百可以吞噬对方已经拥有的传承。猎食者身份可以通过某些特殊道具获得。

"原来是这样。"李阁看到巴蛇传承的介绍，心中已经了然。他把枪收起来，脚下走了两步，加快速度，两三个箭步之间恍如鬼魅，竟然径直冲向了巴蛇！

"找死！"

阿宇对自己饱食度已经达到上限的巴蛇非常自信，他看李阁冲了过来，心念一转，巴蛇蛇头迅猛如同闪电，朝着李阁的脖子咬去。

蛇牙就要接触到奔跑中的李阎时，李阎膝盖放松，腰间发力一挺，整个人以一种诡异的跪姿往前滑去！堪堪躲过了巴蛇的撕咬。

如果他拥有何安东那样的拔枪速度，这个时候拔枪射击，巴蛇来不及回头，就可以直接将厉江宇射杀当场。

可惜的是，李阎做不到这一点。而换了何安东，又没有李阎这样出人意料的反应速度，能躲开巴蛇的撕咬。

所以李阎想也不想，扬起手中的狗腿刀，冲着厉江宇甩了过去。

这边厉江宇看见李阎来势汹汹，也举起了手枪。

空中飞舞的雪亮砍刀和火光四溅下迸射的子弹先后撕破空气，发出咻咻的破空声音。

也许是那次木屑飞进李阎眼睛的倒霉事儿让老天爷也觉得李阎的运气差到离谱，更有可能是厉江宇枪法比较差，总之，三枚子弹只有一枚擦过李阎的手肘，而狗腿砍刀却不偏不倚砍中了厉江宇的肩膀。

"啊呃！"厉江宇忍不住大喊一声，本就后坐力不小的勃朗宁更是直接落地。

李阎膝盖顶住地面，一个虎跃冲向手枪落地的厉江宇，却感觉身后一阵阴冷发麻，眼前痛呼出声的厉江宇眼中更是有怨毒的光芒闪过。

"哼！"身在半空中的李阎勉强一扭，凭借着腰力让整个身子往旁边倾斜，但是后背还是传来一阵火辣辣的疼痛。扑通一声撞在墙上的李阎，丝毫不敢迟疑，扫堂腿踢向厉江宇的脚踝，同时右手向腰里的手枪摸去。

厉江宇被这记扫堂腿踹得一个趔趄，连带旋舞的巴蛇滞涩了一下子。可也就是一个呼吸的时间，舞动在空中的巴蛇一个扭头，阴冷的三角眼正遮在要举枪射击的李阎面前！

砰！砰！砰！李阎将手枪里的子弹全部倾泻进了张开血盆大口

的巴蛇嘴里，可巴蛇依旧势不可当，将甬道边上的李阎整个人顶进了一间逼仄的小厢房里面。

李阎翻滚着退到角落，满身的灰尘和血痕，左手虎口被刮下去好大一块皮肉，血肉模糊。

这边的厉江宇肩膀的狗腿刀透骨而过，疼得他几乎昏厥过去，他颤抖着用完好的左手拿起手枪，却发现手枪的子弹已经打空了。发狠之下，他把手枪扔到一边，然后奔着李阎所在的漫天墙灰的厢房走了进去！

"丽，下面有声音。"茱蒂咽了一口唾沫，对身后虚弱的女人说道。

面色惨白的丽用牙齿撕扯着茱蒂手上满是毛刺的绳子，含糊着说："别管那么多，跳窗快走。"

"也许是李阎来了。"

丽的嘴唇和牙龈被扎出血来，终于把绳子咬出一个小口子，她啐了一口带血的口水，带着几分阴狠说道："谁来也没用，那条怪蛇根本就打不死。"

丽活了二十八年，从来没有见过这样夸张离奇的情景，那条盘舞在男人身上、刀枪不入的怪蛇，简直颠覆了丽对世界的认知。

"如果那个叫阿宇的真那么厉害，他干吗非把李阎叫到这来。"

一开始，自己身边的人被怪蛇一口一口咬成筛子，温热的血液到处乱喷，上一秒还跟自己谈笑风生的亲信下一秒头颅就被咬断，养尊处优的茱蒂吓得几乎失禁。

可慢慢地，茱蒂冷静了下来。那个男人，分明对李阎有所忌惮。

"茱蒂，现在说这些一点用也没有，跳窗出去，让街上的人报警！"

平日英气逼人的丽此刻面容惨白，看上去比平时颓废了许多。

茱蒂的嘴唇微微颤抖着，丽咬断绳索的时候，她立刻冲了出去，去捡尸体身上的枪。

"茱蒂,别犯傻!"看到茱蒂去拿枪,丽瞪大眼睛,大声叫道。

茱蒂笨拙地推出弹夹,把黄澄澄的子弹拆了下来,丢进了地板缝隙里。

"这东西对那怪蛇没用,但能伤到你们。"

茱蒂看了一眼丽身上红灿灿的伤口,弯腰脱下自己白色的高跟鞋,光着脚跑到窗户边上,眼圈发红地看了一眼丽。

"你……保重。"

李阎左右环顾,房间简陋得连个花瓶也找不到,只有冲浴的莲蓬头质地还算硬。

堵在门口的,是身上巴蛇盘舞的厉江宇。

李阎抖落身上的灰尘,脚趾犁地,后背微微埋着。

巴蛇舞动着躯干,颇具张力的黑色鳞片像水流一样涌动。

两个人默默对视。

还湿着的金属莲蓬头边缘,一颗饱满的水滴颤巍巍地滴落下来。

啪叽!

蛇动人动!

惨白色的尖牙直面而来。李阎左脚旋扭,小腿发力蹬地,脚掌踢向巴蛇的蛇头侧翼。

让李阎暗暗皱眉的是,自己的脚掌似乎踢到一块充满韧性的水泥块上,他应变极快,一个气息吞吐之间,换踢为蹬,借力远跳。

厉江宇似乎让刚才甬道里李阎的凶悍吓到了,看李阎再次让过蛇头,想也没想指挥着巴蛇抽身而退,护在自己身边。

地面坑坑洼洼了一大块,像是平整的水泥被铲子铲了一块。

巴蛇烦躁地扭动着,不满地瞥了一眼自己的宿主:刚才只差一点,自己就可以吞掉他的小腿……

蛇嘴里只有四颗牙,但地面上这坑,显然不是四颗牙齿能造成的。巴蛇的牙似乎含有某种特殊的力量，无论是什么，只要接触都能吞掉一块。

"直冲的速度很快，但是转向不够灵活。而且，距离主人越远，速度就越慢……"李阎冷静分析，似乎刚才差点失去一条腿的不是自己。

眼前这条巴蛇扑击撕咬凶猛迅捷，可腾挪却很僵硬，远没有一般蛇类的灵性。当然，也只有李阎有资格蔑视巴蛇的腾挪速度，一般人是绝对躲闪不开的。

李阎想起了那个瞳中有异兽燃烧的张明远。

开明兽之瞳，不是开明兽。

巴蛇之牙，也不是巴蛇。

只是其中一点而已。

脚步嗤的一声，李阎竟然主动欺身上前！

厉江宇心中一动，没有放出身上的巴蛇，而是冲着李阎迎了上去！

"明白人啊。"

虽然不大看得上厉江宇这种太过被动软弱的行事手段，但是此刻他的应对无疑是最正确的。

巴蛇护在身边的厉江宇连子弹都挡得住，自然不可能惧怕赤手空拳的李阎，反而是把巴蛇放出去以后，会给李阎可乘之机。

"不入虎穴，焉得虎子。"李阎心中默念，眼神中有狠厉之色一闪而逝。

屈膝拧腰，脚背如同满弓，身如利剑迸射而出，厉江宇眼前一花，李阎竟然不知所终，紧接着，耳边就传来一阵猛烈风声。

"嘶——"

厉江宇眼里丢失了李阎的身影，可巴蛇没有！蛇躯如同锁链扭动，蛇头猛雷一般咬向了李阎轰来的拳背，让人遍体生寒的三角眼里充满嗜血之意。

"送你如何？"李阎丝毫不退，大臂微微上扬，手上变拳为掌，小臂摆荡，蛇头已然咬至！

啪！

子弹快，但它是死的。

李阁的拳头慢，却是活的。

四颗尖牙顺势合拢，巴蛇眼前的手掌泥鳅似的往右一滑。鲜血喷涌！

李阁似乎无知无觉，翻身下腰，左手撑地，右脚尖高高扬起，踹向厉江宇的脑袋。

戳脚！开石雷。

嘴里没回过味来的巴蛇怒嘶一声，蛇头后发先至，就要吞向李阁的右脚尖，可脖子一涩，慢了毫厘，竟然是李阁应该被它一口吞干净的右手扼住了它！

八卦掌，叶下藏花。

死！

脚不偏不倚地踢在了厉江宇的太阳穴上，他眼前一黑，脑子里嗡的一声，火辣与咸腥味从他的口鼻疯狂地汹涌而出！

巴蛇如遭雷殛，在空中疯狂舞动着身躯，已经不能自已。

扑通！李阁手臂一软，整个人跌落在地，脑门上汗出如浆，全身都被浸透。

而惊鸿一瞥的提示让他心里一寒。

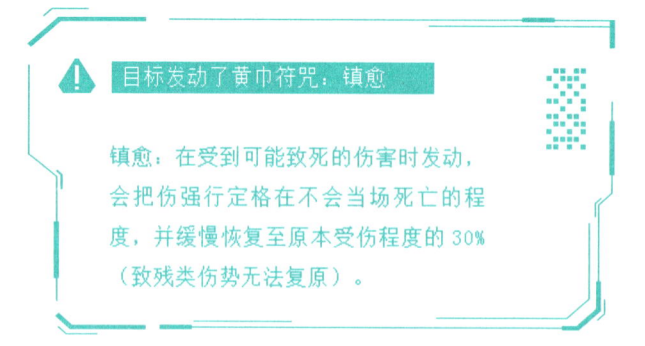

⚠ 目标发动了黄巾符咒：镇愈

镇愈：在受到可能致死的伤害时发动，会把伤强行定格在不会当场死亡的程度，并缓慢恢复至原本受伤程度的30%（致残类伤势无法复原）。

厉江宇身后一道貌容清癯、鹤氅紫冠的中年男人身影猛地破碎开来，他又喷出几口黑血，踉踉跄跄地往屋子外面退去。

李阎咬着牙翻身而起，一两个纵跃，眼角瞥到狼狈上楼的厉江宇。

李阎低头看了看自己的右手，尾指和无名指不翼而飞，抽动的伤口血液喷溅，像小孩子的喷水枪……虎口少了一大块皮肉，森森的手骨向外露着。

他撕下身上的衣服扯成布条裹住右手，剧烈的疼痛让他丝丝倒抽冷气，蓦地，他摸了摸鼻子。

左手满手的血红。

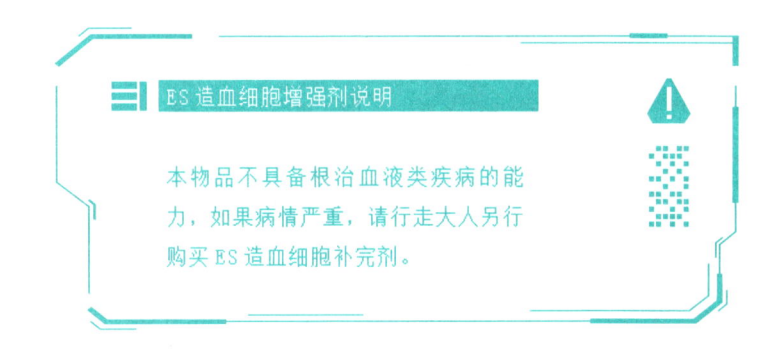

ES造血细胞增强剂说明

本物品不具备根治血液类疾病的能力，如果病情严重，请行走大人另行购买ES造血细胞补完剂。

李阎咧了咧嘴，忽然笑了起来，男人中气十足的笑声响彻整个公寓。

"疯子、怪物，怎么可能有这种人……"

血滴斑斑点点地落在地上，厉江宇满脸的惊恐。

"天时、地利、人和，我都算到了啊，为什么，凭什么？"

惊鸿一瞥明明显示那个男人是个新人，没有任何的传承在身，唯一值得称道的就是高达80%以上的专精。厉江宇经历几次阎浮事件，也只见过一个专精高达79%的行走，那个人的实力的确远在

169

自己之上……

厉江宇眼前时明时暗,似乎有一只手插进他的颅腔里搅动一般。

"那个女人,他这么在乎那个女人,尸体身上还有两把枪,我还有希望!"

砰!厉江宇猛地推开门,血丝密布的双眼左右扫视。精神恍惚的丽有些发愣。眼前这个男人口鼻溢血,肩膀上贯穿着一柄明晃晃的狗腿刀,满身的鲜血滴滴答答落在地上,那条大蛇也不见了。

"人呢?人呢?"他朝着箕坐在地上的丽咆哮道。

"问你阿妈!"嘴唇皲裂的丽冷笑一声。

"妈的!"无比光火的厉江宇一脚踹在丽的伤口上。丽闷哼一声,咳出一连串鲜红色的血沫子,脸上已经没有人色。

厉江宇看了看松掉的麻绳,还有打开的窗户,神色癫狂。他捡起地上的手枪,扯着丽的衣领把她拽了起来,要往外走。

高瘦的身影把门堵了个结实,李阎的手把在门框上。男人衣衫褴褛,流动的肌肉若隐若现,右手包着的布条被血沁透,眼神却充满昂扬的斗志,神色中透着一股子张扬。

"这么着急想跑去哪儿,不陪你爹多多玩会儿?"

厉江宇惊得抬起手枪,李阎也丝毫不慢,黑洞洞的枪口指向对方。

厉江宇手心见汗。

"常申派枪手杀不死你,巴蛇你都不怕,你不可能是第一次经历阎浮事件……"他咬牙切齿,心里忽然一凉,"你是脱落者?"

李阎眉头一拧,忽然想起了阿秀家里支离破碎的尸体。

"你说常申派人杀我,原来你真的在和联胜。"

厉江宇抿着嘴不说话。

李阎看了一眼厉江宇手里的枪:"M1923?这枪你左手拿不稳吧?"

"你试试看?"厉江宇咬着牙喝道,却多少有点色厉内荏。

李阎舔了舔牙龈,满嘴的甜腥味:"你把那个女人松开,我便宜你,大家都把枪扔掉怎么样?"

阿宇额角有黑色的血管暴跳。身上浓黑色的烟气滚动,逐渐凝结出一条黑色蟒蛇的模样。

李阎眼睛圆睁,如果厉江宇这时候有巴蛇傍身,手上又握有手枪,自己牺牲右手打开的局面将荡然无存。

"开枪,他枪里没子弹!"站都站不稳的丽忽然开口,声音不大,但让两人心里都是一惊。

最终还是李阎反应更快一点,把手里的枪砸了过去。为什么不开枪?因为他枪里也没有子弹。

巴蛇蛇头咬住手枪,却一个趔趄,好似随时可能消散。

厉江宇目眦欲裂,李阎的拳头已经到了眼前!

巴蛇仰天怒嘶,玻璃破碎一样的声音接连不断,蛇身崩碎成漫天碎片。而在漫天碎片当中,一道黑色流光直奔李阎眉心而去!

炙热,凶猛,恐怖。

这是死亡的味道。

躲不开……

厉江宇七孔流血,眼睛外突。

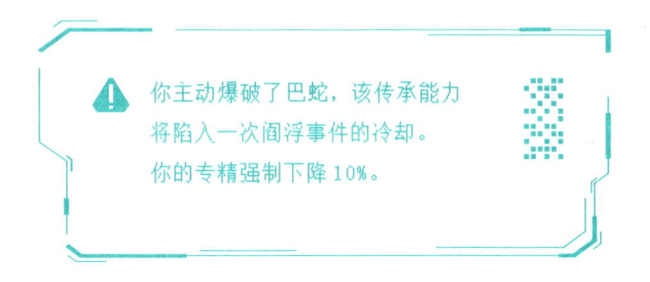

> ⚠ 你主动爆破了巴蛇,该传承能力将陷入一次阎浮事件的冷却。
> 你的专精强制下降10%。

最后的技能,传承爆破!

> ⚠ 主动爆破你的传承,
> 付出巨大代价换取致死一击。

先过眼前这一关,厉江宇眼神阴狠。

> ⚠ 你洞悉了对手的弱点!

惊鸿一瞥忽然给了李阎提示!

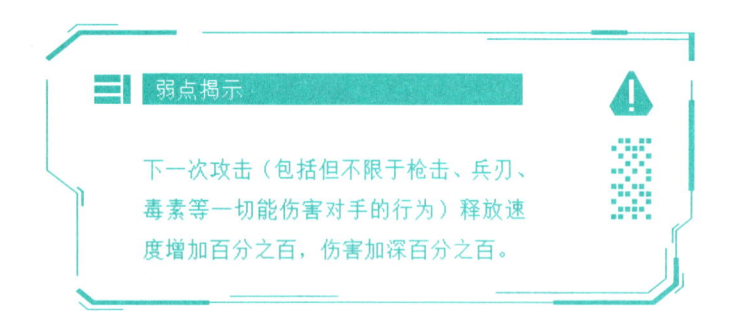

> **弱点揭示**
>
> 下一次攻击(包括但不限于枪击、兵刃、毒素等一切能伤害对手的行为)释放速度增加百分之百,伤害加深百分之百。

嗒,一只手掌搭在厉江宇肩膀的狗腿刀柄上,拔刀横抹行云流水,一道凄厉的血线浮现在厉江宇的脖子上,那道黑色流光,也贯穿了李阎的额头!

丽跌倒在地上,愣愣看着静止不动的两人。血淅沥沥地砸下来,好一会儿,她吃力地去抓李阎的裤脚。

"哎,你干吗?"李阎低下头,淡淡地看着女人。

"你……"丽有些说不出话来。

李阎让过受伤的右手,把丽抱了起来。

"我送你去医院,茱蒂呢?"

窗外警笛大作,李阎抱着丽走到窗边,警车里的茱蒂慌忙地向外张望,正看见楼上的李阎抱着丽俯视楼下,满是污痕的脸冲着自己挑了挑眉毛。

"呼!"茱蒂整个瘫软在座位上。

> ⚠ 你杀死了猎食者!
>
> 你获得了对方在本次阎浮事件所获得的全部购买权限和 30% 结算奖励。
> 因为你并不具备任何传承,很遗憾,你没有吞噬巴蛇的资格。

"三个月,我想看到常氏父子进赤柱监狱。"茱蒂坐在轮椅上,放在桌上的双手合拢。

对面那人年纪已经很大,面容埋在阴影里。他看了一眼汤匙,用熟练的汉语跟茱蒂交流。

"茱蒂小姐,我非常理解你的心情,我可以向你做出保证,政府不会容忍这样丧心病狂的罪犯在香港肆意妄为。"

茱蒂眯了眯眼睛:"乔治先生的汉语真好,但是我希望你不是在敷衍我。"

"怎么可能?"那人摇了摇头,"不过,我还是希望茱蒂小姐称呼我的中文名字。"

"那就拜托你了,钟叔。"茱蒂的脸上绽放出笑容。她站了起来,拿起一旁的礼帽,"既然这样,我就先告辞了。"

"这么匆忙吗?"乔治站了起来。

"我的两位朋友在那次事故中丧生,我要去参加她们的葬礼。"茱蒂明亮的眼睛一黯,模样让人心疼。

"这太遗憾了。"那人喟叹着摇头。

"钟叔,我听说常申父子除了组织性犯罪,还在香港大规模运毒,你可要调查清楚。"

"这个你放心。"那人点了点头。

丙寅年七月二日,黎耀光接到一通来自布政司的电话。当他撂下电话的那一刻,他知道,常申完了。

"阿嚏!"李阁吃完第三碗云吞面,重重打了一个喷嚏。

咸腥的海风吹动着他的头发,对面坐着跷着二郎腿的茱蒂。她穿着一双白色的凉鞋,晶莹的脚趾露在外面。

两人此刻在一艘食船上面,这艘船名叫珍宝海鲜舫,是香港最负盛名的海上餐厅。海鲜舫排水量达到三千三百吨,可同时容纳接近四千人,耗资三千两百万港元修建,雕梁画栋,宛若皇宫。

值得一提的是,这艘船在20世纪90年代参与过周星驰的电影《食神》的拍摄,电影最后史蒂芬·周在那儿做黯然销魂饭的那艘船就是它。

而今天整艘船上,只有茱蒂跟李阁两个客人。

"够唔够吃啊,吃好我们谈一谈……"

"我觉得我可以再来一碗。"李阁非常认真地回答。

茱蒂打了个响指,冲着走过来的侍者说道:"再给这位先生上十碗云吞面。"她笑意盈盈地对李阁说,"今天晚上我们有的是时间。"

侍者微笑退下,眼前这个女人包下了整艘食舫,然后一晚上要了十三碗云吞面。他当然不会有意见。茱蒂就是要上三十碗、三百碗,他也会吩咐后厨立刻准备。

"不用这么多……"

"你为乜跟我分手？"茱蒂皮笑肉不笑。

李阁耸了耸肩膀："为什么不问问神奇海螺呢？"

茱蒂咽了一口唾沫，强忍着骂脏话的冲动。"是不是因为太岁？"茱蒂问这话的时候，眼睛都带着杀气。

"谁？"李阁没反应过来。

"别装傻。"

李阁摇了摇头："一把锋利的剑需要的是一个合适的剑鞘来让自己安歇，而不是一把比自己更锋利的宝剑。"

"那是为乜？"

李阁抿了一口热汤："这里云吞面做得真不错，待会儿你把厨师叫来，我问问他是怎么做的。"

茱蒂静静看着眼前的男人，脸色不太好看。

"这样我离开香港以后，自己可以做。"李阁说完这句话，眼神看向了茱蒂。

女人好看的眉毛蹙了起来："你要去哪儿？"

李阁没说话。女人深吸了一口气。"我问你，你要去哪儿？"茱蒂的眼神十分认真，嗓门也高了起来。

"重要的唔是我要去哪儿，而是我一定要走。"李阁的脸色也严肃起来，"说到分手这个问题，我也在想，我当初是唔是脑子有毛病？你人美声音甜，身段够风骚，又是豪门，干她一炮拍拍屁股拿钱走人，谁找得到我？"

李阁像是在自言自语，又像是在跟茱蒂解释。

"老实讲……"李阁认真地看着茱蒂，"我一开始以为你玩玩的……"

有些问题很俗套，但是俗套不代表不需要面对。大家培养培养感情，到时候擦枪走火来一发，水到渠成，但也点到为止。

可李阁后来发现并非如此。不知道在哪个瞬间，茱蒂撩起头发露出耳垂的时候，还是扑哧一笑眉毛上扬的时候，李阎忽然有个荒谬的闪念："这姑娘不错，别害人家。"这一念升起，就再也挥之不去。

茱蒂闻言缓缓坐直身体，把跷着的大腿放下来，冲李阎扬起了下巴："谁跟你玩玩。"说着，她站起来往外走。走了两步忽然转过身来，美目一瞪，"走啦，还吃。"

李阎咂了咂嘴，也跟着站了起来，招呼侍者过来："帮我打包，谢谢。"

茱蒂走下食舫，跳上一艘海钓画舫，李阎紧随其后。

"去哪儿？"他开口问道。

船漂浮在海面上，顺着水流荡漾而去，船舱里明黄色的灯光格外柔和。

"漂着吧。"

茱蒂摘下发卡，把头发倾泻下来，慵懒地伸了一个懒腰。李阎走进船舱，看了一个满眼。

"你想讲的话，就刚才那些？"茱蒂问道。

李阎低着头："看在我火急火燎去救你的分上，帮我个忙，我有个邻居……"

李阎说着话，忽然感觉鼻子有些痒，刚想抬头，温热的嘴唇贴在了自己嘴上。

澎湃似山火。

李阎反身把茱蒂压倒，耳边是女人银铃似的笑声。

"我的话，你到底听清楚了没有。"

女人伸手钩住李阎的腰，轻轻咬着男人的耳朵。

"非常清楚。"她在李阎腰间拧了一把，咬牙切齿地说，"这种时候你都缩，以后唔要叫男人。"

李阎怔怔地看着茱蒂，吞咽唾沫的声音清晰可闻。他咧了咧嘴，眼里有别样的涟漪。

"你说得对。"说着,他埋下了头。

黑夜的海面深沉而悠远,两条白色的游鱼划出水面,灵巧拂动的浅色鱼尾惊鸿一瞥,随即消失在水面,溅起一阵微颤的涟漪,倒映出漫天的被揉碎的星点。

醉后不知天在水,满船清梦压星河。

"尝尝我做的叉烧。"李阎围着围裙,眉目间有难得的温柔。

阿秀一语不发。

李阎扬了扬被绷带包裹的右手:"我都这么惨了,给个面子嘛。"

顿了一会儿,女孩才问道:"你昨天晚上去哪儿了?"

"有些私事要处理。"李阎把铲子扔进洗手池,"对了,办学的手续我给你弄好了。等下介绍个人给你认识,是你家的远房亲戚,我花了好大力气才找到的,她愿意做你的监护人。法理和情理,都比我合适。"

"我家是逃荒过来的,点会有香港亲戚?"

"你阿妈走之前讲的,一定冇错。"李阎说得斩钉截铁。

阿秀眼睛垂着:"你唔要觉得我年纪小就好骗。"

一个明知道自己母亲已死却可以做到恍若无事的女孩,一个十几岁、看见遍地破碎的尸体第一反应是拖进里屋,不要让人发现的女孩,怎么会好骗。

李阎坐到阿秀身边,拍了拍她的肩膀:"你妈也希望你过得好。"

女孩没有回应,拿起碗筷,默默地往嘴里扒饭。

下午两点,穿着浅蓝色牛仔裤、踩着一双黑色女士皮鞋的茱蒂来到李阎这里。

"冇想到娣姑一直在香港,直到去世我都冇见到她。"茱蒂眼睛红肿,"不过她留下女儿,我一定好好照顾。乖,叫茱蒂姐。"

阿秀小脸蛋怯生生的,和在李阎面前时的缄默阴暗判若两人。

好一会儿,她才在茱蒂鼓励的眼光下嘴唇翕动。

"茱……茱蒂姐。"

看着相拥而泣的两人,李阎不由得感叹女人都是天生的演员。

"那小姑娘蛮有趣。"茱蒂点燃一支女士香烟,枕着李阎的胳膊。

"我让你认她是表妹,是希望她以后唔要被人家嚼舌根。冇必要太迁就她,让她读完书就好。"

茱蒂不置可否地笑了笑,她转过头好奇地看着李阎。

"就算你伤了右手,也唔可能打唔过那个咏春小子吧。"

在茱蒂看来,李阎能杀死那个盘着蛇的厉江宇,这简直是非人类的表现,即使现在李阎告诉她自己能在香港礼宾府的顶楼干坏事,茱蒂也不会第一时间质疑。

李阎歪了歪脑袋。

厉江宇的阎浮传承的确唬人,盘舞在身上刀枪不入的大蛇把子弹当糖豆吞的时候,任谁也会觉得这厮不可匹敌。

但李阎不那么认为,巴蛇凶险,但厉江宇的素质不高。甚至有些时候,身为宿主的厉江宇的慌乱指挥,会抹杀巴蛇天生的猎食本能。

加上宿主是巴蛇的最大罩门,还有必须在释放后两百米内活动的限制,这份超凡力量前景巨大,但现在并不是特别实用。

人体自身的脆弱已经决定了生死一瞬的搏杀有太多的不确定性。

双眼,裤裆,心脏,脖颈,脊骨。

两边人都是肉体凡胎的话,拳头可以砸碎对手的骨头就足够硬了,没必要去劈钻石,毕竟阎浮世界没有血条。

当然,如果张明远对上厉江宇,在那种情况下,李阎还是更看好厉江宇多一些。连李阎自己战胜厉江宇,更多的也是心志和魄力上的碾压。硬实力方面,巴蛇刀枪不入的皮肉,盘在厉江宇身上比子弹还快的冲刺速度，牙齿遇之则吞的诡异力量，的确无解。

但是从另一个角度来说，张明远又未必弱于厉江宇。开明兽之力可以燃烧魂魄，也就是说，也许张明远的拳脚对巴蛇是有效的。

说到底，这不是在打关卡，后面出场的一定比前面强。赢面这个东西谁都有，看的还是心态、魄力，还有运气。

如果是自己拥有巴蛇，又该怎么使用呢？李阎不禁这么想。

这次阎浮事件结束，自己也应当拥有像张明远和厉江宇那样神奇莫测的传承。

按照张明远的说法，传承是整个阎浮世界最宝贵的东西。只有第一次完成阎浮事件的时候，才有百分之百的可能得到。而在这之后，想要获得第二个，乃至更多的阎浮传承，难度就越来越大。

"你希望我赢吗？"

张嘴就能让和联胜这样的大社团灰飞烟灭的茱蒂像个小女孩一样双眼放光："当然。"

"那我就讲，"李阎拿过茱蒂手里的香烟吸了一口，"我一定赢他。"

第十章
终焉

丙寅年七月六日，宜酬神，订盟。

李阎回放着小周和徐天赐的录像带。

徐天赐使蝴蝶双刀，掌中刀蹁跹若游龙。

小周使一手九环大刀，刀势泼墨挥洒，一度压制得徐天赐不能还手，水银泻地一样的文圣刀术让李阎看得手心冒汗。

二十一刀，足足二十一刀，李阎自认找不到任何还手的机会。就是这二十一刀，斩得徐天赐满身血痕。

就是这儿，李阎眼神一凝。

还手！

果不其然，画面中的徐天赐腰间发力绷紧，左右手刀磕在环刀上，顺势前撩。小周经验老辣，九环大刀往上一挑，压向徐天赐的脖子。徐天赐左肩一抖，手腕抵住小周的小臂，蝴蝶刀戳向小周双眼。蝴蝶刀尖几乎贴着小周眼皮，寒气森森，而九环大刀刀身已经在徐天赐脖子上压出一条血线！

谁退，谁死。

终究九环刀力猛，小周怒喝一声，九环大刀压得徐天赐连连后退，细碎的脚步声音踩得人心里发紧。

当啷！

徐天赐退到擂台边上，身子向下跌去。

可李阎自然看得清楚，徐天赐这一脚没有踩空，是结结实实地踩在大理石地板上！

随着徐天赐的一个趔趄，小周认定他右脚踩空，力道一吞一吐，改下压为平推,想把失去平衡的徐天赐赶下擂台。

变故突生!

徐天赐暴起如同鹞子上天,蝴蝶刀朝着九环刀身一荡,挑开他胸前中门,进步扬腰,蝴蝶刀上挑小周持刀的手腕。血光四溅,半截小臂飞扬上天,九环刀当啷一声落地。

徐天赐并不停手,膝盖落地双刀下划如穿花蝴蝶,在小周肚皮划出一个凄厉的 X。

李阎默默地关上录像带,脸色平静。

"会动脑子,是个打架的才儿。"

小周输得冤吗?冤。如果最后他没有留手换力,而是不管不顾,将徐天赐压出擂台,局势也许大不相同。

小周输得冤吗?李阎觉得不冤。输了就是不冤。

分生死的局,你想点到为止,就得有付出代价的心理准备。何况,你凭什么认为对方不是故意示敌以弱?李阎自己就曾经用这种手段故意卖给对方破绽,从而迅速结束拳赛。

"徐天赐用的是八斩刀,真正的叶问嫡传。有冇把握?"红鬼问道。

李阎点了点头。

"还用剑?"

这次李阎拒绝了。

"我坏了右手,汉剑这东西虽然凶,但是耗气力,我想换一换。"

"换乜?"

"对上八斩刀……"李阎语气沉吟,正宗的咏春八斩刀他在广东也没碰过,有些兴奋,"八卦门有样看家的兵器,子午鸳鸯钺。"

一旁抿酒不语的余束横了他一眼:"你拿一只左手用?"

"足够。"李阎言简意赅。

"狂妄。"余束边笑边摇头。

红鬼看了一眼余束，又看了一眼李阎，一拍大腿站了起来："我去准备。"

随着他的离开，房间里只剩下李阎和余束两个人。

"喝酒吗？"余束不知道从哪里摸出一瓶烧春来。

"不了。"

"哦。"

两人相对无言，气氛诡异又和谐。

子午鸳鸯钺，是八卦门祖师爷董海川所传的奇门兵器，由一大一小两个月牙刃相对勾连而成，左右一对，有点像畸形的字母 X，中间留出缝隙让使用者握住，是一种比蝴蝶双刀更少见的双手短兵刃。

哆！李阎的左手圆刃砍在木人桩上。

"鸳鸯钺是双手刀，你只拿不擅长的左手去用，胜算太小。"

李阎紧了紧手上的绷带，转眼看向男人："红鬼哥，来了龙城咁久，还冇跟你打过，不如切磋一下。"

"切磋就冇问题。"一旁坐着的红鬼磕了磕烟灰，"对了，阿阎，福义大厦对你点样？我对你点样？"

"不错。"李阎把子午鸳鸯钺扔到一边，静静地看着红鬼。

红鬼揉了揉太阳穴，呼出一口气，阴着脸望向窗户。

"我是吃百家饭长大的，冇练过拳，打呀打的，拳头自然硬了。"他伸出一根手指，"我记恩，太岁在我吃不上饭的时候收留我，我可以把命给她。那你讲，我对别人有恩，别人点对我？"

李阎没有说话，而是默默给自己右手的绷带加了一层又一层。

"和联胜完了，你知唔知？"

"知。"

"茱蒂发火，整个香港社团都瑟瑟发抖，你咁红，记性会不会差？"红鬼说着，语气越发森冷。

"红鬼哥,直接点。"

红鬼站了起来:"昨天有人找我,说你吃里爬外,要掀福义的摊子,是唔是真的?"

李阁点了点头:"话我是说过。"

红鬼闻言没有动作,只是看着李阁:"为乜出卖我?"

"话,我说过。出卖你,我冇做过。"李阁冷静地回答。

"是不是和联胜不倒,再过大半个月你就要夺帅?"

李阁笑了笑,明天他就要离开香港,当初的话自然是晃点太子乐的。

那时节自己和茱蒂分手,也不想继续通过她这条线捞钱,怎么办?偷天换日,坑和联胜的钱,这就是当初李阁的想法,不过最后计划赶不上变化。现在红鬼质问自己,李阁确实有些尴尬,虽然他从一开始也没打算真的去做。不过他并不担心自己跟福义大厦的人翻脸,而是担心,那天晚上的事情暴露出去……

"红鬼哥。"李阁斟酌着语气,尽量让自己的话在日后不会留下破绽,"你想处置我,问过太岁冇?"

"当然问过。"红鬼苦笑一声,"她说知道了,叫我安分点。"

"既然太岁咁说,不如让我打完明天的拳赛。"

红鬼咬了咬大拇指,走到李阁面前:"现在茱蒂保你,我哪敢动你啊。"

李阁看着这个从自己第一天来到这里就对自己非常照顾的男人,心里却想事情都到了这一步,不如配合他一下。

李阁脸上露出一个极为肆意的笑容:"就是嘛,红鬼哥,想想看,太岁脾气咁火爆都冇动我,你自己考虑一下。"

长着一张娃娃脸的红鬼也笑出声来,左脚前倾,右勾拳狠狠打在了李阁脸上。

李阁能躲,也能挡,但是他没有,而是眼睁睁地看着他把拳头印在了自己脸上。血点四溅。

红鬼前迈两步,膝撞在李阎肚皮上,趁着李阎痛得弯腰,拳头擂向李阎后背。

第一拳,李阎心甘情愿。第二次膝撞,李阎心平气和。第三次背上擂拳,李阎就有点压不住火了。

他肩膀撞开红鬼,摸了摸嘴角的血迹:"差不多得了,再打我还手了啊。"

"求之不得!"

"你奶奶的!"

两人蹬地上前!

丙寅年七月七日,诸事大吉。

"你们两个,同我讲嘢咩?"余束罕见地放下酒瓶,双眼瞪得很大。一旁的廖智宗不住摇头,剩下的人想笑又不敢。

李阎嘴角青紫,没有说话。红鬼顶着两个黑眼圈,脸色阴沉。他看阮鸿志嘴角忍不住往上翘,熊猫眼一瞪:"笑,笑个头。"

"好了!"余束喝止红鬼,"今天阿阎打拳,其他的事等阿阎打完再说,上台。"

她走过李阎身边,拍了拍他的肩膀低语道:"一路顺风。"

吱哟,推开门的李阎用脖子上的冰毛巾擦了擦脸,走到木人桩身边,拿起子午鸳鸯钺,轻轻横抹。

姓名:李阎
状态:右手重伤
专精:古武术 82%

一个月的时间，紧凑凶险的连番恶斗，竟然让李阎的专精又上涨1%。

除此之外，李阎昨天已经使用了ES造血细胞补完剂。在右手残废的前提下，还拖着久病之身上台，那就是真的狂妄了。

门口站着一个窈窕的身影，戴着墨镜："你这副打扮出远门啊？"

李阎笑着走了过去，去揽她的腰。

茱蒂甜蜜地一笑："打完这场跟我出去吃夜宵。"

李阎眼神闪了闪，嘴上却笑道："好啊。"

"顺便给你送行。"

"……"

李阎好一会儿才开口："你怎么知道的？"

"我查了你的账户，你把银行里所有的钱都提了出来，看不出你个死打拳的也能挣五百多万。"

李阎摸了摸鼻子，从胸口的口袋里摸索着。

"既然你在这儿，这个东西你拿去。"

茱蒂接到手里，是个嵌着蓝色珠子的戒指烟托，颇有几分民国范儿。

"你祖传的？"女人问道。

"昨天在湾仔买的。"

"……"

"用这个，抽烟的时候手指不会被熏黄。而且，你戴很好看，像电影明星。"

李阎有些无所适从地抻了抻上衣。

"多保重。"

茱蒂低头玩弄了一下烟托。

"乜时候能回来？"

"有机会一定回来。"

"好啊。"女人抿着嘴笑了笑，露出一个浅浅的酒窝，"我在你房间留了份礼物，记得拿走。"

茱蒂贴紧李阁的身体，轻轻地拥抱了他一下，接着转身就走，没有留下一句挽留的话。

茱蒂站在走廊上，从提包里抽出一沓资料和照片丢进垃圾桶，最上面的照片正是年轻些的李阁。

从出生到现在的所有资料，一应俱全，毫无破绽。

只是茱蒂知道，照片里那个男人，不是他。

走出房间的李阁双眉微颦，步伐稳健，一步步走向沸反盈天的福义大厦十层。

看台边缘坐着一位双眉陡立的老者，面色平静，与周围热烈的氛围格格不入。

擂台上的徐天赐双眼望着天花板，直到李阁登上擂台才把视线转移到他的身上，看到李阁手上的子午鸳鸯钺，唇角一翘。

"兵器越怪，死得越快，唔知道你听过没有？"

李阁没反应，似乎在出神。

"喂，你听到……"

"河间，李阁。"男人脸上的肌肉微微鼓动，眼神肃杀而冰冷。

徐天赐"喊"了一声，蝴蝶双刀在胸前一架。

"咏春，徐天赐。"

徐天赐说罢，迈步往前走，双手正握蝴蝶刀。李阁腰下马步平稳，丝毫不动。

徐天赐一步快过一步，逐渐从漫步变成冲刺，在距离李阁还有不到两米的时候，膝盖微屈，一个纵跃冲向李阁，蝴蝶刀刺向他的胸口。

铛！

短兵相接的瞬间，徐天赐心中暗道不好，直刃跟子午鸳鸯钺的圆刃相交，只要李阁腕子往上一抬，滚动的圆刃就会刺进自己的手腕。

少年知道厉害，连忙用另一把刀一上一下架住圆刃，试图将李阁的兵器往下按。

李阁把住钺柄的大拇指一拨，借着徐天赐下压的劲头，竟然让鸳鸯钺在四指之间绕了一个大圈！

子午鸳鸯钺内外共四面刀刃，这一转圈，一不小心就会割断李阁自己的大拇指，可圆刃转动之间，李阁却游刃有余，大拇指险而又险地避过内刃，外刃刺进徐天赐的左手手背！

噔噔！

徐天赐脸色不变，右手往上，似乎要撩过李阁的脖子，却是虚晃一招，连连后退。

李阁也不追赶，淡淡地说："我没见识过正宗的八斩刀，今天能见到觉得很荣幸，不白见。我手里这玩意儿叫子午鸳鸯钺，南方几乎没有，让你也见见。"他举起子午鸳鸯钺，"刚才那招，叫日月重辉。"

徐天赐手背伤口不深，他也不在意，反而愈发兴奋起来："可惜是单手，不正宗啊。"

"双手的话，流血的就是你的脖子，不是手背了。"

"我看未必！"徐天赐折腰向前，这次蝴蝶刀主动去磕李阁手里的兵器。

铛！

李阁双眼一转，徐天赐另一只手反手刀已经抹向他的脖子。

李阁转刃，最多废掉徐天赐的手腕，可徐天赐空出来的右手刀却能直接捅进李阁的脖子。

毕竟是单手钺。

李阁眉毛一拧，右脚后退，让过半边身子。

徐天赐放声长笑,前冲脚步填满李阎让出的空隙,双手贴住李阎,磕住鸳鸯钺的左手刀顺势往前一送,斩向李阎胸口,这一记,刚让过半边身子,重心在左脚的李阎避无可避!

而让徐天赐惊讶的是,李阎右脚后退半步却不止,整个身体转了150度左右,将左胳膊卖给了他。

"两害相权取其轻,倒是个有决断的。"

移步敌侧,引敌折臂!

八斩刀!

当下蝴蝶刀斩入李阎肩膀,入肉至少有两寸,已经砍到了骨头上!

拿兵器的左手受伤不便,你拿什么赢我?

眼神凶戾的徐天赐在心中呐喊出声,眼前却一黑!

是李阎裹着绷带的右手!

徐天赐抢步近身,可李阎多退了半步,他正撞上李阎的右手!

露在绷带外面的食指和大拇指微屈成爪,毫不犹豫地刺进了徐天赐的眼睛!

"天赐!"老人站了起来,灰白色的眉毛颤抖着。

"啊啊啊啊啊啊!"

徐天赐咆哮如同怒兽,却死死抓住手里的兵器,横抹出李阎的肩膀,蝴蝶双刀刺向李阎胸口。

李阎小腿轻点飞退,手指带着血迹和模糊的黏液。他的左臂伤口颇深,血流了一地。

李阎依旧没有抢攻,而是静静看着徐天赐。

"这招,叫金丝抹眉。"

"呼……呼……"徐天赐的左眼睛已经成了一个狰狞可怖的血窟窿,右眼也红肿不堪,眼前全是金星。

他忍受着能让常人晕厥过去的剧痛,下嘴唇都咬出血来:"八卦掌步活手辣，佩服。"

李阁没有说什么，更没有劝他下台，而是站出摆扣步，双眼直视徐天赐。

"来！"

只有十九岁的少年怒吼出声，再次朝着李阁冲来！

蝴蝶刀一手正握，一手反握，双刀寒光如练，一刀斩向李阁心口，一刀劈落李阁的右手腕。

李阁腰间一扭，身子左倾侧过双刀，鸳鸯钺去磕少年翻腕平抹的刀身。

鸳鸯钺圆刃反转之时，少年左手刀改正握为反握，双反握刀上下贴住鸳鸯钺刀刃。

李阁双眼圆睁，隐约觉得不对。

八斩刀，绑刀术。

李阁经验老辣，可单手犹显不足，只得往回撤腕，不让徐天赐封住自己的刀路。

少年丝毫不退，反握双刀转换过刀锋贴着他的手腕子由内向外斩出，自上而下如同两条游龙出海，自李阁手臂向上，一左一右直奔李阁脖颈！

哧！

血光迸溅。

李阁出脚踢中徐天赐胫骨，自己也惊骇地急忙后退。

从胸口到脖颈，两道足足十八厘米的伤口，差一点就割破自己喉咙！

自己握刀的手腕也被斩破，再也使不上力。

八斩刀，耕刀术！

"哈哈哈哈！"少年竟然在笑，配合血肉模糊的眼眶，给人一种强烈的视觉冲击感！

"这招！"他刀尖指着李阎，"八斩刀，双龙出海。"

李阎深吸了一口气，看着脸上战意不减的徐天赐，心中那点离别的阴霾逐渐消散，他第一次在擂台上露出凶悍的笑："咏春刀架阴绵，了不起。"

二人异口同声："来！"

铛！

嚓啷！

"这才痛快。"

刀刃让人耳酸的摩擦声音接连响起，鸳鸯钺勾刃连着蝴蝶双刀，锋利的兵器在两人之间来回腾挪，一会儿鸳鸯钺在徐天赐的喉咙边上被带住，一会儿蝴蝶双刀擦过李阎的心脏，凶险非常，两人都鼻尖带汗。

四五个回合后，竟然是李阎落入了下风。手腕受创的李阎舞动圆刃越发凝涩。

鸳鸯钺这种钺勾长而大，非常善于绞锁刀剑类的冷兵器，对上蝴蝶双刀虽然不吃亏，但是也不算占便宜。

缠刀，绑刀，耕刀。八斩刀的刀理李阎未必陌生，可接触下来的确让他吃了大亏。

金丝缠手算是阴了急功冒进的徐天赐一头，可是若是论起八斩刀跟鸳鸯钺的交锋，李阎不得不承认，用单手钺的自己输了一筹。

两人都是第一次接触对手的兵器路数，就算李阎单手用钺，可徐天赐也是半瞎的状态。两人半斤八两之下，少年对于棘手的兵器缠斗的适应速度也比自己要快。

十九岁啊，后生可畏。

何况此时李阎的手腕被割破。有经验的人都知道，横着割腕是不会死人的，不是致命伤。但是这样的状态，想灵活使用鸳鸯钺这样对指力和腕力的要求都极高，还容易伤到自己的兵刃，就并不现实。

又一次力与刃的交击，李阎勉强逼开徐天赐，在少年再次逼近之前，他竟然扔开了子午鸳鸯钺，赤手空拳面对锋芒锐利的蝴蝶双刀。

李阎的行为堪称石破天惊。在观众看来，李阎身上的伤口虽然狰狞凄厉，可徐天赐双眼一瞎一伤，胜负仍未可知。这时候弃掉兵器，无异于自断长城。

徐天赐矮身前冲，黑下一半的刺痛眼帘映出李阎的脸来。他双刀往下，奔着李阎的小腹抹去。

李阎手中空空，硬挡才是笑话，只得接连后退。蝴蝶双刀舔舐着鲜血的刀刃快若惊鸿，一下子斩得李阎险象环生。

"为乜弃钺？"红鬼转头问太岁。

"打架这种东西，"余束歪着脸，"用脑子的。"

不多时，李阎身上又多了几道伤痕，加上不断流血的胸口，剧烈的腾挪之中，血滴自来水似的甩了出去，让人怀疑这样下去他会不会流血而死。

徐天赐丝毫没有放缓刀路的迹象，尽管自眼睛到颅腔已经有炸裂般的痛楚，但出刀的速度和角度也迅猛刁钻至极。

"看谁先撑不住！"少年一腔孤勇。

李阎逐渐被逼到了擂台死角，对蝴蝶双刀避无可避。可徐天赐杀意浓烈，双刀只快不慢。

呲——

李阎的脚步滑到擂台边缘，他眼中凶芒一闪，抓准少年一刀劈落，对着徐天赐冲了过去。

少年双刀正握，李阎抓向徐天赐手腕的手指其实在他视野盲区，看不见李阎双手的徐天赐立刻抽刀回防。刀刃对肉掌，李阎绝不敢硬拼。

蝴蝶刀倒劈回来，斩向李阆的右臂。

这还不算完，另一只刀锋齐齐而出，朝李阆下盘斩去。看似目标不明确，却封住了李阆抬脚的可能。

当初张明远就输在李阆一手他本门的戳脚功夫下。

"武二郎输过的地方，我不会输！"

李阆重心左倾，右臂后仰躲开刀锋，左手不知道什么时候已经摸到了徐天赐的手背！

"弃钺赌擒拿？"

徐天赐心转电念，这是拼自己大腿中刀也要掰断自己一只手腕。徐天赐没有弯腕，即使李阆擒拿熟练，也不一定能立刻折断他的手腕，可大腿一刀却是挨定的。

他忽然灵光一闪，蹬地后退，似乎宁愿放弃这一刀，也不愿意手腕被拿，而且他在身子后倾的时候，还忽然抬起了腿！

李阆已经退到擂台死角，加上刚才左脚拧脚踝躲蝴蝶刀，重心本来就不稳，而徐天赐一记南拳里绝对不可能出现的高鞭腿，直接把李阆踹出了擂台！

这一脚，还给你！

擂台上下一片哗然。

"不对！"徐天赐腿踢中李阆胸口的时候，心中一下子如坠冰窟，"上当了！"

这一脚浑然不受力。李阆根本不是被踹飞的，而是自己左脚蹬地，跳起来的！

两条钢鞭一样的小腿锁住了徐天赐的脖子，腰间发力拧身，把徐天赐整个带了起来！

上身弓起，翻身，膝盖顶住徐天赐的头，裹着绷带的右手接住舞在空中的蝴蝶刀！

徐天赐双目赤红，手上仅存的刀锋朝着上方刺去！而出刀后的瞬间，一阵强烈的悔意袭来。

我在干什么？

两人一先一后摔在地上！

徐天赐先落地，两只蝴蝶刀交叉相碰。

李阎居高临下，双眼犹如明火。这是他患病以来，眼里久久未露的神采。

他脸上带着笑："你这人有意思，唔讲规矩。"

徐天赐满脸的鲜血，血肉模糊的眼眶合着。

他被李阎盘到空中的时候，抗拒，脖子会被拧断，不抗拒，就会被盘下擂台。要么死，要么输。少年虽然悍勇，却还是遵从了生的本能。可他在空中的时候，却还是因为愤懑，怒然出刀，在知道已经输了的情况下出手伤人。

"我输了。"

"现在去医院，你另一只眼睛还能保得住。你还年轻，盲了，就废了。"

李阎站了起来，佝偻着身子往回走。

身后的徐天赐依旧躺着。

一群年纪不大的男男女女忽然跳下擂台，朝着徐天赐围拢过去，神色悲痛。

"阿井。"老人双目红肿。

一旁的中年人连忙答应："师爷。"

"带着天赐去医院，还有，从今天开始，尚田咏春国术馆从上至下所有人在内，不允许踏进九龙城寨一步。我讲话，你可听得清楚？"

中年人深深看了蹒跚离场的李阎一眼，不愿说话。

"我问你，可听得清楚！"老人须发皆张，宛如怒狮。

"听得清楚，师爷。"男人咬着牙，带着几分凄苦地回答。

> ⚠ 你完成了阎浮事件的所有要求。
> 你将在十分钟内结算并回归。

李阎拒绝了过来给自己处理伤口的医生，简单做了处理就朝自己的房间走去。阿秀今天去学校报到，回来自己就不见了，她会不开心吗？

茱蒂，好像没在包间。

红鬼，算了。

这样想着的李阎在路上遇到了余束。两人目不斜视，交错而过。

其实想一想，貘、姑获鸟、巴蛇、太岁，并不违和不是吗？

李阎走进房间，首先看到的就是床上的箱子。李阎伸手，却发现箱子是锁住的，需要密码。

上面压着一张字条：

"给你个提示，我们第一次去维多利亚港的时候，我对你说的话。"

纸上还有一个唇印。

李阎皱眉想了好一会儿。

一分钟，三分钟，五分钟。

李阎拿起鸳鸯钺，往箱子上一挑一砸。

箱子开了，满满一箱黄澄澄的金砖。

> ⚠
> 黄金，贵重物，每块可兑换100点点数，无上限。

满满一箱,二十块。

2000点!

金砖下面还压着一张淡金色的宣纸!

上面什么异兽都没有,只有一道疏狂的笔迹:

"你可是白象哩,白象啊。"

> ⚠ 你发现了阎浮信物
>
> 你可以选择使用此信物开启一次阎浮事件,也可以在任意阎浮事件开始时使用它,来提升自己在该次阎浮事件中的初始身份。

李阎眼角一瞥,桌子上还放着一份饭盒,还冒着热气。

云吞面。

"呵呵。"

李阎伸手去拿,身体连同伸出的手指却一点点消散在空气里。

星星点点,化作虚无……

> 你完成了本次阎浮事件,
> 完成阎浮事件总数:1。
> 你完成本次阎浮事件的评价为:
> 上吉(评价分为大吉、上吉、下吉、上上、中平、下下六个等级)
> 结算开始

第二巻

脱落者

第一章
结算

无数斑驳的光影在李阁面前扭曲舞动，像是劲风中跳跃的火苗。

查猜、城户南、何安东……一道道人影疯狂闪烁而过。

阴暗逼仄的城寨，爬过脏臭下水道的肥大老鼠，沸反盈天的拳台，污水横流，天线交错怒指的灰霾天空下，赤脚女孩扬起的半边侧脸。

沾血的兵器，火光四溅的黝黑枪口，男人的怒吼和笑，最后定格在巨大蟒蛇的扬天跃动上，凶猛獠牙纤毫可见。

李阁愣愣看着自己的右手，手指完好无缺，身上所有的伤势不翼而飞，连精神状态都好得出奇！

李阁来不及打量周围，一道声音在耳边响起，非男非女，听后即忘，却绝不是李阁在之前听到的那个沙哑低沉的男声。

行走的状态在一定条件以内，本次修复不收取任何点数。

结算报告如下

"上吉"
评价结算阎浮点数：
500点（基础200点加成150%）

购买权限额度

195%（个人行动76%+全额完成阎浮事件30%+除姑获鸟外三张残篇30%+杀死猎食者59%）
你还掌握着一张阎浮残余物，你可以在本次结算中贡献它，提升你的购买权限。

它指的是李阎杀死厉江宇之后，从他的住所搜出来的一张残篇，是一张画着鲨鱼的宣纸。

芦塘有鲛女。五日一化，或为美异妇人，或为男子，至于变化尤多。

你贡献阎浮残余物，购买权限额度上升10%，当前额度到达峰值200%，并补偿行走500点点数。
你兑换了黄金，你当前阎浮点数为3204点。
阎浮事件完成特殊奖励：本次阎浮事件内容为姑获鸟，你将随机抽取一项饱含姑获鸟之力的物品（包括但不限于消耗品、技能卷轴、异物、传承）。
鉴于行走第一次完成阎浮事件，此项奖励将强行认定为传承，且此项传承无法交易。

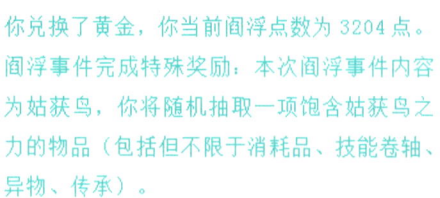

李阎胸口一阵灼热，那张灵气逼人的姑获鸟画像一下子燃烧起来，没等李阎反应过来，就烧得无影无踪，李阎撩开衣服，胸口被烫出了伤痕，一缕缕金红色的火焰正钻进自己的伤口，他下意识去按，却连尾焰都没有摸到，而下一刻，胸口的烫伤就消失无踪了。

"这……"

传承：姑获鸟之灵·钩星

姑获鸟复苏程度：9%/100%
（传承与行走休戚相关，提高复苏程度，行走的寿命和身体素质都会得到提升。完全复苏传承寿命加倍）。
拥有者获得永久固化状态：钩星。

【钩星】

增强持有者 90% 的爆发力和攻击速度。

【血蘸】

以自身血液为引子，锁定一名敌人，之后对其造成的所有伤害将进行累计，由使用者主动判定并引爆。之前造成伤害越多，血蘸伤害越高。

血蘸伤害破魔！秽神！杀鬼！除妖！腐蚀龙虎气！

血蘸伤害生效之后，钩星之力暂时消失，消失时间视血蘸伤害而定。
钩星状态消失期间，无法发动血蘸。

李阎尝试着跳了跳，哑然失笑："没啥特别啊。"

不过他也不失望。能健健康康地活着，已经是最好。至于延长寿命什么的，你知道自己什么时候死？

这时候，李阎才打量起周围来。

自己踩在黝黑色的石砖上，房间里除了一张床，什么也没有。眼前是两扇门，一扇半掩着，一扇则被铁链绑得严实。

那扇半掩着的门，让李阎感到无比亲切。

这是回去的路。

"我想查看自己的购买权限。"李阎低声自言自语，语气像是在面对银行或政府部门的业务办理员。

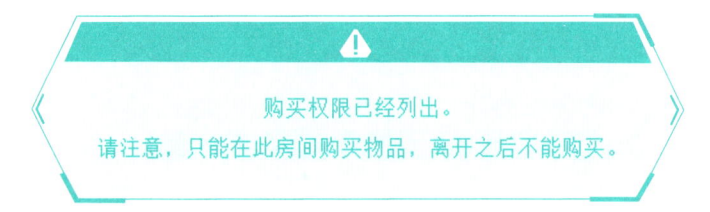

> ⚠️
> 购买权限已经列出。
> 请注意，只能在此房间购买物品，离开之后不能购买。

李阎随便一扫，就发现了许多让自己惊喜的东西。

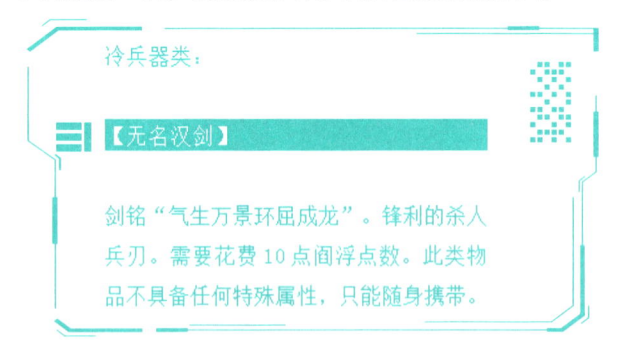

> 冷兵器类：
>
> 【无名汉剑】
>
> 剑铭"气生万景环屈成龙"。锋利的杀人兵刃。需要花费10点闻浮点数。此类物品不具备任何特殊属性，只能随身携带。

李阎回归以后，的确对这把汉剑念念不忘。他收藏着几把利器，其中不乏当代国手之作，作价不菲，却全都没有这把没有名字的汉剑顺手。不能把它带出来，不大不小是个遗憾。

"十万块，便宜得很。"

黑色涟流汇聚，一把寒光潋滟的汉剑裹着犀牛皮出现在李阎手里。

李阎手中握住剑柄，翻腕向前平抹，剑身发出一声清冽的声响，像是泉水打在鹅卵石上。

练剑之人对于一把好剑的喜爱是无法形容的，古今皆然。

河间李氏号称枪剑双绝，步下剑，马上枪，李阎练剑十年，练枪十五年，自信剑法已经趋于圆满，枪术也有小成的水平。

"气生万景，环屈成龙。就叫你环龙好了。"李阎摩挲着剑背，轻轻一弹。

汉剑环龙。

此外，李阎曾经使用过的子午鸳鸯钺，包括各类长短兵器，应有尽有。不过李阎一扫而过，也都没什么兴趣了。

李阎接着往下看。

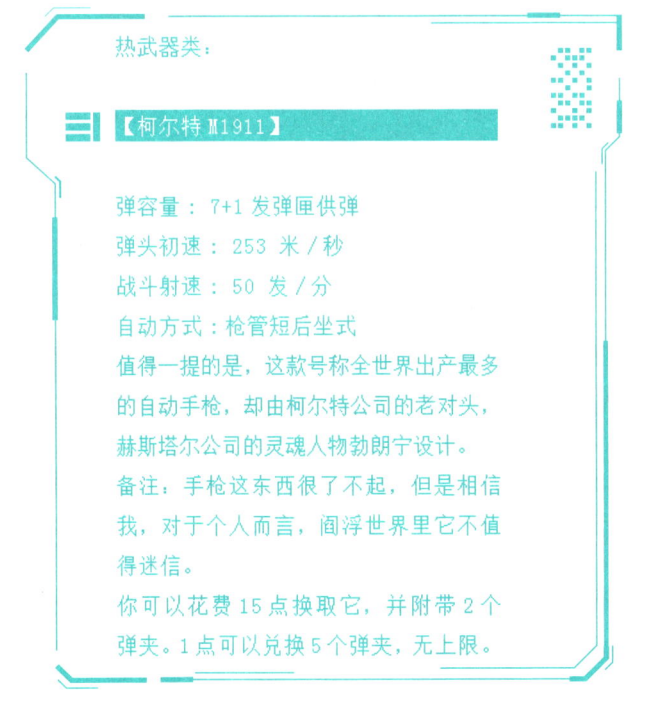

热武器类：

【柯尔特M1911】

弹容量：7+1 发弹匣供弹
弹头初速：253 米/秒
战斗射速：50 发/分
自动方式：枪管短后坐式

值得一提的是，这款号称全世界出产最多的自动手枪，却由柯尔特公司的老对头，赫斯塔尔公司的灵魂人物勃朗宁设计。

备注：手枪这东西很了不起，但是相信我，对于个人而言，阎浮世界里它不值得迷信。

你可以花费15点换取它，并附带2个弹夹。1点可以兑换5个弹夹，无上限。

> 【82-1式全塑无手柄钢珠手榴弹】
>
> 内装62克TNT（三硝基甲苯）炸药，有效杀伤范围6到10米。
> 你可以花费8点兑换它，上限20颗。
>
> 【RPG-18火箭助推榴弹发射器】
>
> ⚠ 附带10枚火箭弹。
> 你可以花费200点兑换它。
>
> ⚠ 请注意，此类物品不具备任何特殊能力，只能随身携带。
> 请注意，只有通过阎浮点数购买的热武器可以带进阎浮事件当中，除此之外的任意热武器将在进入阎浮事件时被剥夺。

类似的热武器琳琅满目，李阎还看见一些具有使用要求的枪械，比如大口径狙击步枪之类的。

李阎并没有兑换大威力热武器的打算，至少不能现在兑换。冷兵器可以说收藏，你往音像店里搬颗火箭筒准备怎么说？藏也不好藏。

这些东西能兑换出来李阎比较能理解。毕竟，这次经历没有太多让人匪夷所思的东西，李阎接触最多的，还是拳头和兵器。

不过接下来的东西，让李阎的兴趣越发浓厚。

> 异物类——消耗品——格斗精华！
>
> 【一级泰拳格斗精华】

> 增强近战类专精3%，仅对60%以下的近战类专精有效，专精低于30%不予显示。
> 10点/颗。
>
> 【一级空手道格斗精华】
>
> 【一级自由搏击格斗精华】

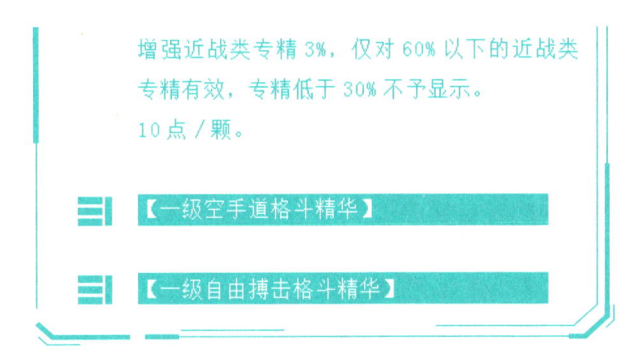

李阎快速拨动着。

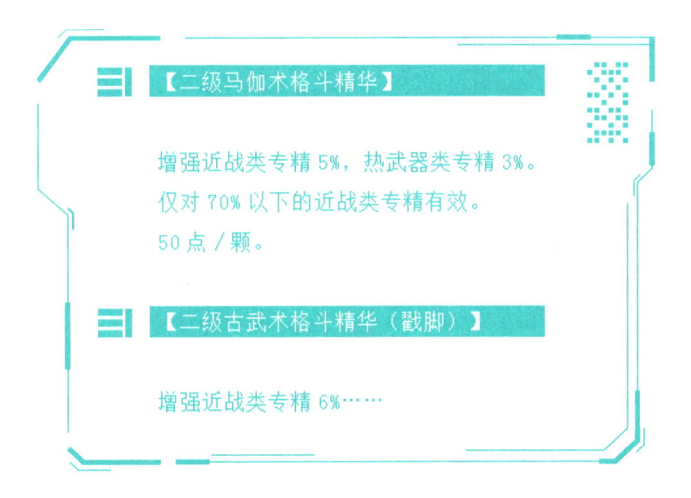

> 【二级马伽术格斗精华】
>
> 增强近战类专精5%，热武器类专精3%。仅对70%以下的近战类专精有效。
> 50点/颗。
>
> 【二级古武术格斗精华（戳脚）】
>
> 增强近战类专精6%……

用不到啊！李阎自己的古武术专精已经达到了83%，明显不能用这些低级别的东西。

> 【五级（MAX）古武术格斗精华（八卦掌）】
>
> 增强近战类专精10%，不能用来突破70%、80%、90%的瓶颈。无其他限制。

兑换它需要 200 点，仅限一颗。

李阎了然。

阎浮事件中的东西，会变成自己的购买权限，包括自己面对的对手。

花费 200 点数兑换了这颗精华之后，李阎顺手买了四颗"二级热武器精华"，多少让自己的枪法准些。

五道流光四大一小涌入李阎的身体。

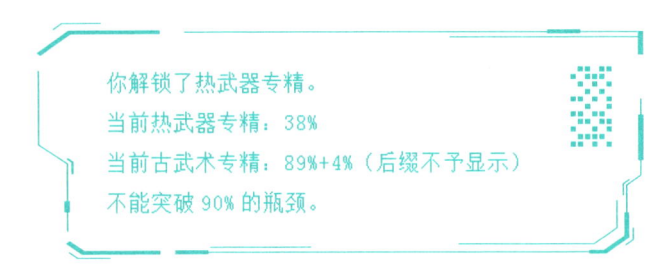

> 你解锁了热武器专精。
> 当前热武器专精：38%
> 当前古武术专精：89%+4%（后缀不予显示）
> 不能突破 90% 的瓶颈。

李阎忽然想起了张明远，他的古武术专精是 69%，现在看来他也是卡在瓶颈上。

此外李阎还兑换了柯尔特手枪和弹夹，尝试着对锁着的大门开了两枪。

两道火光闪过，毫无意外，没有任何作用。不过李阎的确觉得自己握枪的手法更熟练了一些。这是平常需要经过千锤百炼才能获得的手感。

李阎握紧双拳，后面的东西，越发不可思议起来。

> 异物类——洪门刺青加持！

首先映入眼帘的是一条贯穿肩膀的青色四爪龙，意为青龙盘臂。

> ≡ 效果
>
> 豁免流弹伤害 5%，加快伤口愈合 5%。
> 你可以花费 20 点兑换它。

除此之外，还有两条黑色蛟龙交错在胸前汇聚的文身，意为双龙翻江。

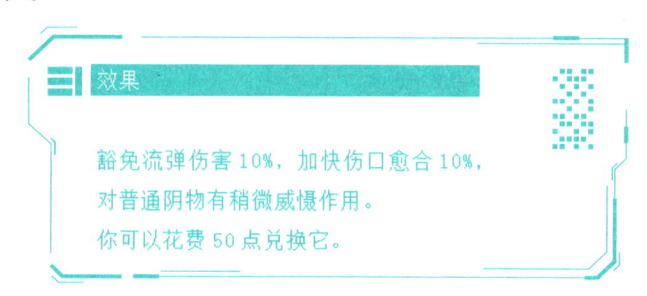

> ≡ 效果
>
> 豁免流弹伤害 10%，加快伤口愈合 10%，
> 对普通阴物有稍微威慑作用。
> 你可以花费 50 点兑换它。

李阎翻过七八条。锦鲤、钟馗、夜叉斗虎、能战阎魔、恶鬼般若……不一而足。其中有一条几乎盘踞周身的黑色巨龙，足足可以豁免 40% 流弹伤害。但是再也没有其他属性。

李阎看过之后，最终把目光锁定在三道图案上。

第一个是四只三爪青色小鬼，神色狰狞地抬着一副黑沉沉的棺材，横七竖八的十几条黑色锁链把棺材锁得死死的。

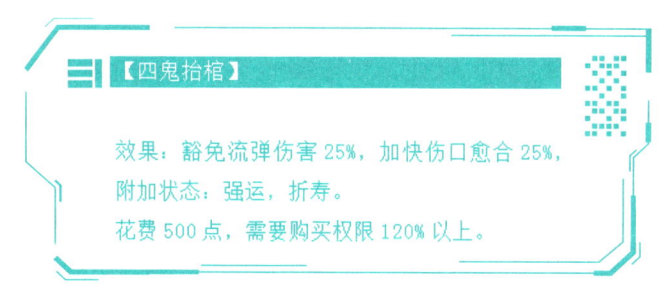

> ≡ 【四鬼抬棺】
>
> 效果：豁免流弹伤害 25%，加快伤口愈合 25%，
> 附加状态：强运，折寿。
> 花费 500 点，需要购买权限 120% 以上。

第二个是一池妖冶的黑色莲花，共有九朵，有的盛开正艳，有的含苞待放。

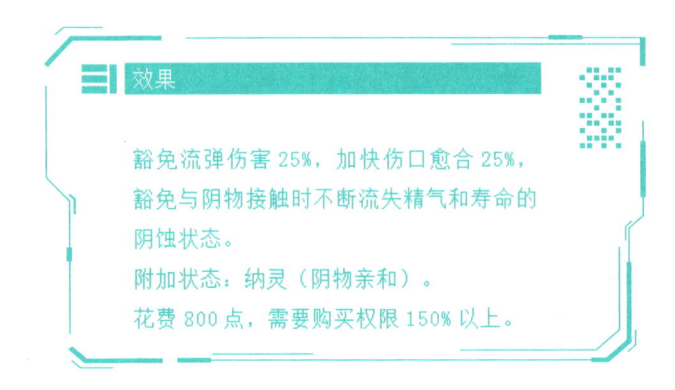

> **效果**
>
> 豁免流弹伤害25%，加快伤口愈合25%，豁免与阴物接触时不断流失精气和寿命的阴蚀状态。
> 附加状态：纳灵（阴物亲和）。
> 花费800点，需要购买权限150%以上。

第三个是一头奇异猛兽，七窍流血，双翼四足，身躯似狼，头颅似熊。

> **效果**
>
> 豁免流弹伤害30%，加快伤口愈合20%。
> 附加状态：凶！（百鬼退避）。
> 花费1100点，需要购买权限180%以上。
> 洪门刺青加持只能有一个生效。

这三道刺青是所有刺青当中价格最贵的，而且都会附加一个固化状态，但是里面最便宜的四鬼抬棺也要500点。而之前的格斗精华连同手枪，自己也才花了400点出头。

不过李阅之前粗略扫过，自信3000多点的阎浮点数是笔巨款，不用担心不够用。

四鬼抬棺强运的描述太过抽象，李阅觉得不太靠谱；黑莲刺青摆明不适合自己这样的武斗派。所以李阅选择了最后一个刺青。

那只异兽，名叫混沌。

技能卷轴类：

【惊鸿一瞥】

【黄巾符咒·气愈】

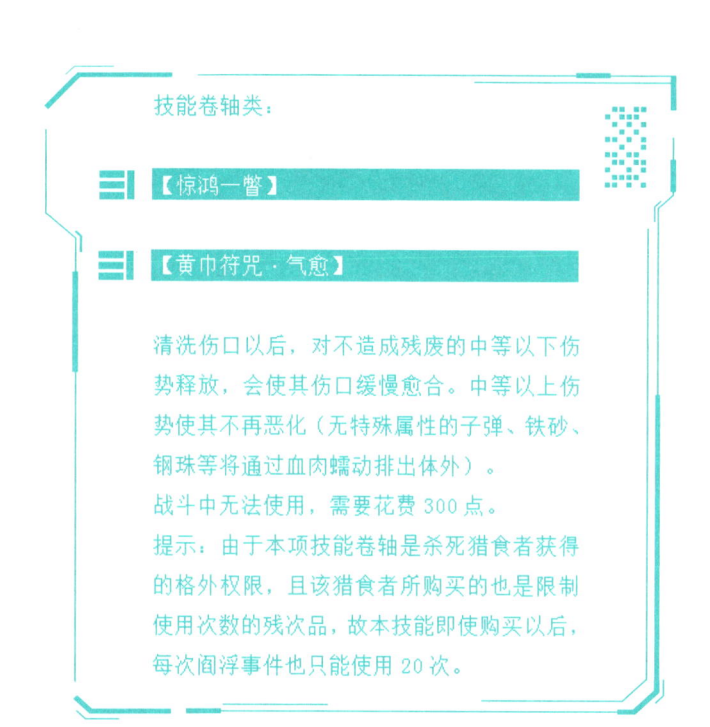

清洗伤口以后，对不造成残废的中等以下伤势释放，会使其伤口缓慢愈合。中等以上伤势使其不再恶化（无特殊属性的子弹、铁砂、钢珠等将通过血肉蠕动排出体外）。
战斗中无法使用，需要花费300点。
提示：由于本项技能卷轴是杀死猎食者获得的格外权限，且该猎食者所购买的也是限制使用次数的残次品，故本技能即使购买以后，每次阎浮事件也只能使用20次。

　　李阎印象很深刻的是厉江宇使用的那项黄巾符咒"镇愈"，其效果简直堪称无耻，相当于强行吊一条命回来。可惜，自己似乎买不到。

　　即使如此，李阎一样觉得这东西很实用。虽然说是缓慢恢复，但是能保证伤口不恶化，已经是能救命的东西。在很多没有现代医学条件的环境里，人会因为一些轻微伤口发炎而致命。一旦陷入拉锯战的情况，这东西就相当于随身带了一个战地护士，还是不用绷带、消炎药的那种。

【杀人如麻：87/100（未解锁）】

任务类技能，解锁可获得某一项传承的线索。
花费200点。

特殊类：

> **≡【阎浮故事罐子】**
>
> "上上"以上评价即可购买。花费50点，仅限一次。
> 描述：大千阎浮，无所不包。阎浮所闻一切皆为真实，砸破它，你会获得只存在于故事中的梦幻之物。
> 以上为本次所有购买权限，此次购买权限时间维持到下一个阎浮事件开始之前，貘的馈赠将在下一次阎浮事件时刷新。

没了？李阎看了看购买权限上陈列的，又看了看自己的阎浮点数。即使把自己想买的东西买一个遍，好像还剩下不少。

点数花不出去？真是幸福的烦恼。

李阎没有想过，自己的"上吉"评价只有500点，而且按照刚才的结算方式，即使是顶级的"大吉"也只有600点（基础加200%）。

而购买权限溢出5%里猎食者的59%是大头，这很难复制。也就是说，李阎完成了阎浮事件的所有要求，评价也相当之高，可即使是这样，加上坑和联胜的钱，用了ES造血细胞补完剂以后，也就只有1204点，紧紧巴巴也不太够用。而茱蒂一抬手送给李阎的黄金就价值2000点！

财大才能气粗。

强化以后，李阎的个人信息再也没那么寒酸了。

姓名：李阎
状态：钩星，凶！
专精：古武术 89%+4%
热武器：38%
技能：
1. 惊鸿一瞥
2. 黄巾符咒：气愈
3. 杀人如麻：87/100（未解锁）
传承：姑获鸟之灵·钩星

一眼看过去，才刚刚经历一次阎浮事件的李阎在字面上已经碾压了厉江宇。考虑到张明远这次除了基础奖励之外一无所获，可以说即使他开明兽之力全开，也一定不是李阎的对手。

厉江宇是因为太过被动，几次阎浮事件的评价最高只有"中平"。本来这次他通过特殊道具拿到了猎食者的身份，以为十拿九稳，至少弄到一个"上上"的评价，没想到直接丢了性命。

这些一共花了李阎2000点出头，也就是说还剩下1200点左右。毫不客气地讲，一个行走完成一次阎浮事件，总共也不一定有这么多。

李阎又翻回到之前的热武器类，其实这些东西才是物美价廉，一把手枪便宜得不到20点，贵的也在100点以下，且威力惊人，你整个1000多点的刺青也挡不住。

但是另一方面，这些东西都是分量不轻、携带极为不方便，一个全副武装的士兵，在没有补给的情况下，能拿多少子弹？能拿几把枪？难道自己扛着到处走吗？

话是这么说，李阎还是决定在下一次阎浮事件开始之前，尽量购买热武器。越是对自己身手抱有自信的人，就越明白火器这东西的好处。

刚要回去的李阁想起了那个描述极为夸张的阎浮故事罐子。

能得到只存在故事里的梦幻之物,是《蜀山剑侠传》里的紫青飞剑,还是《圣斗士星矢》里的圣衣? 50点?

买!

> ⚠
> 你入手了阎浮故事罐子。

映入眼帘的是一个类似茶叶罐的椭圆形柱状物,密封完好。李阁用手指轻轻一捏,罐子龟裂开来,碎片撒落,一团柔和的光彩飘浮在空中,先是不断膨胀,然后又缩了回来,最后落在李阁手中,是半张被撕开的书页,被干涸的鲜血糊得严严实实,原本的文字一点也看不清。

【被血浸透的黑魔法残页】

佩戴之后会稍微削减黑魔法抗性。
备注:咋咋四,咋咋四,纳斯特呐哒
咋咋四……

什么玩意儿?!

李阁有点凌乱地把这东西揣进怀里,打开那道半掩的门,露出一条长长的楼梯。

他步入阴暗的阶梯之中,周围一片寂静。

砰,砰,砰。一步一步踩在自家的铁质楼梯上,李阁的目光透过遮拦，看到楼下一片狼藉。躺倒的沙发，洒落的水，电视开着，不知道谁换了一张张学友的《饿狼传说》。

李阎按下遥控器让画面停住，扶起沙发，收拾好凌乱的周遭。天色已经熹微，店里的玻璃门开着，凉风习习吹进来。

他躺在沙发上，一切都宛如做梦。

嘀！光盘被吞进DVD机里面，画面上一片黑白，一阵节奏明快的键盘声音混着打鼓和贝斯过后，周晓鸥那带着一股莽劲的声音传了出来：

> 我不知道我生在哪里
>
> 我生下以后会不会哭泣
>
> 我不知道我要去哪里
>
> 我唱着没有祖国的歌谣
>
> 我不知道你生在何处
>
> 你死的时候有没有人哭
>
> 我不知道你要去何处
>
> 你的墓碑指向苍凉的天空

李阎手肘倚着桌子，鼻尖靠在手背上，越发激烈甚至沙哑的声音刺激着他的耳蜗，他却听得津津有味。

蓦地，他笑了起来，笑得越发肆意。

那是无比强烈的活着的感觉。

第二章
如是我闻，阎浮行走

次日，下了飞机的李阎一路奔着已经拆除的九龙城寨遗址而去。这也是一个有过他这样的经历、身陷谜团的人一定会做的事。

九龙城寨公园，龙津义学。颇有江南园林风格的长廊前头，有石刻的红字长联：

其猶龍乎卜他年鯉化蛟騰盡洗蠻煙蜑雨
是知津也願從此源尋流溯平分蘇海韓潮

"不好意思，我完全不知道你在说什么。"

听到老人这么说，李阎面色平静："我知道在回归以前，城寨就已经被拆除，里面很多东西没人记得，不过侯先生真的不再仔细想想？"

老人摇了摇头："年轻人，我当你在讲故事。我在城寨里住了十几年，城寨里确实有委员会和治安队不假，但是什么太岁、和联胜，听起来像是电影桥段。"老人眼里露出几分唏嘘，"那就是个贫民窟，没什么特别的。"

李阎坐了足足一分钟。

"打扰了。"他起身往外走，第一件事就是拿起手机搜索香港在英国殖民时期的历任华人总探长姓名。

没有黎耀光……

李阎心中的阴霾越来越重。

"龚茹新？我当然知道。"

对面西装笔挺的男子点头。如果李阁没记错，这栋办公楼属于茱蒂旗下的公司，而龚茹新是茱蒂逝去养母的名字。

李阁心中狂喜，他咳嗽了一声："她的女儿——"

李阁刚刚开口，就被对方用异样的眼光看着："不好意思，先生，直到龚夫人去世，她也没有女儿。"

香港，九龙城寨公园，敬惜字纸亭。

橘红色的阳光透过绿荫洒下，路上嵌着碎小的鹅卵石，整洁干净。公园里各处摆着岭南盆栽，风景秀丽。

谁知道曾经有五万人蜗居于此？

天色渐晚，公园里的游客越发稀少。李阁手里捏着一瓶啤酒，眼眶发红，嘴里随意哼唱。

"先生，第一次来这儿玩？"戴着鸭舌帽子、笑容甜美的陌生女孩从李阁身边路过。

"不是。"李阁下意识摇头，"哦，不对，是。"李阁改口。

女孩也没在意，从手里牵着的斑斓气球中挑出一只画着白雪公主图案的，递到了李阁的手里。

"谢谢。"男人点了点头，女孩笑着走开了。

李阁一手捏着啤酒，一手牵着气球，看上去颇有喜感。

他摇摇晃晃地站起身往前走，哑着嗓子低声哼唱，蒙眬着眼笑出声。

"妈的！"他猛地把手里的啤酒罐子扔了出去，砸在垃圾桶里发出嘭的一声。

"干吗发这么大火，你大病初愈啊？"

李阁回过头来。是獏。

四下一片寂静，连滚烫火红的夕阳也定格了似的。

"都是假的？"

"想想也应该知道，人是不可能穿越时空的，外祖母悖论你听过没有？"

李阁把眼睛紧紧地眯了起来，良久不语。

"不过，并不是假的。"胖子脸上带着油腻的笑容，接着说，"这世上没有两片相同的叶子，但是相似的叶子却一抓一大把。如果一切都是梦，你的病怎么会好的？当然了，也许你现在依旧活在梦里。"胖子最后还恶心了李阁一下。

"平行世界吗？"李阁沉思。

"对，也不全对。"

"怎么讲？"

"平行世界是对的，但是世界和世界之间的差距跟变化，恐怕比你想象的要大。"

"继续。"李阁饶有兴趣地接道。想到茱蒂是另一个世界的人，他反而松了口气。如果跨越三十多年，身材惹火的茱蒂一下子成了乳房下垂的大妈，那李阁真的不知道该用什么表情去面对她。

"人类一直妄图探索宇宙，但其实对自己脚下这片土地却不甚了解，也看不清楚所谓的真实，和可能发生的无限未来。"胖子对着袖子哈了口气，擦干净一旁的花坛，然后坐下。

"一位刚刚去世不久的科学巨匠提出了平行空间理论，并认为在另一个时空里的他，活力四射，热爱运动和跑步。

"其实他可以做的事情更多，比如把精神送到遥远富饶的星球上泡外星妹子，又或者骑着扫把踢飞天足球……"

"哈利·波特？"

"什么都不是，只是可能性。"胖子吧唧吧唧着嘴说。

"我不太明白。"李阁皱紧眉头。

"咱们中国人说，子不语怪力乱神。假设，只是假设，中世纪被烧死的女巫们的确掌握着超乎寻常的力量，只是灭绝了。那么，如果当时某个中世纪的王子脑子坏掉了，他宣称女巫并非邪恶，并且以女巫的力量掀起了一场不亚于工业革命的魔法革命，那么现在，你的生活，也会发生翻天覆地的变化。这就是可能性。"

"我好像有点懂了。另外，刚才那故事真不错。"李阁皮笑肉不笑。

"又比如，"胖子指了指地面，"从这一刻开始灵气复苏，气功热的时候流传的所谓功法一夜之间成了真的，各种门派纷纷出世，世界的规则也会因此改变。平行世界，再不平行。"

"如果不是亲眼所见，我一定觉得你在耍我。"

"难道我的理论有什么大的疏漏？"

"并没有，但是你的奇思妙想我听上去都非常耳熟。"说到最后，李阁冷笑出声。

胖子面不改色地说道："我说的是可能性，而人类的想象力与可能性一样，都是无限的。所以，阎浮事件的背景，和你认知的世界有千丝万缕的联系，但是又面目全非。"

貕十指并拢："阎浮，全称南阎浮提，是传说中孕育世界的宝树，树上每一颗果子都是一个崭新的世界。而我们这些人，就像是那些在果子之间来回吞噬汁液的瓢虫。也就是……阎浮行走。"胖子转头看向李阁，脸色难懂。

"有一些突发事件我必须马上去处理，有什么想问的赶紧问，以后你不一定还有机会见到我。"

"阎浮世界的强化方式、传承、专精、技能这些，能不能详细解释一下？"李阁单刀直入。

"先说传承。阎浮之中，抛开极少数的异类，传承共分十类，即天、地、人、神、鬼、倮、鳞、羽、毛、介。"

"前五个听上去比后五个上档次多了。"

"不一定。"貘摇了摇头，他看着李阎说道，"阎浮传承的确有高下之分，但类别之间殊无贵贱。比如朱雀属于羽类，貘属于鬼类，朱雀却在貘之上。"

"姑获鸟呢？"李阎问道。

貘笑了笑，不回答，只是说道："但是现在那位朱雀打不过我，所以你也不用太过纠结传承的高下。"

顿了顿，他接着说："随着传承的觉醒度提高，行走的身体素质乃至寿命也会跟着提升，但是十类的侧重点并不一样。通常来说，开明兽属于毛类，恢复能力和抗击打能力提升得会比较显著。"

他指尖一点，李阎和张明远在擂台上的搏杀跃然于两人眼前，画面中那少年接连受挫，却屹立不倒。

"巴蛇属于鳞类，自己的提升很缓慢，但是对于隶属自己的活物却具有得心应手的压制力。"

他又是一点，没想到这次却卡住了。

"奇怪，你跟厉江宇之间的争斗明明收录了啊。算了，这种事情也经常发生。"貘没有放在心上，"还有你的姑获鸟，它属于羽类，所以你的速度提升非常明显。

"介类的提升较为平均，倮类则长于器物。

"当然，这是通常情况，阎浮之中什么怪胎都有，如果有一天你碰上一个羽类传承，却出奇扛揍，也不用太过惊讶。"

"前五个传承的侧重呢？"

"你遇到再说喽。"貘打了个哈哈，"由此也可以想见，如果你同时拥有羽类和毛类的传承，那么你的速度和力量都会得到显著的提升。而如果你同时拥有几个介类的传承，你就可以成为超人。当然，传承越多，投入越大。"

"怎么提高觉醒度？"

"吞噬具有传承之力的阎浮信物，这也是阎浮赐予我们这些瓢虫的丰厚果实。"貘一副神棍的模样,"不过,传承可以拥有几个,但是最终你只能成为某一个传承的代行者,我在初入阁浮的时候,入手的传承是祸斗,《山海经》里记载行使火焰职权的异兽。但是最后,我觉得还是貘更适合我。"他的指尖涌现出一团火焰,然后又迅速掐灭。

"'貘'这个称号,你是怎么弄到手的?"

"六次阁浮事件,或者传承复苏程度达到百分之百,你就拥有了竞争你所有传承称号的资格。越珍贵的传承,竞争者就越多。"

"这么说,我以后要自称姑获鸟,很难听。"

"如果我没记错,曾经获得这个称号的女人自称'夏获',不过明显'梼杌'或者'饕餮'这样的称呼更适合你,前提是你拿得到。

"再说技能,技能的来源有两种,一种是提高你所拥有传承的觉醒程度,一种是在权限里购买。不过有一点需要注意,技能和技能之间,乃至技能和传承之间,有时候会发生冲突。这点阁浮会给你警告,你注意就好。

"最后是专精。这样说好了,一个人的专精高低代表着他能发挥出自己实力的高低。同样都是跌落山崖得到一甲子内力,一个是世界散打冠军,一个是南山敬老院院长,你说谁会赢?"

"传承是游戏职业,专精是操作。"李阁总结道。

"差不多是这个意思。"

"脱落者是什么?"

"是害虫。"貘的神色平淡,"还有吗?"

李阁想了一会儿:"如果你没有什么别的忠告给我的话,没了。"

貘的神色有些惊讶:"没了?你就不想问问,行走一次又一次阁浮事件的目的到底是什么?又是谁制定的这些东西?"

"我只关心它能为我带来什么。当然,如果你愿意告诉我,我也很愿意听。"李阁这话半真半假。

貘若有深意地看了他一眼。他站了起来，使劲跺了跺脚。

"我挖掘的新人很多，但是其中第一次就能拿到'上吉'评价的新人就非常少，最近运气不错。希望这份运气能多维持一段时间。"

他看着李阎："把规矩给你讲讲。

"第一，行走之间的所有恩怨只能在阎浮事件中解决，不允许在现实中用任何手段干预其他行走的生活。

"第二，不要透露阎浮事件中的任何信息。

"第三，尽量不要使用传承和明显不属于这个世界的能力及器物，必要时可以自卫，会有人帮你擦屁股。但是同时，你也会接受审查。

"第四，阎浮事件每两个月开启一次，找个没人的地方，别吓坏小孩子，想回到那个房间只要找个没人的地方冥想即可，就这些。"

"我的后半生，就要在每年六次的垂死挣扎中度过了？"

貘看了他一眼："无论你的应对如何消极，阎浮都不会抹除任何人的生命。不过想打破制衡自己命运的枷锁，更要拿命去拼，对吗？"

"那么，希望以后还能见到你。"

"我也是。"

两人相视一笑。

锵！

李阎上身赤裸，肌肉线条分明的手臂上有汗水滴下，汉剑环龙的铮铮剑声渐渐停歇。

在他的胸前，一只七窍渗血、似狼似熊的诡异猛兽趴伏着，周身皮毛竟然诡异地微微颤动！

李阎轻轻吐气，把汉剑放在架子上面，用温毛巾擦了擦脖子上的汗水。当他挥动环龙剑的时候，李阎甚至觉得自己能劈开子弹。

一个跑得快的人，不一定有多大的力气。可一个爆发速度快的人，他的力气一定不小。

钩星带给李阎的，就是无比酣畅的力量。就在刚才李阎挥动环龙剑的时候，他在一个呼吸的时间里挥出了足足五剑。铮铮的剑声甚至在他停手的时候，仍旧未停。

这应该是二十五年以来，李阎对自己的身手最为自信的时候，但也是二十五年以来，他对未来最为惶然的时候。

音像店已经关门了。此刻李阎回了沧州老家，在祖屋的练武房里。偌大的河间李氏，到了他这辈儿已经分家。几个堂兄弟的感情还不错，他们各有发展，留在祖屋的一个也没有，大门也锁了很久了。

李阎回到祖宅，连同置办物件儿，重新摆开练武房，花了不短的时间。

他的面前是一把柯尔特手枪和十个弹匣，以及二十颗手榴弹。

过了今天晚上，就是两个月了。

一阵手机铃声响了起来，李阎看了一眼，直接接通："喂？"

那边先是长长出了一口气："呵，听你中气这么足，看来还有的活。"对面是个青年男人的声音。

"我找了家老中医，病情有起色。"李阎笑着回应。

"我去你的店里没看到人，你现在在哪儿？我找你去。"

李阎看了一眼钟表，还有四个小时。

"我还有的活，等不到你哭丧。"

"你的病真有起色？"

"嗯。"

"要多少钱？"

"甭操心。"李阎坐在沙发上，"对了，张道静怎么样了？我也有好些年没瞧见她了。"李阎嘴角一翘，想起了那个跟他姐姐有几分相似的张明远。

"道静,我也不知道,听说去了山东很多年了。"

"她在山东干什么?"

"嫁人了呗,这还用问?"

"哦。"李阎应了一声,神色恍惚。

"哎,说真的,你的病中医能治?"那边的声音惊喜之余,还是有几分犹疑。

"告诉我地址,赶明儿我瞅瞅去。"

"人家是世外高人,你说瞅就瞅?阎子,你可别跟哥哥逗闷子,你到底——"

"过段时间,我去看你。"李阎忽然说道。

"好,就这么说定了,我让你嫂子给你做一桌子好菜。"

手机那边的男人话头不停,而李阎歪着脖子夹住手机听得很认真,时不时地答应两句,双手则慢慢把子弹压进枪膛,手指摩挲着枪身。

1986年,香港。

"打人都冇力,你搞女人搞得腿软咩?"红鬼叼着烟卷,带着几分痞气冲着拳头喊道。

"大力点!听到冇?"他抱怨着,"最近城寨真是青黄不接,乜鬼货色都上拳台。都放醒目一点,福义不是失踪一个拳手就冇人能顶了,听到冇?"

廖智宗阴沉着脸走过来,一句话就让红鬼的表情狰狞起来。

"阿红,太岁出事了。"

是夜,九龙城寨大雨滂沱,龙津道被淹了半条街,积水深的地方甚至没过腰间。

余束踩着淹到她脚踝的雨水,看了一眼一行人前面神色紧张的阿媚，语气柔和："你说的人在哪儿？"

"前面那栋屋子就是了。"

"好，你带路。"她点了点头。

蓦然，几朵火红色莲花在暴雨中绽放出来，枪口喷射出的成千上万颗子弹在一瞬间倾泻而出，如同无坚不摧的钢铁洪流，扫进了人群之中。

鲜血染红了半条长街，几十具尸体堆叠起来。余束打着雨伞，身上披着黑色的夹克衫，眉头皱着。

"太岁，我真的唔知道点回事。"阿媚跪在雨里，眼神涣散，脸上带着血污，两条修长的大腿不住颤抖。

红鬼脸色冷硬。

余束蹲了下来，捏着阿媚的下巴："大家自己人，你讲话我当然信。我记得你当初来香港在马栏出马，那个时候随便一个男人两百块就可以上你，你讲你跟我，我都肯信你。现在你跟我这么多年，我点会不信你？"

"太岁……"女人张了张嘴，却咽了满口的雨水。

余束把风衣披在她身上，把她搀扶了起来："喝碗姜汤，回去好好睡一觉。你自己拉扯弟弟很辛苦，我知道。就算真的遇到困难，你跟大家讲，我难道会不管吗？"

阿媚扑通一声跪倒在地："太岁，我是被逼的，他们绑架了我弟弟……"

"这么说你承认了？"余束的语气不变。

阿媚有些茫然地抬起头来，瞳孔中反射出雪亮的刀光。

刀子插进女人的太阳穴里，只留下刀柄在外面。她扑通一声倒在地上，一串血泡在水面上漂出了好远。

"阿红，把她丢远一点。廖叔，你带着其他人先回去。"

廖智宗看了红鬼一眼，点了点头。红鬼抬起尸体，走了出去。

整条长街，除了暴雨、血和尸体，只剩下余束一个活人。

"还不出来，难道等我自杀？"

一个又一个的脚步声由远及近。

高矮胖瘦，不一而足。他们虽然穿着雨衣，但是如果留心观察，根本没有任何一颗雨点落在他们的头上。

一、二、三、四、五……十一个人。

一个彪形大汉越出人群，放下兜帽，露出一张疤痕密布的脸来。

"背弃阎浮之人，终将被阎浮所背弃。"

"几十岁的人了，讲这种话不觉得丢脸吗？"余束啐了一声，眼神忽然看向人群之中，"死胖子，你蛮有本事的嘛，帝江都找不到我，却让你捡了个漏。"

貘脸色复杂地越出人群："本来是想培养新人的，没想到挖出一条大鱼。阎浮这么多果子，我还真是好运气，竟然找到了太岁。"

"就算你们找到了我，十一个代行者，又能把我怎么样？"女人歪了歪头。

"试试看才知道。"有一个人上前，声音是个女人。

"哈哈哈哈哈……"太岁放声大笑。

一轮巨大的黑色月盘擎空而起，暴雨肆虐下雷蛇狂舞，女人长发随风舞动。

"太……太岁。"

风雨为之一住。

余束转过头，看了一眼呆如木鸡的红鬼。

"不是叫你丢远一点吗？"

第三卷

壬辰鏖战

第一章
倭寇！尸骨！猫又！

> ⚠️ 行走大人，你即将开启阎浮事件！
> 你拥有额外的阎浮信物，你可以选择使用它替换掉本次阎浮事件。
> 如果不愿意替换，也可以选择献祭它，使你在本次阎浮事件中的身份提升。
> 身份提升之后，你将获得更多助力。

"献祭。"

> ⚠️ 你献祭了林语堂手稿。
> 你在本次阎浮事件中将获得更高身份。

李阎猛地睁开眼睛。

他做的第一件事就是握紧手中的汉剑环龙,然后按着泥土坐了起来。五根手指陷入被血泡得松软的泥土当中,涌出大片滑腻的鲜血。

李阎笑着看了看手上的血垢。

"开门见红,好兆头。"

天色微微泛出鱼肚白,腐烂的枯黑叶子堆满大地。折断的旗杆,散落的断刃,半截埋在落叶堆里的车轮,堆叠起来的残肢断骸,触目惊心。

李阎穿着一身贴身短打,齐腰甲已经断裂,似乎是古战场上兵卒的打扮。他摸了摸兜,手枪和子弹夹正安静地躺在里面,左手握着的把手箱子里有二十颗手榴弹。

> 你所兑换的热武器已经送达,必须随身携带,不能通过掩埋等方式隐藏或者转送他人,其残留的弹壳以及所有零部件会在你遗弃或者远离你二百米后消失。

李阎不由得庆幸自己没有购买火箭炮,不然带都带不走。

腿裙边上,血顺着泥土蜿蜒成字:

> 时间:1592年~1593年
> 位置:平壤,北纬40度,东经127度
>
> 掐灭了国内最后一丝硝烟,统一日本的丰臣秀吉悍然出兵朝鲜,战国百年厮杀熬炼出的大名军队倾巢而出。一个月时间,朝鲜三都

沦陷，八道瓦解！

宣祖李昖出逃义州，并向宗主国明朝求援。

万历皇帝命山西总兵李如松任提督，兵部侍郎宋应昌任经略大臣，挟四万明军踏冰赶赴平壤。

朝称壬辰卫国战争，日称文禄庆长之战，而明朝则称之为壬辰倭乱。

三眼铳，火绳枪，虎蹲炮，百子火铳，强臂弓，狼筅，野太刀，铁铳火炮，云梯，望楼，尖头木驴。

这是火药方兴未艾、冷兵器依旧称霸战场的年代！

本次阎浮事件的要求如下：
1. 生存至明、日、朝三方第一次和谈。
2. ？？？

　　上面的血字忽然变成一阵鬼画符似的东西，血液像是痛苦的小蛇一样扭动，接着所有的字都模糊散开。

　　过了没一会儿，血字重新成形，内容为之一变！

本次阎浮事件的要求如下：
1. 入手一样具有睚眦之力的阎浮信物。
2. 至少杀死三种日本战国异兽。
3. 至少杀死一名战国大名将领。
4. 击杀丰臣秀吉第一军团指挥官小西行长。
完成以上任一要求，阎浮事件正式开始。
备注：你欠我一条命，我现在要你还给我。

李阎面无表情，似乎对眼前的异状毫不意外，脑海里回忆起厉江宇临死前射中自己眉心的那道黑光。

> 你在本次阎浮事件中获得特殊专精：马术70%。结束本次事件后遗忘，你也可以花费700点永久获得它。
> 你在本次阎浮事件中的身份提升。
> 你当前军职为：总旗。
> 貘的馈赠刷新需要十二个小时，请耐心等待。

李阎站了起来，把已经龟裂的半身甲扯下。这次阎浮事件，除了身份的提升，系统还给了他一段电影回放似的记忆。

李阎现在的身份是大明将领祖承训手下的一名总旗官，麾下领三个小旗，大约二十人。在李如松四万大军开拔之前，因为朝鲜方面情报有误，朝廷曾派祖承训领三千余人赴朝灭倭，结果大败而归，而李阎此刻就是一名遗落在战场上的明军。

蓦地，李阎耳朵一动。他单手提剑，朝着声音方向摸去。

打着旋儿的凉风撕扯着破碎的旌旗。

李阎把环龙握在手里，手上子弹上膛，缓缓逼近一团黝黑色物体。那是一只通体腐烂的野兽，埋首于尸堆当中，足足有牛犊大小，一阵咔嚓、咔嚓的声音从它身下传来。

声音忽然停了，那野兽猛地转头，一支黑色长箭贯穿它的颅骨，上半张脸皮肉全无，露出惨白的眼眶，里面两团惨绿色火焰散发出凶残的光。它白森森的牙齿咀嚼着还冒着热气的血肉。

"好个畜生。"

> ⚠ 惊鸿一瞥,发动!
>
> 猫又,妖兽类,有控尸之能(戾气异化无法使用),牙齿与爪子带有腐毒。
> 威胁程度:浅红色

李阎扣动扳机,三颗子弹一颗射进它的眼眶,一颗命中前肢,还有一颗射进了它腐烂的躯干。子弹扑哧一声溅起大团血肉,那猫又却好似无知无觉,只一个呼吸的时间,子弹头就当啷、当啷被挤出体外,砸在地上的断刃上。

李阎收起柯尔特手枪,汉剑格挡于胸前,猫又闪电一般扑击而来,利爪直指李阎胸口。刺眼的火星乍然而起,李阎下意识一眯眼,猫又抓准机会,腥臭的牙齿咬向李阎的脖颈。

剑刃如同扁舟在水中转向,划出阵阵涟漪。李阎双膝跪地,身子掠过猫又的下方,长剑从猫又柔软的腹部划过,紧接着仰天抽踢,一招鹞子翻天把猫又踢开来。

环龙在身前一横,剑刃上黑血横流。

二十四母架,银蟒出洞势。

猫又在地上滚了两滚,腹下不时有黑红色的脏器流淌出来。李阎也神色阴沉,明明没有被咬中,脖子却一阵难耐的麻痒。

猫又四脚深深陷进泥土,眼神淡漠,它前肢发力,猛地跳跃开来,竟然要跑。

门儿也没有啊!李阎冲了过去,猫又三两个跳跃却甩不开身后的李阎,环龙撕破空气斩落,带着滚滚风雷之势将猫又从中斩成两截!

黑血四溅之下,舞在空中的猫又前身竟然打了个转儿,张着血盆大口朝李阎飞了过来,两排腥臭的牙齿越逼越近。

抽剑,再斩!

铮铮剑鸣久久不绝,整个过程快得不可思议。

> ⚠ 【钩星】
> 增强持有者 90% 的爆发力和攻击速度。

啪嗒!啪嗒!两团肉块一前一后落在地上,被李阎两剑劈成了三块,猫又终于不再动弹。

> ⚠
> 你杀死了异兽猫又,阎浮事件进度提升。

李阎捂住自己的脖子上下一搓,手掌干干净净,可麻痒的感觉却久久不散。

出师不利!

李阎骂了一声晦气,转身欲走,一只带着血污的手掌忽然攀向他的小腿!

环龙长剑刚要削落,李阎耳边听见有人微弱地呼喊:"救……救……"

李阎把长剑插入腰间,小心地把他从尸堆里拖了出来。

男人裹着木甲片的小腹被铁砂洞穿,汩汩鲜血淌了李阎一手。他的额头烫如火炭,如果不是身体精壮,只怕早就一命呜呼。

> ⚠ 惊鸿一瞥,发动!
>
> 姓名:邓天雄
> 状态:高烧,伤势中等

李阎没有过多犹豫便扒开男人的衣服,掌心对准男人的创口,发出一阵熹微的白光。

【黄巾符咒:气愈】

男人痛苦地闷哼了一声,狰狞的伤口以肉眼可见的频率蠕动着,点点裹着血迹的铁砂被挤了出来。

李阎用剑尖轻轻一挑,创口露出鲜红的肉色,虽然依旧狰狞,但是血管却自动闭合,熹微的白光笼罩在伤口周围,经久不散。

男人大口喘息着,脸上恢复了几分血色。他目瞪口呆地喃喃自语:"天师道……"

"兄弟,怎么称呼?"

邓天雄咽了一口唾沫:"承武营六司校尉邓天雄,这位兄弟是?"

"承武营二司总旗李阎。"

邓天雄眨了眨眼,挣扎着起身却被李阎按住。

"小人拜见总旗大人。"

明朝军制复杂,各地又有所不同。以戚家军为例,十二人为一队,三队一旗,三旗一局,四局一司,二司为部,三部为营。总旗放到现在,差不多是个排长。

"你的伤怎么样?"

邓天雄神色复杂道:"大人……法术神奇。"

"天雄兄弟,眼下是什么处境,我也不用多说。你我四下找找,如果还有幸存的兄弟,能救则救,不能救的,当断则断。"

"可我们现在……"邓天雄神色凄然,三千多兄弟几乎尽折,冰天雪地,异国他乡,任谁都有四顾无人的茫然。

"我大明有天兵百万,一时受挫,朝廷必然卷土重来。邓兄弟留得性命,正要杀贼,怎能如此丧气?"李阎语气平淡,却带着几分让人信服的气概。

邓天雄定了定神,忽然撩袍再跪。

"邓兄弟这是干什么?"李阎急忙把他搀扶起来,只是他若存心想拦,邓天雄又怎么跪得下去。

"刚才一拜,拜的是朝廷上峰。这一拜,拜的是救命恩人。邓某粗人一个,不会说话,总旗大人若不嫌弃,俺老邓一条泼命便尽付了大人麾下。"

李阎微不可察地眯了眯眼睛:"你我袍泽,今日有同生共死之谊,说这些干什么?还是先看看能不能多救下几个兄弟。"

邓天雄轰然称是。

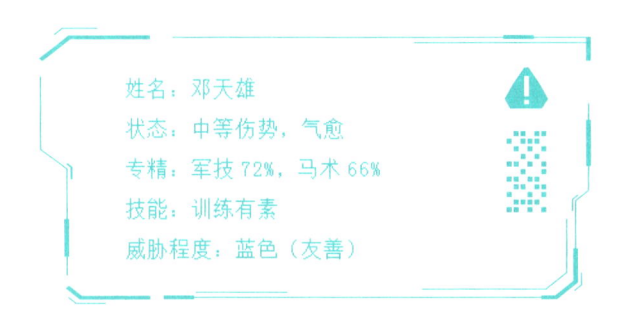

> 姓名:邓天雄
> 状态:中等伤势,气愈
> 专精:军技 72%,马术 66%
> 技能:训练有素
> 威胁程度:蓝色(友善)

气愈术在这次阎浮事件里只能使用二十次,可李阎却心甘情愿地准备在这里多消耗几次。

在形势诡异复杂的壬辰倭乱当中,个人的力量实在太过渺小。总旗这个职位是让自己手下多出几十个听调不听宣的懒汉,还是几十条龙精虎猛、指哪儿打哪儿的战士,可就全凭自己的本事了。此刻若不招揽几条信得过的军汉当作班底,真到了明军大营,区区一个总旗,只怕比马前卒强不了多少。

两人前后又找到十来个还有一口气的明军,只是大多伤势严重,甚至有一个士卒被拦腰斩断，肝肠流了一地，痛苦呻吟却求死不能，被李阎干净利落地割断喉咙，让他解脱。

"救我，救我……"

李阎循着声音走了过去。脚下是一个穿着铁扎甲的中年男子，面须过颈，后背中箭，箭头从前面穿过，右腿被压在断开的炮膛下面，脸色苍白。

"我是承武营百户，救我……"

李阎眼神一动，单膝点地："末将拜见百户大人。"

"救我！"男子的声音大了一些。

"大人莫慌，末将这就救你出来。"李阎站了起来，抖了抖腿裙，往前靠了靠。

"快！快！"男子虚弱地叫嚷着。

李阎的手搭在炮管上，双眼垂着："大人明鉴，眼下弟兄们被倭寇冲散，大人身为百户，只怕已经是幸存的弟兄当中军位最高的，是大伙儿的主心骨。不知道下一步，大人准备怎么安置弟兄们？"

"你先把那东西抬走，再多叫些人来，疼死我了。"

李阎慢悠悠地拍了拍炮身。"不必。"说着双掌合抱炮身，腰腿发力一扭，便将这黑沉沉的半截炮身移开。

这位百户大人的右腿已经被大炮砸断，腿骨歪得不成样子。

李阎作势帮男子固定断腿，嘴上问道："不如归拢弟兄，朝鸭绿江方向找寻大部队——"

"你疯了吗？"中年男子低吼道，"朝鲜境内至少有万余倭寇，我们还没动身，就被人家灭得干干净净了。"

李阎眼皮也不抬："那依大人的意思？"

"先躲起来，换上朝鲜百姓的衣服，从长计议，从长计议。"

李阎的语气柔和，似乎还有几分为难："我等乃大明天军，战时不能杀敌，也该尽早归拢大营前听用。大人此举，实在有阵前怯战之嫌啊。"

"你懂什么,此乃以退为进之策。"

"大人真的不再考虑考虑?"

"放肆,我才是上峰,你敢抗命?"中年男子色厉内荏。

那名给自己绑腿的男人却没有同想象中那样连忙告罪。他手上一停,眼神看向男子,嘴角向上一抿,饱蘸阴气:"大人,你真是不识趣啊。"

"你想……唔——"

李阎的手掌贴上百户大人的后脖颈,四指成爪向脊骨一按,中年男人身子一抖,面色由白转紫,他张了张嘴,却一句话也说不出。

大概十个呼吸的时间,一股水汽从中年男子裤裆里沁了出来。他面色涨得黑紫,显然是活不了了。李阎蹲了一会儿,手掌去合中年男子的眼皮,背后忽然传来瓮声瓮气的男人声音:"总旗大人。"

李阎面不改色,悄无声息地把手指从男子的眼皮移到了人中上面,重重地叹了一声,然后转身。

"怎么了,邓兄弟?"

邓天雄铁塔似的壮汉,虽然有伤在身,但标枪一样的站姿依然给人强烈的压迫感。

"我们逮住了一个细作,可能是倭寇。"

"既然是倭寇,砍了便是,何必跟我说?"李阎淡淡一笑。

"刀下留人!刀下留人!"

李阎目光一转,说话的是个穿着淡蓝色布衫、头戴圆底纱帽的男子,三十来岁,瘦弱得一阵风就可以吹倒似的。他被两名明军架着推搡过来。

李阎之前对六人使用了黄巾符咒,其中有三人和邓天雄一样,已经恢复了行动能力,剩下两人的伤情也稳定下来,养个几日,不会再有大碍。

"这人躲在木桶里,我揭开盖子,他张嘴就是倭话。"邓天雄指着男子。

"天兵明鉴,天兵明鉴。"那人体如筛糠,脸上冷汗直流,"小人是汉城府的通译,是跟随查副总兵一路来到平壤的啊。"

李阎打量了他一眼:"你懂倭语?"

提到本行,男子似乎冷静了许多。他看了一眼问话的年轻人:身材瘦削,高颧骨,双眼亮如星,半身灰色箭袖,开裂的腿裙血污交错。

他定了定神,白净的脸上显出几分儒雅:"小人自幼随父出海,莫说倭话,就是红胡子的鬼语,我也略知一二。"

李阎的脸上绽放出笑容,挥手让身后的明军松开他的肩膀。

"不知道兄台怎么称呼?"

"小人自幼深慕汉家文化,本家姓宋名基,因为家中排行老二,取昆仲叔季之意,故而取名宋仲基。"

"好名字。"李阎拍了拍男子的肩膀,"宋通译,敌腹之中,弟兄只想寻条生路,我等意欲南下归营,这一路上,还要劳烦先生了。"

"好说,好说。"宋仲基一躬到地,心中却暗暗叫苦。盖子揭开那一刻,他本以为被倭寇发现,这才用倭话大声呼救,没想到来人却是明军。

明朝军队虽是友军不假,但是大多对朝鲜国人态度傲慢,这几个丘八更是胆大包天,竟然想在眼下倭寇已经基本攻陷朝鲜全境的情况下还要强行归营,简直当现在占据平壤城的小西行长是死人。眼下落到这般田地,宋通译对明军不乏怨怼,一路上更是对朝鲜军队冷嘲热讽。

心中虽然跳着脚地骂街,可这位通译官脸上却是丝毫不显。眼前这人一看就是心狠手辣之辈,现在面子上还算恭谨,自己若是稍微不知趣,人家真翻脸宰了自己,还不是跟宰小鸡一样容易?

李阎凑到邓天雄身边，低声说着："天雄，你盯着他，我们人生地不熟，想要活命少不了得靠他。他要是敢跑，格杀勿论。"

问题是他也没让宋通译走开，说话的时候时不时瞟他一眼，像是"盯着他""格杀勿论"这样的字眼顺着风就传到了宋通译的耳朵里，听得他浑身上下凉飕飕的，脸上还要保持微笑。

大约一炷香时间，偌大的战场上，李阎几人就找到了二十多个活口，却只归拢了九人，其他人要么伤势太重，要么行动不便，只能放弃。这里头有的人还算硬气，有的人却痛哭流涕苦苦哀求。李阎面上冷硬，邓天雄却牙关紧咬。

加上李阎自己，十人里面能走路的有七个，轮流搀扶三个伤员。这些人都是伤疲之身，万万经不得搏杀，一旦遭遇倭寇，李阎就白费了功夫。可一旦养好伤势，作战能力绝不是一个人单打独斗能与之匹敌的。

一行十人，趁着初升阳光融化积雪，往山脚去了。

砰砰砰！

柴门后露出一张脸来，四十出头，满脸风霜。

宋通译咽了一口唾沫，用带着平壤口音的朝鲜话说道："老丈，我们是大明的军队，是来打倭寇的，你——"

男人听到大明两个字的时候，已经用力压紧门板，语气惶恐："去别家，你不要害我。"

李阎虽然听不懂，但也不是白痴。他胳膊肘往上一顶，脸上冷笑起来："怕是由不得你。"

一个村夫怎么可能跟李阎搏杀，门板猛地被推开，村夫跌了一个跟头，屋里头传来妇人的惊呼声。

一个个军衣汉子鱼贯而入，大多佩着兵刃，身上带着浓重的血腥气，那村夫一开始还拿起了砧板上的菜刀，结果被模样凶悍的邓天雄一瞪，双手发软，菜刀跌落在地。

里屋有一老一少两个女人，应该是这人的妻子和女儿。刚及豆蔻的女孩缩在炕角瑟瑟发抖，年长的妇人一个头磕在地上，不住讨饶。

"说给他听，我们是官军，不是倭寇。弟兄受了伤，想讨一碗热水而已。"李阁冷着脸对宋通译说道，"不要花样，不伤人命。"

宋仲基把妇人搀扶起来，叽里咕噜地说了半天，这户人家才定了神。

"几位兄弟，谁身上带着碎银子？"

几个军汉你看看我，我看看你，一名个子矮小的士卒忽然说道："俺娘给俺打了一个长生锁，是足银的。"

这人叫王生，虽然不似邓天雄有高达72%的军技，却有一个名叫天视地听术的技能，是侦察的一把好手。

"拿来。"

王生乖乖地把东西递了过去。自从李阁用那一手神奇的气愈术救了大伙儿性命后，几名军汉便唯这位总旗大人马首是瞻了。

李阁掂量了一下，分量不轻。他把长生锁放到妇人手里，回头给邓天雄说："四处找找，有什么吃的，或者用得着的东西，都拿出来。"说着他让邓天雄俯身过来，"要是有碎银子，也拿一些，多少你自己算，王生这长命锁值不少钱，咱别亏了。"

邓天雄点点头，一阵翻箱倒柜。其他军汉进了屋子，围坐在门板边上，显得有些拘谨。

老妇人看了看手里的银锁，用牙齿咬了咬。又看了一眼自从进屋就老老实实蹲在一边的军汉，眼神闪烁了一会儿，转身进了厨房。

李阁看着满身伤疲的大伙儿，心中像是有一根弦紧紧绷着。

这一行人要想突出重围，属实不易。

"宋通译，你叫这老汉给我们找几身衣服，算在我刚才给的银锁里面。"

宋仲基又叽里咕噜地说了半天，好一会儿才拿来两身粗布衣服过来。

"人家家里也不富裕，就这两身了。"宋通译强笑着。

李阁刚要张嘴，一名扒着门缝的校尉忽然低声喝道："大人，有倭贼！"

宋通译吓得手一抖，手里的衣服眼看就要落地，被李阁稳稳接住。

"王生，你扶着伤重的兄弟进后厨，其他人下地窖。天雄，你跟我一起把衣服换上。"

李阁语速极快，却有条不紊。几句话说完，九名士卒像是上足了润滑油的发条一样迅速行动起来。

不多时，里屋只剩下老汉父女、宋通译、邓天雄和李阁五人。

一阵放肆的谈笑声音逐渐逼近。

砰！木板被重重地砸了一下。门口的人怒骂起来，老汉脸上的汗水一层又一层。几秒后门板被猛地踹断，两名浪人一前一后走了进来。

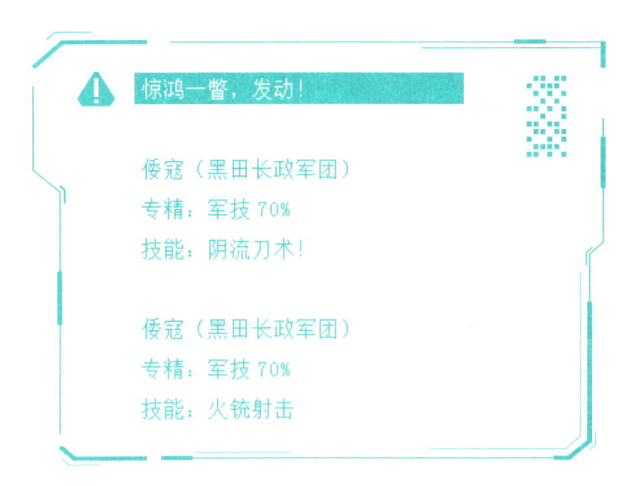

⚠️ 惊鸿一瞥，发动！

倭寇（黑田长政军团）
专精：军技 70%
技能：阴流刀术！

倭寇（黑田长政军团）
专精：军技 70%
技能：火铳射击

两名普通倭寇，就能有高达70%的专精。李阁微不可察地皱了皱眉毛。

"喂，你！"一名发际线靠后，露出光洁额头的持刀浪人指了指宋仲基。

宋通译有些茫然。

"你，过来！"浪人勾了勾手指，就算听不懂，但意思也很明显。

宋仲基咽了口唾沫，身旁的邓天雄不着痕迹地杵了杵他的腰眼："你敢耍花样，第一个死！"

宋通译赔笑着走了过去，用倭话打了个招呼。

李阁背靠水缸，环龙剑就在水缸后面，握枪的手埋在一边柴草里面。只要两名倭寇的神色有一点不对劲，他就会立即暴起。

听到宋通译说日语，两人意外对视一眼，哈哈大笑起来，背着火铳的那名浪人拍了拍宋通译的脸颊。

"怎么，你会说日语吗？"

"会一点，会一点。"

持枪浪人环视了一周。

"你们家里怎么这么多人？"

"是客人，客人。"宋通译反应很快。

持刀的那名浪人往前走了两步："客人吗？"

他抓起桌子上邓天雄刚刚找到的地瓜干放到嘴里，大嚼特嚼。没由来地走到李阁面前，黑色的牙齿快要碰到李阁的脖子。

"喂，你会说日语吗？"

李阁一脸呆相，浪人似乎觉得自己太矮气势不够，抓住李阁的脖领子使劲摇晃："おまえはアホか（你是白痴吗）？"

李阁没有反应。

浪人轻啐一声："バーカ（傻子）。"

他把桌子上的东西划拉进自己的衣服，翻开柜子，嘴里嘟囔：

"这是知道本大爷要来，提前把东西拿出来了吗？真是懂事啊。"

他秃鹫一样的眼光四下扫视，忽然盯在了炕头上缩成一团的小姑娘身上。

邓天雄拳头一紧，宋通译挡在倭寇的目光之前，弓着身子笑道："先生，我知道哪里有吃的。"

持刀浪人把刀抽了出来，刀身极长，黑色的刀刃顶在宋通译的肚皮上。

"让开。"

宋通译脸皮抽动，犹豫了一会儿，默默地退到一边。

邓天雄脚步刚抬，被不知道什么时候走到他身后的李阎踢了踢脚跟，接着耳边传来李阎的轻语："他又不是你女儿，你急个屁？还是你觉得大伙儿死里逃生很容易，能由得你行侠仗义？"

两名浪人脸上带着嬉笑，指了指炕上的女孩，嘀嘀咕咕说了半天，最后那名背枪浪人舔着嘴唇走了上去，而持刀浪人则抱着肩膀在一旁咽口水。

李阎宛如不知，双眼淡漠地盯着老汉。被一脚踹开的老汉跪在地上苦苦哀求，叽里咕噜说着李阎听不懂的话。邓天雄看着磕头如捣蒜的老汉，心里也是一冷。

宋通译脸皮颤抖，一眼看向不动声色、满脸木讷的李阎，又一眼看向已经压在女孩身上的持刀浪人，手脚都在颤抖。

女孩的惊叫伴随着衣服被撕开的声音，白花花的皮肉暴露在外。

当啷！厨房忽然传来一声响动，妇人悲嘶一声，手持菜刀冲了出来。

"我杀了你们祖宗！"宋通译吼了一句，鸡爪子似的双手扑向浪人。

黑色刀光像一张巨口，吞向宋通译的脖子，海水的咸腥味顿时弥漫开来，浪人嘴角泛起冷笑。

叮！嗤！剑光如同一匹秋水。顺格！翻腕横抹！

浪人的喉咙血泉喷涌。他双眼圆睁，仰着脸不可置信地盯着鼻尖那张消瘦的脸庞。

李阎嘴唇轻动："おまえはあほうか（你是白痴吗）？"

炕上的那名浪人一个激灵，翻身去摸火铳，手腕却被邓天雄握住。浪人抬脚踹向邓天雄，耳边一道铮铮剑鸣长吟不绝。

砰！李阎把宋仲基的脑袋摁在桌子上："宋通译，我是不是说过，别耍花样。还是说宋通译你仰慕汉家文化已经到了骨子里，连拼老命之前的怒骂都说我们汉话？"

刚才宋仲基扑上去之前，说的是字正腔圆的大明汉话。如果他真是出离愤怒，出于本能，自然说的是母语。

宋通译的脑袋被按住，却全无初见时的唯唯诺诺。他双眼通红，用汉话大声骂道："你们算什么天兵？狗屁天兵！朝廷年年朝贡换来了什么？换来了你们三千人的溃败！平时一个个眼睛长在头顶，看着我们妻女被人淫辱屁都不敢放！你们大明的百姓被人欺凌，你也是屁都不放吗？大明的人是人，我朝鲜国的人就不是人吗？"他唾沫横飞，牙齿咬得咯吱作响。

李阎拉着男人的脖领子，将他整个人丢在凳子上，右脚踹在凳子边缘，连人带凳都踹翻在地。

宋通译腰眼被凳子砸中，疼得倒抽冷气，半天说不出话。

这些残兵是他李阎费力聚拢来的，哪怕仅仅出于立场，也不能叫他一个通译泄了本就不多的士气。

"大明人比朝鲜人金贵这种话，轮不到我这个命贱的丘八去说。"李阎把茶碗端在手里，"不过我倒要问问你，你朝鲜百姓的命是命，我大明将士的命就不是命？"他指了指一旁的老汉，"我们把命豁出去厮杀，守的是你们朝鲜的国土百姓，他不让我们进门，村夫畏死愚昧，我不在意。"李阎抓着不住呻吟的宋通译的脖子，眼神逼视着他，"可我倒要问问你，这个王八蛋对着我们大明将士都敢扬起菜刀，怎么对着破他家门、辱他女儿的倭寇就只知道磕头求饶？！"他把手上的男人扔在地上，眼神阴狠，"我问你，他怎么就不敢对着倭寇举刀？"

宋通译唇角溢血，却说不出话来。趴在地上的他扫视一周，一个个明军士卒冷冷地瞧着他。

"想让别人看得起你，拿你的命当命，那就让人看看，你这条命哪里值钱！"

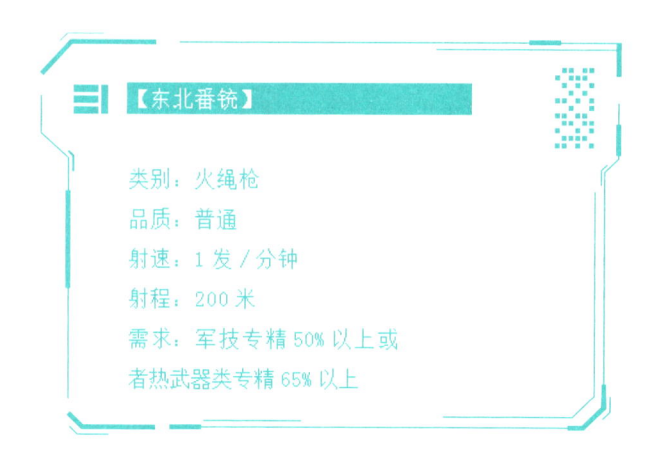

【东北番铳】

类别：火绳枪
品质：普通
射速：1发/分钟
射程：200米
需求：军技专精50%以上或者热武器类专精65%以上

李阎来回翻弄着长长的火铳，手指滑过枪柄处打火的弯钩，然后把它丢给了王生。

"大人，这……"还有些稚嫩的王生不安地攥了攥手心。

"咱们几个人里你年纪最小，拿着防身。"

发丝飘飞的邓天雄迈步走了进来，带进一阵嗖嗖作响的冷风："总旗大人，两具尸体都扔进了冰河，没有尾巴。"

李阎把另一名浪人的打刀一竖，双眉微拧："那也不能多待了。"

他眼睛看向邓天雄："倭人的刀不错，你用得惯吗？"

邓天雄挠了挠脑袋，不好意思地笑道："俺还是用咱们大明的刀顺手。"

"这样啊。"李阎也没强求。这柄打刀制作精良，但是如果用不惯，还是不要强求。

"我能用。"

火炉旁传来一个声音。说话的人脸上带着深重的皱纹，左眼是瞎的，脸像一截又黑又硬的树皮，肚子被布裹了一圈又一圈，看起来有些臃肿。别人都称呼他刁瞎眼，是邓天雄的旧相识。

"我跟随戚将军的时候，在他的营盘练过倭刀。"

"老刁，你身上伤重，没问题吗？"李阎问道。

他倒不是舍不得，算上李阎自己，九个明军手里只有六把刀，真出了情况，肯定是手里拿着刀的往前冲。这人是十人中三个重伤员之一，肚皮被长枪捅出老大一个窟窿，实在不适合冲锋陷阵。

"没问题。"那人就此沉默，没有多说什么。

李阎把刀递了过去。他接过来拿袖子抹了抹，端详了一会儿，忽然开口："总旗大人，那浪人身份不低。"

"何以见得？"

老刁咬下紫黑色嘴唇上的一块破皮，一边嚼一边开口："一般的足轻，宁愿在长树枝上绑上一柄匕首，也不乐意使用更短一截的刀剑。这样制作精良的打刀，一般是倭寇里面地位较高的人才会佩带，叫什么……旗本。"

"刁叔，看不出来，你对倭寇还是挺了解的嘛。"王生开了句玩笑。

老刁的独眼一转："俺独力搏杀倭寇的时候，你这小娃子还穿开裆裤呢。"

"吹牛。"王生有些不信地接了一句。

老刁嗒嗒怪笑着，不咸不淡地说："跟李总旗干净利落的剑术相比，我的确不值一提。"

李阎知道这独眼老人没有说谎。他的军技专精只有63%，在这群人里算是中等，可身上却带着一个技能：杀人如麻（92/100）。跟何安东不同，这可是冷兵器时代。像刚才那把火绳枪，一分钟能开一枪就不错了，真打起来，凭的还是手里的兵器。也就是说九十二个人，大多都是这老兵用刀甚至徒手格毙的！

王生，年纪虽轻，却是一把侦察好手。

邓天雄，突破了张明远都没有做到的70%壁垒。

还有这刁瞎眼……

李阎救下的这些人，个个都有其独到之处，查大受率领的这三千人里，有辽东镇的强兵，更有传说中的戚家军。

就算是情报有误，轻敌冒进，能把这样一支队伍打得近乎全军覆没，经历了战国百年战火的大名军队的确有其独到之处。

李阎不太了解那个被无数日本人追捧的战国年代，只记得一个叫鬼之平八的名字。

本多忠胜……李阎唇角流露出一丝冷笑，日本张飞吗？

"宋通译。"李阎开口。

独自抹着菜油的男人抬起了头。李阎那番话之后，他倒是安分多了，也不再装出一副瑟瑟发抖的模样，而是时刻冷着个脸。

"我们想要避开倭寇，往鸭绿江的方向，怎么走合适？"

宋通译抓了一把泥土，用手指勾抹着，没一会儿，倒也画出一个似模似样的地形图出来。

"从这儿走，在摄山下面绕一个圈子，到这儿有一个小地堡。当初朝廷在这里布防的时候，大概有二十人。不知道倭寇怎么安排，但是一定不多。能避过他们，就成功了一大半。"

"太远了。"李阎摇头。

"顺着这条河走不是更快？"邓天雄也插了一嘴。

"河边都是倭寇,你想送死别拉着我。"宋通译冷笑一声,态度比之前强硬很多。

邓天雄也不生气。人家是本地人,又读过书,比自己懂。大头兵就这点好,听劝。

"我看摄山也不算险,能不能直接穿过去?"李阎询问。

宋通译脸色迟疑了很久,才犹疑地说:"可以试试,但是很危险,被发现的概率也大。"

"夜长梦多。"

李阎有自己的考量。绕摄山费时费力只是一方面,宋通译所指之处周围地势开阔,被倭寇发现的概率确实不大,但是一旦碰上了,倭寇手里有骑兵,跑都跑不了。横穿摄山不仅快,即使被发现,山路崎岖,骑兵进不来,李阎还有一搏之力。

在李阎等人围起来指指点点的时候,帮母亲端了一碗热汤过来的女孩就待在一边。她看着大伙儿指着小土包嘀嘀咕咕的,忽然开口说了一句什么。

"她说什么?"

宋通译脸色古怪:"没什么,童言无忌。"

李阎有些恼火地抓了抓脖子,那里麻痒的感觉一直没有消退。

"让你说,你就说。"

宋通译无奈地说:"这小姑娘说摄山闹鬼。小孩子的话你也要认真?"

"鬼?俺老邓活了三十多年,还真没见过。要是男鬼还则罢了,要是女鬼,嘿嘿……"邓天雄不以为然。

倒是刁瞎眼嘬着牙花子:"鬼这东西或许是无稽之谈,可正所谓国之将亡,必出妖孽。这里现在到处死人,指不定真出什么邪性东西。"

宋通译咬着嘴唇。对于那句"国之将亡",他并没有什么被冒犯的感觉,但是那句"到处死人"却是打在了他心里。倭寇入境以后大肆屠杀,单是晋州就死了六万人。李阎等人一路走来,路旁的皮包骨头的饿殍,挂在树上满身乌鸦的死尸,不知道见了多少。

"有鬼,"李阎不着痕迹地摸了摸胸口的刺青,"那就更好了。"

入夜,距离李阎等人动身超过六个时辰。

平壤城墙以西,瓦舍高低错落的庄子里。

"那么,真羽他们两个脱离部队说之后赶上我们,然后……就这么死了?这让我怎么向黑田先生交代?"

男人穿着素白色的吴服,上面有浅色的云绣,洁白的脖颈和修长的手指上带着清酒味道。他看着眼前捞上来的尸体,儒雅的脸上有些为难。

"顺着冰河漂过来的,大概是朝鲜义勇军一类的人干的。"男人身边的武士耸了耸肩膀。

"把痕迹处理得这么干净,不像是那帮乌合之众。"男人温和地摇了摇头,"是正规军。"

"那,要追吗?"武士问道。

"当然。我亲自去,分五名赤备给我。他们人不多,不然我们来的路上就碰到了。"

橘黄色水桶啪叽一声砸进水井里面,已经裂开的麻绳不堪重负地噼啪作响,澄澈的井水从桶边漏下去。

男人抓起瓢舀了一舀,冰凉爽口。他神色满足,招了招手,只见两名倭寇抓着一名不足十岁的幼童,扑通一声扔进井里。

"填满。"

男人说完转身,身后是张狂燃烧的火焰。

他蹲下身子,食指划过尸体的喉咙放进嘴里。干净的指甲上带着冻冰的血碴,入口锋利。

他神色惊讶。

"好快的刀。"

雪花飘荡,在苍黑色的山岩上裹了薄薄一层。

硕大的鞋底踩上去,发出咯吱咯吱的声音。李阁的脚步一停。

"大人,怎么……咦?"邓天雄的话一顿。

树上不堪重负的枯枝被压断,积雪簌簌而下。银装落尽,映入大伙儿眼帘的竟然是一家围拢着篱笆的农舍。

"天雄,我们走了多久了?"

"整整一天,已经走到山腰了。"

"前不着村,后不着店。一路走到山腰,想烧点狼粪取暖都没有,倒看见了一户人家。"

李阁沉吟了一会儿。这个时候天上已经露出了浅白色的月牙,众人身上的棉袍像纸糊的,完全扛不住风雪。跟生冻疮比起来,所谓的山鬼似乎也没那么可怕。

"走,过去看看。"

众人拉了拉身上的衣服,神色谨慎。荒山野岭,忽然出现了一家农舍,任谁也会觉得不对劲。

走到农舍前面,宋通译扯着嗓子喊了一声。谁也没想到,门里露出一张娇艳的面容来!那女人长发绾成盘髻,脸蛋红扑扑的,单薄的麻布冬衣掩不住婀娜的身段,一双水汪汪的大眼睛好奇地盯着众人。

"嘿嘿,这女娃子长得真是水灵哩。"刁瞎眼虚着嗓子说道,任谁都能听出他话里的忌惮。

荒山,雪夜,独居的女人。好故事。

"刁叔,"王生低声嘀咕,"俺听俺娘说,大雪天赶路,有狸猫变成女人,你要是不动心,就把你变成石头,要是心存歹念,就挖你的心肝嘞。"

宋通译走了上去，深深施了一礼，冲着女人说着什么。过了一会儿才回来对李阎说："她说自己一个人住，同意让咱们住一宿。"说着他压低声音，"不大对劲。"

"瞎子也看得出。"李阎冷冷地回答。

众人鱼贯而入，噼啪作响的火堆让屋子里的人都感受到了一股暖意。

明亮的油灯照亮了整个屋子，中间的火堆熊熊燃烧，上面架着一口铁锅，里头煮着芋头一类的食物。

"这一大锅，小娘子自己吃不完吧？"李阎挑着眉毛冷笑。

女人听不懂李阎的话，只是矜持地笑着。她从锅里舀出满满一碗，给李阎递了过去，胸前宽松的冬衣敞着，露出白腻的锁骨，笑容妩媚。

众人死死盯着女人，有些沉不住气的王生甚至伸手摸向火铳。

李阎盯着她看了一会儿，忽然放声长笑，伸手握住女人纤细的手腕，不顾汤水洒了一地，也要强行把女人拉进自己怀里，大手在女人腿上肆意摸索。

女人下意识地挣扎起来，李阎的眼神深处极冷，在女人耳垂旁轻轻说道："小娘子久居深山，想必寂寞得紧，我等自明国远道而来，正解娘子闺中——"

啪！

邓天雄龇着牙一抹脸，咽了口唾沫。

那女人眼睛红肿，身体因为愤怒不住颤抖，雪腻的巴掌扬着，李阎的脸上有鲜红的指印。她接连后退，冲进里屋把门反锁起来。

李阎抬起头，一本正经地说道："大伙儿轮流守夜，天亮赶路，一切顺利的话，明天天黑之前走出摄山。"

"大人，这女子……"

"明天一早就走。"

邓天雄知趣地闭嘴。

咕噜噜。众人的眼光落到了王生的身上,王生脸上一红。

有军汉笑了一声,拿起勺子盛了一碗给王生递了过去。

"慢着。"李阎忽然开口,他皱着眉头思索了一会儿,从怀里掏出一张饼,撕了一块扔给王生,"吃这个吧。"

大伙儿面面相觑,也都点了点头。王生接住,左右看了看。

"你这娃娃瞅个啥,李总旗叫你吃,你就吃呗。"刁瞎眼笑骂了一句。

王生有点不好意思地挠了挠头,蹲在角落里小口撕扯着硬邦邦的面饼。

铁锅里咕嘟咕嘟地冒着泡,谷物的香味扩散开来,却没有一个人开口说话。李阎扫过一圈,眼睛掠过众人坚毅又缄默的面容,心中有些感慨。

这里看似比不上拳台上的生死凶险,可李阎却一刻也不敢放松。想在拳台上活下来,需要的是拳头上的本领,但是想在这里突出重围,想在未来一段日子的战场上保住性命,只有这些还远远不够。

眼前这些大头兵打心眼里的信任更让李阎觉得沉甸甸的。

"李总旗,趁着这里有火堆,我到外面找些干净的冰块过来,化成水大家留着路上喝。"刁瞎眼忽然开口。

"刁叔,你歇着吧,我去。"一个浓眉军汉子拍打着手掌站了起来。

大伙儿也纷纷附和,但是刁瞎眼并不领情,他淡淡地瞥了那军汉一眼:"你小子是觉得我老得连这点事都干不好了?"

"刁叔,你这说的是什么话,你老这伤——"

"伤个屁,你这兔崽子看着魁梧,咱俩搭搭手,我一定放倒你,你信不信?"

"不是,你这不讲理,我好心好意——"

刁瞎眼摆了摆手，独眼看向李阎："李总旗，你怎么说？"

李阎看了看外面逐渐停歇的风雪，说道："天黑之前回来。"

"得嘞。"刁瞎眼抓起打刀就要往外走。

"刁叔。"腮帮子还鼓着的王生跑了过来，把手里的火铳递了过去，"你拿着这个，要是路上碰着个狍子啥的，打回来给俺们填肚子。"

老刁打量了一眼王生，拍了拍他的脑袋："还是你小子会说话。"

"嘿嘿。"王生闻言傻乐。

老刁背上火铳推开门，冷风吹歪了他枯白的胡子。他眯着眼睛，迈步走入白茫茫的雪中。

大伙儿守着火堆，里屋还有个朝鲜妇女，谁也不好意思大声说话。时间缓慢流逝，正当李阎干咳一声想要说些什么缓解一下气氛的时候，木门外面忽然传来男人的声音。

"打扰了（朝鲜语）。"门板吱呀吱呀地被推开，一个穿着裘皮大衣的年轻男子出现在门口，唇红齿白，面色儒雅。

邓天雄眼神一冷，但随即就反应过来，路上他们已经换掉了明军的衣服，此刻的衣着像猎户和农民多过像士兵，没必要过于紧张。

男人用朝鲜话问了一句什么，宋通译已经"啊"的一声站了起来，非常热情地走了过去。

两人聊了两句，大概是"听口音你是平壤人？""上山借宿""我也是啊""幸会幸会"之类的话，气氛还算和谐。

青年身后拥进来四名面色阴冷的男子，个个佩刀，刀鞘火红。

"大人，你看他们的刀。"邓天雄低声说道。

没想到跟宋通译聊得火热的那名男子忽然转过头，眼神错愕又兴奋，用字正腔圆的汉话问道："大明人？"

刁瞎眼用衣服兜了两大块冰，打刀挎在腰间，发丝随着飘舞的雪花不断抖动。他确实老了，老得有些扛不住风霜，也许有一天刁都握不稳,那就真的该自己的儿子顶上了吧。

蓦地,他眼神一凝,雪地之中,正有一只野獐子左顾右盼。

刁瞎眼橘子皮一样的脸上绽放出笑容。他举起火铳,用独眼对着野獐。

砰!野獐应声而倒,刁瞎眼却皱起了眉毛,没有理会地上的死獐子,而是缓缓转身。

二十米开外,一个身穿鲜红无比的胴丸铠甲武士静静站着,像是矗立在雪山上的一团鲜红火焰!锹形的星兜像是飘浮在空中的一团无形幽灵,两团幽幽的冷光浮在空中,袖甲、皮笼手、臑当、皮沓、甲片勾连起来,带着一股难以形容的威慑力!

华美,威严,森冷。

刁瞎眼穿着半秃的羊毛衫,发丝间尽是雪花颗粒,邋遢又寒酸。

两人站在一起,像是武士与乞丐。

瞎眼老卒把冰块和火铳统统扔到地上,从受伤的肚皮上扯出沾血的布条,一圈一圈绑在自己持刀的手腕上,牙齿咬住绳结狠狠一拉,眼神活似孤狼。

"狗倭贼……"

第二章
乱局

裘袍男子看向邓天雄："大明人？"

邓天雄脑子嗡的一声。

四名带着火红刀鞘的男子一脸茫然。

最先反应过来的是王生。少年半蹲着的身体一瞬间俯冲而出，他牙关紧咬，唇边的细细绒毛轻轻摆动，刀出如春雷乍破，扫向男子的双腿。

"啊！"

"咦？"

屋子里顿时乱作一团。一名军汉掀起铁锅，沸腾的汤水扬在空中，邓天雄脚踩长刀，脚掌发力向外一撮，刀身厉啸而出，刀尖直指男子和火红刀鞘护卫之间！

风声压低了燃烧的火堆，火苗疯狂扭曲抖动。屋子里顿时一暗，所有人的影子都拉得极长。

王生的刀刃已经沾到男子的小腿，离男子最近的那名火红刀鞘护卫呐喊着听不懂的语言，细长刀身舞成一片凄厉红色，却被邓天雄的刀挡了一瞬，救主不及。

王生的脸色一如往常，只是握刀的手又紧了几分。蓦地，他的脖子一寒，滑腻冰冷的感觉在一瞬间传遍全身，这近在咫尺的一刀，竟然怎么也砍不出去。

其他人双眼圆睁，他们看得明白，一束湿漉漉的黑色长发不知道什么时候缠住了王生的脖子，少年的手掌无力地松开，刀柄还未跌落，一道火红色刀光已经从下至上撩向少年的脸庞！

砰！余音袅袅，刀身刺耳的哀鸣不绝于耳。那名武士连续后退，双手不断颤抖。李阎双手持枪，黑洞洞的枪口直指裘袍男子，刚毅的脸颊被火光映照得火红一片。

"你子弹打完了，还指着我干什么？"男子神色从容。

砰！火光一吐，男子眉毛一抖，脸色震惊。子弹掠过他的头发，被烧焦的味道依稀可闻。

李阎眼神狠辣："你来猜猜，我现在子弹打完没有？"

男子低着头，蓦地笑了起来，洁白的手掌忽然抓向王生。

砰！砰！火光接连喷射而出，两颗子弹擦着男子的脖颈而过，空气中的火药味道盖过了食物香气。莫说男子，连邓天雄等人都目瞪口呆。

李阎扬了扬枪口："你再猜？"

邓天雄冲过去把王生拉了回来，一把扯下他脖子上的诡异黑发，死命掐着他的人中。

"这人有点不对劲，我明明瞄准的是他的胸口。"李阎不动声色，心中却暗自纳闷。在开枪的瞬间，李阎隐约感觉子弹好像穿过了一条黑影。

从第一枪，李阎瞄准的就是对方要害，却被武士用刀挡开了。更准确地说，是子弹自己撞上了他的刀口。即使是有钩星加持的自己，也不敢说一定能做到刀劈子弹。后面几枪更是愈发邪门。别人看来是李阎在猫戏老鼠，但李阎哪有这闲心，只是没有打中，顺便装一下而已。

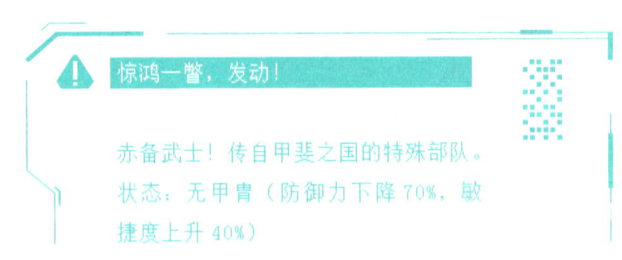

> ⚠ 惊鸿一瞥，发动！
>
> 赤备武士！传自甲斐之国的特殊部队。
> 状态：无甲胄（防御力下降70%，敏捷度上升40%）

252

> 专精：军技 77%
>
> 技能：真·阴流刀术
>
> 甲斐之魂
>
> 强军（集团作战战力上升）
>
> 威胁程度：浅红色
>
> 威胁程度×4：深红色
>
> 小早川正和：小早川家族幼子
>
> 状态：大名之血（有鬼神之力护佑，一切伤害减免10%，阎浮行走造成伤害减免25%）
>
> 专精：古流剑术 79%（神道无念流）
>
> 技能：饲鬼之术（菜菜子）
>
> 威胁程度：红色

饲鬼之术？李阎活动了一下手指。

小早川的惊惧之色久久没有退去："大明的火器竟然先进到了这种地步？！不对！"小早川很快就反应过来，因为这个男人的同伙竟然露出了和自己一样惊讶的神色。他眼睛转了转，望向柯尔特手枪的眼神无比贪婪。

"万历皇帝的军队，好像距离平壤还远得很啊。"他毫不在意李阎的枪口，慢条斯理地说道，"你们是哪支溃军的漏网之鱼？"

邓天雄一口口水吐在地上："小倭贼，汉话学得倒是不错。"

"是为了躲避我们的搜查躲上了山吗？"小早川往前走了两步，李阎往前一步，枪口往上抬了抬，眼中的意味非常明显。

男子毫无惧色，他环顾一周，歪了歪头："而且你的人受伤不轻啊。"

除去老刁和宋通译，剩下的七人个个带伤，长途跋涉已经非常吃力,真正能跟这几个精力充沛的赤备武士走上几个回合的,怕是只有邓天雄等两三个人而已。

"一枪一个,能费多大事儿?"李阎面上不屑。

"那你为什么不动手?"小早川笑着。

砰!李阎掉转枪口,冲着离小早川最远的那名武士就是一枪!

子弹射入了那名男子的肩膀,血珠飞溅出来。那名武士痛呼出声,而邓天雄等人分明看见,子弹射中那名武士之前,一只不知从何而来的干枯手掌从中一拦,子弹穿过手掌,方向也随之歪斜。

李阎明白了什么,虎吼一声"退后",所有明军纷纷远离了小早川。

与此同时,小早川阴沉着脸让几名武士靠近自己。

未知的东西总是让人恐惧的,可李阎是个例外。饲鬼之术,菜菜子,说白了跟巴蛇差不多。不过一个是强攻,另一个则类似诅咒。李阎朝小早川开枪的时候,菜菜子几乎快得看不见。朝距离他较远的武士开枪,菜菜子的速度一下子就慢了下来。局面一下子僵住了。

小早川不着痕迹地往屋顶瞟了一眼。房梁上面,一个关节倒错、白衣黑发的女人倒悬着,缓缓往李阎等人的方向爬了过去。

"小早川大人,我们一起冲过去!"一名武士低声说道。

小早川像看白痴一样看了他一眼,皮笑肉不笑地说:"他乱枪射过来,我可是一定不会死的。"

"李大人,这小倭寇身上闹鬼啊。"宋通译也低声说道。

李阎不动声色地摸了摸脖颈,那里的麻痒不知不觉已经变成了刺痛。

"好的不灵坏的灵!"他暗暗骂了一句,舔着嘴唇说道,"天都黑了,老刁应该早就回来了才对。"

与此同时,小早川也皱了皱眉毛:"山本怎么还没回来?"

两人的话几乎同时落地,又同时讶异地看了对方一眼,各自脸色数变。

菜菜子已经爬过了房梁，身子像是从墙壁里长出来一样，如同择人而噬的母蜘蛛，被浓密黑发遮住的怨毒双眼死死盯着靠墙站着、嘴唇青白的王生，枯槁的手爪慢慢地伸了过去。

一只白洁的柔荑裹住菜菜子枯槁的手掌，娇艳的脸庞贴着菜菜子的黑发，硬生生拦在了王生和菜菜子之间。

"喝，哈！"

眼前这女人的双眼温婉如水，正嫣然地看着自己。菜菜子张着嘴无声怒吼，她身架瘦小，最多是个十四五岁的小姑娘，而眼前这女人容貌熟艳，像是个二十多岁的大姐姐，把她抱在了怀里。

走过篱笆，眼前是黑洞洞的门，若有若无的暖意被寒风吹得丝毫不剩。

一个又一个脚印踩在雪地里，血液透过指缝流下。他身后背着一柄赤红色的武士刀，手臂一匝一匝杂乱缠绕着不断摆动的布条，凌乱的头发四散而舞，浑浊的眼神向外鼓动。

他紫青色的嘴唇紧紧抿着。

"快到了。"

"等！"小早川说着，目光诡异。

"不能等了！"李阎握紧环龙汉剑，牙齿咬得很紧。

嚓！火药味一触即发，靴子踏进屋里的声音格外明显，一瞬间就吸引了所有人的目光。

刁瞎眼周身浴血，鲜红的腹腔随着他的呼吸鼓动着，披散的枯发垂落至肩，通红皲裂的手握着一束辫子，辫子下面滴血的头颅双眼圆睁，整颗头被风吹得来回乱晃。

他腰背挺拔，独眼中满是模糊血色。

"李总旗，倭贼上山了。"

砰！在众人因为老卒的身影略微失神的时候，李阎毫不犹豫地扣动扳机，火光喷射而出，不偏不倚地打中了一名赤备的脖子！

"菜菜子！"眼见那名赤备软软倒地，小早川惊怒交加。

"杀！"李阎丢开空膛的手枪，手提环龙一马当先。

小早川双目赤红，抽出腰间的武士刀，自下而上迎向李阎。

邓天雄闪身冲刺，双拳裹挟着风声和枯草根轰了上去，率先杀向那名肩膀不便的赤备，丝毫不顾左右两道赤红刀光劈来。

一名军汉呐喊一声，甩出手中长刀，刀身带着嗡嗡风声轰鸣而去。邓天雄似乎背后生眼，脚踝一扭，让过夹击的红色刀光，背后飞旋的长刀不偏不倚地撞在两把赤红武士刀上！

邓天雄伸手接住刀柄，滚地翻身，手中的刀直接扫向二人下盘，整个过程行云流水，与身后军汉的配合天衣无缝！

刀光将至，两名赤备却神色冷漠，其中一个甚至嘴角一勾。

另一边，李阎折冲向小早川。铛！秋水一般的环龙剑刃与武士刀相撞的那一刻，小早川倒抽一口凉气。

"这明人好大的力气。"

眼前这高瘦的明人杀气腾腾，双眉倒立如淬火刀锋，手上的刀劈过来的时候，黑压压地好像山崩一般。环龙剑和武士刀相撞数次，激扬的刀剑交击声在空中爆开，两个呼吸的时间，小早川便落入了下风！

"这人莫非是大明哪一位悍将不成？"

小早川额头见汗，心中倒也不算慌乱，虽然不知道为什么菜菜子忽然失去了联系，但饲鬼之术并非完全没了用武之地，要知道，小早川饲养的鬼物并不止菜菜子一个。

他嘴角斜斜一抿:"来啊!"

小早川的表情和气息变化被李阁的惊鸿一瞥尽收眼底。对方的武士刀从胳肢窝刁钻劈来,李阁眼神一动,正瞥见邓天雄的方向,不由得眉头大皱。"天雄松手!"说着,左臂放在背后,拧腰让过武士刀,蹬地朝着邓天雄而去!

"可恶!"小早川惊怒不已,对方这般做派分明不把自己放在眼里。

他双手握紧刀柄,小臂往左上方微微抬起,四个通体黑色、表情空洞的婴孩从背后攀上了小早川的肩膀。普通军汉察觉不出,只会感觉男子的气息一下子变得阴冥晦涩起来。

"你会后悔的!"

黑色婴孩尖啸起来,武士刀被浸染成纯黑色,伴随着啸声劈落向李阁。这一刀之迅猛,比钩星状态下的李阁还要快上三分!

李阁的腰身扭在空中,耳边阴风呼啸,眼神里的戾气瞬间浓郁了起来!他头往右转,腰往左蹲,环龙剑右手换过左手,由体后翻转突刺,杀了他一个回马枪!

斗剑二十四母架,苍龙拗首!

上当了!小早川心里如同浇下一盆凉水。此刻抽刀已经来不及,长度足有一米三的环龙汉剑怒啸着直奔自己面门!生死关头,他的舌头一卷,发出一个古怪的音节。

"饲鬼咒,挪移!"

扑哧!剑尖穿透的,不是小早川,而是那个名叫菜菜子的女鬼。

不知道何时到了墙边的小早川扑哧一口老血喷了出来。那异兽的吼声似乎踏破荒古,带着无可匹敌的凶悍气息汹涌而来,轰入了他的脑子里!擒贼先擒王!李阁抖落长剑,不顾眼前瑟瑟发抖的菜菜子,奔着小早川杀了过去。

邓天雄缩紧身子，雁翎刀距离砍在赤备的小腿上只有两寸余。右面那名赤备手腕一翻，武士刀划向邓天雄肚皮，另一名赤备扬刀下刺，刀尖直奔邓天雄的手腕。

肩膀中枪的那名赤备军背倚着两名同伴，他右手单握倭刀，刀身抖落开来，三名持刀明军齐齐上前，竟然一点便宜也占不到，反而被他找到机会，划破了一名明军的胳膊。

"天雄松手！"

邓天雄心尖一颤，手背上点点凉意袭来。他本意是想拼一拼的，可李阎一句怒吼，他还是咬着牙缩手松开了刀柄，腰间一屈，滚到了门口刁瞎眼的身边，但手指和前胸还是被划了一道浅浅的伤口。

邓天雄心中寒气大作，赤备的刀比他想象的还要快。

此刻三名赤备军呈犄角之势，三人眼中红光一闪。

甲斐之魂！

逼得邓天雄弃刀的那名赤备刀尖挑起雁翎刀，左手横握刀柄，嘴角勾出一丝冷笑。他阴沉地瞧了一眼刁瞎眼手里的人头，环顾一周，冲着众人勾了勾手指。此刻凡是能站起来的明军一拥而上！

"老刁，你往后！"邓天雄吼出声。身后没有声息，邓天雄几乎咬碎钢牙，却没有回头，只是夺下刁瞎眼手里的打刀，嘶吼上前，背后是风声呜咽。

小早川眼前一阵发黑。他从袖子里抖出一只雪白的小饭团吞到嘴里，脑子里那阵疼痛稍缓，刚刚抬起头，环龙剑就已经向自己扑来！

嗤！小早川头一歪，剑尖刺进木板。他反手撩起武士刀，胳膊刚抬，环龙剑已经咯吱一声横过自己的脖颈。

"叫你的人停手。"李阎冷冷说道。

小早川舔了舔嘴唇："气运护佑，百鬼不侵。我抓到一条大鱼啊。"

"去你的。"李阎手腕一抖，环龙斩过小早川的胳膊，却卡在了里面。

小早川的脸色苍白，两股氤氲黑气从他的鼻腔汹涌而出。李阎抬剑侧脸让过黑气，环龙如同白莲绽放，刺在小早川的裤裆、胸口和喉咙，发出一阵阵金铁交击的声音。与此同时，小早川身上的红光越发浓郁起来。菜菜子痛苦地闷吼着，一道道黑气从她身上四散而出。

当手中环龙剑刺向小早川喉咙却刺不进去的时候，李阎当机立断，手指朝环龙上一划，一滴鲜血顺着剑锋砸在小早川的身上。血醮！

小早川、赤备、邓天雄等人，乃至李阎此刻都杀红了眼。

宋通译躲在墙角，喉咙干涩，双拳却握得很紧。血花和断肢在他眼前翻涌，他抓起一块称手的木板，却始终没有上前的勇气。

"唉。"荒屋当中，响起一声不知从何而起的女人叹息声。

小早川眼神一突，双手托住脸庞，阵阵黑水从他口鼻处止不住地喷涌而出，看上去分外狼狈。

"将军，动手！"

劲力直透剑背，环龙剑挥洒而过，一颗头颅冲天而起！带着浓烈腥味的血液洒满墙面，小早川的视线不由自主地望向房顶，然后猛地坠落。

咚！视线里一片血色，无数死状惨烈、哭号着的恶鬼冲着自己扑来。小早川吃力地眨动着眼睛，最后定格在一片黑暗当中。

> ⚠️ 目标处于反噬状态，弱点被发现的概率上升500%。
> 你发现了目标的弱点！
> 下一次攻击释放速度增加100%，伤害加深100%。
> 目标死亡。

> 你发动了血蘸，所造成的额外伤害为0%，钩星状态暂时消失，时长为一个小时。

来不及瞥这些信息，更来不及细想发出那个声音的女人是谁，环龙雪亮的剑身一转，李阁双眼扫视了一瞬，急匆匆地迈步而去。

"小早川大人！"一名眼尖的赤备军看见小早川飞扬的头颅，目眦尽裂。他心中一乱，手中贪了一招，倭刀斩断一名军汉的手臂，却被对方整个扑在了身上。

扑哧！邓天雄脚下发力跳起，拧过腰身避过面门一刀，刀身在空中划过一个半圆，猛力之下小腹的伤口崩裂开来，溅起的血点跟锋利刀刃齐齐落在那名被抱住的赤备身上！

在惊鸿一瞥中，那名中刀的赤备军身上的红光迅速消散，但是剩下两名赤备的红光却一下子浓郁起来！

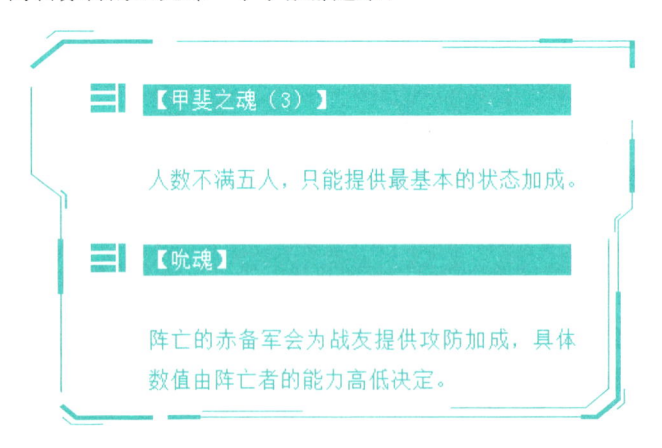

> 【甲斐之魂（3）】
>
> 人数不满五人，只能提供最基本的状态加成。
>
> 【吮魂】
>
> 阵亡的赤备军会为战友提供攻防加成，具体数值由阵亡者的能力高低决定。

另一名赤备军沾满鲜血的武士刀毫不犹豫地将阵亡的战友连同奄奄一息的明军刺了一个对穿，然后一个后跳避过两名明军的夹击。最后一名赤备军趁邓天雄刀势已尽，举刀刺向他的肩膀，没等刺中，李阎的环龙剑就向他劈来。

那名赤备军毫不畏惧地和李阎战成一团,清脆的兵器撞击声接连响起。突然,李阎手腕一翻,环龙打破刀围,那名赤备军不是对手,急忙跳出战圈。

两名赤备军背对背和明军对峙,冷冷伺着周围四名满身血污、缄默如山的疲伤明军。

此番乱战,场中数人脚步腾挪却分毫不乱,兵器游弋在其中两人或者三人之间,锋刃错落交叉,血光和刀光旋舞。

不大的房屋内,倒着足足五具尸体,刁瞎眼生死不知,王生站都站不稳。

李阎看着倒在赤备军身前已经没了气息的两名明军将士,轻轻开口:"都退后,帮我掠阵。"

邓天雄脸皮抽动,还是和其他人一起向后退了两步,却看到李阎冲自己挤了挤眼睛。李阎摘下头上的网巾,褐色长靴中脚趾犁动,宽长的环龙剑直指二人。

在李阎眼中,一名赤备军的威胁程度是浅红色,而小早川则是红色。可在赤备军看来,小早川正和的威胁程度是毋庸置疑的黑色!

比起寻常赤备丝毫不逊色的剑术水准、只要沾上一点就会瞬间失去反抗能力的菜菜子之发,再加上诡异阴毒的鬼术,除非是五名以上的赤备军一起发动甲斐之魂,凭此震住小早川大部分鬼物,否则,即使剩下的三名赤备加在一起,也不是小早川的对手。眼前这名明军将领比赤备强不假,但绝对没能力杀死猛鬼相助的小早川。

"凭你不可能杀死小早川大人,你一定用了什么诡计!"两人并肩而立,左边那名赤备军大声呼喝。

李阎听不懂他说什么。他想了想,冲着对方一挑下巴,讲起了

那句在上山之前从持刀浪人那里学会的日语。"おまえはあほうか（你是白痴吗）？"

两名赤备对视一眼，对着李阎冲了过去。

"甩刀！"李阎忽然大喊一声。其他人还愣了一瞬，邓天雄反应最快，对准两名赤备甩出了手里的雁翎刀。刀声呼啸中，其他人才如梦初醒，把手里的家伙什儿都甩了出去。

宋通译一直眼巴巴地看着，眼见这样的情形，似乎终于找到宣泄的机会，把手里的木板死命往外一甩。这种把戏对付反应机敏的普通人都不一定有效果，何况是身经百战的赤备军团。两人武士刀左右一格，就前后磕飞了几把兵器，面对不知道从哪里飘出来的一块快要烂掉的木板，一名赤备军冷笑一声，红色刀光斜斜劈过，把木板劈成了漫天碎屑。

而当木板碎裂挡住两人视线的时候，他们才心中一沉。

"好狡猾的明军！"两人大骂，提防着碎屑下李阎的突袭。可直到木板落地，李阎也没有动。映入两人眼帘的，是黑洞洞的枪口。

砰！砰！

李阎端详着刁瞎眼身上的伤口，沉吟不语。

老卒胸口两处贯穿伤，右大腿是一道五十厘米的伤口。最要命的是腹腔空了一块，好长一截肠子被割断，出血量极大，在这冰天雪地之中，这是必死的局面。

"大人。"邓天雄双眼带着几分期待，可又实在说不出话来。

"能救。"李阎微微颔首。他挥手让狂喜的邓天雄让开，目光瞟到自己早就刷新好的貘之馈赠上面。

【貘的馈赠 0/1】

1.【神孽之血】

类别：消耗品，涂抹材料
品质：稀有
涂抹在冷兵器上，可以破除一定程度的国运龙虎气加持或者大名鬼神之力护佑，对明朝正三品以上官职或封地大名无效。
100 点一瓶，最多 3 瓶。

2.【穷奇血（伪造）】

类别：消耗品
品质：普通
给战马食用之后，将暂时提升马匹速度和耐久力，并无视炮火、高级异兽、阴物的影响。
10 点一份，无上限。（过量食用会导致战马死亡）

3.【草还丹】

类别：消耗品
品质：稀有
濒死之际使用，将在五个呼吸之内愈合所有伤势！并陷入三天时间的极度虚弱期，失去行动能力。
200 点 1 颗，最多 2 颗。

李阎在兑换了手榴弹以后,还剩1000点出头的阎浮点数,足够把购买权限里的东西买个遍。

草还丹是一颗淡紫色的人参,只有拇指大小,入手冰凉润滑,那人参入口即化,没多久就顺着喉咙流进了老刁的肚子。老卒身上的伤口以肉眼可见的速度愈合起来,连腹腔的伤口也止住了血。

周围的军汉目瞪口呆,望向李阎的目光简直如见神明。

"我幼年时遇一游方道士,三张大饼换了一套剑术、一颗丹药、一道法术,便是你们之前所见的。"李阎随口解释说。

志异神怪之说,自古有之。这类毛头小子遭遇游方道士的奇遇故事,便是放在后世也不缺少市场,更何况是娱乐匮乏的明朝。一行军汉听得两眼放光,对这位总旗大人又敬又羡。

"那女人不见了!"宋通译走了过来,脸色惊疑不定。

"是吗?"李阎默然了一会儿,然后才开口,"别想那么多,大伙儿休息一晚。弟兄们的尸体,明天一早安葬。"

宋通译脸色复杂地点了点头。其实换个角度想想,两伙人马在自己家里厮杀起来,也许那妇人害怕,趁着没人注意逃走了也说不定。

夜色已深,众人轮流守夜,剩下的人都逐渐沉入梦乡之中。枕着一只骨碗的李阎眼皮微微颤动着。明天一早还要赶路,可脖子上的麻痒折腾了他大半宿,直到后半夜他才浅浅睡下。这份疼痒或许不会影响李阎的战斗力,可终究不是长久之计。

模模糊糊地,他闻到了一股馥郁的香气,感觉自己沐浴在一片花海之中,耳边是女人清脆的笑声。蓦地,唇边传来冰凉香甜的触感,那份温润一路下滑,到了自己的脖子。那份温润在自己脖子上逗留了许久,他清晰地感觉到,脖子上的痛楚一点点地消退,最终消失,只剩下软糯的触感。

"啊……"李阁长长地出了一口气,眉宇间的疲惫痛楚舒缓了许多。

"将军,好梦。"

"真他娘的见了鬼嘞。"邓天雄倒抽一口凉气。此刻,他们睡在一片白茫茫的雪地上面,屋顶、房梁、瓦舍、篱笆,统统不翼而飞!要不是小早川等人的尸体还躺在一边,邓天雄几乎以为自己是在做梦。唯独火堆上还架着一口铁锅,火焰正舔舐着锅底,芋头在浓郁的汤水里载浮载沉。

"也许是神仙显灵了也说不定。"王生啧啧惊奇。

"你小子昨天还半死不活的,今天怎么这么精神?笑那么开心,做春梦了不成?"

王生小脸一红,忽然想起了昨夜梦中那个白衣黑发一脸羞怯向自己道歉的女孩,结结巴巴地连连否认。

李阁睁开眼睛,只觉得神清气爽,一身的疲惫和痛楚统统消散不见。

"我睡了多久?"

"刚过四更天。大人,摄山真的有鬼啊。"邓天雄比画着,语气夸张地朝着李阁叙述起来。

李阁老神在在,静静听着,忽然叫住一名军汉,指了指铁锅里的熟食:"盛一碗给我尝尝吧。"

宋通译翻弄着小早川的尸体,一路小跑到李阁身边:"你可知这男子是谁?"

"能让赤备做护卫的,身份应当是不低。"李阁回应了一句。

宋通译拿着一块从小早川身上搜出来的勾玉:"他是小早川隆景[1]

---

1. 小早川隆景: 丰臣秀吉军团第六军团指挥官,与任务目标小西行长地位等同。

的儿子！"

李阎闻言一哂："如此一来，我等倒是立了好大一个功劳喽？"

"至少官晋一级！"宋通译语气坚定。

李阎瞥了宋通译一眼："咱们走了一半多，宋通译也出了力，若是论功行赏，我等也不会忘了宋通译一份。"

宋通译脸上一红，李阎语意揶揄，他又如何听不出。赤备军袭来之时，他早早地溜到一边，就算他是文职帮不上忙，可毕竟毫发无伤。那一个个身上带着不轻伤势的明军舍生忘死，甚至不惜用身体挡刀也要阻挡赤备，这让他如何不羞愧。

他清了清喉咙，正色道："李总旗未免也太小看我朝鲜官民，就算帮不上忙，也不敢妄自把友军的功劳占为己有。"

"唔。"李阎低头摸了摸护腕，"呵呵。"

"老刁！老刁！"

老卒的眼珠来回转动，眼前是邓天雄那张姜黄色的大脸。雪地折射下来的阳光刺眼无比。他偏了偏头，瞧见了两座新添的小土包。

"老刁，你感觉怎么样？"看见刁瞎眼手指微微动，因为折了两名弟兄而情绪低落的邓天雄眼泪差点掉下来。

"放心，他死不了。"李阎走了过来。

刁瞎眼嘶哑着嗓子，一只独眼左右晃动："死不了才坏事。李总旗，俺把话挑明了说，我——"

"把话挑明了说，我一定把你带回去！"

李阎瞥了老卒一眼，在火堆里添了一根柴枝。被雪打湿的柴火烧得噼啪作响。老卒喉结鼓动了两下，冲旁边扭过了头。

"你拖着重伤也要把那倭寇的头割回来，是想请赏？为你儿子？"

刁瞎眼没说话。

李阎看向邓天雄，邓天雄接口说："朝廷早年有旨，斩倭寇一级，赏银二十两；斩赤备，赏百两，百户以下晋一级。"

李阎想得更深，他笑着对刁瞎眼说："你不太放心我啊。"

"大人，老刁他没这个意思。"

"我知道。"李阎点了点头，忽然站了起来。

"诸位，"他开口吸引众人的目光，"归营这条路不好走，大伙儿愿意跟着我，是把命交到我手里。"顿了顿，他接着说，"我李阎这个总旗，绿豆大小的军官儿，你们就是真的跟着我归了营盘，也没赏钱可拿，没军功可封。咱们那位大败而归的祖总兵，估计现在正在明军大营吃鞭子呢。"

浓眉军汉张了张嘴："总旗，你可别这么说，这一路上跋涉拼杀你扛了多少，弟兄们心里都有数啊。"

他这一句话，大伙儿都纷纷应诺，七嘴八舌地讲起话来。

"要不是总旗大人，咱们刚才怕不是都折在这儿了。"

无论是悍然斩杀小早川的实力，还是一路上的调度安排，李阎已经逐渐在这群人里树立了自己的威信，更别提他还有那些奇特的火器和救人性命的法术。

李阎抬了抬手，众人把话头一收。

"我说这些，不是让各位念我的恩情，而是朝各位立一个军令状。"他环顾一周，"我带着各位归营，不是带着各位送死，是带着各位博富贵、拼前程的。"

他眯了眯眼睛。

"李某自认一身业艺不差，说句混账的话，若不是时运所限，那些同为大明所属、个个自认悍勇的将官，我还真想斗上一斗，瞧一瞧谁才够得上一个'将'字。"他端了一碗热水，说话掷地有声，"今日查总兵大败，朝廷绝不会善罢甘休。来日大军压境，该是我等兄弟飞黄腾达。"

他指了指地上的尸体。

"军功赏银,大家一同分了。我那一份,折给今日战死的两位兄弟。我撂句话在这儿:大伙儿信得过我,愿意跟着我的,活过此番倭乱,我李某人保各位人人一个旗官。"

众人皆是一阵发愣,只有一旁的老刁眼神微动。世上最靠不住的,是人情,还有把人情挂在嘴边的人。

有些话李阎一直想说,可找不到合适的机会。眼下只折了两名将士,这其实已经非常幸运了,可还是免不了士气低落。李阎顺势把自己这番话抛出来,他不指望这些人从此死心塌地,他只是想让这些人明白,自己这个总旗,值得他们跟随。跟着自己,能活命,能升官,这些东西,比"人情"二字要实在得多。

邓天雄率先站了出来:"总旗大人,俺老邓当初说过的话,今天就不重复了。你就是不说话,兄弟我也跟定你了。"

其他人纷纷起身,一个个脸色涨得通红。

刁瞎眼动弹不得,只是倚着一块石头叹气:"李总旗不嫌弃我这把老骨头,我就不矫情了。有什么地方还用得上我老刁,你张嘴就行。"

宋通译站得不远,看着这个大明国的小小军头眉锋飞扬,慷慨陈词,心情复杂。

李阎的舌头舔着上牙膛,点了点头。

"出发。"

一行人走了小半天,就快走出摄山的时候,王生忽然抬起头,大声说道:"大伙儿,你们有没有听到女人的歌声?"

李阎驻足,侧耳倾听了一会儿。

"好像是有,又好像没有?"一名军汉皱着眉头。

李阎的眼神扫过宋通译的脸庞,他的神色夹杂着惊讶、疑惑,还有极度的不可思议。

"宋通译,这歌里说的是什么?"

"摄山女……"

"什么?"

宋通译定了定神,解释说:"平壤流传过摄山女的故事。传说她是天帝之子恒雄的第三十六个妻子,恒雄在一次征战后再也没回来,摄山女就在摄山深处一直等待着恒雄。"

李阎摸了摸自己完好的脖子,哑然一笑:"朝鲜天帝的儿媳妇?"

摄山深处,女人的声音飘远。她拉着一名白衣女孩的手,目送着山下一群蚂蚁似的黑点远去。

第三章
冲围

宋通译的话虽然离奇,但是当大伙儿真真切切遇上了这样的邪门事,也就不得不信了。毕竟那一夜之间不翼而飞的荒屋和女人,实在很难用常理解释清楚。

让宋仲基摸不着头脑的是,这位明国军队的总旗,好像一下子对朝鲜的民俗神话产生了浓厚的兴趣,一路上扯着他问个不停。尤其是关于一些淫祠私祀,那些乡野之间不入流的野神,可以说是事无巨细,翻来覆去地问上好几遍也不嫌烦。

出摄山以后的行程没有太多波澜。他们一行人的目标本就不大,加上王生等人的哨探,几次远远地跟插着各色家徽旗帜的大名军队打个照面,也都有惊无险。

直到——

星星点点的明火在广阔的丘陵之间四散飘荡。皎洁的月盘高高地挂在夜空,站在李阎的位置上,目光所及是一眼望不到边的尸体。

他们大多被长枪和弓箭刺穿,鲜血顺着木杆流遍褐色的土地。栖在尸体上的乌鸦即使见到活人也不肯离去,邓天雄长刀一舞,惊起一地黑羽。

冷兵器战争的惨烈,像是一把钝刀砸断骨头,粗暴得让人不敢直视。

"有机会吗?"李阎问王生。

小王生情绪低落地摇了摇头。

"姓宋的,你他妈是不是耍我们?"邓天雄有些恼怒地质问。

按照宋通译的说法，眼前丘陵连绵起伏，能驻扎军队的大路只有两条，驻扎不过几十人，他们只要避开大路行进，想越过这片丘陵并不困难。

可事实却是，整片丘陵驻扎的倭寇像是一个密实的口袋，单是王生所探周边，就至少有百名倭寇，而李阁极目眺望远方星火，怕不是有小几千人！

"我也不知道这是为什么，这里平常根本不可能会有这么多人驻扎。"宋通译也慌了。

"除非，"李阁插了一嘴，"大明的军队来得比我们想象的还要快。"

众人闻言一愣。

"你是说，两军对垒？"宋通译问道。

李阁眯着眼睛指向眼前这片伏尸鬼域："我想，穿过这片丘陵，就能看到大明的营盘了。"

明明是意料之外的变局，可李阁三言两语，倒是撩拨得众人精神一振。

"可是，我们怎么过去？"宋通译语气干涩，单单是看一眼那些被箭矢射成刺猬的尸体，他就觉得头皮发麻。

李阁拍了拍他的肩膀："我们是要穿过丘陵，不是要硬撼倭寇，动作快的话，没那么危险。只要有马。"

宋通译没理会李阁话里的真假，只是下意识地问："马在哪儿？"

围拢在火堆前的倭寇高声谈笑。他们擦拭着手边的挂甲，神色放松。营帐不远处，拴着三十余匹毛皮油亮的褐色战马。

"李总旗，你认真的吗？"此刻在军汉背上动弹不得的刁瞎眼也神色震惊。

"我教你们的，一定记熟咯。我这条小命，可是系在你们手上了。"

众人看了看自己手里椭圆形状、线条分明的物件儿,咽了口唾沫,慎重地点了点头。

"杀人,抢马,抢甲。"李阎一字一顿。

"真是无聊,想想也知道敌人不可能从后面攻过来的嘛。"
"比起巡戒什么的,还是围在火堆前面掷骰子更舒服。"
"喂,斋藤,你输了,哈哈哈。"
"什么啊……"男人嘀咕着,从腰带里掏出铜钱来,上面刻着隆通宝庆的字样。是的,大明国的铜钱,倭寇是没有技术打造属于自己的铜钱的。

他眼角一瞥,忽然大声呼喊:"喂,那是谁?"

"喂,你是要赖账吗,斋藤家的男子汉?"有人不满地说道,接着马上有人杵了他一下,然后叮叮当当的兵器声响成一片。

众人脸色凝重。一道拉得很长的人影由远及近,面容模糊。

"又是那种东西吗?"一名倭寇颤抖着问道。

"已经是第三次了。要不要回去报告将军?"

尸横遍野的战场上,偶尔会酝酿出可怖的怪物。斋藤曾经遭遇过一次,那个浑身溃烂却力大无穷的怪尸至少杀伤了十几名士兵,最后还是将军出手将这头怪物斩杀。还有啃噬尸体的妖怪和半夜号哭的女声,斋藤只是听听,就已经心惊胆战了。

"喂,斋藤,你去看看。"
"你……你开玩笑吗?混蛋。"
一缕月光映到男人的脸上,几名倭寇脸色一松。
"什么啊?"斋藤手持长枪走了过去,锋利的枪尖在男人的胸前摇晃,"喂,你是哪里来的?"

他背后一名士兵瞧见男子虬结的手臂向后弯曲,露出一抹寒光来，不由得双眼圆睁。

环龙剑游弋似匹练，剑尖险之又险地划过斋藤的喉咙，明明他手里的长枪只要轻轻一送，就能刺穿男人的胸膛，长柄的枪也比刀剑的攻击距离更远，可还是来不及反应，斋藤最终捂着喉咙，表情扭曲地倒下了。

"敌袭！"

士兵长吼一声，火把依次亮起，不少和衣而眠的倭寇抓起短刀长枪，翻身而起。有人摊开羽箭撒袋，拉起满弓，把箭矢对准男人的时候，才发现长剑已经来到自己眼前。

男人犹入无人之境，脚步灵活宛如鬼魅一般，长剑每次挥舞，都必然飞溅起血光来。

咻！最终还是有一道箭矢擦着李阎的头皮飞过，至少七八道步弓对准了李阎，而此时环龙剑下，已经横添四五道亡魂。

长剑刺穿一名来不及换上甲胄的武士的喉咙，李阎转头就走，几个纵跃闪开飞矢，已经跑得快要看不见了。

"他是妖怪吗？怎么会这么快？"

"只有一个人！"

"追！"

也不知道是谁声嘶力竭地喊了一声，武士们纷纷上马，勉强佩戴好甲胄，夹紧马腹，紧紧追赶。有些人脚步快，离李阎暴起的地方又近，几乎在李阎萌生退意的同时，就翻身上马追去。有的人则刚刚睡醒，迷迷糊糊地还没有走到马匹边上。几十人的队伍一下子就被拉长开来。

一颗不起眼的物什儿，趁着夜色无声地飞进人群。

砰！飞溅的碎片和剧烈的爆炸撕扯着每一个倭寇的身体。血肉横飞，受惊的马匹不安地长嘶起来，蹄子击打着土地。

扣环，拉线，扔！

砰！砰！爆炸声接连响起，十几里外都听得见。众人还在对这样轻便又杀伤力巨大的火器瞠目结舌，邓天雄却知道兵贵神速。

"杀人！抢甲！上马！"

滚滚尘土如同一暴起土龙，马背上的倭寇弯弓搭箭，弓弦绷得紧紧的。

咻！咻！咻！前面男人奔跑的速度快得不像话，可还是被马匹追上，箭矢凶狠地撕咬过去，穿过草皮，溅起碎石尘土。

噗！箭矢似乎射中男人脖颈，那人仰天而倒，顺着山坡滚了下去！

二十余骑随之下坡，皱着眉头左顾右盼，却发现两旁的地势颇高。正要拨马，几颗带着火苗、圆滚滚的物什儿已经飞了过来！

土崩石裂，烟尘弥漫。剧烈震动后一阵山体滑坡，李阎翻身而起，嘴巴里叼着一支钢箭，额头满是汗水。他呸的一声吐出箭矢，冲着朝他奔来的王生呼喊："扒甲，冲围！"

"敌袭！敌袭！"

火筒嗤嗤尖啸着升上天空，四散的火花升腾出一片华彩，火焰在天空中摆出八大一小九个圆形勾玉的样子，正是布防在这片丘陵的数千倭寇所隶属的大名，上杉氏的家徽。

整片孤寂荒凉的丘陵像是被烧红了一个小角的烙铁，骚乱和动荡迅速蔓延，杂乱的马蹄声、呼喊声、弓弦声响成一团。

李阎身披赤色胴丸甲具，用硝过的牛皮连接起来，大腿跨着黑鬃战马，冲在最前面，几乎吸引住了上杉军团八成的目光。

这套铠甲是从刁瞎眼杀死的那名赤备身上扒下来的。可能是要走山路的原因，小早川一行五名赤备，只有这一个人穿着分量不轻的铠甲。连同六把红鞘武士刀，和从小早川身上发现的家族勾玉，这就是摄山一战的全部战利品。至于干粮、棉衣，自不必提。

其他人也都披着从上杉军团的骑兵身上扒下来的黑色甲叶，双腿死死夹住马鞍，身子低伏在马背上面，像是黑夜中不起眼的灰雁。不到十人，却驱赶了快二十匹马，飞快地穿梭在星斗月光之下。

长长的火把汇聚成一条火龙。倭寇们身背家徽小旗，拖着长枪短弓，朝李阎这边扑击，却被马匹逐渐拉远开来。而李阎一行人冲锋的方向，是足足有上百人的黑色骑兵防线。不安地打着响鼻的马匹缝隙之间，成队的小辫子倭寇高举步弓，箭矢像水一样泼了过来。那些没人乘骑的马匹跑了还没有二十米，就被箭矢刺穿颓然倒地，温热的马血四溅。

扑哧！箭矢射入面门。一直充当邓天雄帮手的浓眉军汉仰天倒在马上，高速奔跑的马匹前蹄跪地，被巨大的惯性扯得大头朝下，翻出去老远。

嗖嗖的夜风从李阎耳边吹过。他举着大伙儿之前用木头和藤条绑起来的简易盾牌，箭头时不时射进浸湿的木头里面，发出沉闷的哆哆声。李阎的甲缝之中，也插进了两三支箭羽，还有一支卡在他的头盔上，金属的哀鸣声震得他脑子嗡嗡直响。

王生和宋通译一起跑在队伍中段，正咬着牙用弓柄拨开蝗虫一样飞来的箭矢。王生身上绑着绳子，背后绑着刁瞎眼。

"小王生，大人给你的火雷还有没有？"身体虚弱的刁瞎眼大声问道。

"有，刁叔你问这个干什么？"

"取来给我，再给我两支箭。"

伏着身子的王生从箭袋里抽出一支，连同手榴弹一起递给了身后的刁瞎眼。也不知道刁瞎眼怎么弄的，用布条三两下就把火雷缠在了两支箭中间。

"拿着，举弓！"王生下意识地搭起弓箭，两支绑在一起的箭矢对准前方。

"把吃奶的劲都给我拿出来。"坐在后面的老刁手臂往前一够，拉动铁环。

"射！"

咻！这造型古怪的物什儿歪歪扭扭地飞进阵中，顿时掀起一大片气浪！大片的倭寇像是伏倒的麦子，中间区域尽是残肢断骸，不成人形的血肉涂抹在丘陵上，惨不忍睹。

上杉的骑兵队列有微微的骚动，在幡持将的呼喊之下又迅速集结。

两边战马的距离越来越近，一名头箍月牙盔的骑将武士刀高举，倭寇们纷纷抛弃弓箭抽出白刃，双方的队伍开始厮杀，俯视下望，像是一支短箭射向长蛇。

马蹄如雷！李阎一马当先！

明亮的盘空大月之下，鬃毛披散的战马撞在一起，刀剑相接的声音短促而激烈，晶莹的汗滴飞洒出去，和清冷的月晕一同被击散开来！刀刀入肉的惨烈拼杀，马匹撞在一起的痛嘶，鼻间浓郁的血腥味和汗味，眼前倭寇张嘴惨呼露出的舌头……

李阎的血液滚动如泵，一股股热流冲击着他的脑壳，太阳穴突突直跳。就算是再高明的武术讲手，也远讲不出眼前这让人血脉偾张的一切。这是后世安稳的世人想象不到的惨烈交锋，这是一去不复回的冷兵器时代！

李阎长啸出声，汉剑铮鸣如泉水击石，跳跃的环龙四下劈砍，虎入羊群一般无可阻挡。缠在环龙剑柄上的布条已经被倒流的血水浸透，鲜血就快流向他的手心。李阎手心一片滑腻，下意识收了三分力气，防止环龙滑脱手。

"早知道就学老刁他们把环龙绑在手腕上了。"

李阎是学武出身，斗剑母架庄正恢宏，如果把剑绑在手上，那么很多剑术变化都难以做到,所以练了十几年剑术的李阎下意识地拒绝绑刀这种粗暴的做法。这也是军队较技与民间械斗思路的不同。作为一个没有经历过这些的现代人,李阎的确犯了糊涂。加上他这一路的表现太过耀眼,谁也不会认为李总旗不懂这些东西,所以便没有提醒。

一把薙刀划过李阎的脖颈,被他一个后仰躲了过去。李阎拨马定睛,一个头箍月牙头盔的骑将双目如火,薙刀刀锋直指自己。

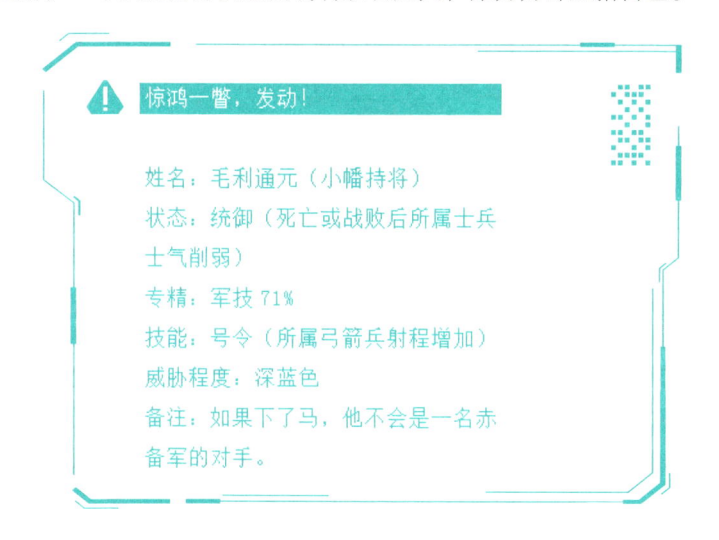

> ⚠ **惊鸿一瞥,发动!**
>
> 姓名:毛利通元(小幡持将)
> 状态:统御(死亡或战败后所属士兵士气削弱)
> 专精:军技 71%
> 技能:号令(所属弓箭兵射程增加)
> 威胁程度:深蓝色
> 备注:如果下了马,他不会是一名赤备军的对手。

这名小幡持将叽里咕噜地怒吼着什么,李阎脑补不出,只是冲马过去,侧身让过薙刀。环龙削断他的手臂,接着剑锋向上一挑,挑破了这个人形 Buff(加成)的喉咙。

周围的倭寇如丧肝胆,他们眼睁睁地看着自家将军上一秒还像勇猛的夜叉一样大喊:"我来做你的对手。"下一秒就被对面的人斩落马下。

周身浴血的李阎夺过一柄单刃长矛,把环龙系在马上,长长的矛锋划舞进人群之中,如同尖刀切入牛油,带领着身后人马所向披靡。

"冲围!"他双目锐如鹰隼,话语间睥睨味十足。

明军似乎被其感染,连宋通译也吼得声嘶力竭,一行不到十人却喊出了千军万马的气势!

"冲围!"

灰白的蹄子把泥土砸得凹陷进去,一小撮儿黑鬃战马冲出上杉军团的刀山甲流,一个个狼狈不堪,身上或多或少插着一两支箭矢。

李阎的矛锋上沾满肉糜,甲缝之间都是血污,唯独一双眼睛湛然明亮好似星星,竟是让他硬生生杀出重围!

整支队伍成锥形,李阎攻坚在前,几名受伤较轻的弟兄分布在两翼,邓天雄在队伍末尾。他一手雁翎刀舞得密不透风,虽然前胸中了一箭,但好在有盔甲阻隔,入肉不深。

一行人里除了李阎,邓天雄受伤最轻,自然就包揽了除了攻坚之外最重要的断后的职责。然而随着李阎杀穿敌营,负责断后的邓天雄的处境可谓险象环生。

他们身下的马匹并不比对方强到哪儿去,所以不能很快地摆脱敌人。随着时间的流逝,越来越多的倭寇包围过来,众人即将陷入绝境。

此刻的邓天雄眼前围着三四名端着长枪的骑兵,他右手持滴血的雁翎刀,左手持一截断矛,挥舞起酸麻的胳膊,磕住两支枪尖,还有一长杆夹在腋下,脖子上青筋暴起。

李阎拨马而回。他呐喊着让两侧的兄弟护住中间的马匹往前冲,自己催动着胯下的战马杀了回来!倭寇之间分出三四骑来,毫不畏惧地冲向刚才所向披靡的李阎。

李阎矛锋向前一送,被最前面那人用长枪架住,他想也不想就向前平推。那人枪术也算老练,枪身往身侧一顺,让过李阎的枪刃,拔出马背上的短刀就要刺向李阎。与此同时,另一名骑兵赶到,举枪刺向李阎胸口。

李阎放声大笑,腕子吃满力气,凶狠一抖,半弯的矛杆拍在枪杆上面，巨大的作用力引得矛尖向上一弹，好似灵蛇般刁钻地戳向对方双眼。那人头颅被刺碎开来，矛尖去势不止，正好戳进另一人的脖子。李阎后仰抽出长矛，抖落血花肉糜，手腕一颤连抖三个雪亮枪花逼退最后赶来的两人，拍马冲向邓天雄。

河间李氏，枪剑双绝。

剑，斗剑二十四母架。枪，桓侯八枪。桓侯者，燕人张翼德。

无数箭矢搭上弓箭，错落的寒光飞射而出，将邓天雄笼罩起来。

邓天雄的瞳孔中映出闪闪的箭头，他虎吼一声，硬生生将枪杆折断，双手松开兵器，提臀退马镫，抓住马鞍，翻身躲至马腹之下。血箭喷涌，被射成刺猬的马匹哀鸣倒地。邓天雄抓起地上的长刀，身前三名骑兵已到，长枪居高临下地刺向了他！

长矛虎虎生风，李阎扫开就要刺进邓天雄胸膛的长枪，在马匹奔驰而过之时，朝邓天雄伸出右手："天雄，上马！"

邓天雄把左手递过去，小腿一蹬，翻身坐在李阎身后。

"大人——"

"坐好了！"

李阎长矛挥舞如同出海蛟龙，勾住身侧的一名倭寇，将他挑落下马，长矛满满拉了一个大圈，逼退周围人马。他双脚踩住马镫，跨上另一匹马，冲着留在原来那匹马的邓天雄喊道："天雄，尽管往前冲便是！"

邓天雄没有诸如"大人你怎么办"之类的屁话，刀背凶狠地拍在马屁股上面，身后汹涌人流迎向李阎。

李阎从怀里摸出一个小瓷瓶，靠在躁动不安的马脖子上，把瓷瓶里的东西朝马嘴里一塞。

> **【穷奇血（伪造）】**
>
> 给战马食用之后，将暂时提升马匹速度和耐力，并无视炮火、高级异兽、阴物的影响。

战马身上的鬃毛一抖，两只眼睛瞬间充满血丝，一道血红色气雾从它的口中喷涌而出，周围的黑鬃战马不由自主地往后退去。被血红雾气喷中的战马扑通一声跪倒在地，吓得屎尿齐流，一阵稀里哗啦的腌臜动静。

"这么好用？"李阎双臂舞动长矛，划过眼前两名完全不知道发生了什么的骑兵的喉咙，拨马要走。但也就几个呼吸的时间，血红雾气散尽，上杉的骑兵又冲了上来。服用穷奇血的战马精神抖擞，响鼻呼出的雾气在清冷的霜辉下升腾弥漫，煞是好看。

李阎且战且退，马力不再吃紧的他眼看着邓天雄跑出去好远，正要拍马而去，却发现上杉军团浩大的队伍一下子人仰马翻。李阎往左一瞧，尘土弥漫之间，硬生生插进来一支马队！

冲在最前头那一骑，青鬃大宛，马头罩着细密的鳞甲，背上之人凤翅盔簪缨高耸，青虎头兽吞护臂把住长达一米七的玄锋大槊，马匹嘶鸣冲锋，槊锋所指，人仰马翻。这大槊前面是黝黑宽刃，后面是钉着长钉的厚棍。

"好兵器！"李阎眼前一亮，却不料那人看李阎一身赤红胴丸甲具，细长双眼一眯，拨马朝他冲来！

"自——"

李阎知道来不及，手臂往前一架，那人大槊一翻，力大势沉的槊棍带着密密麻麻的长钉砸了下来。李阎胸中一阵血气翻涌，生死之间，哪有那么多讲究，长矛往下一搭，黑黝黝的槊棒不由得一沉，长矛杆子在掌上旋舞,拍向对方的脑袋。

大槊势沉,李阁这不软不硬的一搭让槊棒无处借力,来不及提槊反击。那人惊咦出声,双腿使劲一鼓,上半身后仰让过矛杆,既然暂时提不起大槊,就直接把大槊向后一拍,抬臂横抹,后半段的槊锋翻转过来,划出一道黝黑弧度直奔李阁胸口。

铛!矛槊交击。

"自己人!"

"好俊的河北大枪。"

二人异口同声,对视了一眼。

"哈哈哈,兄弟真是悍勇,几个人就敢闯倭寇的骑兵队?"

"承武卫总旗李阁,带手下弟兄归营听用。"

"好汉子。"

二人兵器一收,后方青色大潮一般的骑兵奔雷一般杀至,李阁远眺过去,青色骑兵手持长刀,身后背三眼火铳,往后是戴圆顶红色小帽、手持狼筅长杆的卫所部队,两侧士兵背霹雳火炮(步兵火铳),三人扛虎蹲短炮,车轮滚动,士兵推佛郎机大炮、大将军炮,挎着喷筒、火箭,黑压压的一眼望不到头。

那人望向李阁:"今夜兄弟可曾尽兴?"

李阁舔了舔嘴唇,笑道:"正要杀贼。"

那人长刀扬天一指,长吼出声:"都督有令,元月十日之前,大军要打到平壤城前!弟兄们,给俺铆足了劲,杀光这群倭贼,埋锅开灶,杀猪吃肉。"

铅云遮住白月,雾气笼罩整个丘陵。李阁站在高处,摘下星兜和袖甲,俯视着下方。

此时整个战场上尽是残肢断骸,被人踩在地上的大名家徽上满是泥土和鞋印,空气中硝石的味道浓郁,一层又一层明军阵列如同旋涡一般。旋涡中央,一滴黑色的涎水滴落,两丈高的尖耳厉鬼双眼血红,手上捏着两具马尸,左右挥舞。这厉鬼白发赤皮,大肚浑圆,身上有焦黑色火药痕迹。

"弦!"

青鬃大宛上,持槊将领高声呼喝。一身黑色皮甲、网巾束发的弓兵方阵整齐前跨,手中铁脊弓高举,黝黑的箭镞直指厉鬼。

"望!"

拉动弓弦的声音难以形容,一张张拉成满月的长弓蕴含着恐怖的爆发力。

"灭!"

乌云盖顶。厉鬼不甘地怒吼出声,大脚板拍在地上,朝着青宛马的方向大步奔跑,却被黑潮一样的箭矢狠狠洞穿,顷刻间就变成了一只刺猬。

厉鬼无力地双膝跪地,眼皮缓缓合拢。

"这是什么鬼东西,火铳打穿了皮还能长好?"

"听说是从尸体堆里爬出来的。"

"我怎么听说是倭寇的头目变的?"

"净扯!"

"真咧,摘下脑袋,从脖子里蹦出来的。"

"两丈多高啊,你蹦一个我看看。"

前排几名步兵交头接耳。

"大人,不如我去看看。"说话那人扛着鲜红大蠹,抬头问向将领。

"不必。"持槊将领拨马向前,一直走到厉鬼面前,他坐在马上,还要抬头才能看清鬼物的脸。

蓦地,脸上插着十几支箭矢的厉鬼睁开了眼睛!

马上那人怒目圆睁,大槊朝前猛劈,钉棒在厉鬼的胸膛砸出好大一个血窟窿。那厉鬼痛苦地嘶吼出声，庞大的身体向后倒去，掀起一阵尘土。

高处的李阎开着惊鸿一瞥，他亲眼看见，在那将领抬槊的瞬间，身后涌现出一头挥舞着利爪的黑色暴熊！

"有点意思。"李阎有些兴奋地点了点头。

那将领喘着粗气，过了一会儿才骂出声来："他奶奶的，吓老子一跳。"说着他一挥手，"埋锅，杀猪。"

火炉熊熊燃烧，坐在书案边的男子生着两道浅眉，一脸络腮胡子却不显得粗犷，反而有几分气定神闲的姿态。

"东起常陆，经南海至四国、九州，北起秋田、坂田至中国，诸大名领地，每十万石备大船两艘。各海港每百户出水手十人，若有多余，则集中至大阪。所需建造费用，以预算表呈……"

"好了。"男子开口，他想了一会儿，忽然问道，"德川家如何？"

"备战积极，酒井忠次为大将，本多忠胜做先锋，水兵余两万，大船十艘。"

男子啧了一声："缇骑虎探传信两年，一直强调德川氏有二心，怎么丰臣秀吉兵出朝鲜，德川却如此热心？"

读信那人缄默不语，一旁倒有笑声传来。

"世上之事本来就说不清楚，谁也不是德川家康肚子里的蛔虫，倭寇本是疥癣之疾，听闻日本岛上，麾下有七八名农夫就敢自称大名，如此跳梁小丑，李将军又何必烦恼？"

说话这人二十余岁的模样，作道士打扮：芙蓉冠，青绣裙，手握流金铃，身前十绝灵幡。唇红齿白，模样俊俏。

男子把眼睛一垂，说道："易高功言之有理。"

男子名叫李如松，时任山西总兵，万历皇帝钦点的提督将军，是这次朝鲜远征军的首脑。李如松当然知道，事态远不如那牛鼻子说的乐观。单从刚刚的探子来信就可以看出，丰臣秀吉此次伐朝几乎竭尽全国之力，九个军团加在一起，至少也有十万人，且日本国内多战乱，兵源质量极高，作战经验丰富，名为倭寇，实为劲敌。

"真他娘的痛快，舅舅！"男子肩阔腰直，一边摘着手臂上的青虎头兽吞护臂，一边撞进了营帐，看见书案边的李如松面色冷淡，下首坐着一个笑眯眯的年轻道士，立马躬身行礼。

"提督大人。"

"说。"

"前丘的倭寇已被杀散。"

"可有俘虏？"

"呃……"男人眼珠一转，说道，"提督大人，我军冲杀之际，遭遇了一小簇兵马，是之前在平壤查将军手下失散的弟兄。这伙人好生了得，七八骑硬生生冲破了倭寇的骑兵。他们一路从平壤杀来，此刻正在大营前头听调。对了，带头的那名总旗让我把这玩意儿转交给您。"

易高功在一旁抿着茶，搭眼一瞥，眉头微不可察地一挑。

李如松拿起外甥递上来的一颗红色勾玉，端详了许久。

李阎把打湿的毛巾敷在脸上，上半身赤裸，几处不深的伤口已经结痂。

"真跟做梦一样，我一直觉得自己回不来了。"邓天雄胸前裹着绷带，露出一茬黑色胸毛，嘿嘿笑着，凑到李阎身边，"大人，你说，上峰会怎么安排我们？"

"那你想怎么安排？"

邓天雄伸出手指："五名赤备，加上那个什么大名的儿子，不提赏钱，这么大的功劳，大人升个百户，不过分吧？"

"明国的总旗要是都像李大人这样，倭寇早就被打干净了。"宋通译裹着毯子,喝了一口热汤接话。

席上的王生也插话进来:"我也觉得今天那位将军挺赏识大人的。"

"那位将军何许人啊?"有人问道。

"沈鹤言,山西的游击将军,这次任中军前锋。"王生压着声音说道,"咱们提督将军李如松大人的亲外甥!"

连眯着眼睛躺在里头的刁瞎眼都来了兴致:"李总兵我可是久闻大名,宁夏灭哱拜,时之名将啊。"

李阎笑着刚要张嘴,帘子忽然被人粗暴地掀开大半,冷风嗖地刮了进来,冻得众人一个哆嗦,本就在养伤的刁瞎眼脸色一白,不住咳嗽。

"你们谁是宋仲基?"插进来的声音十分冷淡,还带着一丝蛮横。

坐在胡床上的李阎一偏头,看到门口立着一个穿着宽松喇叭裤的男人,他军靴踏进营帐,扫视着帐子里每一个人。

"谁是?"

李阎转了个身,胸前黑色混沌文身正对着他,湿漉漉的碎发之间有水顺着脖颈流下,他的手搭在大腿上,两人一站一坐,双眼对视。

"你看什么?"

"我看你没挨过打。"

帐子里一下子剑拔弩张起来。

"我是,我是。"宋通译赔笑着走到两人中间。

那人盯了李阎一会儿,冲着宋通译说道:"提督大人有请。"

"好,好。"宋通译答应着,眼神瞥向李阎,不料李阎却低下了头,看也没看他。

宋通译眼珠一转,冲来人拱了拱手:"劳烦将军带路。"

"将军二字言重了,我就是个扛纛的。"

那人对宋通译倒是挺客气。二人一前一后出了营帐。

"这什么意思?找那个朝鲜通译,却不找大人你?"

邓天雄嗓门很大。李阎一抬眼,发现有个模样清秀的男孩站在营帐口。他穿着白色的道袍,头戴木簪,十三四岁的模样,神情怯怯的。

"请问,这里是李——"

"岂有此理!"

邓天雄嗷的一嗓子,把男孩吓得扑通一声坐到地上。

"哎,你是哪儿来的?"邓天雄这才看见男孩,铜铃似的眼睛瞪着他。

"我,我……"小男孩眼圈一红,唔唔地哭了起来,"师傅……"

这道童哭哭啼啼的,倒是让大伙儿无所适从起来。

李阎把毛巾搭在肩膀上,走到这男孩身边,先是打量了一下他身上名贵的丝质道袍,这才开口:"小法师有何贵干?"

李阎的面相就比邓天雄耐看得多,胸前混沌文身虽然看着凶恶,架不住一身皮骨匀称,肌肉轮廓饱蕴活力。

那道童吸了吸鼻子,用稚嫩的嗓子问道:"你就是李阎李总旗吗?"

"正是。"李阎不动声色。

小男孩站了起来,巴掌拍打着雪白的道袍,然后端端正正地对李阎深施一礼:"我家师哥听闻李总旗悍勇,更在乱军之中携一众兵勇破围归营,其勇可叹,其心可嘉,特地让我前来,为几位接风。"

"不知小法师的师哥是?"

"天师道高功,易羽。"

那小男孩说完,走到李阎的身前,圆溜溜的大眼睛仰视着李阎,指了指旁边的席子,示意李阎坐下。李阎依言照办。这道童从袖子里取出一张淡紫色的符箓，单手掐印，冲着李阎胸前一贴。一股淡紫色的火焰从符箓上爆射了出来，其他人惊得纷纷往前一步。

"别动！"李阎大喊出声，神色中夹杂着讶异和欣喜。众人这才发现火焰烧过，李阎身上的几处刀伤和箭创此刻已经完好如初，连肉皮的颜色都跟以前别无二致。与此同时，那淡紫色符箓稍微暗淡了一点。

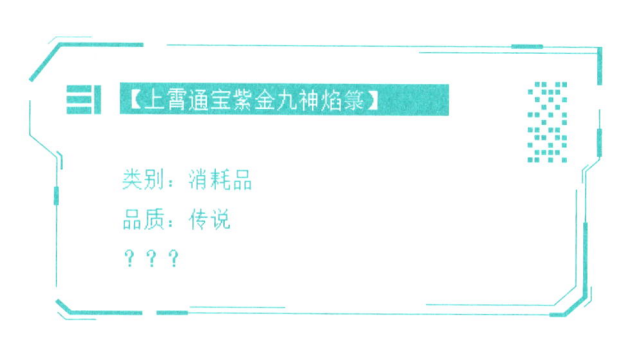

【上霄通宝紫金九神焰箓】
类别：消耗品
品质：传说
？？？

让李阎更为惊讶的，是视网膜前涌现出的大量文字。他定了定神，先吩咐说："把老刁扶起来。"

几人连忙把刁瞎眼搀扶起来，邓天雄对小道童拱了拱手道："有劳小天师了。"而李阎则顺势退到一边。他眼皮发烫，面前走马灯似的掠过黑色的食尸猫叉、菜菜子和黑色婴孩、赤皮厉鬼、持槊将领身后的黑色暴熊，最后是那张紫色的符箓！

一个悦耳的女声传进李阎的耳朵：

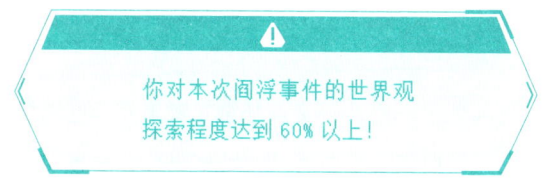

你对本次阎浮事件的世界观探索程度达到60%以上！

换人了？

李阎明明记得上一次阎浮事件的提示声音是一个低沉沙哑的男声。

> ⚠ 你解锁了所有阎浮行走对于这颗果实的探索笔记！
>
> 姓名：李阎
> 代行：无
> 完成阎浮事件：1
> 所记录的阎浮果实：
> 地·甲子二百五十九（可重命名）
> 鳞·丁酉二十四（阎浮事件进行中）

　　李阎想起了貘说的话："阎浮，全称南阎浮提，是传说中孕育世界的宝树，树上每一颗果子，都是一个崭新的世界。"

　　李阎尝试着点开第一个果实。

> ⚠ 行走大人在上一次阎浮事件当中的世界观探索程度为 42%，不足以获取这颗果实的探索笔记。
>
> 请注意！这颗阎浮果实通行权限已被锁定，所有行走无法进出。
> 锁定权限署名：貘，雨师妾，讹……

　　李阎目光闪烁了一会儿，又点开第二颗果实，也就是他现在所在的这个世界。呈现在他眼前的是一卷枯黑色，带有强烈先秦风格的竹简。

> 真见鬼,这里的明朝南镇火器水平至少领先荷兰红胡子五十年。跟我所在世界的资料不一致啊!
> ——匿名

> 呵呵,什么内力真气果然是骗人的,不过这里的冷兵器水平很高,应该能捞到不少高级别的近战专精精华。
> ——匿名

> 山西潞安府杏花村,我在这儿遭遇了鱼头人身的遗骨。这颗果实一定不是普通的无魔位面。
> ——匿名

到目前为止,记录非常稀疏,竹简上有大片留白。

> 龙虎气!能突破传承觉醒度瓶颈的龙虎气!这才是这颗果实的秘密!皇帝、勋亲、文臣、武将,什么都行,只要得到朝廷正式的册封,就可以得到这东西!
> ——匿名

接下来整张竹简像是被涂满了一样,字里行间充斥着狂热的文字。很多描述对李阎没什么意义,他一直往后翻动,直到最后一条。

> 呵呵,淘金潮吗?少了龙虎气的镇压,到时候神魔乱舞,这颗果实会变得越来越凶险吧。
> ——山鬼

李阎沉吟了许久。他从这些记录当中获得了不少有用的信息，但是对于他的阎浮事件目标并没有什么帮助。甚至可以说，从笔记来看，如果不是自己这些前辈"瓢虫"，自己的日子会好过很多。

最后，李阎把上一次事件的果实命名为茱蒂，就关上了这些东西，看向人群簇拥的席子。老刁抚摸着肚皮缓缓起身，身上的伤势已经全部愈合，就连过去的旧伤疤痕都浅得几乎看不见。

李阎一行十人，路上战死三人，除去宋通译，李阎这一趟捞回来的五条人命此刻都被小道童的符箓治好伤势，一个个又是条能熬能打能操练的汉子。

邓天雄活动着手腕，他在之前连番恶战中连续撕裂了伤口，就算有李阎的气愈术，想要完全康复也要等个把月的时间，但此刻却是龙精虎猛。

"要是现在碰上摄山那群赤备，谁输谁赢还不一定呢。"他闷闷地说了一句。

摄山一战，几乎全靠李阎力挽狂澜，小早川和三名赤备先后死于他手，刁瞎眼以重伤之躯斗杀赤备，而其余明军折了两名弟兄，才换了一条赤备性命，这让心高气傲的邓天雄有些不能接受。

小道童递上一个木盒子，还有一块玉佩。

"盒子里是我师哥犒赏各位的赏钱，至于玉佩，师哥点名要送给击杀小早川幼子的李阎李总旗。"

【拷祖腰佩】：有安神、入眠、消孽之效果，蕴含白泽之力的阎浮信物，使用后增加任意传承 7% 的觉醒度。

李阎心中有些疑虑，他不明白龙虎山天师道为什么随军远征，更不明白怎么会是天师道的道士来给自己行赏。

道童打开盒子，露出里面三锭黄澄澄的金元宝。营帐众人的呼吸顿时有些粗重，李阎看了看一众士卒的脸色，笑了笑。

"那就恭敬不如从命了。"

那粉雕玉琢的道童离开以后，李阎拿起元宝掂了掂。

"天雄，给大伙儿分了吧。"

"那，大人您抽……四成？"邓天雄看着李阎脸色。

这些元宝也是可以兑换阎浮点数的，不过李阎摆了摆手。

"我当初在摄山就说过，我那份分给折在路上的弟兄。"说着，李阎走出营帐，甩下一句，"交给你做，我出去转转。"

营帐里的军汉们面面相觑，看着盒子里的黄金，不由得咽了一口唾沫。

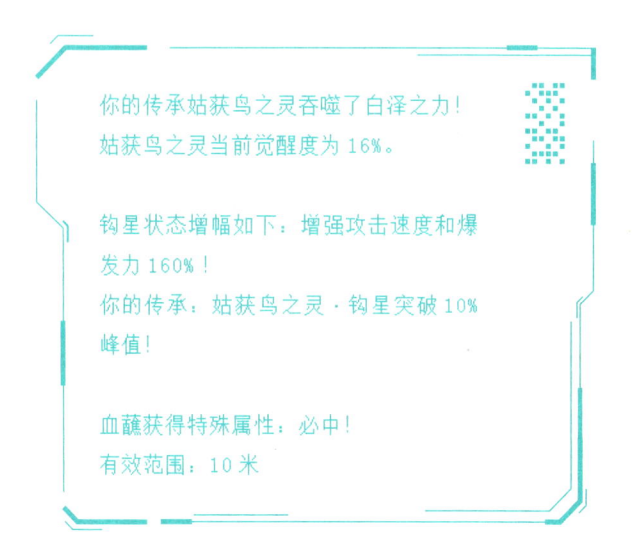

你的传承姑获鸟之灵吞噬了白泽之力！
姑获鸟之灵当前觉醒度为 16%。

钩星状态增幅如下：增强攻击速度和爆发力 160%！
你的传承：姑获鸟之灵·钩星突破 10% 峰值！

血蘸获得特殊属性：必中！
有效范围：10 米

李阎静静体会着血肉之间那种慢慢强大起来的感觉，双目游离在营帐边的一棵野草上。入冬已久,这棵草却依旧倔强地随风摇摆,一只军靴踩到那株草上,惹得李阁双眼往上一抬。

那人穿着宽松的喇叭裤,双眉耸立如刀。二人目光交互了好一会儿。

"哈哈,兄弟,咱们又见面了。"

沈鹤言从他身后迈步而出,热情地拍了拍李阁的肩膀。这人大概二十岁,面皮白净,却透着浓浓英气。

"末将李阁,参见将军。"李阁把眼中的凶光一敛,语气平和。

这沈鹤言便是冲围那一夜骑青色大宛马、手持铁槊的骑将,五品的朝廷武官。也就是说,此人身具龙虎之气,那日李阁所看见的黑熊[1]便是了。

"你等弟兄从倭人处缴获的东西,我已经呈递给提督大人了。"

"有劳将军。"

"兄弟,咱们明人不说暗话。此次平倭,我以都司之职领先锋右营骑兵一千三百人,你们这次归营听调,就不要回祖将军那儿了,跟着我干,如何?"

"一切全凭上峰吩咐。"李阁拱了拱手,说着他抬起了头,"未请教将军名讳?"

"我姓沈,沈鹤言。"那年轻人把那个穿着喇叭裤的男人拉了过来,"这是我右军扛蠹先锋宋懿。你二人枪术系出同门,说不定还是老乡呢。"

男人脸色生硬,李阁主动地拱了拱手:"我是河间人,不知道兄台是?"

好一会儿,男人才勉强回答:"霸县。"

沈鹤言挠了挠脖子,打了个哈哈才说:"老宋就这个鬼脾气,你

---

1. 黑熊:明朝五品将职胸前绣熊罴。

别见怪。"

"宋先锋一看就是方正刚直之人,跟这样的人打交道最省心力,我怎么会见怪呢?"李阎笑眯眯的,脸上却不带一丝烟火气。

"将军。"一名门下小校三步并成两步,走到沈鹤言的身边耳语了两句。

"真有此事?"沈鹤言眉毛一挑,冷笑一声,"那就别怪我不留活口。"说着他急忙冲李阎道,"兄弟,等我处理完些许琐事,咱们再聊。"

李阎目送两人远去,心中还在考虑武官和龙虎气的事情。按照探索记录,龙虎气并非大明独有,只是叫法不同。比如小早川的大名血脉鬼神之力,其实也是龙虎气的一种。杀死拥有龙虎气的人,在购买权限当中也会出现龙虎气的选项,但是数量极为稀少,又非常凶险,所以后来的阎浮行走,选择了另一条路——册封。

明朝科举制度完善,阎浮行走想考取功名得到皇帝册封,那是痴人说梦。当然,就算不读书,靠被皇帝宠信,在明朝获得极高权位的人也非常多,像是刘瑾、冯保、魏忠贤,等等。

军功!毫无疑问,绝大多数阎浮行走,都是通过这条路来攥取龙虎气。

不过,李阎想得更多,除了这三条路,想要获得朝廷册封,还有捷径可走,比如天师道。

想着这些,李阎倒觉得肚子有些饿了,于是迈步走出了大营。

说起来,李阎虽然对历史上的壬辰战争没什么印象,但想到在国内的舆论环境下,这场战争很少被人提及,那应该就是打赢了。

明军大营驻扎在肃州城内,距离平壤不足百里。

宁远伯、山西总兵兼备倭提督将军李如松居于案右,天师道高功法、神霄紫府保国法通弘烈真人易羽居于案左,案首空悬。营中包括朝鲜大臣柳成龙，朝鲜将领李溢，明军将领李如梅、李如柏等一干人。宋通译居于末位，心中忐忑。

"经略大人他？"柳成龙开口问道。

"宋经略称病，不必等他。"

说话的正是易羽。他脸上浑不在意地笑着，随手拿起案上的梨子咬了一大口，汁水四溅。

李如松的神色有些尴尬，但还是咳嗽了一声。

"开始吧。"

众人商谈的，正是攻取平壤的相关事宜。大家你一言我一语，什么地势、兵阵、粮草、火器，聊得火热。

易羽像个泥塑木雕，一句话也插不上。李如松等人似乎也没有问他意见的意思。这位天师道的高功法师自顾自地把玩着手上的扳指，神色颇于玩味。

"师哥，师哥！"小道童扯了扯易羽的衣角，"城中有——"

"嘘。"易羽把食指放到嘴边，"阿朏，饿了就吃东西，闲话别说，闲事别问。"

"哦！"

安抚了师弟，易羽把梨核一扔，暗自撇了撇嘴。

"三清爷爷在上，没点幺蛾子，你们这帮丘八哪儿晓得我天师道的手段？"

早晨下了一阵小雨，风片雨丝落了很久，军靴踩在路上能拔起一片黄泥。肃州城门口，街上尽是流离失所的朝鲜百姓，他们在寒风中缩成一团，眼神麻木。

李阎找了个担食摊子坐下，比画着要了一碗猪杂汤，递过去几个铜板。那满裙油污的老板吓得连忙摆手。李阎把铜板放到砧板边上，端起海碗往毡布下仅有的一张小木桌旁边走去。

"老丈，挤一挤。"

木桌边上的这位食客一抬脸，倒是让李阎吃了一惊。方面紫髯，双眉斜飞入鬓，身上的蓑衣和裤脚沾着雪水和泥土，腰间挎着一把长剑，身子虽然有些佝偻，却有一股不怒自威的气势。

这人身子往旁边一挪，冲着李阎笑了笑。风把挂在白桦木栏杆上的草帽吹得左右乱晃。李阎缩着身子和老人坐在一起，三两口就把汤喝了个干净。味道不甚好，胜在能暖身子。

水潭里涟漪阵阵，那紫髯老人看着败落冷清的街面，雨点落在难民们的脸上，顺着眼角缓缓滑落。他不知想到了什么，喟然而叹："宣室求贤访逐臣，贾生才调更无伦。可怜夜半虚前席，不问苍生问鬼神。"

"老丈也是随军的明人？"李阎随口问了一句。

"李提督帐下的赞画（参谋），不入品。"老人端详了李阎两眼，"咱大明的军队一股脑儿地进了肃州城，缺屋少帐，占了这里老百姓的房子，封了这里的粮仓，这也是没法子的事。毕竟我们来这里是要打仗的，士兵得养足力气。只是该算给人家的，一点也不该少。你这后生鹰视狼顾，良心倒还不差。"

李阎扯了扯嘴角，权当他是夸自己，只是没有跟他继续聊下去的欲望了。老人伸了个懒腰，抓起草帽就要离开，身子忽然一顿。

"嗯？"李阎猛地站了起来。他眼角瞧得分明，一具无头黑尸从街角一闪而过！

"关城门！"随着追赶怪尸的明军一声呼喊，把守城门的士兵们立马抬起沉重的生铁门栓，巨口一样的城门合拢起来。

那无头尸身几乎被血染遍，皮肤呈现诡异的紫黑色，手指骨节宽大，迅捷如同虎豹，竟然比马匹也毫不逊色。

怪尸扭断一名躲闪不及的难民的脖子，朝着身后的追兵扔了过去。尸体在空中翻了三四个跟头，砸向了骑马冲在最前头的人。马上人毫不犹豫，掌中长刀贯足气力，舌尖顶住上牙膛，借着马力朝前一劈！尸体被一刀砍成两截，那骑手冲出一片血雾，正是沈鹤言！

沈鹤言惊怒不已。他早知道，近百年妖孽横生，种种匪夷所思之事早不新鲜。前些年白莲教谋反，逆首薛羽英便真有呼风唤雨之能，几万将士亲眼所见，引得满朝哗变。可他怎么也没想到，砍几个意图逃跑的倭寇俘虏的脑袋，竟然养出了这样棘手的一只无头怪物来！

"肝髓流野，赤地千里，果然是妖孽横生。"老人也不慌乱，手往腰间的长剑摸去。

"老丈，借兵器一用。"李阁抓过老人腰间的长剑，迈步冲向长街。

"你这后生！"老人一开始还有几分恼怒，见李阁目光沉稳，手提长剑挡在了长街之上，脸上愠意稍减。

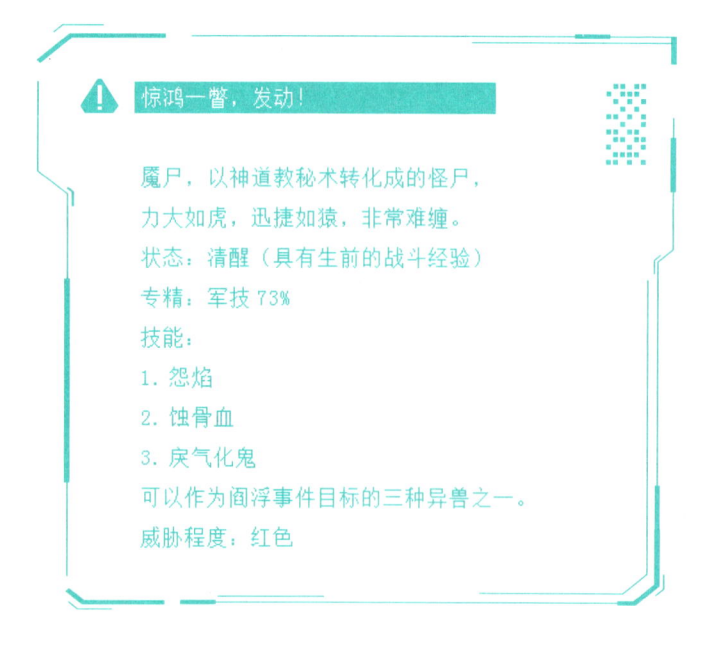

⚠️ **惊鸿一瞥，发动！**

魇尸，以神道教秘术转化成的怪尸，力大如虎，迅捷如猿，非常难缠。

状态：清醒（具有生前的战斗经验）

专精：军技 73%

技能：

1. 怨焰

2. 蚀骨血

3. 戾气化鬼

可以作为阎浮事件目标的三种异兽之一。

威胁程度：红色

李阎皱了皱眉头。论起来,这头怪尸不受混沌文身的克制,倒是自己在这次阎浮事件当中最为难缠的对手。他长剑剑锋一撩,这狰狞可怖的尸体竟然爆发出惊人的速度,冲在剑锋之前,黑色的手爪抓向李阎的喉咙。

　　而此时,一滴鲜红的血液,悄无声息地落在了怪尸的脖颈后面。

　　面对带着浓重血腥味道的爪子,李阎向后轻轻一跳,长剑铮鸣,三道剑光径直劈落!

　　钩星带给李阎高达160%的攻击速度和爆发力,可以让他连续斩出三剑。如果说怪尸是一道天边的惊鸿,那李阎就是浓厚乌云下的一抹狂雷!

　　怪尸的手臂在一瞬间被砍成三段,可远处的沈鹤言却大喝出声:"退开!"

　　即使他不说,李阎也早早地小腿连点,远离这怪尸至少三四米的距离。一滴黑血滴在李阎的棉衣上,迅速腐蚀出一个大洞。李阎眉毛直抖,他看向自己手里的长剑,却发现没一会儿的工夫,剑刃上半部分已经被腐蚀掉了。剑身只剩下三分之二,最初深邃的黑色血液也变成了干涸的紫黑色。

　　"蚀骨血……适合毛类的传承去打。"想了想,李阎还是觉得自己更适合对付小早川,或者巴蛇这样的"法师职业"。

　　那怪尸的手臂很快止血,如同猎豹一般扑了上来。

　　"想办法折他手脚。"李阎心里暗道。他把长剑甩干净,别在腰后,眼中凶光闪烁,双脚摆出摆扣步的架势,丝毫没有退却的打算。

　　那紫髯老人倒吸一口凉气,想要喝止李阎已经来不及。怪尸扑了上来,李阎前跨一步,顶着可怖的颈腔,右脚踢向他的膝盖。

　　这一脚顺利地踢在怪尸的膝上,李阎却心里一沉!

　　那怪尸单手改抱为抓,扯住了李阎衣角,五指陷进李阎的怀里。

　　嘶啦,怪尸手上只剩下一角衣料,却不见了李阎。正茫然间,李阎脚下一扭，身体顺着怪尸被砍断的右肩膀伤口穿到他身后，左手抓肩胛骨，右手拿住小腿，双掌用力一翻，把怪尸整个摔在了地上！

那怪尸一个趔趄，下意识用手臂去撑地，却忘了李阎正红着眼睛站在一旁！

迈步，仰身，手掌抓住对方单臂，脚下钩带。拧脚，滑步，错身一拧。

一人一尸手脚互抵，李阎的手臂和大腿上青筋暴起，脖颈鼓动的血管都透出浇铸般的强壮。

咔吧！怪尸的左手臂被拧断，无力地耷拉下来，蚀骨血汇聚拥堵在怪尸骨头断裂的地方，却流不出去。

蓦地，怪尸的气势陡然一变，炙热，怨毒，危险无比。李阎脖子上直起鸡皮疙瘩，远远地抽身退开。那怪尸浑身颤抖，血光围拢过来，包裹住他的身体，远远看去，仿佛着火一般！

两人缠斗不过七八个呼吸，马匹刚到，就被这怨焰吓得连连后退。那中间红、外面紫黑的光焰，实在不俗。

李阎脸上带着轻松的笑，他手指对准那红色光焰，微不可察地做了一个开枪的手势，嘴里配音："砰！"

一阵玻璃碎裂的声音响起，怪尸颓然倒地。

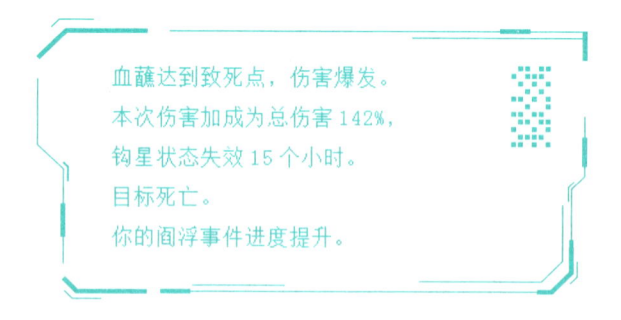

> 血蘸达到致死点，伤害爆发。
> 本次伤害加成为总伤害142%，
> 钩星状态失效15个小时。
> 目标死亡。
> 你的阎浮事件进度提升。

李阎腰间一松，把背后的长剑拔出来，有些不好意思地冲老人拱了拱手："事急从权，对不住了，老丈。"

老人盯着李阎看了一会儿。

"小兄弟当真悍……"老人须发皆张，紫色美髯款款而动。

李阎胸口文身一烫，他双眼圆睁一瞥，身后一道手持七孔流血头颅的鬼影痛苦呻吟，冰雪消融。可李阎知道，那鬼物没有碰到自己，混沌文身带给自己凶的状态也没有被激发。

眼前，紫髯老人身后一只孔雀缓缓消散。

龙虎气，孔雀，当朝三品。

第四章
宋经略

熊熊烈火升腾而起，黑色的尸身被火焰烧得吱吱作响，散发出的恶臭味让人忍不住掩鼻而走。

"大人。"沈鹤言身上的铠甲破烂不堪，脸色更是难看。

紫髯老人用袖子抹了抹剑身，神色间有些心疼。

"鹤言，这是怎么搞的？"

"是卑职的疏忽。"沈鹤言的身子埋得很低。

老人也没多说什么。他听过沈鹤言的叙述，沉吟了一会儿才说："自即日起，各营房早晚撒白灰两次，但凡有类似事件，尸体就地焚烧。"

"是。"

先锋右营的几名将士面面相觑。这老人身穿蓑衣，裤脚带泥，浓眉耸立，方脸膛，紫胡须，实在不像是个朝廷命官。他们不认得，沈鹤言却认得。老者名叫宋应昌，兵部右侍郎，正三品的朝廷命官，同时也是这次壬辰战争的经略备倭大臣，总领这次备倭一切事务。论起来，还是自己舅舅的上司。

老者"嗯"了一声。他看了低头不语的李阎一眼，忽然问道："小兄弟，你叫什么啊？"

"末将是祖承训将军手下一名总旗，昨天刚刚归营。"李阎的姿态放得很低，尽管邓天雄嚷嚷着李阎能做个百户，可李阎自己并没有这么乐观。明朝典制之中，百户是正六品，麾下总旗两人，看上去总旗只在百户下面一点，实际上总旗是没有品级的，李阎想要得到册封，只怕要从九品的巡检开始，再到把总，一点点往上爬。

仗还有的打。李阊不愁没有军功,怕的是朝中没有靠山。

"这样啊。"宋应昌"唔"了一声,没了下文。

沈鹤言眼珠转了转,忽然干咳一声:"大人,提督将军等人此刻正在营中议事,您怎么……"

宋应昌似笑非笑地瞥了他一眼:"李将军乃当世名将,打仗不用我这个掉书袋的指挥。圣上给了我一个经略大臣的差事,偏偏又让那易道士去做稽核监军,有这两道掣肘,你舅舅心里也不痛快,索性我不露面,想来那牛鼻子识趣,也不会指手画脚。"

街边忽然传来一声怪笑:"宋大人这字里行间可泛着酸气,活像个失宠的妒妇,实在失了胸襟方寸。"

雨丝歇罢,十来个身穿丝质道袍的少男少女迎面走来,簇拥着一身威严法袍的高功法师易羽。

宋应昌把眼皮一翻:"易高功不在营中,跑到城门口来陪我老人家吃尘土不成?"

易羽瞥了一眼地上大半截干枯的尸身。

"我若不来,这肃州城里明日就要爆发一场恶疾了。"

他这话说完,宋应昌也是一惊。

易羽从自家师弟阿胐手中接过那道上霄通宝紫金九神焰箓,右手掐印,对准那截尸身,一道淡白色的火团从符纸涌出。

李阊离那火焰少说也有四五米远,却感觉火辣辣的热浪扑来。更让李阊心惊的是,他隐隐感到一种来自灵魂的战栗感,似乎体内有什么东西在哀鸣一样。看似被晒成焦炭的尸身,忽然破碎成成千上万颗黑色的圆球,四散逃窜而去。

易羽冷笑一声,淡白色的火焰化成万千火苗,如影随形,跗骨之蛆一般戳进黑色圆球当中,将之化作了一摊白灰,竟然毫无遗漏。李阊瞧得清楚,这道紫符号称九神焰箓,自己只看到了两种火焰,一紫一白,紫火救命,白火杀人,这就已经有莫大的威能,何况还有足足七种火焰自己未曾见过。

"倭人手里还有如此难缠的东西？"沈鹤言一龇牙花子。

易羽摇了摇头："小把戏而已。我听说倭人国土之中，有教名曰神道，信徒众多，估计此人便是了。"他目光闪烁，暗自思量：近百年来，各国气运消损甚巨，以致妖孽横生。倭人这次倾巢而出，摆出孤注一掷的态度，莫非……

想罢，易羽摇了摇头。丰臣秀吉孤注一掷，大明何尝不是志在必得？圣上讨逆之词言犹在耳，此次入朝剿倭，有胜无负。

"战场之上，多有此等妖邪之辈，还要多加防范。"宋应昌对着沈鹤言告诫道。

"非也。"易羽插了进来，"我大明天朝上国，自有龙虎气运华盖加持，鬼神不侵，外邪退避。纵然百年来消损不少，也有皇皇天威，大军所到之处，旁支异术发挥不出十之二三的威能。眼下朝鲜各处时常有恶兽妖鬼袭击兵卒，又有哪次真成了气候？还不是都被大军杀掉？故而经略大人不必忧心，战场上，这些东西作不得数。"

易羽这话本来发自肺腑，却不知道挑动了宋应昌哪根神经。他抹了抹眼角，貌似不经意地回答："龙虎气运、百年消损之说，你们这些方士鼓吹了十几年，怕是假的也要变成真的。国之重器，岂可系于方士言论之上？自古国势颓，内忧外患，粉饰太平，民无食用，赏罚失威……"说着他瞥了易羽一眼，"小人当道。"

易羽"嘿"了一声："宋经略，我记得你巡抚山东，行至一荒村之时，有食人恶虎盘踞。你宋大人到了，这恶虎却一溜烟儿上了山，再也没有回来，当时传为美谈。你宋大人不信龙虎气运，这又作何解释？"

宋应昌面不改色："为人者仰不愧天，俯不愧地，胸中自有浩然之气，何惧兽类？"

易羽摆了摆手："老不要脸，我不与你争。"

李阎眼观鼻，口观心，和一众先锋右营的骑手站在一处，没有半点出声的意思。

提督将军李如松、经略大臣宋应昌、稽核监军易羽，此次明军的三位首脑，其中倒有两个在肃州城的城门口让李阎碰到。可李阎知道，凭自己现在一个总旗，并没有上前搭话的理由和资格。多说，就多错。何况，从眼前的情况看来，这三人司职不同，这位天师道的高功颇有几分受排挤的意思。

李如松只召见了自己带来的朝鲜通译，半点没有理会自己的意思，李阎倒也不算失望。可天师道的人却为自己送来赏金和玉佩，看那模样，若不是职权所限，只怕连自己加官的印绶都要包办，这份殷勤也很说明道理。

沈鹤言有心打个圆场，咳嗽了一声才说："说将起来，易高功想必不至于中途离席。不知道营中之事商议如何？"

宋应昌也"啊"了一声，问道："圣上灭倭心切，大军断不可久留，子茂（李如松表字）何时出兵平壤，可商讨出了一个时辰？"

"那是自然——"易羽说到一半，长长的号角声忽然响彻整个肃州城，沈鹤言脸色一变，这是全军整备的号角。

易羽脸色肃穆："今日申时备军，夜围平壤。"

号角声呜咽，脚步声、呼喊声、甲片碰撞声响成一片，营帐里一片匆忙。

"李总旗，李总旗。"宋仲基看四下无人，提起袍角，匆忙地跑到李阎身边。

李阎一干人此刻正在换甲准备出发，看见他来，不由得一笑。

"这不是宋通译吗，你不在朝鲜军帐中，跑到我这儿干什么来了？哎，天雄，我靴子你看见没有？"

"你听我说。"他抓起水瓢舀了一口凉水，亦步亦趋地跟在营帐中找寻军靴的李阊后面,"你写了谁?"

"什么写了谁?"李阊没听明白。

"你怎么会不知道?你杀掉的小早川正和是丰臣五老之一毛利元最疼爱的孙子,战功捷报现在就压在李提督的书案上,保举你的文书都快到了义州啊。"

李阊一顿:"战功还没发回去,怎么就先保举我……哦。"

他心思也快,自然明白了过来。小早川正和算是大明入朝以来的开门红,若是平壤之战爆发,或许算不上什么,但是放到眼下这个节口,却是奇货可居。这样的功劳,不会让自己一个人拿下。

若是先报军功后提拔,这份功劳旁人自然一丝都分润不走。若是先提拔,后报战功,那就是提拔李阊的人慧眼识英才,刚刚提拔的人才,就能建立功勋。与之对比,李阊豁出命去赚来的功勋,自然就暗淡许多。

在宋通译看来,这提拔书牒上的署名当然要李阊自己去写,是写自己的老上司祖承训,还是别人什么的。

可李阊自然明白。这种弯弯绕绕,哪有自己这个做下属的说话的份儿?上峰最后知会一声,就已经给了自己天大的面子。李阊倒也没有愤懑的感觉。左右是大局已定的结果,倒不如想想自己能从中捞到什么好处实际一些。

"这件事情没有定论,你来就是跟我说这些的?"他态度放得和蔼了很多。

"你听着。"宋通译脸色肃穆,"明日大军攻打平壤,傍晚之前,提督大人会在三军之前升你做九品巡检,要你挑选部队跟随。你记住,一个是蓟镇都司吴惟忠五千戚家军,一个是宣府游击章接麾下一千五百精骑兵,你从这二者选择一支入职,必建奇功。"

李阊身子一顿,双眼锐利:"你怎么知道的?"

"今天清早,议政大人(朝鲜大臣柳成龙)和你们明军提督商议攻打平壤之事，我也在席间。"

"呵。"李阁往胡床上一坐，"那你为什么告诉我？"

宋通译有些恼怒："我可是冒着掉脑袋的风险跟你说这些的。"

"所以你想要什么？"李阁也皱紧眉头，"你回了朝鲜国的官府，何必再跟我们这些丘八纠缠？大战在即，我没工夫跟你打马虎眼，你想让我做什么，不妨干脆点。"

"你……你！"宋通译为之气结，嗓子一哑，"我念你我出生入死一场，甘冒奇险来告诉你这些。也罢，就当我猪油蒙了心，白来这一场。"说着他挥了挥衣袖，作势要走。

李阁目光闪烁了一会儿，还是拉住了他，笑着拱了拱手："我是个粗人，不会说话，宋兄弟不要见怪。今日这一场，我李某人铭记于心，他日有用得上我的，兄弟你尽管开口。"

宋通译愤愤不已，李阁三言两语间送走了他，这才暗自思量起来：九品巡检？蓟镇都司？还是宣府游击？

酒盏落在地上，墨绿色的碎片和猩红的酒液洒了一地。

小西行长立于高楼之上，身穿锦衣，腰间别两支短铳，手指捏着一张信笺，双目赤红。

这张信纸是午时从城门外面用鸣镝射进来的，上面墨迹方正，又杀气腾腾：

> 提兵星夜到江干，为说三韩国未安。
> 明主日悬旌节壮，微臣夜释杯酒欢。
> 春来杀气心犹壮，此去妖氛骨已寒。
> 谈笑敢言非胜算，梦中常忆跨征鞍！

小西行长读罢久久不语，远处的城门楼箭垛后面，能听到倭人把守声嘶力竭的呐喊。

"明军,到了。"

申时未过,平壤城前大明中军前锋人马飞驰而过。普通门、密台门、长庆门、七星门、正阳门……在倭人的长弓火铳之下,分骑列队,每过一城门,必留下一个千人方队,随后大军压上。

漫天大雪飘飞,北风呼啸狂舞,悠扬而沉闷的号角声中,马蹄声、脚步声、车轮声如同浓厚乌云下的滚滚闷雷逼近。

明国军两万,朝鲜军三千,将平壤城池围了个水泄不通!

沈鹤言立于阵前,距离对方弓箭射程不足十步,身后战马暴躁嘶鸣,刀山枪林耸立,身前硕大的铁椠充满了视觉压迫感。

三军阵前,李如松整盔贯甲,双目湛然若神。

李阎身穿锁子甲胄,在众人之中毫不起眼。他默默听着李如松调兵遣将,挥斥方遒之间,一个名字蹦进了他的耳朵:"原承武卫总旗李阎何在?"

众人目光齐刷刷地望向他。李阎丝毫不显慌乱,鱼跃而出,单膝点地。

"末将在。"

"你归营杀贼有功,我准备上报朝廷,许你隆安府巡检之职,战时归入右军,手下领二十人,你想入哪一部分,不妨说出来。"

李阎起身,却一躬到地:"为国杀敌尽是铮铮好汉,独不敢臧否挑剔,唯独巡检一职,末将有话要说。"

他这话一出,在场的人眉头皆是一皱。易羽本来手持青瓷茶盅,啪的一声,盖碗砸在茶盅上。他若无其事地甩了甩手腕,没有说话。

"你有什么话,说吧。"李如松面沉似水。

"归营杀贼,是我与手下一班兄弟共为。我当初带他们归营的时候做过保证,保他们人人一个旗官。如今我加官晋爵,可几位弟兄却寸位未得，故李阎不敢领此职。"

"那你这话的意思是？"李如松一开始觉得李阎是嫌官职小，可此刻看上去，又不太像。

"末将愿意用这个九品的巡检，换我手下兄弟五人，人人一个旗官。"

在座诸位嗡的一声响作一团。

"你可知道，旗官可是不入品的，只是白身，说没也就没了。何况你自己出生入死，就这么把功劳拱手让了出去？"

"若非如此，末将对不住一路上死去的三位弟兄。"李阎语气坚决。

副将杨元微微颔首，不乏欣赏地感叹："是条汉子。"

李如松倒觉得有些头疼。李阎的要求合乎情理大义，自己不好拒绝。旁人看上去，他放弃了官身，也是吃足了亏的。可是五名旗官，如果都是满编五十人的总旗，那就是二百五十人，即使是二三十人的小旗，也有足足一百多人的份额！

在座的众位将军，显贵一些的，是一地的副总兵，手下人一千到数千不等。差一些的也是五六品的武将，手下步兵骑兵少则四五百，多则七八百。就算只是暂时的，李阎这一句话，也让自己送出去此战当中小半个六品将军的兵员。

正犹豫间，宋应昌却开口说道："一个总旗有如此忠肝义胆，实在难得。提督大人，我觉得不妨就答应了他。"

李如松一看连经略大臣宋应昌也帮他一嘴，微微颔首，索性就大方一些，拨给李阎两名总旗、三名小旗的份额，共一百六十人。加上李阎自己的总旗职备，他眼下能调遣的，就是足足二百一十人。

"蓟镇都司吴惟忠何在？"李如松开口。

"末将在。"一将官越众而出。

"平壤城高墙厚，与北面牡丹峰遥相呼应，欲破平壤，必下牡丹峰。明日拂晓攻城之际,你领五千步兵攻打牡丹峰。"

"末将领命。"

李如松说罢转头:"宣府游击章接何在?你领一千五百人,换上朝鲜民服,至西南城门与朝军李溢部会合。倭人瞧不上朝军战力,必然轻视,明日攻城之时,你随朝军掩杀至平壤城门之下,届时再亮出明军旗帜,杀他一个措手不及。"

"末将领命。"

"中军杨元、右军沈鹤言领兵五千人攻七星门,配大将军炮二十门、虎蹲炮五十门;左军李如柏、参将李芳春领兵五千人攻打普通门,领大将军炮十门、虎蹲炮三十门。我亲率大部队神机营鸟铳队压阵。"

"鹤言,"李如松又道,"我料想小西行长今夜袭营,你领右军大营八百火弓手埋伏,叫他有来无回。"

"末将领命。"沈鹤言咧嘴一笑。

李如松瞥向李阎:"今晚,你也随鹤言一齐去。"

李阎把头深深埋下:"末将领命。"

是夜。插在土墙缝隙的两点火把亮着,焰光熹微。营盘上挑出一杆大旗,好大一个"李"字迎风飘扬。

黏稠如墨的夜色下,骑在黑鬃战马上、戴着黑色独眼罩的藤原双唇紧抿。他身后有数百名手持刀枪弓箭的倭人,一个个伏着身子趴在土坡上面,漫山遍野的黑点鸦雀无声。

泥土被犁动的声音沙沙作响,小西行长千挑万选出的夜袭队伍像是夕阳落尽后迅速蔓延开的黑影,扑向了明军大营!

藤原接过手下递过来的长弓,从撒袋中摸出三支羽箭,对准营楼,大拇指扣紧弓弦,眼中冷意逼人。

嘣!三支箭头离弦而去。第一支箭挑翻了火把,火星四溅。第二支箭箭头陷进土墙缝隙，火焰被刮起的大风熄灭。一片昏暗之中，最后一支箭急啸着射向营盘中硕大的"李"字旗杆！

咻！短小的鸣镝撕破空气，撕破黑夜，更是直接将那支指向"李"字大旗的箭矢穿成两截！

一片不见五指的黑暗中，宋懿肩扛鲜红大纛，眼如鹰隼。他放下手里的短弓，冲着射出这三箭的藤原冷森森地一笑！

"糟了！"藤原大惊失色。

潮水一般的明军朝两侧压来，沈鹤言一声虎吼响彻营盘。

"灭！"黑色箭矢昂扬地指向倭寇射出，伴随着嗤嗤的火药爆炸声，瓢泼大雨似的铜丸穿过火花爆射而出。

大片的倭寇捂着伤口倒下。虽是骤然遇袭，可藤原带领的这支倭寇队伍却没有因此溃败，竟然顶着明军的箭雨冒死冲锋而来！

一向冲锋在前的沈鹤言这次表现出了非常冷静的军事素质，一边指挥第一列火铳队退后换弹，让后列火铳队顶上，一边让手持四米狼筅的明军抵住倭寇的冲势。

藤原手持两把长柄野太刀，套在铠甲外边的羽织被余焰烧坏大半。眼看对手完全没有和自己短兵相接的意思，手下的士兵却被一轮轮箭雨火弹割麦子一样地射倒，藤原深知事不可为。平壤城头，有三千左右铁铳队准备接应自己，此时撤退，还能保留小半班底。

一念至此，藤原不再迟疑，后队变作前队，就要撤走。

"大人，他们要跑！"一名眼尖的小校呼喊着。

沈鹤言毫不在意："这就不是我的事了。"

一阵暴躁的战马嘶吼声从倭寇身后响起。李阎身披锁子甲，黑色枪杆抵着手肘，身后七八十匹青色大宛马翻着冻土横拦在藤原等人的去路上。

邓天雄、王生一干人骑在马上，把队伍延展开来，像是一颗钉子，钉在了倭寇眼前。

"狼筅队推进!"队伍后面的沈鹤言一声令下,铜墙铁壁一般的明军缓缓逼近,呈现两面夹击之势。

李阎侧了侧脸,距离自己进入阎浮事件其实只过了七八天,自己手下就有了近百骑的人马。李阎能在这次阎浮事件里走到哪一步,就要靠这支班底了。

"大人小心!"邓天雄一声呼喊,藤原的刀刃已经劈落!

"杀!"邓天雄钩镰枪杆往前一刺,青鬃骑兵利剑一般刺进倭寇阵列,刀刃划过肉体的沉闷声伴随着漫天白色雪粒响成一片。

铛,李阎貌似没有回神,右手却神来之笔似的向上一挑,枪刃自下而上抵住太刀,钩镰刃挂住太刀刀身。藤原怒吼一声,提刀平削向李阎的右耳,一股黑气从他背后升腾而起,有质无形,看不出是什么东西。

> 姓名:藤原美智(刀骑将)
> 专精:军技 76%
> 技能:大太刀鬼斩(鬼神之力加持)
> 备注:大名麾下的旗本武士,同样属于贵族,有微薄鬼神之力护身,可以用来豁免一定程度的行走伤害,但是可以运用加强攻击力。眼前这人明显属于后者。

无论是大明所谓的龙虎气,还是日本方面的鬼神之力,说到底都是一种东西,是这一类阎浮果实特有的神奇产物。就像李阎的姑获鸟传承一样,龙虎气是一种有无数奥秘的超凡体系,而且根据阎浮行走探索记录的说法,拥有传承的人获得龙虎气,有如虎添翼的效果。

李阎枪杆一横,闷吃了藤原一记,虎口一阵发麻,不由得惊咦出声。自从强化姑获鸟之后，李阎已经很久没有遇到过这种情况了。

这次离开，少说也要捞一个七品的把总当当，好好看看这龙虎气到底有什么奥秘。李阎一抖手腕，枪尖向上一戳，暗自想道。

蓦地，藤原怪叫一声，两柄大太刀合拢一处，双手高抬，两只胳膊暴起紫黑色的青筋，双眼圆突宛如厉鬼。

大太刀鬼斩！

李阎眼神一厉，黑色枪杆的速度一下子快了几倍，长缨抖落如星火，银亮枪头疯狂舔舐着藤原的血肉，脖子、胸口、大腿，顷刻间透出七八个血红窟窿。

藤原美智的嗓子发出咯咯的声音，从马背栽落到地面，至死也没有砍出这一刀。

李阎枪杆拍在马臀上，大枪抖擞腾挪，身影没入敌阵之中。

城外杀声渐渐停歇，数千铁铳军眼巴巴地等着袭营的士兵和追击的大明部队，却始终看不见半个影子。

平壤城内，一片萧条宛如鬼域。日军攻占平壤之后大肆屠杀，尸体让江河为之阻隔，日后李如松攻下平壤，偌大城池，竟然只剩下数千老弱妇孺。

小西行长辗转反侧，一夜未眠，思考着破围的办法。牡丹峰的几千部队已经联系不上，城内士气低落，巨济岛的补进久久不到，九鬼嘉隆就是个废物，被一个名不见经传的李舜臣打到仓皇而逃，弄到朝鲜内陆的补进线几乎沦陷，把自己逼到这般田地。

"再多一点点时间就好，只要能再坚持一段时间。"

"喂，小西老伯，你睡了没有？"纸糊的窗户后面，一道黑影肩扛长刀，冲着里面说道。

听到外面的声音，敷粉的歌姬身子下意识地一抖。小西行长睁开眼睛，从女人的大腿上坐了起来。

"黑田小鬼,这么晚了,你找老夫有什么事吗?"

门板哗啦一声被推开,一颗硕大的双角恶鬼头颅被丢了进来,咕噜噜滚动的恶鬼双眼惊恐地张大,似乎在临死之前,看到了什么比自己更为可怕的东西。

"城里的这种东西越来越多,老伯你也要让你手下那群家伙适可而止啊!"说着他大跨步走了进来,在乖顺如同鸡崽的和服女人屁股上摸了一把,撇着嘴说道,"尤其是远藤和坂田这样只知道给我添麻烦的蠢货,如果砍下他们的脑袋,我会轻松很多吧。"

这人身穿白色的僧袍,二十岁上下,黑色绑腿,光头,头顶有十二颗戒疤,肩膀上扛着一柄黑色宽刃武士刀,透出一股说不出的邪异。

"这种程度的鬼怪,对你造不成麻烦吧?毕竟国内已经……嗯……"小西忽然住口,叹了口气才说,"总之,我会让下面的人注意的。"

被叫黑田的和尚歪了歪头,坐在一边的榻榻米上,随手抓起盘子里的鱼干往嘴里送去。

"话说回来,老伯,你能不能想办法把我送出平壤?"

"这是为什么,黑田?"小西行长有些不悦,但还是耐着性子问道。

"当然是因为危险。城外可是大明的军队啊,留在这里不是被大炮轰死,就是被人砍下脑袋吧。"黑田和尚一个劲地揉着太阳穴,神色苦恼,"你们这些老家伙活了一大把年纪,剖腹就义没有遗憾,可是我不想就这样死在战场上啊。"

"混账,你这样还配做黑田家的子孙吗?"

和尚撇了撇嘴:"总之,如果城破的话,我可是会自己一个人开溜的。哦,对了,"黑田想起来什么一样,"藤原那支队伍,已经全军覆没了。"

"什么？我明明……可恶。"小西行长深吸一口气，强忍住挫败的感觉，"总之，如果事不可为，我会送你突围出城的。小早川家的那个已经……总不能让你也不明不白地死在这里。"

"那就再好不过了。"黑田站了起来，眉毛皱紧，欲言又止了好一会儿，随即又摇了摇头，"算了，以大明人的高傲，又怎么会在乎那种东西，应该不会有事。"

天色破晓，李阁手持汉剑环龙，远远眺望。

覆满白雪的牡丹峰上林海摇动，如画如诗，平壤城前一声炮响震落山雪，众人精神为之一振，蓟镇参将吴惟忠拔出长刀，大吼出声："传我的号令，攻山！"

"攻山！"李阁手掌向下一抹，身后一百余名明军齐齐拥上牡丹峰！

李如松批下来的配额，一共是八十名马兵、一百三十名步兵，配长枪或者短刀，弓弩二十架。其中邓天雄和刁瞎眼两人任总旗官，王生等三人任小旗官。原则上，仅仅是个总旗官的李阁没有权力调动平级别的邓天雄和刁瞎眼，不过原则是原则，如今这位当着三军将士的面宣称愿意用一个官身换取手下弟兄人人一个旗官的李总旗，在参将遍地走的右军大营里，不大不小也是个名人了。

按照李如松的将令，昨夜埋伏的火弓手、狼筅队，包括李阁率领的马兵队伍，是可以不用参加清晨第一轮的攻城行动的。不过身为阁浮行走的李阁精力远远超出常人，他自发向李如松请命，参加牡丹峰的攻山战。

打着大明旗帜的蓟镇兵和驻守山头的倭人军队在牡丹峰山腰结结实实地撞在了一起！李阁又一次看到了类似上次赤备军的光芒，可这次，这些光芒是从蓟镇兵的身上散发出来的！

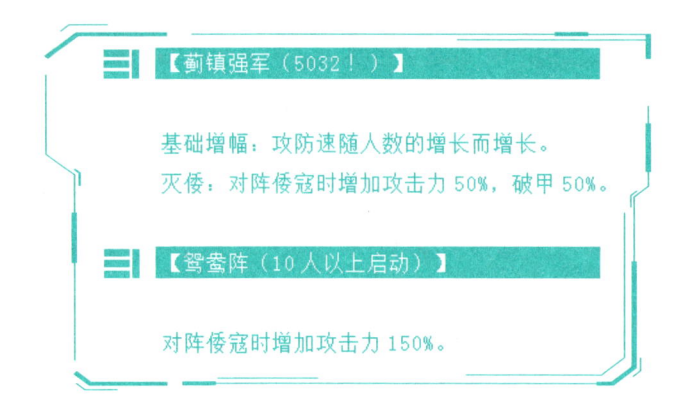

> 【蓟镇强军（5032！）】
>
> 基础增幅：攻防速随人数的增长而增长。
> 灭倭：对阵倭寇时增加攻击力 50%，破甲 50%。
>
> 【鸳鸯阵（10人以上启动）】
>
> 对阵倭寇时增加攻击力 150%。

蓟镇兵十二人一队，两人持鸟铳，两人持狼筅，两人持藤牌盾，四人持长枪，两人持山字形镋钯冲锋在前。镋钯顶端悬挂火药炮仗，队中夹杂长刀手，镋钯冲乱敌阵，几米长的狼筅将倭寇扫倒，长枪补上刺击，火铳手策应。蓟镇兵在山腰的战场上如同一个个旋涡，疯狂绞杀着倭寇的队伍。

刁瞎眼的身上沐浴着和蓟镇兵同样的光芒，手中的长刀和倭寇磕在一起，独眼之中泛着老辣的神采。李阎带领的人旋绕于战场侧翼，他这一百来人比起久经沙场的蓟镇兵来说相对脆弱。

刁瞎眼本就是蓟镇兵出身，能享受到蓟镇强军的加成并不让人意外，可李阎却没有这个待遇。这些驻守在牡丹峰上的将士，个个都有60%以上的专精，至少两成的人有70%的军技专精，换作刚刚进入阎浮的李阎，同时被四个以上的倭寇缠住，就有些吃不消了。

但那是刚进阎浮的李阎。

环龙铮鸣着划过对方脖颈，一颗人头高高抛起，穿行在沸腾战场上的李阎翩跹若龙，力大势沉的环龙剑滚进人堆里随意一划，就有几道血箭喷涌而出。

突破了89%的古武术专精，钩星状态160%攻击速度和爆发力的加成，再顺手不过的汉剑环龙，这些加在一起，让李阎深入敌群也如砍瓜切菜一般。饱蘸鲜血的环龙剑雪亮如初，可它主人身上倭寇的鲜血却滴流不尽，宛如恶鬼夜叉。

> ⚠️
> 你的任务型技能杀人如麻已经解锁！

李阎心中一动。这时候，带着一道浓重腥味的黑光冲他面门而来，他来不及躲闪，就地一滚，身上沾满了肉泥和土块，煞是狼狈。

一名头戴南蛮形兜、身穿黑色大铠的倭人冷冷盯着李阎，膝盖呈九十度蹬地冲刺，薙刀劈向李阎的脑门。李阎手持环龙剑自下而上挑起，刀剑交击之下，环龙剑发出一阵哀鸣。呜！

李阎双脚陷进泥土，耳边一阵刺鸣，那倭人后退半步，紧接着前踏再次猛劈而下！李阎小腿一扭，再次滚地让过刀锋，旁边的一名倭寇见状，趁机挥舞武士刀刺向李阎的肚皮。倒在地上的李阎手持环龙攀上那人的刀身，发力一绞，武士刀被挑飞出去，接着剑锋向上掠过，在那名武士的喉咙上轻轻一点。扑通，那名想过来捡个便宜的倭寇捂着喉咙跪倒在地。

披铠倭人抿着嘴巴一语不发，看也不看倒地的同伴一眼，粗短却精悍的胳膊将薙刀放至小腿处，甩开脚步猛冲而来。

李阎把环龙横在胸前，轻轻啐出一口下唇流出的鲜血。

> 姓名：后藤加义（战国大将！）
> 状态：牛鬼，大名之封
> 专精：薙刀 89%
> 技能：薙斩（被动）
> 薙斩：使用薙刀类武器作战时提升 30 锋锐度（普通冷兵器锋锐度默认为 10）

> 牛鬼：攻击力增加 100%
> 大名之封：小西行长亲封家臣，有鬼神之力护佑，一切伤害豁免 10%，阎浮行走伤害豁免 25%

薙刀再次凶猛劈来，牡丹峰战场混乱没有腾挪空间，李阎摆开弓马，环龙再次磕在后藤加义的薙刀上，一滴血点不知不觉地落在了后藤加义的脖颈后面。

骤然发力之下二人拼了个旗鼓相当，可后藤几乎毫无凝涩，抽刀之后再次劈来。李阎非常果断，双脚往前连踏两步，不顾一切地把长剑朝前平刺。

后藤眼前一花，明明在自己刀刃前的明军却鬼魅一般进了两步，薙刀的刀柄砸在这人的肩膀上，自己腰腹却是一凉。

李阎怒骂一句，薙刀刀柄砸到他肩膀的甲片上，痛楚深入骨髓。环龙则刺进后藤的肋板护甲上，入肉很浅。后藤加义虎吼一声，抽刀再劈。从他和李阎交锋开始，他就只有劈斩这一个招式，却无比迅猛，逼得李阎难以招架。

李阎一个后跳，往明军和倭寇绞杀在一起的混乱战场跑去，后藤看他逃跑，红着眼去追，可他一身甲胄比起李阎来要重太多，周围的倭人也根本拦不住李阎。情急之下，他抓起脚下一名被李阎斩断右脚而痛苦呻吟的倭寇，像是扔沙袋一样朝李阎砸了过去！

正朝着中央战场奔跑的李阎身影一顿，左倾让过一名小使的长枪刺击，环龙铮鸣上撩，那小使自裤裆到右肩膀崩裂出一条血线，李阎顺势踹倒这名倭寇的尸体，一把夺过长枪，反身抽打，把那名被当作炮弹的倭寇抽到一边，环龙剑插在地上，枪头直指后藤。

"第二回合。"他冷冷说道。

后藤默然不语，身子像是扑食的猛兽一样埋着，薙刀一横，挟裹着浓稠的血腥味道冲来！李阎一记中平式刺出，枪头抵住薙刀刀刃。

　　刺啦啦……令人牙酸的金属摩擦声响起，枪杆被薙刀凶猛的力道压成一道弧形。后藤双臂较着劲，只听李阎暴喝一声，长杆一抖，枪头灵巧如蟒蛇，刁钻地啄向后藤手腕。

　　"什么！"

　　后藤惊出一身冷汗，薙刀往下一压，勉强让过枪头，可一身势头卸尽，后藤眼睁睁地看着带着泥泞血水的枪头长驱直入，没入自己的胸口！

　　后藤加义连连后退，胸口不停往外渗血。李阎铁枪挥舞，在飞溅的脏器和血液之中，一点寒芒如索命冤魂般冲出，径直刺向后藤。后藤恼怒地大吼一声，薙刀划舞迎上，刀枪交击如钝锤似的砸在人的心上，火星溅了出来。

　　两人之间狂风骤雨一般的交锋让人目不暇接，劲风四散之下，一名眼带惊惧的倭寇躲闪不及，被李阎旋舞的枪头直接抽爆了脑袋。

　　如果后藤加义的薙刀是一头势不可当的蛮牛，那李阎的长枪便是带刺的铁鞭和猎食的凶蟒。一套气度森严、煌煌如同天威的桓侯八枪在他手里，诡异得像是黑色的风暴眼，刁钻而又凶狠，时不时就舔舐在后藤加义的身上，勾勒出一道又一道血花来。

　　嚓啷！薙刀和长枪刃口擦着火星划过。

　　铠甲的甲片裂开飞溅出去。淌血的铁枪头穿破后藤的颈甲，在他的脖子上带走好大一块血肉。宛如受伤野兽的后藤加义眼里却有疯狂嗜血之意闪过。

　　咔吧！长枪被薙刀整个斩断，平整的截面没有一丝毛刺，刚才还腾挪如龙的枪头顿时静了下来，跌落在地。

"死!"后藤加义怒吼着,高扬薙刀,那一刻,杀戮的喜悦刺激得他满身的伤口似乎都暖洋洋的。

冥冥之中,他似乎听到一阵玻璃破碎的声音。至少十几道血箭从他身上狂涌而出,淅沥沥地洒在地上的半截长枪上。血葫芦似的后藤满脸不可思议,扑通一声,无力地栽倒在地上。

> 血蘸已经达到致死点,伤害爆发,本次伤害加成201%,钩星状态失效21个小时。
> 目标死亡。
> 你的阎浮事件进度提升。
> 你的购买权限评价显著提升!

李阁眼前一黑,支撑着滚地捡起一把倭刀,一个夜战八方让过敌群,抓起自己的环龙剑往明军身边靠拢。

吴惟忠的鱼鳞甲上溅了一摊血,这名头发已经露出些许花白的参将眼看着李阁杀死后藤加义,眼睛一亮,大声呼喊:"好小子!"

"将军死了!将军死了!"不知道哪里传来了一声凄哀长吼,战线的崩塌从一个小角开始,眼看着就要扩散开来。喊话的那名倭寇脑袋被劈砍下来,后藤加义的副将双目赤红,大吼出声:"后藤将军传令!退守土堡!后藤将军传令!退守土堡!"吴惟忠冷哼一声,暗骂一句负隅顽抗,蓟镇兵朝牡丹峰顶围拢过去,牡丹峰之战已经没有悬念。

牡丹峰厮杀正盛,而此刻的平壤城门之前,大将军炮和石火矢交相绽放。

前膛短小的佛郎机炮,管长壁厚,炮膛加七八道铁箍,威力凶猛的红衣大炮,铁绊子固定在地上,样式不一的各色将军炮都疯狂地喷吐着火焰和弹丸。

黑烟浓烈，橘红色的火焰在城墙上蔓延开来，爆炸声震耳欲聋，数不清的弓箭和铁弹丸射上城墙，接连不断迸溅的血花染红了箭垛。

明军火铳样式驳杂，有三眼火铳、夹靶铳、拐子铳，等等，可这些火器的威力和准头都极差，远不如高据城楼的倭寇铁铳队火力迅猛。李如松只端详了一会儿，就命人挥动将旗。

头戴红缨黑色圆顶盔的明军方阵当中，车轮推着一个个方栅栏箱子似的东西缓缓逼近，被火焰灼烧得不断摇摆的引线深入炮膛。火焰灼耀之下，上百道火焰长箭矢争先恐后地从箱子中喷射而出。

百连猛虎齐奔箭！

架火战车冲锋在前，载着几十名明军的尖头木驴一路冲到城门下面。高高的云梯搭上带着火焰余温的城墙，头包网巾、身披山纹甲的明军战士背藤牌，衔短刀，顺着云梯攀上城墙。城楼上滚烫的木石下饺子一样袭来，身边不时有士兵从城墙上摔落。

旌旗搅动，杀声沸腾，泥土沙石飞溅，尘埃盈野，天地间一片昏红。

"点火！"

平壤城门已经沦陷大半，其中小西行长派重兵把守的七星门被明军的虎蹲炮硬生生地轰开！

滚滚硝烟从破碎的城门里透出，一道鲜红大纛兵锋所指，率先入城。

宋懿不披甲，短袖棉袄下套着箭袖，左肩扛丈余红色大纛，右手握腕口粗的錾金虎头枪，身后数百骑兵鱼贯而入。

奔跑的马蹄在平壤大街上横冲直撞，步兵紧随其后补刀。蓦地，一名明军骑手一勒马缰，双眼不可思议地睁大开来。几名骑手先后注意到异状，纷纷勒马而停。

雾气和黑烟弥漫的长街之上，一只黑色的大脚丫穿破烟雾，显露在众人面前。

几名持鸟铳和弓箭的明军毫不犹豫地瞄准射击,弹丸和弓箭没入那阴影中的怪物体内,那影子一晃,随后就站稳了脚跟。

"别慌,又不是没见过。"一名小旗官冷冷摆手。第一排的鸟铳手后退,第二排鸟铳手瞄准,弓箭手搭好箭头上燃烧火焰的长矢,又是一轮齐射。火箭射在那怪物身上就熄灭了,火药和桐油的味道弥漫整个长街。

一阵狂风吹尽浓雾和黑烟,整个长街一览无遗。尸横遍野的石板砖上,近百头大肚皮恶鬼或站或蹲,神色呆滞。

通体赤红的小个子尖牙鬼趴在残缺的尸身上啃噬血肉,鲜血顺着嘴角向下流淌。阴影的小巷子里有周身溃烂、衣着残破的腐尸窥伺着长街外的明军。各色魑魅魍魉,充斥整个长街!

"这都是些什么怪物……"那名明军小旗颤抖着嗓子说。

小个子尖牙鬼塞着肉丝的牙齿龇着,三两个纵跃闪电般袭来,就要扑中一名明军的脸庞,竟然没有一个人来得及反应。

砰!一团血花爆裂开来。

宋懿面无表情地抖落枪头的血肉,肩膀上的大纛猎猎而舞。眼前的场景宛如阿鼻,他却面不改色。

"先锋大人……"那名小旗回过神来。

"闭嘴!"宋懿冷冷骂道。

他双眼望向长街,太阳反射下的冷光汇聚至虎头枪尖。

"你们这群废物!"

"黑田小鬼,你觉得那些妖鬼能挡住明军多长时间?"小西行长面色憔悴,明军凶猛的火力和将士的悍勇几乎冲垮了这个戎马半生的人。

秀吉大人说的日出之国的一线生机,真的能抓住吗?

"这个,应该就要看明军的坚决程度了吧。"黑田一会儿挥舞着手臂，一会儿下腰，一会儿蹦蹦跳跳，好像是做运动，嘴里回答小西行长，"那些妖鬼被国朝气运所压制，大明这次又是有备而来，有的是火铳、大炮和将官，所以平壤城巷子里的那些妖鬼，注定不可能是明军的对手。一天吧，大概能拖延这么久。"

小西行长又接着问道："我听说，大明皇帝崇信龙虎山天师道，这次行军，更是有当代天师的得意门徒担任督军，如果他出手……"

"如果是那种懂得操纵鬼神之力的神官出手，不超过两个时辰，平壤城里的妖鬼就会被涤荡一空。"

"这怎么办？"小西行长一脸难色。

"所以喽，"黑田最后伸了一个懒腰，活动完毕，抓起桌子上的黑色武士刀，"就算是逃走以前最后的努力好了。"

黑田拉开木门。

"如果那家伙敢进平壤，我就砍了他。"阳光射在黑田的身上，为他的脸镀上了一层金光，"小西老伯，我很喜欢你的侍妾美代子，如果我能回来，把她送给我吧！"

"高功大人有令！步骑凡无官身者，回营听调，弓手每营领符箓箭五百支，以之射杀妖鬼。高功大人有令……"

"上前线是不会上的，这辈子都不可能上前线。"易羽头摇得好似拨浪鼓，唾沫飞溅，大义凛然，"我天师道的宗旨是救死扶伤，匡助世人。你现在要我去前线斩杀妖鬼？妖鬼不也是朝鲜无辜百姓所化？这与我宗门道义不符啊！"

宋应昌的脸色不大好看，李如松沉吟不语。

坐在椅子上的阿朏双脚晃啊晃的，他仰着脸问道："师兄，你是不是害怕啊？"

易羽涨红了脸，额上的青筋条条绽出，争辩道："守戒不能算害怕……就是守戒！出家人的事，能算害怕吗？"接着便是难懂的话，什么"道舍尊卑同科",什么"想尔二十七戒"之类的,引得众人都沉默起来,营帐内外皆是万分尴尬。

"好了。"宋应昌打断易羽的喋喋不休,"既然易高功不愿意进城除妖,那我们再想别的办法吧。"

一旁的易羽听说不用进城,点头如同小鸡啄米。他自知理亏,十分大方地表示提供铲除妖鬼所需物备,营中参将人手一只真武降魔佩,另外又奉上一千金刚符、一千搬山符、三千破邪符。最后称连日行军,瘴气入体,拉着阿朏提前离开。

牡丹峰恶战,平壤攻城战,加上随后的巷战。这场明军攻打平壤的战阵厮杀持续了整整一天一夜,其中牡丹峰两千多的守军全灭,守城的倭寇死伤五千余,而明军战损伤亡人数,只有两千五百多人。

平壤城池虽然攻克,但是小西行长依旧占据城中修建的各个土堡,抵抗意志极为坚决。进入巷战以后,明军的大炮架不进来,反倒是倭人精擅的火绳枪和大筒得以发挥,城中又有妖鬼之患,局面一时僵持不下。

"子茂,你有什么好主意吗?"宋应昌对李如松说道。

"即使没有妖鬼之患,我也不准备继续强攻下去。平壤城中多有土堡,倭寇依托民居和高大石墙反击,易守难攻。小西行长手中还有近万人,士气虽然低落,但隐有哀兵姿态。一味强战,我军会蒙受不必要的损失。所以,我准备写一封信送到小西行长那里,就说我们想要的只是平壤城池,愿意以天朝上国的信誉担保,让一条路出来,放他们出城。"

宋应昌接口:"然后引蛇出洞,将他们一网打尽!"

李如松一愣。他未尝没有这个想法,只是顾忌宋应昌文官出身,对此抱有异议,没想到宋应昌比他还狠。

"咳咳,经略大人。"李如松试探着问道,"此举恐怕有损我上国威名。"

"兵不厌诈！子茂你戎马多年，怎么还有如此迂腐的想法？"宋应昌一捻胡须，不满地冲李如松说道。

李如松眼神一怔，随即露出笑容："大人说得是。"

他沉吟了一会儿，又说道："不过，小西行长不是草包，不会轻易相信我们的话。如果我是他，就会兵分几路，前后掩护，交替撤退，后队派重甲强火力，前队轻装，必要时壮士断腕。如果到时候厮杀起来，我们还是会陷入苦战。"

"所以呢？"宋应昌知道李如松必有后招。

李如松走到柳成龙献上的朝鲜地图前面，手指往下一戳，斩钉截铁："大同江上架炮，趁倭寇渡江，拦腰截杀！"

"参将骆尚志率先登城楼，赏银五千两。"一名小校端着红漆托盘走到骆尚志面前，上面是五十锭黄金。

"总旗李阎阵斩倭人大将后藤加义，赏银两千两。"

李阎接过托盘，冲着小校微微点头："有劳。"

"李总旗客气。"那腰背挺拔的小校低声回应，"我家吴参将赞你枪法凌厉，有当世子龙的风范。"

李阎挑了挑眉毛，没有说话，旁边人却插话进来："常山枪活巧，涿州枪凶辣，二者大相径庭。世人只知赵子龙的常山枪，却不知道张翼德的涿州枪。这本就是涿州枪传人的忌讳。告诉你家老吴，他这话，练涿州枪的不爱听。"

宋懿扛着虎头大枪，身上血污交错，一身枭悍。小校一时语塞，李阎轻轻一笑："吴老将军谬赞，李阎愧受。"

小校冲李阎不好意思地笑了笑："我倒是忘了李总旗和宋先锋一样，都是涿州枪的传人。"他接着说，"右军先锋宋懿身先士卒，破城有功，赏银两千两。"

"不必了，我一人吃饱全家不饿。平壤攻城，我先锋营折损最多，这些银子拿去抚恤我营下的兄弟。"宋懿一脸冷硬。

场中受赏者三十二人，怎么听这话怎么觉得别扭。

骆尚志冷笑一声，冲着宋懿说道："宋先锋这话可有毛病，大家一起攻打平壤，你先锋营折损多，难道我们弟兄就在一旁干瞪眼？"

骆尚志的话刚说完，立马有个鹰钩鼻附和："就是。大伙儿一起受赏，就你自己把赏银分给手下兄弟，就我们吝啬？折损士兵提督自有抚恤，用得着你来邀买人心？"

场上一片嘈杂。宋懿扫视一圈，等周围平息下来，才淡淡开口："骆参将的兵马悍勇，平壤城楼上斩杀倭寇数以百计，自然不是干瞪眼。"他上下打量了那鹰钩鼻一眼，"不过你曹志平的辰武卫嘛，呵呵，模样身段儿都不错。"

"扑哧！"有人忍不住笑出了声。

"你！"那人怒发冲冠，抽起长刀朝宋懿砍去。宋懿眼中精光一闪，虎头枪杆抽打向那人的脑袋。

当啷！一杆平直铁枪头从中间插进，托住了两人的兵器，正是李阎。

"你什么意思？"宋懿冷冷问道。

李阎眼睛盯着宋懿："大家都是火暴脾气，噼里啪啦说完就算了，动兵刃，会伤了袍泽情义。"

鹰钩鼻率先抽回长刀。宋懿能战三军，他出刀的时候已然后悔，幸亏有李阎打圆场。宋懿把虎头枪扛在身上，转身便走。鹰钩鼻盯着宋懿离开的背影，恨恨骂道："小马贼。"

众人脸色阴沉，看得出对宋懿都有怨气。骆尚志招呼大伙儿："算了算了，甭理他，大伙儿今天高兴，到我营帐来，我请大伙儿喝酒。"骆尚志京城神机营出身，在这些辽、蓟、山西、保定的参将当中，算是老大哥。

他特意拍了拍李阎的肩膀："我可是听老吴把李总旗你吹得天下

少有,你可得赏光,等这次平壤打下来,你一个把总是跑不了的。"

"惭愧,惭愧。"李阎眼角一直盯着宋懿远去的身影,眼眸深沉。

这一趟恶战下来,李阎与手下百名士兵熟络不少,各地参将也认可了这位阵前斩杀后藤加义的李总旗。尤其是在蓟镇官兵中,李阎颇具威名。

二十锭黄金,每锭二十五点,给李阎提供了500点阎浮点数。除此之外,李阎的杀人如麻也已经解锁。

【杀人如麻(已解锁)】

被动技能,进攻时有一定概率触发杀气冲击,威慑敌人半秒到两秒。

本技能为使用某些物品(包括但不限于阎浮传承、消耗品、技能学习卷轴、装备、奇物)的先决条件。

备注:当你入手一件具有睚眦之力的阎浮信物时,它会带给你关于开启睚眦传承的线索。

睚眦,一饭之恩必偿,睚眦之怨必报,嗜杀好斗,性格刚烈。常被雕饰在兵刃之上。

备注:毫无疑问,古战场是获得这类阎浮信物的最佳地点。

第五章
降临!

皑皑白雪的牡丹峰,李阎远离营盘,倚着一棵形容似鬼爪的老槐树,眼前已经陷落坍塌的倭寇土堡有袅袅黑烟升起。

除了解锁了"杀人如麻"的任务类技能,李阎的阎浮事件也因为杀死了后藤加义这个战国大将而正式开启。

⚠ 你杀死了一名战国大名将领。
⚠ 你正式开启了本次阎浮事件!

≡ 事件要求如下

⚠ 杀死秀吉军第一军团指挥官小西行长。
明军将在大同江截杀撤出平壤的倭寇溃军,这是你最好的机会。

⚠ 本次阎浮事件内容严重超出行走能力极限!
⚠ 本次阎浮事件内容严重超出行走能力极限!

你可以选择放弃本次阎浮事件,并获得一个月的自由行动时间。放弃后扣除 30% 购买权限额度和过关评价,但不会抹除你在本次阎浮事件中获得的一切点数和能够带出的物品。

你获得了一次会话,会话转接中……

李阎的耳边传来一阵簌簌的声音，类似于破空声，又显得厚重，撼人心弦。单单是听见，就有难以形容的浩瀚感觉。

一个厚重的男声响起："那个在鳞·丁酉二十四果实的散阶行走，你听好，立刻……"接着是一阵杂乱无章的刺耳杂音，那人的声音断断续续地传了过来，"立刻……要……接受……"

李阎再不迟疑："接受！"

⚠ 你接受了本次阎浮事件！
⚠ 核查中……

鉴于本次阎浮事件下放错误，"后土"将对行走进行补偿。
你将获得一名"十都"级别的与共者作为助力。

阎浮果实定位完毕！本次阎浮事件内容传输完毕！
与共者投放！

与共者：与行走本人利害关系完全一致的其他行走。
与共者协同作战，各项基础素质（包括但不限于攻击、攻速、恢复力、防御力、爆发力）上升30%，与传承所提供的各项加成相加计算。
与共者之一死亡，其他与共者所有传承觉醒程度强制下降10%，扣除5000点！

与共者关系维持到本次阎浮事件结束。

李阎的眼眶一热，他闷哼一声，黑色瞳孔不受控制地闪烁起紫黑色的电火花，一个深沉无比的黑洞从李阎的瞳孔慢慢剥离出来，这场面夸张离奇之极。

李阎后退几步，拳头猛捶在老槐树的树干上。枯槁的枝丫一阵颤动，眼前的黑洞从珍珠大小，人头大小，一直到脸盆大小，一名青年男子的脸出现在黑洞那一头。青年面无表情地左右环视着，等黑洞的大小能够容纳他半个身躯的时候，他叹了口气，准备迈步而出。

一只洁白纤细的手掌搭在了男人的肩膀上。女人的脸庞从青年背后的黑暗中浮现出来。她苍白的脸上带着斑斑血点，及腰长发笔直垂落，让她看上去婉约了很多。

"劳驾，让让。"

青年男人不可思议地转过头去，当他看清那张脸的时候，眼中的惊讶迅速转化成恐惧。

"太、太岁？"男人把住黑洞边缘，挣扎着朝外面扑，肩膀却被余束拉得死死的。

李阎沉着脸，迈步走了过来。

慌乱的青年眼里带着希冀的光："救我！救我！她是脱……"

李阎抬起脚，带着泥土的军靴踹在了那名神色惊恐的青年脸上！一脚又一脚！

砰！

砰！

砰！

时间回到第一次阎浮事件，李阎动身去找阿秀的母亲之前。

福义大厦。

"哈……哈……"李阎坐在地上，唇角有鲜血溢出，身上像是被从水里捞上来一样湿漉漉的，眼神却因亢奋而锐利无比。

余束一步一步走到李阎面前，身后的长马尾左右摇摆。

"火气小了很多吧，行走？"

"是你？"李阊眼中满是不可思议。

"你是说那个一直窥伺你，却没胆子动手的猎食者？我可没那么白痴。"余束俯下身子，鼻尖几乎触到李阊的脸，"我要你帮我个忙。"

"如果我不答应呢？"

"那我就杀了你。"

"好，我答应。"

"南阎浮提每年诞生的行走数以百计，但是最终能活着完成六次阎浮事件的人不超过一半，而在这种漂泊的轮回中苦苦挣扎的更是超过九成。就像那个可怜的猎食者，他早早被吓破了胆子，但是因为阎浮不会抹杀任何行走，所以就选择这样颠沛流离下去。三次阎浮事件，连'十都'的门槛儿都没有摸到，这种渣滓……"她盯着李阊，"帮我的忙，我会让你早早地摸到更高的门槛。"

枯黑的老槐树下，男人和女人倚树而坐，背对彼此。

"灭口。"

"不用你说。"李阊眼神动了动，"你受伤不轻啊。"

"大概还有'十都'的程度吧，不然也不可能瞒过后土。"

"是貘带人追杀你？"李阊嘴里问着，却暗暗打量着余束。

"那胖子划水了。算我欠他个人情，下次碰到，留他全尸。"

女人眯着眼睛，似乎是在假寐，黑色夹克衫被血污染透。她的手指死死抓紧衣领，几乎揉碎风衣上已经干涸的血块。

"'十都'的水准大概多高？"李阊若无其事地问道。

"比你现在强上一倍吧。"余束回答，她站起来问向背后的李阊，"那，想好了吗？动手，还是憋着？"

李阊默然不语。余束冷笑一声，转身伸手探向李阊的胸口。

一支燃火箭矢划破长空,直指余束。李阎环龙剑暴起,反身上撩。叮,箭矢被李阎磕飞出去,余束的手指也停在李阎身前。

战马长嘶声滚滚而动,近百名骑兵将余束和李阎围在当中,红缨黑顶圆帽的步弓手拉满长弓,箭矢上裹着天师道的诛邪符箓,箭头抹着毒药。

几十支鸟铳对准余束,邓天雄、王生、刁瞎眼带领两百多名明军将士,盯着奇装异服的余束,眼色不善。

"总旗大人!"

"都退后!"李阎冷着脸命令。

邓天雄吸了一口气,勒紧马缰,包围圈松弛了一些。

李阎盯着余束手里的血夹克看了很久,才吐道:"红鬼死了?"

余束没有说话,那张就算见到两百明军也平静如斯的脸上有戾气闪过。

李阎的神色微不可察地一暗,随即就恢复过来。他嗓子低沉:"这次轮到我说,帮我一个忙。"

余束动也不动。她的手指触过夹克衫上的血迹,修长的睫毛颤动了一下,徐徐说道:"你应该先考虑,怎么向李如松他们解释我的来历。"

"这不用你操心。"

"好啊。"

余束飒爽的长发一抖,把皮夹克甩在肩上,上身白色短袖衬衫,长腿上绷着修身蓝牛仔裤,她迈步走到明军的队伍中间,瞟了一眼邓天雄。

"看什么看,回营。"

易羽把手里的《洞玄子》放到案上,静静端详着面前的总旗官。整个营帐里只有他们两个人。一旁的莲花瓣炉头冒着袅袅烟气,气氛十分微妙。

李阎身披铜绿色的古朴山纹铠甲，腰间挎着潋滟如秋水的环龙汉剑，目光沉稳，站姿挺拔。

如果初入时的李阎像一团张扬的烈火，那此刻头包网巾、腰束贯甲、脚蹬长靴的李阎，则是一座澎湃的活火山，把那份脱缰的烈性收敛了大半。

好一会儿，易羽才开口："李总旗深夜拜访，就是为了跟我说这件事？"

"不错。"李阎回道。

易羽徐徐摇头："兹事体大，你应当去找李提督或者宋经略，我可做不了主。"他似笑非笑地看了李阎一眼，"李提督的外甥沈鹤言一直很欣赏你，何况你的上司祖承训是李成梁（李如松之父）的老部下，你也算李氏嫡系，你提出来，提督大人多少也会试试。"

李阎心里想着：宋应昌文官出身，李如松常年征战，这两个人加起来也没有你家天师道油水多，我当然是来找你了。但他面色却十分恭谨："提督大人和经略大人的意见固然重要，可末将认为，此事想要有所作为，一定少不了易高功首肯。"

易羽的脸色一软，颇为受用，但又不知道想起了什么，阴阳怪气地说道："他们两个一个是备倭提督，一个是备倭经略，哪里有我这个稽核监军说话的份儿啊？"

李阎听闻，愤愤不平地抬起头："易高功神仙一样的人物，怎能如此妄自菲薄？"

易羽见李阎反应激烈，不由得一愣。

李阎装作毫无心机的大头兵模样，有些手足无措地摸了摸脑袋才说："末将当初率众归营，是易大人派师弟施展法术才救了我营中弟兄的性命。我还听说，当时拨下来的银两，其实是易法师掏的腰包，这、这真是……"

"咳，区区小事，李总旗不必放在心上。尔等将士抛头颅，洒热血，区区几两薄银，不过身外之物，算得了什么？"易羽面色悲悯，心里却暗暗嘀咕：他怕是还不知道是我贪了他的功劳哩！

我当然知道就是你这个鳖孙耍手段，先上保举书，后上战报，分了老子的功劳，李阎暗暗冷笑。

那一日李阎提出对升任巡检的异议时，李如松面色如常，宋应昌的脸上甚至有几分笑意，再看当时易羽不自然的表现，当初那个贪了自己战功的王八蛋到底是谁，自然一目了然。

李阎拱手抱拳，一脸赤诚地冲易羽说道："总之，易高功于我有莫大的恩情，我思来想去，实在没有比您更合适的人选了。至于提督大人那里，还请易高功代为转达。"

易羽沉吟片刻，也颇为意动。倒不是李阎舌绽莲花，而是这件事，他只需要动动嘴皮子，费不了多大力气，还有功劳可拿。哪像宋应昌这个老王八蛋，净琢磨着找机会把自己踹到倭寇的眼皮子底下去。

"而且……"李阎一副欲言又止的模样。

"李总旗不妨有话直说。"易羽有些好奇地问。

"末将……末将与天师道，实属莫大的缘分。那年我还是辽东喂草的马夫，路遇一游方道人……"李阎娓娓道来，把当初忽悠邓天雄他们的话又重复了一遍，听得易羽一愣一愣的，好半天他才嘀咕："没听说我龙虎山一脉有这么一位啊。"顿了顿，接着说，"把你说的那道法术，用出来我瞧一瞧。"

李阎依言走到书案上一棵已经枯萎的梅花面前，双手泛起阵阵白色涟漪。那棵枯萎卷曲的梅花肉眼可见地泛起活力，一朵又一朵嫩黄色的花骨朵伸张出来。

易羽眼神一缩。他没有看见李阎借助符咒，也没有见到李阎念动法咒，最重要的是，他没有感受到一丝一毫的龙虎气。想起来李阁还是白身一枚，但不用龙虎气就可以施展的法术，这直接颠覆了易羽的认知！

易羽的脸色阴晴不定。李阁偷眼瞧着他。其实他也是碰碰运气，黄巾符咒和龙虎山天师道算不算同门，他也无从判断，不过看邓天雄等人的反应，应该是有几分渊源。

忽然，易羽一拍大腿，一副恍然大悟的模样："没错，这正是传自龙虎山的一脉法术无疑。现在想起来，你说的那不羁的游方道士，正是天师道人人疯传的胡……胡硕德师叔啊！"

李阁："啊？"

易羽拍打着李阁的肩膀，红光满面："论起来，你得叫我一声师兄才是。好师弟，快，快坐。今天晚上你就不要走了，师兄要宴请你一番。"

李阁后退一步，下意识把住了易羽的手腕，不过没用力气，而是一脸憨厚地问道："这么说，我那位老恩师真是龙虎山的人？"

"不错，正是我龙虎山的法术！"易羽斩钉截铁地回答。

他亲热地抓住李阁的双手，态度忽然来了个一百八十度大转弯，没有几句话，他对李阁的称呼就从李总旗变成了李师弟。

"师弟你放心，你想做什么就放手去做，李提督那里，我去给你说。"

桌上精致酒菜齐备，上午还念叨着"想尔二十七戒"的易羽此刻端着一碗小米辽参粥，拍着胸脯冲李阁说道。他拉着李阁家长里短地唠了一盏茶的工夫，直到嗓子有些哑了，才若无其事地问道："说起来，师弟啊，在师兄看来，你这道法术学得有些疏漏啊。"

"此话怎讲？"李阁心里头有些明悟。

"你这样问我，我也说不好，不如你我把这法术印证交流一番，也好查缺补漏。"

李阁正沉吟间，阁浮的提示声音响了起来。

333

> 龙虎山高功法师易羽试图交换你的技能黄巾符咒——气愈。
>
> 交换后,你将失去技能黄巾符咒——气愈。并获得一项龙虎山天师道专属技能。
>
> 交换列表如下……

李阎倒抽一口冷气。都功、五雷、伏魔、北斗、真武、玄女、华盖七个大类别!各色符术、箓术、咒术几乎无所不包!他随便拿眼睛一扫——

> 北帝酆都摄妖雷箓:杀伤性技能,消耗十五刻龙虎气,正品符纸一张。
>
> 太玄六洞鬼兵敕箓:可召来六洞鬼兵,消耗十刻龙虎气,正品符纸一张。
>
> 太玄诛邪符:画成需要消耗一刻龙虎气,使用不消耗龙虎气。
>
> 九州社令符:符中有十丈方圆,十五刻龙虎气画成,使用不消耗龙虎气。
>
> 河图保命星罡咒:形成一道护体神罡,消耗五刻龙虎气。

除此之外，还有混沌元命赤箓、百二十将军箓、九天兵符、都章毕印箓、五斗八卦护身箓！这一刻，李阎才真正体会到阎浮秘藏无穷无尽是个什么概念。这才只是一颗阎浮果实而已，其中浩大的符箓体系就已经让人眼花缭乱。不过，这些符箓都是必须拥有龙虎气才能使用的。

易羽拿筷子夹起一颗花生米，大口嚼着："李师弟你身在军营，如果能做到百户之职，我手上这些符箓咒术便尽可用之。"

易羽心知肚明，李阎这道黄巾符咒与龙虎山没有任何关系，但是这并不妨碍他志在必得的心思。完全不借助龙虎气的法术，这对他和龙虎山都意义重大。

李阎没有说话，无论是河图保命星罡咒的护身功效，还是九州社令符的介子空间，甚至是可以召唤炮灰的六洞鬼兵，都是自己想要的。他犹豫着翻找了半天，眼前掠过一道咒术，心中忽然涌起一阵悸动，似乎有什么东西在欢呼雀跃。

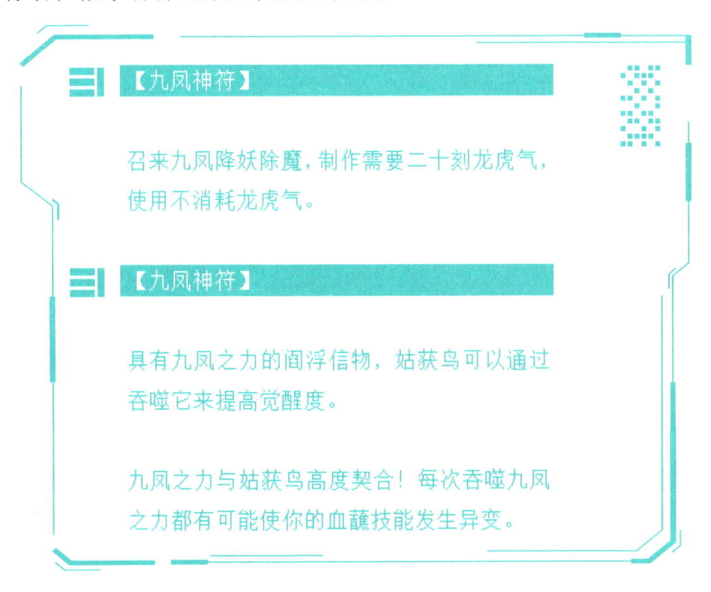

【九凤神符】

召来九凤降妖除魔，制作需要二十刻龙虎气，使用不消耗龙虎气。

【九凤神符】

具有九凤之力的阎浮信物，姑获鸟可以通过吞噬它来提高觉醒度。

九凤之力与姑获鸟高度契合！每次吞噬九凤之力都有可能使你的血蘸技能发生异变。

"易师兄，不知这道九凤神符，其中有何奥妙？"

李阎的语气很冷静，心中的渴望却几乎压抑不住。他又何尝不知道所谓的胡硕德师叔就是个笑话？可两人对视一眼，彼此心照不宣。

李如松提笔挥毫，大抵是"不忍尽杀人命""开你生路""不然悔之晚矣"一类的话，最后盖上大明备倭提督李如松的印章，派人飞速送往小西行长手中。

他抬起头，先是看了一眼李阎，又看了一眼吹着茶叶沫子、一脸悠闲的易羽。

李如松对李阎的观感还不错。这个年轻人勇武过人，又知进退，最难得的是为人谦逊，且在同僚中口碑也不差。他忽然想起了军中那位和外甥一起跟随自己多年的扛纛先锋，不由得轻轻叹息。宋懿如果有眼前这后生一半眼力，自己花些力气，至少也能提拔他一个正五品的游击，也不至于到现在了还只是个先锋。

"易高功有事跟我说？"李如松的态度不冷不热。

"李提督，我想到一个办法，不仅可以帮你荡除妖鬼，还能剿杀倭寇。"易羽自信满满。

"哦？易高功愿意进城除妖了？"李如松有些振奋。

黑田预计明军花一天时间就能扫除妖鬼，但那是在不计代价的情况下，实际情况并没有那么乐观。

那些有龙虎气傍身的武将杀敌或许奋勇争先，可面对这些妖鬼，心里多少也有些犯怵，何况李如松也的确损失不起这些高级将官。所以在尽量避免伤亡的情况下，扫除妖鬼的进度就格外缓慢，尤其是在李如松定下大同江绞杀的计划以后，一心消灭倭寇主力的明军在除灭妖鬼的事情上就更加懈怠了。

"不是，不是，不是。"易羽干咳一声，"国运倾颓，肝髓遍地，于是妖孽横生，神鬼共舞，眼下的朝鲜便是如此。虽然这些妖物面对大军往往选择退避，但其实这些因为朝鲜国运衰竭而分外活跃的鬼物、妖物，在朝鲜的数量已经非常惊人。"

易羽这边说着，李阎那边就想起了那只黑色的猫又。易羽的话当然是李阎的想法。他区区总旗之身，虽然靠着冲围归营和牡丹峰斩杀后藤赢得了些许名声，但也仅此而已。如果没有易羽的帮助，李阎跟李如松都说不上话。

在完成上一次阎浮事件的时候，李阎就有过类似的思考。这次阎浮事件中提及了战国的异兽和妖物，那哪些不属于战国的异兽和妖物呢？比如在遇到摄山女以后，李阎自然感觉得到这个似神似妖的女人在帮自己，或者说，帮助明人。

"所以呢？"李如松没跟上易羽的思路。那些渴望血肉的妖物智慧低下，却残忍成性。无论对于倭寇还是明军来说，都是极为头疼的存在。

"可是除了那些嗜血的恶鬼，眼下的朝鲜，还有一类妖物。"易羽抽丝剥茧，把昨天夜里李阎讲的话复述出来。如果黑田和尚在这儿，一定会苦笑最终还是让人注意到了，"那就是平壤周遭的淫祠私祀，那些乡野之间不入流的野神，那些朝鲜民俗志异中的妖物！"

"易高功的意思是？"

易羽掏出一枚包裹起来的红色绸子，这是大明皇帝钦赐稽核督军的印章。

"覆巢之下，岂有完卵？朝鲜要是亡国，这帮子泥塑木雕也好过不到哪儿去。大明做了朝鲜二百来年的宗主国，这帮妖物少说也受了朝鲜百姓三四百年的供奉。大敌当前，谁也别想闲着。"他一指李阎，"我准备派李总旗归拢这些朝鲜的野神妖物，以明国和朝鲜联合印信为凭据，征调它们，绞杀妖鬼。"

"无论成还是不成，有这个由头在，我就可以给你安插一个本土野神的身份。别人要是问起，唔，'摄山女'这个称呼你觉得怎么样？"

"想法不错。"余束的手里抓着红色葫芦水壶，里面是老刁珍藏的烧刀酒，她掂量着葫芦肚子，嘴里说道，"小西行长对李如松的劝弃城书颇为意动，你的时间不多，何况即使你真的拉起一支明军混合朝鲜野神的队伍，想杀死小西行长，也不是一件容易的事情。"顿了顿，她接着说，"秀吉和德川手下精锐正星夜来援，其中不乏那些在战国历史上留下浓墨重彩印记的大将，战局随时可能发生变化。平壤城破，小西行长手下人马折损超过四成，军心溃散，但是还是有超过八千的人马。他要是一心逃跑，你一个指挥二百多人的小旗官自保尚可，怕是没什么干预事态的能力。"

"你有更好的办法吗？"李阎并不在乎余束的唱衰声，心平气和地问道。

余束的双眼直勾勾地盯着李阎："我可以帮你杀掉小西，并且让你在这次阎浮事件里，姑获鸟的觉醒程度提升到 60% 以上，当作你这次帮我做事的酬劳，你要不要考虑看看？"

李阎哑然失笑，问道："你不是现在只有'十都'的实力了吗？"

余束眯了眯眼睛，没有回应李阎的揶揄："你只要告诉我，是答应还是不答应。"

"有这种好事，不用打生打死，为什么不答应？"

"好。"余束点点头，伸出右手，左手捏住尾指，往外一折。有血点溅在李阎的脸上。在李阎不可思议的目光下，余束把沾血的小拇指送到他的眼前。

"吃了它。"女人的脸色平淡，长发披散的她不再像当初一样利落，却多出几分幽冷的气质。

李阎咽了口唾沫，眼神落在了那根断指上面。

> ⚠️ 你获得了一些信息。
>
> 脱落的太岁之指!
> 具有强烈阎浮之力的阎浮信物,仅可以通过进食的方式吞噬其中的阎浮之力。
> 姑获鸟吞噬以后,会增加传承觉醒度 50%!并获得太岁之力·噬。
> 觉醒程度将自动跨越 40% 峰值,并获得 40% 峰值奖励。
>
> ⚠️ 请注意!太岁之力已经从南阎浮提的记录中消失!
> 贸然吞噬太岁之力,会产生不可逆的未知效果!
>
> ⚠️ 请注意!太岁之力已经从南阎浮提的记录中消失!
> 贸然吞噬太岁之力,会产生不可逆的未知效果!

李阎沉默了一会儿才说道:"如果红鬼在的话,他一定会毫不犹豫地吃下去。"他盯着余束,"红鬼死的时候还是个普通人吧?"

"有些事情以前想不明白,现在我想明白了。怎么样,吃,还是不吃?"余束面无表情。她身上依然披着那件沾满血迹的皮夹克,并没有清洗那些血迹的意思。

这个绰号"太岁"的女人自降临以来一直在给李阎出选择题。动手还是不动手,吃还是不吃。李阎觉得上一个选择自己做对了,这一次也不会错。

李阎摇头拒绝:"要是能接上就赶紧,血丝呼啦的影响我食欲。"

余束没再多说什么,默默地把小指接上,没一会儿竟然就完好如初了。

"到时候,帮我拖住一个你觉得我一定应付不来的对手,就当还我的人情了。"想了想，李阁如此说道。

余束点了点头，表示默认。

"总旗大人，"一名矫健的小校走了过来，拱手对李阁说道，"马匹已经准备好了。"

阿朏抱住一匹战马的脖子，整个身子挂在马背上，脸色有些局促。

李阁走了过去："小法师，可还受得住？"

"没……没问题。"小道士伸手摸着马匹的鬃毛，"它很乖的。"

"那就好。这一路上，还要劳烦小法师了。"

"叫我阿朏就好，山上的人都这么叫我。"小道士脸上带着不好意思的笑容。

余束的眼光在这粉雕玉琢的小道士身上盯了许久，才开口问道："平壤周围这么大，你到哪里去找本土的妖神？"

"第一站……摄山吧。"

王生伸出大拇指，遮住右眼看了看天上的太阳，又对准远方的丘陵比画了一通，这才说道："大人，不会有错。我们上次和小早川相遇，就是在这里。"

李阁闻言左右环顾，周围是一片白茫茫的雪地。

这一行二十余人，带着鸟铳长弓、旌旗皮甲，还有李如松向朝鲜方面讨要的印信进了摄山。一如既往是雪山林海，却不见了围绕篱笆的农舍，也看不见美艳动人的村妇。

他们已经在山中转悠了两个时辰，可连只野兽都没有见到，更别提什么摄山女了。

李阁叹了口气，看向阿朏。小道士走到一片空旷的地方，从怀中掏出符箓，李阁虽不会，却因为那晚恰巧认识这符咒的名字——都功搜山咒。

可没想到，阿胐刚一抬手，手中的符纸就不翼而飞。

"咦？"阿胐挠了挠头，又把手伸进怀里掏出符纸，没想到结果无二，手中又是空空如也。

李阎迈步要往上走，余束抱着肩膀站在一边，一脚踢在李阎的靴子上。"这小家伙不简单，你看着就好。"

阿胐气鼓鼓地掏出第三张符纸，这次空中却传来一声闷哼："唔！"

小道士反手去抓，竟然从白空里扯出一道人影，白衣黑发，脸蛋稚嫩清秀，十四五岁的模样，右手上燃着橘红色的火焰，疼得她眼角噙泪。

王生"呀"了一声，忍不住往前走了一步。阿胐袖子一摆，熄了那橘红色火焰，气冲冲地问道："你干吗偷我的符纸？"

"法师息怒。"一名裹着青色头巾的女人从空中踏出，缓缓走来，一身青布短袄长裙，两根长长的结带在右胸前打一个蝴蝶结，长长的飘带随风摆动，她盈盈地朝阿胐施了一礼，如是说道，"我这干妹妹护我心切，一时情急冲撞了小法师，希望小法师不要见怪。"

阿胐松开女孩，往后退了两步，这才一脸认真地说："那她要向我道歉哦。"

女孩飘到妇人身后，只露出一个头来，冲着阿胐低吼了一声。妇人把目光转到李阎身上，眸子一低，淡声说道："将军，我们又见面了。"

李阎上前走了两步，深深作了一揖："明国辽东镇总旗李阎，见过摄山女大人。"

摄山女晶莹的眸子在李阎的身上转了转，弯眉低垂，温婉地回答："来者是客，上次将军信我不过，想必这次愿意喝我煮的汤。"

李阎干咳一声："昔日我等逃亡跋涉，难免惶恐多疑，这才冲撞了大人。大人的汤，味道很好。"

摄山女嫣然一笑，用手指轻轻一点。灰檐瓦片、篱笆木桩拔地而起，不多时，一座农舍就出现在众人眼前。她牵着女孩的手，回头看了一眼李阎一行人，推门而进。

众人紧跟着走了进去。屋子里明亮的火堆、冒着香气的铁锅依旧，摄山女从锅里舀出一碗带着谷物香气的热汤来，递到了李阎面前。素手调羹，笑容盈盈，恍如昨日。

李阎刚抬起胳膊，一只手伸进两人之间。

"劳驾，你这里有没有酒喝？"余束端过摄山女手里的碗，认真地问道。

摄山女眼神一动，回答道："那边窗台下面有自酿的米酒，姑娘不嫌弃的话，可以尝尝。"

"唔。"余束一口气把碗里的汤喝完，冲摄山女道了声谢，转身去了。

李阎定了定神："那日有赤备追杀我等到了摄山，恶战之际，贼首忽露破绽，想来也是摄山女大人出手相助。救命之恩，李某还没有谢过。"

摄山女解下青布头巾，任凭青丝倾斜，缓声说道："将军一身太古凶气，百年修为之下的鬼物都近不得身，就算我不出手，那人也给你造成不了麻烦，谈何救命之恩？上国出兵援我，出手搭救本是应有之义，将军此次前来，必不是晃这些虚言，有话不妨直说。"

摄山女这番做派，倒是省了李阎大把力气。李阎沉吟一会儿，坦率地说："既然如此，李阎就直言了。贵国如今实在到了危急存亡的关头，正所谓'皮之不存，毛将焉附'，我等携宣宗印绶手书而来，希望诸位仙家神祇出手相助，共攘大敌。"

李阎命人从包裹里拿出印绶书信。摄山女眼神一凝，那枚印绶上面散发着红蒙蒙的光彩，正是朝鲜国运龙虎气的光芒。她接过书信一目十行，不由得哑然失笑道："想必为这封书信加印的朝鲜重臣，心里也是空落落的没什么底吧。"她的笑容中带出几分苦涩，

"什么仙家神祇,我不过一山中孤灵,将军所言,我等又何尝不知?朝鲜国运一旦消亡,我们这些山野游灵也将随之消散。自国祚蒙尘以来,单是我知道的,前后就已经有多位野神杳无音信。可恨我依托摄山而生,此生甩不脱这摄山半步,实在是帮不到将军。"

李阎不置可否地一笑。摄山女接着说道:"不过,我倒是知道境内一些野物妖神,或因庙宇被毁,或因麾下百姓遭受屠戮,确实有只身袭杀倭寇的心思。将军不妨将它们归拢起来,可堪一用。"

余束小口抿着米酒,啧啧声不时传来。李阎面色严肃道:"请大人指点。"

"西面双花坊村,有一牛头游檀,奉养人家尽被倭寇所杀,除此之外……"一番言罢,摄山女将手中青色头巾送到李阎手中,"凭此物指引,将军必有所获。"

李阎握住手中还温热的头巾,眼前浮现出字样来。

⚠ **你触发了特殊阎浮事件!**

本次阎浮事件要求如下:组建一支由明军和鬼物野神构成的队伍。组建之后这支队伍将附带特殊状态。

判定标准:
1. 队伍中至少拥有一名实力"十都"以上的明军将领。
2. 所有鬼物野神总评价必须达到三名"十都"行走以上。
完成本次阎浮事件将大幅度提升你的购买权限额度,并额外附带一次阎浮事件完成后的特殊奖励。

那名黑发白衣女孩默默地飘了过来，冲着摄山女低吼了一声。摄山女眉毛一皱，和女孩对视起来。

"这个女孩，似乎是那名贼首拘养的鬼物吧？"李阎试探着问道。

"她叫菜菜子，也是个可怜人。"摄山女默然一会儿，开口说道，"我有一件事情想拜托将军。"

"大人但说无妨。"

"菜菜子，她想要随你一起去。"

李阎看了菜菜子一眼，女孩似乎有些怕他，不住地往后缩着身子。

"如此，也好。"李阎点点头。

摄山女搅动着锅中的谷物，宽大的裙裾软软地落在地上，两只长袖带几乎落到李阎脚边。也不知道想到了什么，摄山女微微叹息："将军此去，想必再归摄山已是遥遥无期。我自开灵识已有数百年，却没和几个人说上过话，刚刚认下的妹妹也要离开，这还真是……"

她的面容温婉动人，没有半点摄山山灵、天神发妻的模样，倒像个等待丈夫归家的普通妇人，甚至连恍惚间的寂寞凄楚也一般无二。

李阎一时间不知道该如何作答，只能闷声不语。

也不知道为什么，选择离开摄山的菜菜子最终附到了王生的刀鞘之中。看王生满脸通红的模样，李阎摸了摸脖子，也没有多问。

余束站在门口，双手环抱，身上披着带血黑色夹克衫，绿色藤条将长发束成马尾，食指上提着红色葫芦酒壶，双眼微微眯着。

"姑娘，还有什么事吗？"妇人低声问道。

余束神色不明，眼光在摄山女的身上来回打转，唇角的笑意愈发放肆。

众人下了摄山已经快要晌午。山下刮着北风，李阎手上的青色头巾却往西方飘动。想起摄山女的话，李阁不再迟疑，一行人往西面打马而去。身后的摄山传来女人的歌声，婉转动听。

"喂，赶路了。"

倚在树干上的余束睁开双眼，抬头看李阁一眼，问道："我睡了多长时间？"

"半个小时吧。"

下了摄山没多久，余束忽然提出要休息，李阁也欣然答应。

这期间李阁一直盯着余束。他拿不准这个女人的深浅，余束说自己现在只有十都的水准，李阁是不信的。可这两天接触下来，这个在阎浮世界凶名昭著的太岁，除了嗜睡、贪酒、贪食，半点异动也没有，确实让李阁摸不着头脑。

余束站起身来，翻身上马，双腿夹着马腹。她似乎喝得有些醉了，在马背上颠来倒去间嘴里念叨："活色生香，灵肉俱全，阎浮行走，掠万物于己用，嘿嘿……"

这是一个已经荒凉到没有人迹的村子，焦黑塌陷的墙皮和随处可见的血迹昭示着这里曾经发生过什么。

当李阁踏进所谓的双花坊村时，一眼就看到了端坐在破壁残垣中的庞大怪物——牛头旃檀。

牛头旃檀，指的不是牛头，而是一种檀香木料。三丈多高，带有树木质感的巨人，周身琥珀色的纹理中透出血红的丝线，枝干交错扭曲成强健的四肢和躯干，头颅上是褶皱的金黄年轮，上面有一枝鲜翠欲滴的嫩芽迎风摇摆。原本森严威武的身躯此刻淋满了血色的肉泥，格外狰狞恐怖。

"滚！"声若闷雷，惊得马匹一阵躁动。

> 【牛头旃檀】
>
> 状态：轻伤
> 受到百姓供奉香火成形的野神，有金刚之力。
> 威胁：紫红色（可匹敌极限）

　　李阁不为所动，开口说道："我等乃明国天兵，奉你国国王之命，归拢尔等入我军籍，以清剿倭寇。这是印绶和文书。"

　　李阁已经做好了对方抗拒的准备，没想到这外表凶戾的牛头旃檀听到"明国"两个字，通红的眼睛一下明亮起来。

　　"拿过来我看看。"牛头旃檀大手一挥，李阁把手书放到它的手心。这檀木巨人凝视文书上的通红印章良久，方才呼出一口气来。

　　"你便是信中所提的总旗李阁？"

　　"不错。"

　　"你这人胆色不错，但是总旗官太小了，想让我听命，至少要是个千户。"

　　李阁听了倒笑出声来。不怕它提条件，就怕它没办法沟通。

　　"想见大官，行啊。"李阁走到牛头旃檀面前，仰视着它，"把我打趴下，你就能看见大官了。"

　　牛头旃檀站起身来："我怕我打死了你，明国朝廷会怪罪我。"

　　"不会，我说的。"李阁卸下身上甲胄，抽出环龙剑，"来吧！"

　　坐在倒塌的房梁上的牛头旃檀沉默了一会儿，猛地一拳头砸下来！

　　李阁双眼上挑，黑沉沉的拳头乌云盖顶般压下来，激得他天灵盖阵阵发麻。泥土四溅，尘烟弥漫，地动山摇。牛头旃檀眼神一动，巴掌忽地朝自己后背拍去。

咔啦！一道剑痕出现在牛头旃檀的腿肚子上。李阎远远飞退，让过牛头旃檀的巴掌，双腿蹬地前冲高高跃起，环龙剑刺进牛头旃檀的后腰上。一道黄色的巴掌呼啸而来，李阎双臂发力，身子在空中灵巧摆荡，险而又险地让过牛头旃檀挥舞的胳膊。刺耳的摩擦声不断响起，李阎手握长剑从它的后心到右大腿一路滑了下来，在牛头旃檀身上留下一道七米左右的伤疤。

"停手！"牛头旃檀闷声闷气地叫道。

李阎把环龙剑一别。

"如何？"

牛头旃檀转了个身，噔噔地后退两步，车轮大小的双眼盯着李阎："他们都说朝廷的大官不一定能打，能打的也不一定当大官，现在我信了。"

"你很在意朝廷嘛。"李阎随口一说。

牛头旃檀咧开大嘴笑出声来，震得积雪簌簌而落："我们这帮子天生野养的，谁敢说自己不在意朝廷的册封呢？"

李阎"唔"了一声，没再多说。

"没想到这么顺利。"刁瞎眼的表情格外轻松。

"他故意输给我，是在拍我马屁。所谓的鬼物野神，倒比人的心思还多。"李阎冲老刁低声说道。

"下一个是谁？"余束也凑了过来。

不知道是不是李阎的错觉，余束的语气似乎有些失望。

"平壤城东桦林，九翅苏都。"

一只瞳孔血红的乌鸦注视着这群闯入的不速之客，尖叫着飞上树干，几根黑色羽毛飘落下来。

高大的牛头旃檀走在最前面，每一步都陷进厚厚的泥土里面。发达的枝干纠缠交错遮住天空，凄厉的红色夕阳没有丝毫暖意。

冻僵的尸体挂满了树杈，破烂的刀剑、铠甲、车轮、旌旗散落，鲜血早就冻成了红色冰层，空气中传来淡淡的腥味。

"我觉得这个得打一架，你说呢？"王生抱着自己的刀鞘，自言自语。

"咳咳。"刁瞎眼瞪了王生一眼。

牛头旃檀脚步一住，猛然抬头，三根羽毛利剑一般冲它的眼睛刺来。牛头旃檀把眼皮一闭，一阵连绵的金属碰撞声响起。羽毛落地，接着响起一阵女人的尖厉笑声："老木头，这里不欢迎你，带你的人滚出去！"

"苏都，这是明国朝廷的使者。"牛头旃檀闷闷说道。

"老娘管他是哪里的使者，再往前走，老娘都给他挂到树上去。"声音层层叠叠地回荡着。

一道气浪掀起，遍地枯黑色的落叶随之狂舞，从四面八方席卷而来。牛头旃檀挡在众人之前，但还是有大片的黑色风暴穿过缝隙朝众人而来，小阿朏手上捏符，三根手指朝上。

"定！"

符纸飞快地燃烧殆尽，风暴也为之一停，腐烂的叶子落了牛头旃檀一身。

那身影轻轻飘落，漆黑色的鸟爪紧紧抓住树枝，九道灰色翅膀一层一层收了回来。这妖物下半身只有一只鸟爪，上半身竟然是一个俏丽女人的模样，黑色羽毛遮掩不住玲珑的曲线，显得怪异而妖艳。

苏都的目光盯在阿朏身上，鲜红的舌头舔了舔嘴唇："这小娃子可真是俊俏。"

小道士脖子一缩，只有怀里的符纸给了他几分安全感。

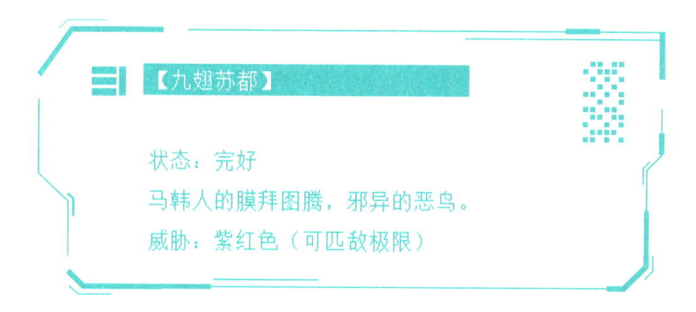

> 【九翅苏都】
>
> 状态：完好
> 马韩人的膜拜图腾，邪异的恶鸟。
> 威胁：紫红色（可匹敌极限）

"苏都，眼下是什么情况难道你不清楚？"

"我清楚得很。"九翅苏都冷冷一笑，"我对朝鲜国王的册封没兴趣，当初老娘受马韩部落奉养的时候，你这只榆木疙瘩还不知道在哪儿呢。倭寇就是占了朝鲜，我也一样过我自己的。至于明国，天高地远的，我管他呢。"

"唉！"余束却没来由地叹息一声，"多好的态度，可惜了。"

李阁示意牛头旒檀回来，也没有去拿朝鲜的印绶书信，这恶鸟明显不吃这套。他捂着胸口，缓缓走近九翅苏都。

"唉，凡人，你再往前走一步，我可就让你尸首分离了。"九翅苏都皱着眉头。如无必要，她也不想招惹明军，就像她不想招惹倭寇一样。

"你没听见——"

李阁抬起头凝视着那恶鸟，眼神冷漠、威严。九翅苏都声音一哑，浑身寒气直冒，每一根羽毛都倒竖起来！

一滴鲜血不知从何处落下，滴在九翅苏都的脸上。

血蘸！

那个披甲的高瘦男人在苏都的眼中无限拔高起来，一股自血脉浸透开来的压制和恐惧迅速攥住了苏都的心脏。恍惚之间，她从李阁的身上看见一只黑发白羽、鸟翅人身、十八只翅膀合拢起来的异兽。

姑获鸟。

扑通,苏都几乎是跌跪在男人面前,满脸通红,汗水从她的鼻尖汇聚滴落,"您,您是……"她双眼迷离,语气中满是压抑不住的欢喜。

"找下一个吧。"余束声音悠扬。

"良乙那、高乙那、夫乙那三兄弟住得也不远,这三个小鬼胆小怕事,肯定不愿意出头,大人您不用说话,我来对付他们。金岩蛙是个不见兔子不撒鹰的主,大人动之以利,肯定能拿下……"苏都在李阎的身边来回盘旋,兴奋地叽叽喳喳,时不时冲李阎抛一个媚眼,满脸荡漾。

"你已经说了一路了,别再说了。"骑在马上的李阎不胜其扰。

"好。"苏都立马住口,一双大眼睛眨呀眨的。

九翅苏都对李阎的态度几乎称得上谄媚,这样迅速的转变让牛头游檀也惊讶得合不拢嘴。

李阎思绪翻跹。牛头游檀、九翅苏都,一个是受香火的乡间野神,一个是朝鲜祖先供奉的图腾异兽,实力不容小觑,而这才只是开始。等结束这次野神收编之旅,自己这支由明军和朝鲜野神混合起来的队伍,实力还不知道会强大到什么程度!

血泊里倒映出一张萧索桀骜的脸庞,双眉倒吊冷似刀锋,肩膀扛一把虎头大枪,指缝间全是鲜血。体色鲜红的六角恶鬼背靠灰石墙面,头颅豁穿一个大洞,胸腔也被枪头扯开,死状惨烈。

"谢谢,谢谢。"憔悴的朝鲜老妪眼泪纵横,额前枯槁的白发随风摆荡。她拉着自己的孙子,冲着宋懿不住作揖,嘴里吐着听不懂的字句。

宋懿的缨冠碎裂大半，鲜血流过斑驳甲片，顺着腿裙滴淌。他没有理会老妪，不耐烦地扯下已经破烂的头盔，转身离去。

营中一如既往的安静肃杀。旌旗猎猎，刁斗上冒着青烟，将士们军容整备，刀枪泛起寒光，偶尔能闻到刺鼻的硫黄味，但是血腥气已经很淡了。

营中各处隐隐传来声音："小西行长的人出土堡了，正在分批组织出城。""大同江埋伏的弟兄已经架好大炮，马料喂好，今晚有硬仗要打了。""我看是痛打落水狗，倭寇本就士气低迷，咱再来个中途截杀，怕不是吓得他们一个个都要跌进大同江的冰窟窿里。""这次多砍上几个倭寇的脑袋，领了赏钱就把家里的老房子翻新。""再换个娇滴滴的婆娘，是不是啊，老康？"

平壤城中偶尔传来恶鬼的凄厉啸声，明军谈笑间并不在意。说到底这并不是大明的国土，他们磨刀霍霍，对准的还是小西行长的部队。这种情况下，一个个满身血迹、抬着几名残兵伤员回到营盘的先锋营就显得格格不入。

"哟，我道是谁，这不是我们先锋大人吗？怎么着，这是带兄弟除妖鬼去了，弄得——"

虎头枪迎面扑来，枪尖冷冽的锋芒像是一只死死咬住喉咙的毒蛇。脸颊伤口淌血的宋懿逼视着这人，身后一干先锋营将士好似狼群。

那人咽了口唾沫，二话不说转身就走。

"抬着受伤的弟兄去找大夫。天师道那几个道士呢？把他们找来。"宋懿没再理会那人，抹了抹脸上的血，冲着身边的人说道。

"怎么弄成这样？"沈鹤言把头盔挂到架子上，语气中带着几分埋怨。

"城里有只猛鬼，不太好杀。"

351

沈鹤言眉峰一挑："不好杀就不杀，整个大营如今有几个人去玩命地杀妖鬼？你榆木脑袋？"

宋懿给自己缠着绷带，默默无语。沈鹤言从皮兜里挑出两个小黑坛子来，丢给宋懿。

"鹤言，饮酒误事，还是算了。"宋懿下意识回绝。

"趁酒杀敌岂不快哉？"沈鹤言拔开泥封，顿时酒香四溢。

"佛手汤，这可是御酒。"沈鹤言灌下一口，眉目畅然，"祛寒止痛，来吧。"他拍了宋懿的肩膀两下，油灯映得他的脸色一片火红。

宋懿抿了抿干裂的嘴唇，仰头饮了一口，却连坛子都扔了出去，罕见地爆了句粗口："这他妈是醋！"

沈鹤言哈哈大笑，眉飞色舞地又喝下一口，他坛子里的可是名副其实的佛手汤。

宋懿呸了两口，苦笑不止："你也是成了家的人，怎么这么幼稚？"

沈鹤言把自己手里的酒递过去，笑嘻嘻地说："人家给你递酒你不吃，最后怕是醋都没得喝。"

宋懿接过酒坛，猛灌了几口，好像听不出他话里有话。

两人大口对饮，大多是沈鹤言说话，宋懿应上两句。

"你我同僚……七年半。"沈鹤言比画着，"你这性子，出不了头。"

宋懿默然，沈鹤言满脸通红，把桌子拍得震天响。

"等着我吧，等着我提拔你。"他站起身来，套上青虎头兽吞护臂，戴凤翅簪缨束盔，扣上鱼鳞甲皮扣，把酒饮尽，放下坛子时脸上已有浓浓杀气，"你为我扛纛七年余，今天这仗歇一歇，安心养伤。"

唐白展是一名明军小校，负责把守城楼。此时的小西行长已经出城十里开外，李如松依诺放行，却早早在大同江埋伏人手，自己更是掐准时间，亲自率领大部队，去抄小西行长的后路。

浩浩荡荡的明军队伍刚刚出城。唐白展目送着队伍离去，心说领头的沈游击还真是威风。虽然上阵杀敌没自己的份，但是命肯定能保住，也是福气。想着这些，唐白展伸了个懒腰。

"白展，你千里镜呢？"有人蹬了他一脚，"看看那边是什么东西？"

唐白展骂骂咧咧地坐起来，掏出千里镜眺望了一眼。

"不就是棵树……咦？"

远处烟尘弥漫，各种夸张离奇的怪物目不暇接：身高三丈、宛若怒目金刚的树人；半人半鸟、黑色羽毛鲜亮的女妖；毛色各异、挂在树上的三团大球；一个纵跃能跳出几十米的庞大金蛙。此外还有各色飞禽猛兽，群魔乱舞，浩浩荡荡不下几百人的声势，领头的是十几匹奔驰的青鬃大宛马。

"领头骑马的那个好像是咱们弟兄。"有人发声。

唐白展伸着脖子一瞧："哟，真是咱大明的铠甲。"

李阎拨马疾驰，脖子上青筋暴起，大声呼喊："速速禀告提督大人，倭寇的援军到了！"李阎翻身下马，裙甲摆荡间冲到城门口上，冲着上面高喊，"提督大人呢？"

"提督此刻已经出城，往大同江方向追击小西行长了。"唐白展的脸色苍白。

李阎深吸一口气，转身说道："老刁，你带着大伙儿驻守城外，等我消息。"然后对着唐白展说，"开城门，带我去见提督大人。"

"这我哪儿做得了主？"唐白展苦着脸。

"什么事？"中军副将杨元腰挎宝剑走上城楼。他是李如松的副将，此刻明军精锐尽出，誓要将小西行长留在大同江口，可城中还有万余部队，此刻尽归他的指挥。

唐白展学舌一番。杨元是认识这个最近声名鹊起的总旗官的，他没有多做犹豫，宽大的手掌按着城楼上火药痕迹斑斑的石砖，冲着李阎喊道："我可以先让你进城，等你通报给经略大人，让他老人家来决策。"

"好。"李阎一口答应。

杨元一挥手:"放缒绳。"

"你在哪儿看到的倭寇援军?"

惊闻此信,宋应昌噔噔两步走到李阎身边,双眉钩挑,不怒自威,哪还有半点李阎初见他时穷酸蓑笠翁的模样?

"为防冒犯,请经略大人往后。"李阎一拱手。

"不必。"宋应昌道,"干脆讲来。"

李阎闻言,还是自己退后两步,手掌从胸口掏出一物,竟然是一只合拢翅膀的喜鹊。那喜鹊一见光,扑棱棱地飞到半空,围着营帐绕了一圈,银灰翅,金红喙,点点辉光洒下,神异非凡。

"小神恩德鹊,见过天使大人。"一个清脆的娃娃音从喜鹊的嘴里传出来。

营中诸人面面相觑,都是一脸不可思议。

宋应昌脸色如常,开口询问:"如此,是你看见了倭寇的援军?"

"是。"在它绿豆大小的漆黑眼珠里,眼前这个年过半百的明国官员身后站着一只眼神冰冷淡漠的五色孔雀。虽然同为飞禽,但恩德鹊却没有半点亲近的感觉,那只孔雀给它的感觉像是不见底的深渊。还是身边这位将军身上暖暖的,想着这些,闷得半死的恩德鹊还是飞回李阎的肩膀。

"小神的确看到倭寇的军队,好多旗子杂在一起,有好多的马,好多的人,还有好多火铳和兵器。"

宋应昌一皱眉毛。恩德鹊一接口,他就知道是不可能从这只异鸟嘴里得知倭寇来援的细节了。没有战争经验的人,一眼看过去,一万人和十万人根本看不出,反正都是黑压压地看不见头。

"大人,我详细问过,来援的倭寇当中,至少有不下七八道家徽旗帜，毛利、黑田，甚至德川。不是大军，必是精锐。恩德鹊注意到他们的时候，大概是在平壤城南百二十里，若是大军不停，此刻应该距平壤八十里左右。"

"对对对，好多乱七八糟的图案呢。"恩德鹊奶声奶气地应和。

宋应昌点点头，看向李阁的眼神柔和很多。

"我听说易高功命你归拢朝鲜的乡妖野神，成效如何？"

宋应昌不信鬼神，对易羽的说辞更是嗤之以鼻，只以为他这是畏战的托词。只是易羽受到皇帝宠信，朝堂中更是有不少为天师道摇旗呐喊的笔杆子，他也就睁只眼闭只眼。可李阁带回来的恩德鹊就在眼前，让他不得不承认，这个思路似乎可行。

"回大人，"李阁挺直腰杆，"卓有成效！"

在摄山女的指引下，李阁的野神收编进程格外顺利。但凡年代久远、实力强横的野神乡妖，大多数都被他收入麾下。加上余束几次要求休息耽误的时间，一共只用了一天多一点。他也是在收拢相对弱很多的恩德鹊群的时候，才从这些小家伙嘴里得知倭寇援军将至，连忙带领一干人等回平壤城通报。

"右军总旗李阁听令！"宋应昌眼神一肃。

"末将在。"

"你拿我随身手印，飞马速去大同江，把你告诉我的，原原本本一字不漏地向提督大人禀告。另外告诉他，亡狼犹可纵，虎首未可失，叫他一定从长计议。"

宋应昌官拜兵部侍郎，用兵纵然不如李如松，可头脑绝对冷静。四万明军初入朝鲜时，势如破竹，锐不可当，元月入朝鲜，两天破平壤，让朝鲜大臣柳如龙直呼天兵勇猛。可那时倭寇势力分散，且粮草不足，此刻攻守移位，正当稳扎稳打，绝不能冒进。

宋应昌此刻最担心的，就是李如松杀性一起，猛追穷寇，好巧不巧地撞进援军怀里，那可是悔之晚矣！

宋应昌把手印递给李阎，李阎接手那一刻，身子顿时热乎乎的。

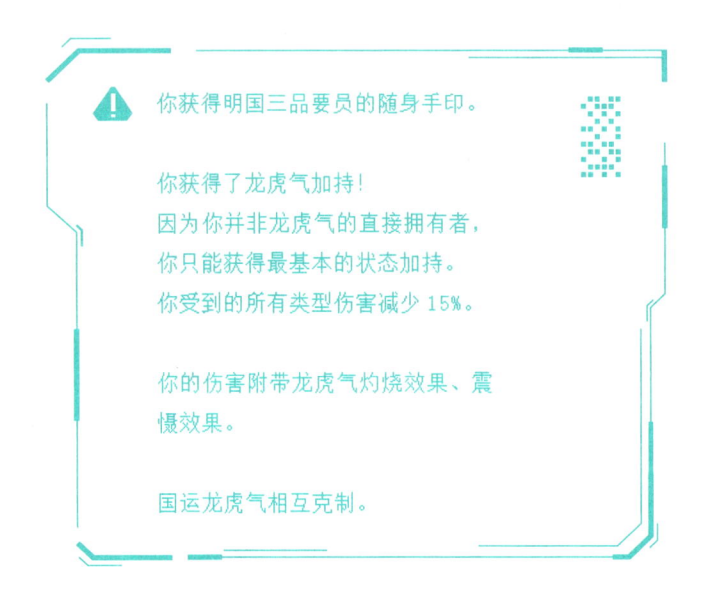

> ⚠ 你获得明国三品要员的随身手印。
>
> 你获得了龙虎气加持！
> 因为你并非龙虎气的直接拥有者，
> 你只能获得最基本的状态加持。
> 你受到的所有类型伤害减少 15%。
>
> 你的伤害附带龙虎气灼烧效果、震慑效果。
>
> 国运龙虎气相互克制。

"速去。"宋应昌用力拍着李阎的肩膀。

咣的一声，城门破开一个小角，李阎骑青鬃马，挎环龙汉剑，背一把生铁钩镰枪，冲出城门。

"九翅苏都！"李阎大喊一声。

"大人你叫苏都就好。"九翅苏都掠出人群，眼里都闪着光。

"你飞得快，往大同江的方向先走，不用帮忙，在天上高高掠着，找一杆三丈黑色龙旗，那是提督大人所在，找到以后，赶紧飞回来找我！我有要事相报。"

九翅苏都不愧是几百年的异兽，心思转得那叫一个快。

"大人，我背得动你的，不如……"九翅苏都一脸扭捏和期待。

"速去。"

"知道了。"九翅苏都闷闷不乐地回答。

趴在牛头旄檀身上的三团毛球彼此攀谈。他们是良那三兄弟，和九翅苏都认识了一百多年，可谓"交情深厚"。

"大姐头刚才是不是在……"

"对对对，就是在……"

"我觉得她是在……"

"所有人随我走，建功立业的机会来了。"说着他又看向朝鲜的乡妖野神，"仗打完了，我家提督亲自给朝鲜国主上书，给你们铸金身，建庙宇。"

金岩蛙哈哈大笑："天朝上国的将军说话，我等自然是信得过。"

"信得过就往前冲，别给我出工不出力。"李阎一拉马缰，带领众人往大同江而去。

"你就真这么去了？"余束驾马与李阎并排，她就像只幽灵，冷眼旁观。李阎则花尽心思，苦苦运筹。"你不像是这么蠢的人。"

"怎么说？"李阎反问。

"这次的阎浮事件对你来说非常艰难，但是奖励也格外丰厚。如果你现在报信说倭寇援军将至，李如松拨马回营，放跑了小西行长，再想杀他可就难了。如今小西行长在大同江危如累卵，这是最好的机会。趁你现在手里的势力不差，压下这个消息，挑拨李如松和小西行长死斗，你浑水摸鱼……"余束像一个教唆凡人的魔女，在李阎身边呢喃。

她没有提及，李阎如果拖延不报，延误战机，很可能导致李如松身陷重围，甚至整个壬辰战争的失败！不过，她觉得李阎是不在乎这些事的，也没有在乎的理由。

这里的李如松和大明，跟李阎的那个世界本就没有任何关系。这个世界与他所在的世界就是两片相似却不同的树叶，这些人的生死存亡，甚至所谓大明的国运，和李阎的世界没有关系。

在余束的认知里，这个男人并非丧心病狂之徒，但是做事干净利落，敢下手，能决断，懂取舍。这一点，红鬼比他差得太多。他知道自己该干什么。

可李阎摇了摇头:"不值得。"

"妇人之仁。"余束冷笑。

李阎无所谓地笑了笑。他能在初入时毫不犹豫地杀死可能影响自己前途的百户,却不愿意听从余束的话,这和什么大明兴亡无关。在这个问题上,他认同余束。他只是习惯用自己的方式解决问题。一个人能不能看清局势、分清利弊,这是能力问题;可选择破局的方式是拳头还是脑子,这是性格问题。

世上自作聪明的死人和鲁莽行事的死人哪个多,还真说不好。

毕竟,人有千算,天只一算。

第六章
截杀大同江!

夜幕下冷风刺骨,大同江上结起厚厚的冰层。小西行长马蹄踏在冰上,端详着自家灰头土脸的士兵,又抬头看了一眼月色,默默无语。

驻守平壤时,小西行长手握一万五千余人,连同牡丹峰上,一共一万七千人。可几天的工夫,最器重的大将后藤加义战死牡丹峰,三千铁铳队精锐折损大半,士兵伤亡无数。等自己逃离平壤,算上伤残,手上也只剩下不到八千人。

"小西老伯,想开点吧,至少我们活下来了不是吗?"

黑田穿着一身僧袍,除了腰间的黑色打刀外没佩带任何武具。易羽没有出明军大帐一步,而他最终也没有找到出手的机会。

小西行长阴着脸。他勒住马蹄,忽然掉转马头,面对江面上数千倭兵茫然的脸,大声呼喊:"今天,我们的确吃了败仗,可是用不了多久,我们还会卷土重——"

轰隆隆的炮鸣打断了小西行长的慷慨陈词,连绵的橘红色火焰在江面上炸开!这一刻,滚滚黑烟和皑皑白雪的对比如此鲜明。

黑田脑子嗡的一声,刀背拍打着马背,扯着嗓子大喊:"快渡江!"

倭寇顿时大乱,争先恐后渡过江面,一时间溃不成军。密密麻麻的炮弹打进倭寇队伍当中,澄净的冰面裂开一道又一道豁口,大块大块的冰面塌陷下去。马匹惊恐长嘶,蹄子徒劳地翻动着,最终连同马上的倭寇一起跌落进冰窟窿里!

"卑鄙无耻啊!"小西行长顿足捶胸,目眦欲裂。

大同江对岸。

神机营参将骆尚志双眼盯着江面上戴直立桃形兜盔的小西行长，嘴里喊道："头上顶俩兔耳朵的那个便是小西，莫放过了贼酋！"

大炮不断轰鸣，渡江渡到一半的倭寇想要往回走，炮弹却凶狠砸落，溅起漫天冰碴。大片的倭寇绝望地跌落进江里，凌冷彻骨的江水湍急，那些人来不及呼救，就直接被卷走了。更有甚者，被炮弹直接砸中，死状惨烈。

也有幸运儿成功爬回了岸上，正和没来得及渡江的倭寇面面相觑。不知所措时，阵阵喊杀声从后方传来。

数千支火把组成的队伍将大同江照得犹如白昼。沈鹤言身披重甲，身前玄色大纛直指小西军团。骑兵潮水般涌来，都端着长枪，也不厮杀，只管平推过去，要把挤在大同江边的倭寇们硬生生推进江里！

远藤健次郎是小西军团铁铳队队长，此时正率领千余火绳枪士兵毫不畏惧地与埋伏的明军对射，试图为小西等人争取时间。

"要死了吗？"绝望之余，远藤健次郎心中泛起一丝超脱之感，"四十九年一睡梦见，一期荣华一杯酒……"

砰！马上的黑田和尚一刀背敲在他的兜盔上，清秀的脸因为扭曲而显得戾气十足。

"你这个蠢货！拿着大铁铳和明军的火炮对射？让所有士兵丢掉大火铳，拿起刀剑来，一路冲过去！"

远藤健次郎如梦初醒，立刻下令弃铳突围。黑田和尚厉声长啸，脖颈泛起小蛇蜿蜒似的黑色血管，双眼和嘴巴张成三个黑洞。夜幕之下，江面上有庞大的黑色影子一闪而逝。

以黑田为中心，霜白色的冰面顿时变得漆黑无比，并且迅速蔓延开来。破碎不堪的冰面立刻稳定下来。也许是黑田的错觉，他仰脸的时候，似乎看到一道黑影在天空盘旋。

他这里搞出这么大的动静，岸对面的骆尚志自然看得一清二楚。

"拿我的弓来。"骆尚志接过牛角硬弓，带上铁扳指，粗壮的双臂鼓动拉圆弓弦，一支长箭尖啸着冲向黑田。

长箭穿过，黑田猛地一侧脸，不断蔓延的黑色冰面一滞。

"中了？"骆尚志有点不确定。

和尚猛地回头，眼中浓烈的黑气喷涌而出，嘴巴里叼着一支长箭。

江面的骆尚志眼前一黑，似乎看到一个蛇头迎面而来。他怪叫一声马上后仰，心中一阵抽痛。

"将军！"身旁的人大惊失色，试图去搀扶骆尚志，没想到骆尚志一个打挺，又稳稳坐回了马上。

"我没事！"骆尚志说着，心中却是一寒，"哪里来的邪门和尚？"

而他身后，原本神骏的花斑豹子，此刻低声呜咽，双眼有血丝出现。

黑田七孔有微末黑气飘飞，犹如神魔。

小西行长拍马疾驰，命令身后的大部队拦住沈鹤言的骑兵，自己则率领一批精锐，试图杀出一条血路。

正在这时，一道琥珀色的庞大身影陨石一般跃入战场——牛头旃檀！他脖子上插着一杆明军黑色龙旗，随手拨开十几支箭矢，闷声如雷："辽东镇总旗李阎麾下牛头旃檀，奉朝鲜国主、明国提督手令，特来襄助！"

神机营士兵面面相觑，心中惊疑不定，可大明龙旗却做不得假。

三团毛球冲入江面，毛发尖如利刺，如同三道势不可挡的战车冲进人群，憨憨的声音从毛球里传来："辽东镇总旗李阎麾下良乙那、高乙那、夫乙那，奉朝鲜国主、明国提督手令，特来襄助！"

猛虎、喜鹊、狼夫纷至沓来。

火焰夹杂着碎冰碴的黑色羽毛风暴轰入倭寇军中，九翅苏都旋舞在半空,身姿曼妙:"辽东镇总旗李阎麾下九翅苏都,奉朝鲜国主、明国提督手令,特来襄助!"

李如松眺望着被烧红的大同江,沸腾的杀声隐隐传来。黑田和尚稳住冰面,依然避免不了小西行长的士兵被切割冲散。大同江战场一下子混乱起来,明军、倭寇、朝鲜军队,甚至还有义军一类的队伍加入进来。此战已是毋庸置疑的大胜,重点只在于能不能扑杀小西行长,能杀伤多少倭兵,甚至围灭他们。

"不易。"李如松叹了口气。此刻战场愈发混乱,大同江对面的地形却极为开阔。

倭寇称得上悍勇,仗打到现在,一半多的倭寇死于非命,反抗的意志竟然还是如此强烈。骆尚志人手不算多,拦截可以,但是如果小西行长成功过江,在属下的掩护下想要突围,并非难事。

"何况……"

"经略大人有言,亡狼犹可纵,虎首未可失,希望大人谋而后定。"李阎单膝点地,手上拿着宋应昌的随手手印。

煮熟的鸭子还能让它飞掉?李如松脸色阴沉。

李阎面无表情。虽然宋应昌字里行间是劝李如松撤兵,可李阎觉得李如松不会就这么放过小西。换作是他,他也不会放!

屁股决定脑袋,笔杆子和枪杆子看问题的角度是不同的。这一点,李阎觉得自己比宋应昌更了解李如松。

"朝鲜境内,有我大明缇骑虎探八百,你言称恩德鹊看到了倭寇,但是虎探却没有回报,此中真假存疑。此其一。

"纵然你说的是真的,倭寇援兵将至,可我攻下平壤还是昨天破晓的事情,援军不可能知晓。越是接近平壤,他们就越会小心打探,绝对不敢冒进。此其二。

"丰臣军团十万有余,听闻天兵入朝,悉数去把守朝鲜王都(汉城），那里才是他们的大本营。玉埔一战，朝鲜李舜臣切断倭寇两道补给线，倭寇兵粮短缺，长途跋涉之下，援军能有多少？八千？一万？我们有四万人。此其三。"

李阁低着头，唇角却有笑意。他知道，杀小西，自己还有机会。

思来想去，李如松还是决定试一试，飞旗来回之间，他开口说："传我将令，命游击将军沈鹤言率领四千轻骑兵追杀小西。即使不行，也给我咬住了。大军即刻渡江追击。过江之后，命朝鲜部、吴惟忠部呈网状分散搜罗，一面绞杀落单倭寇，一面打探军情，若发现倭寇援军踪迹，即刻来报。"说着，他看向李阁，"你那支队伍，收拢得如何啊？"

"此刻正在大同江前。"李阁恭声道。

"那你也别闲着了，过大同江，杀倭寇。"李如松哈哈大笑。

"末将领命。"李阁转身上马，抄起生铁钩镰枪往大同江而去。

大同江边火焰如血，各色朝鲜野神肆意冲阵，沈鹤言渡江穷追不舍，马蹄间踏过无数倭寇尸首。

小西行长的队伍狼狈逃窜，黑田破烂的僧袍乱舞，转头看向身后猎猎的大明龙旗下那些手持玄锋大槊、势不可挡的猛将，眼底有疯狂的血色掠过。

黑鬃战马低伏，梳着月代头的男人手指摸着马颈，他面前是一道漆黑的滚滚川流。

"请不要忘记你们关白大人的承诺。九州岛，归我们了。"

滚滚川流上面，摆渡的黑发女人躬身，撑起长篙划动木筏。随着摆渡女人的远去，黑色川流逐渐枯萎干涸，最终消失不见。

男人身后，头戴鹿叉盔、身披锦绣羽织的武士夹紧马背，低声对男人说道："为了驰援平壤，放弃整个九州岛，这就是秀吉大人的决定？"武士的脸上满是不甘。

"放弃？整个九州岛还有活人吗？那里早就沦陷了。"男人面无表情，"小五郎，我们的国家已经完了。你不明白吗？这场战争，是我们最后的希望。"

武士默然。

男人眺望西南，那是无尽富饶之地，是近千年来，国内无人妄图指染的天朝。

"何况，我们的目的并非驰援平壤，而是打败明国的军队啊。"

战马甩头嘶鸣，风雪撼动山林，武士身后人头攒动，一眼望不到头。

钩镰枪甩进人群当中，前后划破两名步刀倭寇的肚子，随后洞穿一名倭寇的面门。李阎旋拧枪身，血肉飞舞散落。

倭寇的火绳枪一轮齐射，铁管喷吐无数弹丸。牛头旃檀瞧也不瞧那些铁弹箭矢，像是赶苍蝇一样随手拨开，留下的伤痕没过一会儿就愈合如初。金岩蛙长舌一卷，把一倭兵拦腰绞断，凸起的背上满是火药痕迹。其他诸如兄虎、狼夫、食甲狐狸，对于倭寇的火绳枪也并无畏惧，反倒是倭寇的劈砍对它们造成的伤害更大。

即使有妖神的阻挡，还是有相当一部分铁弹冲李阎而去。此时，李阎等人距离火铳队只有不足十步的距离。邓天雄、王生等人纵马冲进火铳队中，为身后弟兄撕扯出好大一个口子。

身披黑色大铠、头戴鬼面的倭人奔驰而来，对着李阎高呼："马上那明人，我乃柳生四兵卫桃之助，可敢跟我单挑？"

李阎瞧也不瞧他，身后弓骑兵当即一轮齐射，将那名自称桃之助的倭人射成了刺猬。

厮杀正酣，参将祖承训高声呼喊："莫要恋战，这些人都是瓮中之鳖，冲过江去，擒杀小西行长！"

他的话音刚落，一干乡妖野神夹杂着背弓刀的青鬃马兵已经将倭寇吞没，再冲出时只剩下一小撮敌影了。

"这是谁的队伍来着？"祖承训睁大双眼，扯着嗓子问身边的人。

"大人，好像是原来咱承武卫的人，叫李阎。"身边人回答。

祖承训眨巴眨巴眼睛："是吗？我手下还有这么一号？"他一拍大腿，"好啊，不愧是我带出来的兵！"

小西留下大量人马断后，自己率领三千多人意图冲出明军的包围圈。

骆尚志一开始打的就是炮轰大同江面，让小西行长淹死在江里的打算，自然炮多人少。没想到因为黑田，小西竟带着三千人马冲过了大同江。此时骆尚志身边不过七八百人，于是他当机立断，让过死志坚定的箭头先锋，拦腰杀入小西人马中阵，拖住了大部分倭寇。

小西行长哪敢停留，只得舍弃身后接近两千人，带着一千出头的残兵死命逃亡。忽然，身后马蹄逐渐逼近，小西精神一振，本以为远藤健次郎杀了出来，向后一看，顿时亡魂皆冒。

青色浪潮一般的骑兵逐渐逼近，火把下黑色大明龙旗招展，正是右军先锋营。虽不见往常猎猎舞动的九尺鲜红大纛，但沈鹤言依旧勇猛，大槊所过，人仰马翻。

"我们的马甩不掉，这样下去我们都会死在这儿。"黑田此刻七窍有寸许黑气舞动，没了往常的玩世不恭，显得肃穆冰冷。

小西行长喟叹一声，摘了桃形盔丢在身后，露出半白的短发和光秃秃的脑门："分开跑吧，能走一个是一个。"

黑田深深看了他一眼："小西老伯，保重了。"

沈鹤言的玄锋大槊沾着血沫，眼前狼奔豕突的倭人队伍忽然分散成两支，一支往左，一支往右。

"大人，要不要分兵？"一名将领问道。

要是老宋在这儿，一人一边儿，这功劳就稳了，沈鹤言有些懊恼地想。

眼瞅着左面人多，右面人少，他大喝一声："王凉，你带着一千五的弟兄们往右追，我带着剩下的兄弟们往左走。"

冲过大同江的李阎一干人正撞见远藤健次郎和骆尚志纠缠在一起的场面。看着马后插着大明龙旗的李阎，骆尚志张口欲呼，却被李阎的脸色吓了一跳。

"骆大人，小西行长何在？"李阎率先开口。

"已经冲了过去，沈都司正率人追赶，尔等入我中军，先杀眼前贼寇。"

李阎一眼就看见了倭人当中乌帽、黑甲、脸戴赤红色鬼面的远藤健次郎，脸上杀意沸腾。

"不过土鸡瓦狗，何须这般麻烦？"他拍马疾驰，生铁钩镰枪直指敌阵，"跟我冲！"

牛头旃檀和金岩蛙宛如两尊巨灵神，压入倭寇阵中，刀枪不入，势不可当。

最前面的一名小西军团幡持将脸颊一凉，眼角下面出现一道豁口，他下意识抬头，一只银灰色、金红喙的喜鹊正拍打着翅膀俯视他。这名幡持将双手握长枪，脖子后面忽然一阵发麻，他刚要转身，金红潮水一般的恩德鹊整个淹没了他！

鹊潮涌过，只留下一地盔甲。娇小的恩德鹊个个淋着血，眼里闪着红光。这恐怖的画面直接让前面的倭寇丧失了战斗意志，扔下长枪就跑。

远藤健次郎挥动雪亮的野太刀，刺进狼夫胸膛，抬脚把他踹开。那粗壮的灰狼哀鸣着倒在地上，不多时毛发散尽，成了一个满身赤裸的男人，胸前两枚铜钱大小的伤口鲜血狂涌。

"你们这群……"远藤健次郎喘着粗气，身上黑气浓郁，隐隐呈现蝎子和花瓣的模样。

一团红色毛球滚到李阎身边，露出湿漉漉的眼睛，冲着李阎身后的九翅苏都喊道："大姐头，那穿铠甲的倭子砍得我好痛，我不是对手。"

李阎暴喝出声："苏都！带着它们冲散敌营，避开穿大铠的倭寇，其余的交给我们！"

青鬃马蹄高扬，李阎直奔远藤健次郎而去，他手上握的钩镰枪上，有星星点点的红色光芒飘散。

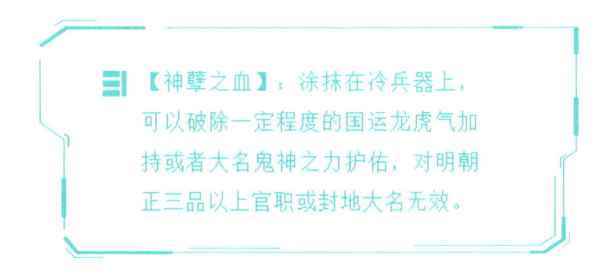

> 【神孽之血】：涂抹在冷兵器上，可以破除一定程度的国运龙虎气加持或者大名鬼神之力护佑，对明朝正三品以上官职或封地大名无效。

远藤健次郎呼喊着什么，长刀朝李阎劈来。长枪迎上抖腕直刺，野太刀架住李阎枪头，两人同时往后一收兵器，钩镰枪刃死死卡住刀身。两马盘旋而过，健次郎往上一撩野太刀，斩向李阎下巴，李阎抽枪催马闪身让过，健次郎掉转马头，抡起野太刀再次砍落，突然眉心处一阵凉意袭来，刺得他脊椎骨一麻。

> ⚠
> 触发类被动，杀气冲击！

李阎一偏头，野太刀掠过头盔红缨砍在李阎肩胛上，而长枪斜上一挑，笔直穿过健次郎咽喉要害！鲜血顺着枪杆滴滴答答滑落，红色珠帘一般。

李阎运足一口丹田气,呐喊出跟宋通译学来的唯一一句正儿八经的倭话:"贼首已死,弃刃不杀!"

山路崎岖,黑田勒住了马,身后是一干倭国武士,左右已经被黑色龙旗包抄。

沈鹤言独狼似的眼睛左扫一圈,右扫一圈,忽然啐了一口,骂骂咧咧地说:"真他娘的贼,便宜了王凉那小子。"

和尚抽出黑色武士刀,宽大的袍袖被风雪胀满。他盯着马上一身鱼鳞甲胄的沈鹤言,嘴角几乎咧到后脑勺,笑容狰狞恐怖。

第七章
天只一算

姓名：李阎
代行：无
完成阎浮事件：1
正在进行的阎浮事件：2

主线阎浮事件进度如下

1. 入手一样具有睥睨之力的阎浮信物：0/1。
2. 杀死小西行长：0/1。
3. 至少杀死三种战国异兽：2/3。
4. 至少杀死一名战国大名将领：3/1（超额完成）。

你所触发的特殊阎浮事件：组建一支由明军和鬼物野神构成的队伍。

进度如下

1. 队伍中至少拥有一名实力"十都"以上的明军将领（未达成）。
2. 所有鬼物野神总评价必须达到三名"十都"行走以上（已达成）。

你的队伍获得强军状态：明然（残）
（阎浮事件未完成，部队无权命名：482）
基础增幅：攻防速提升50%（固定值）

> ⚠ 明然：军中所有士兵对妖鬼类伤害增加 50%，妖鬼类对明军造成伤害减少 50%，并免疫所有威慑类光环。
> 龙虎气（鬼神之力）对军中所有朝鲜野神类伤害减少 50%。
>
> ⚠ 请行走大人注意！
> 请行走大人注意！
>
> ⚠ 行走大人，当阎浮行走统领一支拥有强军状态的部队，会在结算时获得手下士兵的馈赠！

在李阎看来，这是很中庸却实用的强军状态，特点就是没有特点，但打倭寇又都用得上。野神类个个有天赋神通，牛头旃檀、九翅苏都这样的大野神更是以一敌百不在话下。之前国运龙虎气（鬼神之力）是他们的克星，现在加持了明然状态，这些朝鲜野神已经没有明显缺点了。而且得到加持后，明军的箭矢火铳能造成的伤害更大，出现伤亡的概率也更小。

> **李阎的个人信息如下**
>
> 专精：古武术 89%+4%
> 热武器：38%
> 状态：钩星，龙虎气，凶！
> 传承：姑获鸟之灵 16%

技能：
1. 惊鸿一瞥
2. 血蘸
3. 杀人如麻
填满子弹的柯尔特手枪一把，手榴弹七颗。

李阎勒马回顾，身后的将士们满身血污，背着雕弓火铳，长枪短刀。邓天雄、刁瞎眼、王生等人都神采奕奕地盯着自己，牛头游檀的肩膀上扛着良那三兄弟，九翅苏都高高掠到天际，各色怪异的野神妖物身上都有厮杀过的血迹，就连性情温驯的恩德鹊群也眼露凶光。

李阎有些恍惚。不过一个月的时间，他就从一个战场上逃回来的光杆总旗，做到了一个手中掌握堪称魔幻版特种大队的大明军官。数千人的倭寇队伍，就这么让李阎这些人一路浴血杀了过来。

"大人，他们分兵了。"九翅苏都飞了回来。

"哪边人多？"

"左边。"

李阎不假思索："往右走！"

枪炮擂动，小西行长深吸一口气，连同刀片一样的冷风和雪花一齐吸进肺里。他本来是可以甩掉身后明军骑兵的追赶的，可是不知道从哪里杀出一支朝鲜黄州判官王宇组建的义军。这支部队虽然战力孱弱，却结结实实地绊住了小西的去路，最终让王凉追了上来。

王凉是个三十多岁的山西汉子，皮肤黝黑，目光坚定。眼见着倭人被绊住，也不管这里头是否有小西行长，直接率领骑兵杀入阵中。

黑夜里一道电光照亮了战场上每个人的狰狞脸色。轰隆隆的雷声过去，带着泥土腥味的雨滴洒落。火把被雨水打灭，眼前的一切陷入漆黑。朝鲜义军、倭人士兵，以及青鬃马的明国骑兵纠缠在一起，局面越发混乱。

小西行长凝视着自己"中结祇园守"的家纹旗帜，高举长刀。在风中舞动的"中结祇园守"蓦然间从中间碎裂开来，乌云吞吐，闪电明灭，巨大的蝎子阴影笼罩了整个战场，有黑色樱花花瓣飘落，吊诡至极。

王凉只听得胯下战马一声哀鸣，竟然毫不受控制地逃离战场！他四顾之下，身边一多半的马匹都是如此，甚至有几匹当场屎尿齐流，不堪地跪倒在地。

一柄倭刀冷不丁自黑暗中劈来，将王凉的头盔劈落。王凉反手一枪扎进这名倭寇的心口，矮身拧腰摸出铁雕大弓，长箭奔着那高举长刀、梳着月代头的小西行长而去！

血红色刀光劈过，空气中有恶鬼嘶嚎的声音。长箭被从中间斩成两段，武士收刀拱卫小西，身上华贵威严的赤色胴丸分外惹人眼球。

赤备军！

乱战当中，火铳和长弓没了组织。大多数人都拿着兵器，实打实地磕碰在一起。小西虽然穷途末路，但身边的人手却是毋庸置疑的死士，最里层更有足足两百赤备军。王凉虽带着一千多兵马，却并非蓟镇兵、神机营这样拥有强军状态的精锐，局面一时间僵持不下。

轰！剧烈的爆炸声音让所有人为之惊诧。数以千计的手雷碎片切碎战场，把几名倭寇连同看不出服饰的朝鲜义军一起撕成了碎片。一道粗狂的雷光劈闪，战场边缘，一支怪异又蛮横的部队身插大明黑色龙旗，冲进了倭寇阵中！

"右军辽东镇总旗李阎在此！右军辽东镇总旗李阎在此！"恩德鹊群瑟瑟发抖，场中如同失智一样乱窜的大名鬼神之力让这些个体弱小的野神根本无法入场，只得叽叽喳喳地为李阎等人造声势。

李阎一马当先，手持泛着红色光尾的生铁钩镰枪，胯下的青鬃战马双眼布满血丝，显然已经服用了穷奇血！

他一眼就看见了赤备军环绕当中仰天举刀的老头子。

> ⚠️
> 你发现了任务目标：小西行长！

李阎当即大喝："旃檀、苏都、金岩蛙！打乱红色盔甲的倭寇队伍，其他人跟我冲！"

雷蛇狂舞，细碎的水滴砸在钩镰枪上，摔成漫天雨花；刁瞎眼手里的打刀穿破倭寇胸膛，花白的发丝和胡子被血迹粘连；邓天雄狂笑着舞动雁翎刀，一颗人头冲天而起；菜菜子细嫩娇小的手掌掐住倭寇的脖子，王生一枪爆头。牛头旃檀勇猛，九翅苏都妖异，金岩蛙阴沉，带着明然状态的李阎部队，悍然冲向了赤备军！

外围的倭寇根本阻挡不住以牛头旃檀为首的几尊强大野神，加上还有先锋营王凉等人的骑兵队伍虎视眈眈，根本抽不出多少兵力阻挠他们。

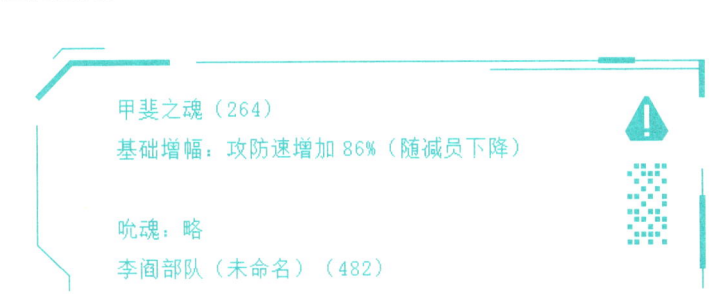

> 甲斐之魂（264）
> 基础增幅：攻防速增加86%（随减员下降）
>
> 吮魂：略
> 李阎部队（未命名）（482）

> 基础增幅：攻防速增加 50%（固定）
> 明然：略

没用多久，李阎等人就和摆出鱼鳞阵势的赤备军短兵相接。

牛头旃檀好似披上一层血泥的战争堡垒，赤备的战马冲撞过去，连人带马都被揉碎开来，血骨瓢泼。即便赤备军以视死如归闻名，但看见这样的场景，也不由得头皮发麻。

金岩蛙拼着蛙蹼受了两刀，用舌头洞穿了一名赤备的脑袋。那名赤备倒地，金岩蛙明显感觉不对，舌头闪电似的连点，戳进赤备的脚踝，只废不杀。

另一方面，牛头旃檀和金岩蛙身上的伤势也在不断积累，其他如食甲狐狸之类的乡妖更是没几个回合就被赤备乱刃分尸。这些乡妖悍不畏死换来的，是九翅苏都拱卫的李阎队伍直接杀到了旗本将领护卫的小西行长眼前。

在蝎子的巨大阴影下和黑色花瓣的飘舞中，这些倭人将领分外凶猛，除了李阎，其他人普遍处于下风。

铛！加藤虎手持长矛迎上眼前这名明显是对方首脑的年轻明人，枪矛缠斗不过两个回合，双臂就一阵发麻，落下的雨水渗进嘴里，味道发苦。

"不是对手。"

李阎双眼发红，生铁钩镰枪挑过对方肩胛，接着仰手回扫，这一枪如果撩在实处，加藤虎双眼不保！

桓侯八枪本是马上枪术，除了枪术，马术也很重要。李阎毕竟生于当代，对马术并不精通，虽然在初入的时候，阎浮曾经为他加持了 70% 的马术专精，可和枪术不同，马术并非他经年累月苦练得来，所以马战时，李阎有明显的生涩。不过经过这些天的不断磨合，李阎的马战枪术，强了不止一筹。

眼看枪头噬向加藤虎，只见一人放弃眼前的对手，替加藤虎拦下了李阎的戳扫。那人头戴燕尾形兜，身穿白色羽织，手上宽大的马刀和钩镰枪架在一起。是加藤豹！

加藤虎心中惊惧稍减，身后一只蝎子尾巴冒了出来，蜇在一只不知道从哪儿冒出来的细嫩手掌上，空气中传来女孩悲戚的声音。

"菜菜子！"王生惊叫着甩出长刀，被加藤虎偏头躲过，蝎子尾巴也随之消散。王生身前那倭寇眼看王生武器已失，大喝一声，以长刀刺向他的腰腹，王生扯紧马鞍扭过一刀，在那人惊骇的眼光中，一弓背抽在他的脸颊。

解决了这名倭寇，王生低伏着身子伸长手臂去钩一具倭寇尸体旁的长枪。一名赤备让过乡妖的撕咬，长刀劈向王生脑袋。一缕阴气森森的黑色长发缠住赤备的头发，倭寇身体一滞，但这刀还是砍了出去！

砰！一枚子弹先后穿过他的盔甲和大腿，趁着赤备吃痛，一头妖虎直接扑倒了他。

蒙蒙的白色雾气收进王生刀鞘，菜菜子再战不能。李阎单手架住加藤虎、加藤豹的兵器，手里的柯尔特手枪还冒着烟。

这一枪李阎本来是留给小西行长的，可他瞥见王生遇险，几乎没有思考地举枪射击，失了一手先机不说，还在两名倭人大将面前占住左手，只剩右手招架，而掉转枪口已经来不及了。

可那又如何？李阎眼中冷如利剑，两名倭寇将领怒吼着发力去压他的兵器。李阎翻腕一甩，柯尔特砸向加藤虎的眼睛，右手一松，钩镰枪被压向左边。解放双手的李阎握住枪杆，在马上一个后仰，双臂发力，铁铸的枪身划了一个大圈，不仅逼退两人，还挑碎了加藤豹胸前的甲胄，接着一个打挺坐稳马背，长枪毫无间隙地刺向加藤豹。以一敌二，丝毫不退！

加藤豹马刀迎上钩镰枪，一旁的加藤虎矛尖戳向李阎面门，不料枪尖沾到马刀的刀刃，却刺啦一声往外一甩，钩镰枪血槽上洒出去的雨水扬了加藤豹一脸，而枪身平直甩过，砸在旁边加藤虎的矛上。加藤虎接连受了李阎几次长枪挥撞，虎口吃痛之下微微颤抖。眼前这男人枪法凶狠之余，一阵又一阵的爆发力也让加藤虎胆战心惊。

这时候，一件李阎也想不到的事情发生了。胯下那匹双眼发红的战马，竟然逮住一个机会，一口咬上加藤豹战马的脖子！

青鬃战马的牙齿上沾满滚烫的马血。它双目血红，竟然硬生生从加藤豹坐骑的脖子上咬下一块肉来！加藤豹一个不稳，李阎的长枪已然杀至！

乌云中又是一道闪电劈过，加藤豹右手捂住喉咙，粉色气泡在嘴里翻涌，脸色迅速灰败。

加藤虎悲嘶一声，身后的黑色蝎子突兀地显露出来，长矛举过头顶劈落。李阎旋拧枪身，抬手便刺，一声奇异的吼声丝毫不惧，迎上黑蝎。

大名鬼神之力对上混沌文身，胜负不好说，可加藤虎长矛抵在李阎缨冠三寸余的时候，李阎的长枪已经穿透了加藤虎的胸膛。

"小西受死！"李阎抽出枪刃，双眼圆睁，满脸的血点更添几分狰狞。

小西行长哀叹一声。加藤兄弟已经是他身边最后的王牌，竟然不是眼前这明人的对手。他握紧手中的武士刀。此刻他前面是朝鲜义军，两侧是明军的骑兵。雨夜下那枪术迅猛如雷的明军将领悍然杀来，自己已经无处可退。

"赤备军，杀上去！"小西呼喊一声，心中已存死志。

一阵惊慌的嘈杂声从朝鲜义军的方向传来。雨夜乱战当中，所有人仅凭偶尔的电光看清战场，谁也不知道发生了什么。

李阎此刻杀意已决,尖刀似的队伍距离小西不足二十米!

嘈杂的声音先是扩大,然后一点一点湮灭,像是一股钢铁洪流涌入混乱战场。

一道粗如水缸的蓝紫色闪电亮起,整个战场刹那间亮如白昼。王凉抬头一瞥,只感觉所有的血液都往头上涌去,脑子几乎炸开!黑压压的人马,山林般耸立的刀剑,以及——战国大名的旗帜。

风雨声骤急。

立葵纹,本多忠胜!

地榆雀纹,柳生宗严!

毘字纹,上杉景胜!

藤巴纹,黑田长政!

最后是祇园守纹。

西国无双,立花宗茂!

大同江冰流湍急,江上漂流的晶莹冰块相互碰撞,叮咚作响,一只消瘦却有力的手臂扬出江面,水花四溅。黑田和尚跃出水面,一道鲜红色的狰狞疤痕贯穿他的脸庞直到耳后,破烂的僧袍上是化不开的血痕。

他嘴里咬着一尾活鱼,双臂扒住岸上的泥土,贪婪地吮吸着鱼血和鱼汁。他小腿上抓着一截断臂,惨白的手指几乎陷进和尚的肉里,即使被砍断,也依旧不肯放手。那断臂上裹着的,是青色虎头兽吞护臂。

好一会儿,黑田吐出干瘪的鲜鱼,不受控制地放声长笑起来。笑声穿透长野,头上的乌云汇聚得越发浓厚。

夜色中大雨滂沱,李如松恨得直咬牙。

骆尚志的神机营,吴惟忠的蓟镇兵,乃至祖承训手下的辽东镇部队,此刻已经在大同江前会合。数千明军呈网状搜罗,捕杀残余倭兵。李如松老于兵事,只粗略计算,就知大同江截杀前后消灭倭寇超过六千人,加上之前在平壤消灭的大几千人,丰臣秀吉第一军团已经名存实亡;而明军的损伤不过三千余,这还大多是之前攻城战中的伤亡。

"即使追不上小西,此战也算打出了我天朝的声势。"李如松沉吟片刻,开口问道,"右军那名叫李阎的总旗官所说的倭寇援军,打探到了没有?"

"前后派了七拨斥候,还没有回信。"有人恭谨地说。

军中多传李如松用兵老辣,时之名将,但直到平壤一战后,京都的神机营以及蓟镇和保定的卫所部队,才真正对这位山西的总兵大人心服口服。

"吴老将军,你那里有消息吗?"

吴惟忠摇了摇头,笑称:"除非倭寇会飞,否则绝无可能。"

李如松点点头,但还是叹了口气:"朝鲜境内多山,夜雨下道路湿滑,我等带着大量火器战械被雨水打湿,实在不宜追击。鹤言若是追不上小西,也是那倭酋命不该绝。"

"说起来,鹤言带着四千骑兵去追小西,此刻却没有半个人回来报信吗?"一边的李如柏问道。

"我手下那姓李的总旗官也没有回来,他带着那几只朝鲜本土的野神可是所向披靡啊。"祖承训也抢了一句。

"雨中行军,这也难免——"

"等等,"骆尚志刚一搭话,李如松忽然打断了他,"你说七拨斥候,没有一拨回信?"李如松虎目凝视着刚才说话的小校。

"是。"

李如松沉吟了好一会儿,手臂按在案上,这才开口:"既然雨中追不得小西,也不必等了。大军即刻开拔,先回平壤。"

营中众人还没来得及询问，营外忽然骚乱起来。惊怒的呐喊，痛苦的呻吟，慌乱的叫嚷，都混在一起，热闹非凡。好像一碗凉水泼到滚油当中，一股脑炸开。

祖承训掀开营帘，大声怒骂："谁他奶——"他的嗓子好像被什么东西卡住，受激似的拔出长刀，却不禁后退了一步，好像看到了什么令人惊惧的东西。

营帐前，是个眼神冷峻、身穿皮夹克、长发飘舞的女人。

她浑身上下被浸透，连串的雨水顺着她洁白的下巴滴淌，后背背着一名穿着厚重山纹铠甲的男子。男人嘴唇苍白，双眼紧闭，鲜血顺着手背滴滴答答流下，身上插着密密麻麻的手榴弹弹片，背上模糊的血洞触目惊心。

"先救总旗大人！先救总旗大人！"刁瞎眼干哑着嗓子。他皴裂的手掌抓着一名医师的脖领子，因为情绪激动，胸前和脖子上几处伤口不断流血。

王生默默不语。他手里抓着一支短箭，太阳穴疼得不断抽动，因为这支短箭不偏不倚射进了他的左眼。

牛头旃檀低垂着脑袋坐在一边，身上密密麻麻的刀痕和箭矢数也数不清。

九翅苏都一边翅膀被生生割断，凄厉的血痕从肩膀穿过胸脯直到大腿根部，此刻躺在满身伤痕的金岩蛙背上，双眼无神。

邓天雄战死。

"怎么回事？"李如松走出人群，大声问道。

王生咽了口唾沫刚要说话，忽然有残骑奔来。满身血污的骑兵马蹄杂乱，为首一人跌落在李如松面前："提督大人，我军左翼有大批倭军袭来，插着宇喜多秀家和小早川隆景的家旗，不下八千人。后方有福岛正则、毛利辉元领六千余人也在逼近。"

"哪里来的？"吴惟忠大声喝骂，忍不住前踏一步。

"除此之外……"那骑手声音哽咽,"沈鹤言将军与小西残部绞杀一团,不幸战死。"

"你说谁?"李如柏双目发红,眼睛几乎抵在那骑手面前。

"子贞!"李如松咆哮一声,打断了悲愤的胞弟。

"瓦罐不离井边破,将军难免阵上亡。"他的声音平静,甚至带着几分残酷。李如松双眼紧紧盯着王生的脸,他有种预感,这个年轻士兵带来的消息可能更加糟糕。

"你部如何?"

"我等追击小西之时,"王生喘着粗气,"忽遇大股倭军,由第三军指挥官黑田长政带队,包括德川家本多忠胜部、柳生宗严长子柳生昌部、上杉景胜部、立花宗茂部,五姓联军至少万余人马。"

王生每说出一个名字,众人的脸色便黑上一分。直到最后"万余人马"这四个字一出,所有人都不敢置信地摇头,骆尚志更是神色数变,喃喃道:"这绝非兵术……"

李如松面沉似水,平静地对王生说道:"辛苦你们了,能平安回来,已属不易。"

"提督大人……"王生张了张嘴还要说什么,看到李如松挥手,又一时语塞。

李如松拍了拍王生的肩膀,转身想要回营。他看得出王生还有话说,只是此刻形势危如累卵,他没心思听下去了。

"喂。"余束轻轻一声却分外入耳,让所有人把注意力放到她身上。

咚,一颗圆溜溜的人头被余束丢在地上,滚了两滚。余束食指指了指王生,又换大拇指指向后背。

"小西行长的人头,他们摘回来了。"

那颗人头滚在地上,暴雨冲刷之下,双眼圆睁、满是不甘,像是抓到救命稻草的人最终溺死。月代头,黑白发,正是小西行长。

"你们不是遭遇大军强袭吗？怎么还——"李如松眉毛一挑。

"辽东镇总旗李阎及其部，"余束平淡地打断了李如松的质问，"突入敌群，强冲至五姓联军前不足百米，枪挑第一军指挥小西行长，汉剑斩其头颅，而后乱战，其部死伤甚巨。"

她转过身子，面对满身伤疲甚至有人重伤垂死的李阎部队，一字一顿，让所有人眉毛惊讶地挑起，议论声音不断。

"五姓联军方面，赤备军死尽，第三军指挥黑田长政战死，上杉景胜弃马逃离战阵，战将立花宗茂轻伤，战将柳生昌被李阎部下邓天雄砍断右臂，李阎本人与本多忠胜对战，两合间生铁枪被毁，受重伤，以火雷搏命，本多被正面击中，生死不知。王凉部骑兵断后，全军覆没。"

余束虚着眼睛打量着李如松："提督大人，如今我等腹背受敌，正是生死存亡之际，如何决断，就看您的了。"

雷声猛然大作，营中人一片默然。

"啊！"余束背上的李阎在弥留间一声痛嘶。他眼前是手下袍泽尸首分离、血肉横飞的画面，心中绞痛如捣，面呈牙齿咬碎似的杀气腾腾。

李如松此次出城追击，一共带了不到一万人，算上之前的折损，此刻还有七千人出头，战车、火铳、大炮一应俱全。而援军方面，德川、上杉、黑田、宇喜多、毛利、柳生、立花、丰臣秀吉军团的精锐尽出，近两万人马鬼神一般，几乎不可思议地出现在平壤！

李如松当机立断，趁倭寇援军尚未合围，趁着黑夜暴雨，派人快马从包围圈的缺口冲了出去，向平壤方向求援。

李如松没试图朝大同江方向突围，而是远离平原，依托山势迎敌，四面排下拦马桩子和鹿角箭刺。百余辆偏厢车环结成阵，包着铁皮的木板留有射击孔，后面埋伏火枪手，车上载佛郎机火炮数门。只是大雨一泡,火铳和大炮都用不得,唯有藤牌耸立,刀弓高扬,严阵以待。

最先迎来的是宇喜多家的步兵方阵。

"弦!"

骆尚志高声呼喊,明军弓弦拉满,一张张牛角硬弓像是蓄满水的水闸。

"望!"

袖子和皮革摩擦的声音沙沙作响,箭矢寒光四射。

"灭!"

山洪暴发,万鸟归林,不知道多少倭人就此倒在血泊当中。

倭寇大多是使用轻型竹弓,而明军早早装备了需要铁指环辅助的铁胎弓、柘木弓,射程大了一大截,所以一上来倭人就吃了大亏。

铁甲车高墙似的堵在倭寇眼前,突出的长枪和飞射的箭矢疯狂吞噬着秀吉军团士兵的生命。后方的倭寇快速铺展开,朝明军两翼扑击而来,无论步骑都攻势凶猛,迅速填补阵亡士兵的空缺。

"拉车阵,上马跟我冲!"骆尚志一嗓子吼出来,千余骑兵鱼贯出阵,舍生忘死,尖刀一般朝因为展阵而变得稀薄的倭寇队伍而去。

这场恶战一直杀到天色大亮,滂沱暴雨已经歇住,泥水和血水模糊了整个战场。而丰臣秀吉军团的大头——黑田长政指挥、集合五家精锐的联军这才姗姗来到。

宇喜多秀家脸色阴沉,正要指责联军延误战机,使得自己损失大批人马,却发现营中人人缟素,气氛压抑。

号称战上无伤的本多胸前裹着绷带,柳生昌右臂不翼而飞。黑田长政不见了,只有跟随小西守平壤的黑田长政胞弟。僧人念圆满坐在黑田原本的位置,但原本俊秀的念圆满脸上有一道蜈蚣似的丑陋疤痕,身上的伤势也不轻。

宇喜多秀家舔了一下嘴唇:"这……这是怎么回事?"

"宋应昌！我告诉你！你这是目无王上！"易羽声嘶力竭，两名膀大腰圆的侍卫拉扯着他，身后的十绝幡也不知道丢到哪里去了，挣扎间冠巾落地，表情惊恐而气愤。

宋应昌双眼眯紧，冷然道："吩咐下去，稽核监军大人自觉时局艰难，三军击鼓吹号之时，愿以钦差身份代皇上身临战阵，一日不冲围救出提督，监军大人一日不下前线，随军天师道所有法师亦然。"

"我是圣上钦点督军，你没资格这么做！这是公报私仇、以权谋私！我要撞景阳钟，敲登闻鼓，我要向陛下……"

宋应昌盯着易羽，忽然躬身一拜："倭人若真有妖术，高功法师身在阵前一刻，便少伤损一条我儿郎性命。老夫代城中三万将士，谢过法师高义了。"

"你这老贼！你这老贼！我跟你没完！"

宋应昌眼眉低垂："此战过后，你我若有命在，老夫这一身前程性命，便是舍给你天师道又如何？"

直到易羽被拉远，宋应昌才吐出一口浊气，猛地把茶杯扔了出去，指着杨元的鼻子大骂："朝中素有耳闻！你家李子茂为人狂妄刚愎！我本以为那是谣言！没想到！没想到！"

杨元低头不语。

宋应昌气得胡须眉毛乱抖，满腹恼火无处宣泄。

我何尝不知倭寇突袭有蹊跷？可我明明派了人马告诉你，三思！三思！你李如松当没听见？论起来，我这位备倭经略才是这次明军入朝的一把手，若是明令撤军，你李如松不听便是抗命！我是念及术业专攻，这才放权给你，连撤军也是用委婉劝谏的语气。结果呢？你告诉我连同主帅及一干大将，八千人被两万倭寇围住了？

"经略大人，无论如何，我们得先把提督大人救出来再说。"杨元硬着头皮，拱手说道。

"你来安排。"宋应昌恼归恼，却不会越俎代庖，"具体出战事宜你们来定,我手下宣府不会干预。"年近半百却依然脾气暴烈的宋应昌语气缓慢而坚定,"大战之时,我同易高功一齐赴前线,为诸位擂鼓。"

黏腻的血把衣服和皮肤糊在一起,嗓子眼里好像被塞进一块火炭,带着咸腥味道的热气充斥口鼻,眼前是金红混杂的星星乱晃,脑子里轰隆轰隆响成一片,哭号和怒吼挟裹着一股子滚烫的血迎面喷溅而来!

嘶!床上的李阎身体倏地颤抖了一下,五指死死抓住被单。浓郁得化不开的血色过后,无数被拉扯的光影乱晃,潮水一般涌来。

黑夜中碾压而来的,是旌旗招展、刀山枪海的倭军,是戴鹿角头盔、脸膛发红的倭将。

千疮百孔、浑身刀痕的牛头旃檀,血羽一地、半边翅膀被切断的九翅苏都。更多的脸庞被血染红。被数杆长枪穿胸而过的明军队伍,抽刀断后用血肉拦住五姓联军的王凉部千余马兵,重伤跌落马匹、淹没在倭寇铁蹄之下的邓天雄。

撕啦一声,床单被撕开好大一个口子,棉絮抖落。

李阎猛地睁开双眼,白色的眼仁密密麻麻全是红丝。

"宰了你们!老子一定宰了你们!"

"老金岩,你这是什么意思?"

"我的意思很明白,李总旗要是死了,咱们大伙儿不能白忙活。"

"你再说一句试试?"

"你这女人屁股不正,我不与你争。旃檀你怎么说?"

"现在说这些为时尚早。"

"牛头你的意思是等总旗大人死了再打小九九?"

"你这婆娘怎么逮谁咬谁?"

"要我说……"

"说你……"

宽阔的营地上，平时各自为战的朝鲜野神吵作一团，但是大多态度悲观，只有九翅苏都带着锯嘴葫芦似的良那三兄弟舌战群妖。

余束双手枕在脑后歇息，实在听得烦了："都闭嘴。"

一时间鸦雀无声。明人对于鬼神之类不太敏锐，可这些家伙却是以此为生的。

好一会儿，金岩蛙才嘀咕一声："我也是为大伙儿想办法。"

"什么办法？"帐帘一掀，李阎走了出来，神色肃然。李阎眼窝凹陷，嘴唇干裂，看上去非常憔悴，唯有眸里冷森森的光，让人不寒而栗。

"总旗大人。"

"总旗大人。"

大伙儿精神一振，有个每战必先的主心骨在，心里总是踏实一些的。

"眼下情况如何？"

"我们被围住了，秀吉方面组织了几次进攻，都被提督大人打了回去。"

李阎一仰头，天还没黑，可东边已经看得见嫩白色的月牙。

"我睡了快一天？"

"对。"

"势不可久，倭寇耐心不多了。"

李阎左右四顾，场上的军伍，乃至那些诡异的妖物野神，也都眼巴巴地瞅着自己。

见没人说话，他嗓音沙哑地说："大伙儿都是共过生死的弟兄，没什么话说不开。"蓦地，他眉头一拧，语气忽然凶恶起来，"所以我把丑话说前头，眼下我们是一根绳上的蚂蚱，仗打输了谁也跑不了。就是真上了战场,倭寇的刀也是先砍在我的脑袋上。谁他妈暗地里说风凉话、使绊子,一律军法处置。"

金岩蛙摊了摊手:"总旗大人,老头子我可委屈。"

李阎摆摆手:"老金岩你不用说,打仗的时候你跟牛头旃檀冲在前头,我看在眼里,刚才那话不是针对你。"

金岩蛙吧唧吧唧嘴,没再说话。李阎的回应看起来粗暴蛮横,金岩蛙的心里头却踏实了很多。仗打到这里,想独善其身已经不可能,他只是害怕明朝过河拆桥,或者把他们这一票当成弃子,甩手就扔。如果这时候明人口若悬河,这只活了近千年的金岩青蛙恐怕真得考虑考虑趁乱逃走。白忙一场,也比送命要好得多。

李阎走近王生。眼前的少年神色激动,只是一只眼睛被纱布包裹,看得李阎心里又压抑了几分。他捶了捶王生的胸口,没有说话。

李阎看向余束。那场雨夜恶战最后,余束背着李阎,带着一干人撤了回来,留下王凉等人断后。可自始至终,她并没有出手。

"聊聊?"女人起身,黑色皮鞋踩在地上的声音分外清脆。

两人一前一后进了营帐。

"我得谢谢你背我回来。"李阎摸出一颗拇指大小的淡紫色人参,用两根手指捻着。

"直接点,我不喜欢绕弯子。"

"很直接了。我收拢这些妖物的过程太仓促,没有你,恐怕在我昏死过去之后,他们就做鸟兽散了。"

余束不置可否地耸了耸肩膀。

"我杀了小西行长,阎浮已经提示我完成了最关键部分,可以回归。我拒绝了。但是无论如何,这次阎浮事件已经到了尾声,有些事情,我不吐不快。"李阎攥了攥拳头,"这是我第二次阎浮事件,比第一次难很多。呵,长这么大第一次差点被人打死。"说着李阎要把草还丹扔进嘴里。

"你又死不了,半根就够了,剩下半根切碎了煮成水给你手下的人分掉。"

李阎斜眼看了她一眼,把草还丹收了起来,忍不住咳嗽了两声,脸色憔悴。

"抛开难度不谈,这次阎浮事件也给我一种怪异的感觉,就像是香烟买错了牌子。"顿了顿,李阎接着说,"接下来的话,我说,你听,对就对,不知道就不知道。"

余束有些惊讶地看着李阎。关于李阎找她的目的,她想过很多,比如埋怨她为什么始终不出手,比如向这个明显远远强过自己的资深者谋求破局的办法,只是没想到,李阎只是向她询问这些。

"我在之前的阎浮果实记录当中,发现了龙虎气的记录。从描述来看,这应该是行走的阎浮传承觉醒度达到40%的瓶颈甚至更高的时候才需要的。这也侧面证实了,这个阎浮果实,不应该是我这个才经历一次阎浮事件,进入时姑获鸟觉醒度不过9%的散阶行走应该来的。"

"这是因为我。像你这样的散阶行走,一般是接触不到序列在丁之前、五十以内的阎浮果实的。相应的权限也没有开启,像是高位身份配比、世界观知识购买权限,等等。所以很多时候,你像个没头苍蝇似的到处乱转,不过能想到收拢野神这个方法,也算聪明。"余束很坦然。

这话让李阎想起了这个世界的序列——鳞·丁酉二十四。

"我是脱落者,没有那么多讲究。你想知道的,我可以坦白告诉你,不用猜。"说着,余束坐在李阎的床边,"甲乙丙丁,并且序列在五十以内的阎浮果实,是公认上限极高、行走几乎没有任何掣肘的自由世界,并且每颗果实的开发度都很高。"

"开发度的意思是?"李阎心里隐隐有了想法。

"在这颗果实当中,浓郁的龙虎气运可以镇压万物。妖物、野神、魔怪,甚至道法,在浩瀚的龙虎国运面前,都被压制得接近于无。所以最开始的阎浮行走,只以为这是一颗普通的无魔位面,序列也非常靠后。

"直到阎浮行走发现这里的秘密,趁机夺取了大量龙虎气运,从此妖孽横生,果实的危险程度也一升再升。

"当然,持有龙虎气的多少和强弱并不相关。比如宋应昌,他高居明国三品,掌握的龙虎气超过三百刻,百邪不侵,鬼魅退避,甚至身体康健,长命百岁,可也仅此而已。原则上,一把菜刀就足以要了他的性命。

"而在妖魔横生的同时,稀薄下来的龙虎气也能被一些普通人所利用,比如被朝廷册封、可以使用龙虎气勾画符箓的天师道,这些人嘛,就相对棘手。"

"貘说行走是有益的瓢虫,按你的说法可不像。"李阎还有怀疑。

"不,站在阎浮的角度上,行走的确是在开发这个世界。"太岁摊了摊手,"天师道外符内箓、都功、五雷、伏魔等以龙虎气为基础而来的高妙符咒;牛头旃檀、九翅苏都这样的奇类妖物;妖魔横行下,乡人相结以自保,水平极高的武术水平下诞生的猛将;生存空间被妖魔压缩,各国战争频发下,不断精进的战争器械、军阵水平……这些就是所谓的开发。"余束摊开手掌,"阎浮不仁,以万物为刍狗。妖魔横行,光怪陆离。这对阎浮来说,是好事。"

李阎皱紧眉头。他并非不认同余束的话,只是他忽然想到另一个问题:"你对所有果实都这么了解吗?"

"至少这颗很了解。"

"巧合吗?"

"那倒不是。"余束显得很有耐心,"决定你们这些散阶行走具体进入哪个果实和事件的,是一名叫作后土的高位行走。我花了一些手段，让你下一次的阎浮事件一定会进入这颗果实，并且抓住补偿机制的漏洞，逃了过来。"

李阎心思转了又转。他知道太岁选择这里必然有她的深意，可这与自己关系不大，李阎更关心的是另一件事。

"如果明国这样的大国都因为龙虎气运流失焦头烂额，朝鲜国土沦丧，遍地妖鬼，那倭人本土又如何？"

至死不退的倭寇，倾巢而出的战国大名军队，精诚合作的德川和秀吉，这一切让李阎越发确定自己的想法。

"就像你想的那样。"余束嫣然一笑，笑容里若有深意，"曾经的日出之国，如今已经是寸草不生的妖土。所以这场壬辰战争，对于倭人来说，是生死存亡之战。"

"好，好。"李阎不知道想到什么，不住点头。他大拇指轻轻敲着桌面，回忆着那次雨战当中通过惊鸿一瞥获得的倭寇众将的信息。

"战国联军之中，新阴流四天王的柳生但马守宗严年事已高，这次带队的是其长子柳生昌。他被天雄和九翅苏都联手斩断右臂，战力去了大半，至于什么黑谋鬼小野镇幸，生摩利支天十时连久之流，不是我三合之敌，不足为虑。"

李阎这话可以说极为狂妄了。他一身的深浅伤痕，说话声音大一些伤口都会被震裂，现在说这些的确没什么说服力。

可就是这样一个人，却在战国联军的眼皮子底下，先杀第一番队指挥小西行长，后挑第三番队指挥黑田长政。丰臣秀吉军团九大指挥官，他一人就挑翻两个。这其中固然有联军心存大意，又被朝鲜众多野神拖住脚步的缘故。但毫无疑问，那场雨夜血战中，单是李阎一人就摘得了整场壬辰战争功劳的大头。

"东国无双本多忠胜，西国无双立花宗茂，一有蜻蜓切，一有名刀初雪。仰仗兵器之利，两人都勉强够得上阎浮当中'十都'的评价。如果再碰上——"

"准确地说是'副十都',大概相当于姑获鸟39%的觉醒度,面临第一次觉醒度瓶颈。"余束打断了李阎,补充说。

李阎闻言皱着眉头问道:"战国联军当中,有没有比他们两个还强一些的?"

余束盯着李阎看了一会儿:"有一个。"

"帮我杀了他,我们两清。"李阎毫不犹豫。

"好。"余束点点头,饶有兴趣地问道,"这次阎浮事件难度这么高,险象环生,说白了都是我的缘故,这么轻易就让我还清你人情?"

李阎咧嘴笑了出来,牵扯到伤处也不在意。

"难不成,我还要抱着你的大腿求你带着我平躺战国群雄不成?"

"可以啊。"余束的脸色平淡,她双眼直勾勾地看着李阎的脸色,把自己的小指放到李阎干裂的嘴唇边上,"以后跟我,考虑一下?"

李阎往后错了错身子,眼珠挑着看向余束,耸了耸肩膀:"红鬼跟你是想上你,我没这个想法。"

余束眉毛一沉,却没干什么,只是低下头笑了一声。

"那就这么说定了。"李阎步履蹒跚地走向营帐外,没再多说。

"为什么不走?你先后斩杀小西和黑田,阎浮事件的评价绝对在'上吉'以上,留下却是九死一生,是想博一博'大吉',还是看上了本多忠胜的蜻蜓切?"

李阎脚步停了停。

"都算吧,不过也都不重要。"李阎仰脸看着营帐外面,喉头颤抖,"我这小半辈子朋友不多,虽然也有几个,但是世道如此,过命两个字实在不能轻言。可在这里,却有两百多人把命交给我,拔出刀就愿意跟我冲,发自内心地叫我一声总旗大人。"

背过身的李阎那一刻真的眼眶发红,落马后尸如泥烂的邓天雄恍然就在他眼前。

"枪和评价我都可以不要,我现在只想杀光那群王八蛋。"

"提督大人，李总旗想见你。"明军之中姓李的总旗不少，可眼下说起李总旗三个字，绝对不会有人认错。

"让他进来。"李如松一天一夜没有合眼，却依然精神矍铄，丧甥和疲惫没有在这个男人身上留下一点痕迹。他对李阎的观感一再拔高，那一夜过后，他甚至觉得这名总旗可以封爵。

李阎依言而入。李如松一抬头，神色却有一瞬间的恍惚。

眼前这男人分明伤得极重。他身上绷带臃肿，透着浓浓的药味。面色煞白，眼窝凹陷，他的皮肉贴着骨头似的，却没有一点潦倒失意的感觉，好似全部的精气神都浸进骨头里，耸立的高瘦架子给人一种浓烈的怪异感。

烈火骷髅，李如松蓦地想到这四个字。

"何事？"李如松惜字如金。熟悉他的人才知道，只有面对自己亲近的人，他才会摆出这副面孔，比如，沈鹤言。

"末将想求提督大人一件事。"

一夜暴雨冲垮积雪，泥泞的雪泥铺满山路，山林间一片浑浊，再不复当初皎洁。

"二十四岁就挂掉，我那死鬼老哥还真是命苦哎。"黑田和尚，或者说念圆满仰望山坡上零落的尸骸和被劈烂的拒马，嘴里撕扯着手里的秋刀鱼干。

"不，阿念。"说话人穿着黑红相间的大铠，红脸膛儿，秃顶，头上只剩下两鬓黑发。此乃伊势桑名藩初代藩主，忠胜系本多氏宗家初代，号称"鬼之平八""三河飞将""日本之张飞"。

本多忠胜今年四十四岁，久经沙场，状态堪堪处于巅峰。也许再过一两年，也许再过三四年，他就要拿不稳自己心爱的蜻蜓切。可至少现在，"战阵无伤"四个字绝非空话。

"长政的死，我有很大的责任。我们只注意了大同江边的明军主力,小看了那支不知道从哪里冒出来的妖军。"本多忠胜说道。

"啊,之前我就有那样的担忧,只是没想到明人的动作这么快。不过,忠胜老伯你们还是打败那支队伍了不是吗?"

本多轻轻抚摸着肚子上的绷带,那个年轻明人迎面朝自己丢火雷时的狠厉神色,至今在他脑海中挥之不去。他苦笑着说:"却把自己番队的指挥官都赔了进去。"

"死鬼老哥只是名义上的领袖而已。"念圆满不以为然,"忠胜老伯你才是联军的主心骨,就算是桀骜的宗茂也会承认这一点。"

"虽然没留下尸体,可是那几只大妖怪已经元气大伤,根本不可能在接下来的围剿之中发挥出太大作用。要知道,这样的队伍如果用来冲围,我们的人很难挡住,只能白白葬送大好局面。可现在,胜券依然握在我们手里。"念圆满抓起一把雪粒,手感涩硬,"拿明国的提督作为诱饵,歼灭驰援的明军。"

刀枪剑戟山海林立,辘辘车轮伴随着猎动的旌旗,无数明军拥出地平线。

"高功大人,您出身龙虎山天师道,精通算卜,三日内真的不会再有暴雨吗?"

易羽闻言翻了个白眼,语气刁怪:"天上鲤鱼斑,明日晒谷不用翻。这还用问我?"

杨元点了点头,对周围的明军将领说道:"既然如此,那就定在今夜,我军从联军侧后方袭杀,重骑兵开路,弓骑和板荡骑掩杀而出,夜色下放一窝蜂,不求杀伤多少敌军,只求叫提督大人看见,里应外合,共破倭军!"

顿了顿,他接着说:"眼下局势,必然需要一支精锐重骑火速驰援,率先杀入敌阵。可倭寇当中绝不乏知兵者。我若是他们,必然在途中设伏。这是阳谋,蹚也要蹚过去。大名联军急行军现下全无补给,情势严峻不下于我们,此刻唯有舍死一战。哪位将军愿意下此头阵?"

场中将领绝不乏慷慨勇猛之人,何况其中不少是李家嫡系,李如松被困,这些人恨不得插翅飞过去。只是此刻,众将却都把眼光看向了场边一人。此人戴红色圆顶小帽,山纹铠甲,两臂古铜色吞肩兽熠熠生辉,肩扛九尺鲜红色大纛,面色阴冷。

"右军先锋营宋懿请战。"

杨元默然一会儿:"宋先锋之勇,我不质疑,可先锋营精锐此刻正在围中,你手下不过几十骑,难堪大任啊。"

宋懿把大纛插进旗中,几步跃出人群。他吸了一口气,看着场上脸色各异的众将。

"诸位,"他艰难地咽下一口唾沫,接着说,"诸位袍泽弟兄,宋某平日与各位多生嫌隙,这都是我宋某人狂妄刚愎,目中无人。"顿了顿,他说话流畅了很多,"大伙儿别跟我这个不懂事的小辈一般见识。我在这儿,给各位赔不是了。"说着,他不顾甲胄,深深作了一揖。

杨元张了张嘴,但是到最后也没说话。

"此间曲折,诸位心中明白,小弟……恳求各位兄弟,借两千骑兵给我右军。"宋懿一句一句说得很慢,"此战我已存死志,半点功劳赏钱不要,全给借兵的兄弟,诸位都听得清楚,都能做凭证。小弟,托付诸位了。"

他又施一礼,嗓门渐大:"小弟托付各位了!"

长久的沉默过后,才有一道声音:"半点功劳赏钱不要,呵,说到底,你宋先锋还是瞧不起我们啊,以为我们贪图的是你的功劳赏钱不成?"

宋懿连忙说道:"小弟绝无此意。"

那人迈出一步,嗓门也很大:"功赏之事,该是谁就是谁,我等还没下作到抢别人功劳的地步。我跟你不对付,但是欠沈将军的人情。沈将军折在倭寇手里,我们谁也不会善罢甘休。两千马兵我借了,只是借给沈将军,跟你没有关系。功赏之说,不必再提。"

保定游击刘亢也开了口:"倭寇势大,两千人恐怕不够。保定府是军马重镇,我手下有配铜铁铠甲的马兵一千,一并给了宋先锋。"

"马兵我手里没有,锁子铠倒有几百套。宋先锋用得上,取走便是,既然你称呼我等一声袍泽兄弟,后面那些混账话我就当你没说过。"一个疤脸参将如是说。

"不错。"

"是这个道理。"

沉默一旦被打破,附和声逐渐热烈起来。宋懿双拳攥紧,看着群情激奋的众将,一时间喉头哽咽,只得抱拳拱手:"宋某人,谢过诸位弟兄了!"

第八章
东西对垒

是夜。

咚！咚！咚！刁斗声悠扬传来，宋懿翻身上马，身后大明骑兵甲片碰撞的声音连成一片，一道道长缨耷在头盔上，殷红如血。

宋懿双目平视，不着痕迹地摸了摸腹部的甲胄，得胜钩上的錾金虎头枪尖斜刺前方。他双手一仰，把红色纛旗绑在虎头枪上。这枪是古物，枪杆长三米余，枪头为錾金虎头形，虎口吞刃，杆尾刻有"思继"二字，通体白金色。

他一甩缰绳，马蹄翻飞之间冲了出去，身后黑压压的马兵紧随其后，黑色土地也为之颤抖。青色铁流枪锋指处，正是风声呜咽的倭人联军。

叮叮当当的喊杀声音停歇了好一阵，几十架损坏的明军偏厢车零散地歪斜在山脚。战场静谧，只有双眼通红的乌鸦扑棱棱拍打翅膀的声音。

山坡上的环结偏厢车血污斑斑，壕堑里的竹刺和铁蒺藜已经被尸体淹没，裹着圆钉铁皮的竖板圆孔和长枪之间被模糊的血肉堵塞住。手握长枪的明军靠着血腥味刺鼻的车板假寐，享受着难得的休憩。

哗啦啦啦……铜盆里水花翻腾，阵阵热气涌了上来。

骆尚志一屁股坐在地上，颤抖着摘下斑斑血点的胸甲，双臂抬起都要耗费千钧之力。他指尖捏起一张杏黄色的符箓，手指一撮。那符纸飞快地化灰而去，骆尚志的神色为之一振。他眺望联军方阵，笑容苦涩。

"冲了几次了？"

"五次。"一边的副将把浸血的毛巾扔进铜盆里，血花迅速扩散开来，"不如换吴惟忠将军上来？"

"那老帮菜五张多的人了，不顶事儿。"骆尚志抓出温热的毛巾抹了一把，想起了什么似的，"姓李的总旗手底下那帮子人呢？"

"不知道，提督似乎另有安排，把易高功送的那几张天师道高品药符都花在那帮子人身上了。"副将压低声音，"我听说，那李总旗进了提督大人的营帐，半个多时辰才出来。后来这伙人就不知道干什么去了。"

"他要是突围出去，我反倒乐呵。"骆尚志舔了舔嘴唇，神色隐忧。

百十辆环结的偏厢车被劈坏大半，拒马也已经被破坏殆尽。李如松利用偏厢车结，硬生生把野战打成了攻防战，联军先后组织了几次大规模围剿，都没能挑进明军车阵之内。可饶是如此，明军也伤亡了三千多人，攻坚的骑兵更是越打越少，想要阻止下一波的进攻，难上加难。

联军冲锋的号角又一次吹响，各色家纹幡旗交错之间，铁骑兵、铁铳队、弓箭手、长矛手，一层又一层，足轻大将栗山刚昌、尾田博、大信义守齐齐上阵，立花宗茂带队，数千的大名联军压了上来。

"明国的战车阵已经损坏得差不多了，这将是我们最后一次冲锋！"

立花宗茂手持初雪武士刀，头戴轮贯肋立形兜、深蓝色雷轮羽织，双眼锐利，正大声呼喊。值得一提的是，这位和本多忠胜齐名的西国无双，今年只有二十五岁，和李阎一样大。

眼看着联军又一次拥了上来，骆尚志把牙一咬："清国，再陪我冲一次。"

"好。"副将安清国慷慨点头。

蓦地,夜色中火光大作,阵阵雷鸣似的火药爆炸声传来,倭寇战阵后方一片骚乱。

"杨元那厮的援军来了!"

骆尚志呼啦站了起来。他刚刚抽出长刀,李如松号令已至:"全体突围!"

立花宗茂蓦然回首,脸色阴沉却毫不意外。他正过脸来,抽出名刀初雪,高声呐喊:"冲锋!"

两军血肉相搏,立花宗茂冲进人群,正四下砍杀之际,一道刃口发绿的长剑迎面而来!

宽敞的山道之间,宋懿脚下战马奔腾,眼前是一道倭人联军的黑色骑兵防线!

最前面的六名战国骑将马后插着黑田家的藤巴纹幡旗,额头都戴着白色头巾,看向明军骑兵的眼神无比悲愤。

井上之房、栗山利安、黑田一成、黑田利高、黑田利则、黑田直之。

人称黑田八虎的战国名将,有两人死在李阁部和五姓联军的雨夜碰撞当中,一人被李阁挑落马下,一人被金岩蛙舌头洞穿。其余六人,都在这儿了。

宋懿缄默不语,在疾驰的马背上摘下錾金虎头枪,胳膊一翻,枪尖直指眼前铁流。

"那人我看着眼熟。"念圆满和尚居高临下,看着山道间洪流一般的大明铁骑,眼光落在领头那名挎白金色大枪的武将身上,似乎回忆起了什么,心里忽然一沉,抢声问一边的本多,"本多老伯,那位殿下,已经出动了吗?"

"是的。"本多忠胜点了点头,他脸上露出笑意,"等明国的提督以为援军将至，准备从铁壳子里钻出来的时候，他不会知道自己将面对怎样的鬼神。"

"这样吗？可惜啊。"念圆满神色晦暗，但随即想到可以斩杀明军都督，没有比这更重要的事情了，便叹了口气，"老伯，这人恐怕只有你能拿下。"

"怎么，你认识那个带头的明人？"本多忠胜心头一跳。

"远远打过照面。"念圆满回忆起当日明军攻破平壤之时，自己为了杀死天师道易羽而游荡在城中时，见到了终生难忘的一幕，那是连他这个专业除鬼人也招架不住的似乎无穷无尽的妖鬼黑潮。黑潮当中，是猎猎舞动的九尺纛旗，以及黑潮间翻动血花的一杆白金大枪。

"呵，本来以为受了那么重的伤，就算不死在妖鬼手下，也不能再参与接下来的战事了。当初大同江上没有见到这个人，不知道有多庆幸。黑田八虎将之流，挡不住这个男人的。"

枪尖在眼前迅速放大，井上之房的身体直接倒飞出去，胯下的战马哀鸣长嘶。一旁的黑田利高、黑田利则双目圆睁，一溜血线飒地从二人眼前飘过。

剩余五虎齐齐怒吼，锋利的长矛刺向那穿着古铜色吞肩兽的明将。血色长缨款款而动，宋懿嘴角沾血，先斩一将，眼神却无比淡然。虎头枪横划而出，一道白金色的匹练划过黑田利高的喉咙，肉屑横飞，黑田利高栽落下马，而此时几根长矛距离宋懿至少还有尺长的距离。

山谷间两道铁流一横一竖，青色和黑色的马流犬牙交错，大明黑色龙骑和藤巴纹幡旗交相舞动。黑田利高又惊又怒。这几人中的任意一个，放在战火纷飞的国内战争里都是名动一时的将领。即使是在这场壬辰之战中，也是少遇对手。何况六人联手，即便是那位殿下……以前，也至少不会落败吧？

可只是一个对冲，三四个呼吸的时间，就先后有两人死在眼前这名明人的手下。宋懿眼中似乎看不见这几名骑将似的，枪尖朝前猛突而去。他的职责是凿开一条路来，这些倭寇，自然有身后大批的明军收拾。

"放箭！"不知道是谁吼出声来，潮水似的箭矢迎面泼来。宋懿手上虎头枪一扬，枪杆上薄薄的红色大蠹一拢，那箭矢竟然穿不破！

四名虎将被宋懿的无视激怒，催马冲了过来。宋懿双肩一抖，白金色虎头大枪与几支长矛卷在一起。短促的兵器碰撞声连成线，五把长兵器搅在一起，白花花一片让人眼花缭乱。

嘭！接连的破碎声响起，断裂的兵器残片横飞出去。在众骑将惊骇的眼光之下，虎头枪枪花连抖，四朵黑色血花先后在黑田虎将的脑袋上爆开。

宋懿双脚夹紧马腹，让过斜斜穿过来的一枪，目视眼前这名头戴鹿角头盔、脸戴红色鬼面的倭人将领，以及那杆锋利无敌的十字枪——蜻蜓切。

"是你！"立花宗茂语气惊怒。

刀弓和火药齐飞的战场上，两骑相对而视。

李阎身穿山纹铠甲，一身伤势不翼而飞。他骑在马上，头盔边沿发丝飞扬。

"你手下那些妖怪呢？"立花宗茂冷冷笑着。

李阎没理会对方，面对盈盈如春雪的名刀，手上长剑一横，剑刃上绿光闪逝，剑身嗡鸣。这是李如松的佩剑，剑名碧渊。

一滴不知从何而起的黑色血滴落在立花宗茂的脖子上，李阎披铠持锐，带着淡淡绿意的碧渊剑和洁白的初雪长刀交相辉映。

飞云舒卷，铁马冰河。

> ### 【名剑碧渊】
>
> 类别：武器
>
> 品质：稀有
>
> 锋锐度：40（普通兵器默认 10 以下）
>
> 自带属性：碧滔（3% 攻击力转换为真实伤害）
>
> 为国除贼，用间用饵，非小惠不能成大器！
>
> 备注：这是某位大明将领死前赠送给李成梁的宝剑，只是不知道为什么，李成梁从来不向别人谈及这把剑真正的主人。

"不合手，但是属性很适合我。"

比起环龙，碧渊的分量轻上许多，用惯重剑的李阎不喜是情理之中，可"碧滔"的真实伤害搭配血醮，对李阎来说却是如虎添翼。

立花宗茂对李阎的出现极为惊讶，但是很快就恢复了冷静。那一夜，这明人胸口被刺穿，的确受了重伤，但是考虑到明国天师道，猛药之下，也有短时间内痊愈的可能。但那支怪异强大的野神队伍的折损却是补不回来的。只有一个明人，对局势产生不了太大影响。更是能报一箭之仇！

对李阎来说，费尽千辛万苦拉扯起来的队伍元气大伤，百多位把性命托付给自己的兄弟死的死，残的残，心中戾气可想而知。可两名指挥官先后当着自己的面被人挑杀，这对于年轻气盛的立花宗茂更是奇耻大辱。

披着天蓝色羽织的立花怒吼一声，战马四蹄攒动，初雪刀一记"唐竹"直劈而落！李阎四指环握宝剑，对逼近的刀刃不管不顾，斗剑母架当中的泰山压顶势刺向立花宗茂的喉咙，打法惨烈。

宗茂一惊，下意识抽刀格挡。初雪刀后半截刀身和碧渊剑尖相撞，李阎手腕平举，借助马力向前冲去，碧渊剑尖在初雪刀身上划出一连串火花，长剑在立花宗茂眼前不断放大。剑刃交击摩擦，马匹错身而过，初雪和碧渊的击鸣经久不绝。

碧渊先后划穿羽织和大铠，在立花宗茂的肩膀上留下一道不浅的伤痕。值得一提的是，血光和黑气在立花的伤口上纠缠了一会儿，才慢慢消散不见。李阎趁势勒住马缰，冲着立花宗茂掉头而回。

一名身后插着祇园守纹的武士看准机会，点引绳，倒火药，勾膛，一气呵成。没等瞄准李阎，一道流矢从他的脖子上横穿而过。那武士双眼睁大，嘴里血沫狂涌，身子斜歪。火绳枪枪口喷吐出火光，铁弹丸不知道偏到哪里去了。

明军骑兵和倭寇的先锋骑捉对纠缠起来，长枪和弓箭沾满血迹，不时有人落马。更有甚者身中数枪，哀号着却没有死去，眼睁睁地看着碗口大的马蹄接连落下。

姓名：立花宗茂（高桥统虎）
官职：从四位下左近将监（高位大名鬼神之力）
状态：大名之继（有鬼神之力护佑，一切伤害减免15%，阎浮行走造成减免30%）
专精：东瀛古流武术89%（高桥氏战剑术）
主动技：大居合斩，小居合斩，飞马
被动技：涅槃重生（重伤垂死之际完全康复，无副作用，消耗所有鬼神之力，暂时失去大名之继状态）
剑铳牙（名刀初雪附带）：每次兵器碰撞时进行判定，判定成功后对锋锐值不如自己的兵器进行高强度破坏，具体破坏程度

> 视双方锋锐度差距而定。蜻蜓切为枪铳牙，属性同理。
>
> 备注：立花宗茂本属高桥氏，后继承岳父立花道雪的衣钵成为立花家族的主人，凭借惊人的天赋，年纪轻轻的他在剑术上的成就已经和老一辈战国名将齐平，丰臣秀吉惊呼其为西国无双。
> 威胁程度：紫红色（可匹敌极限）
> 综合评价：十都级！（副）

"这个疯子！"立花宗茂瞥了一眼自己肩膀上的伤口，"想跟我同归于尽吗？"

他冷笑一声，抬头迎向李阎漠然的眼光，心中忽然一阵惊悸。这种眼神全然不似失去理智的亡命之徒，更像雪山中伏身良久等待猎物的东北虎。

李阎手中的碧渊剑直指立花宗茂，杀意赤裸。

"他是吃定我不敢死拼。"立花宗茂有些羞恼地想。

当日李阎暴雨飞驰，连挑数位倭人战将，却被本多忠胜三枪刺穿胸口。立花宗茂自认不在那位东国无双之下，自然没太把这个明人放在眼里，可短短一回合，竟然是自己吃了小亏。

这不像一把武器就能弥补的差距啊。立花宗茂深吸一口气，暗中打起了十二分精神。但他不知道的是，就在李阎重伤醒来、入李如松营帐讨剑那天，李阎的古武术专精已经从89%+4%变成了93%！

峰值突破！

那时，李阎的耳边清晰地传过两句悦耳女声：

> ⚠ 很遗憾，本次专精突破并未能觉醒行走大人的个人天赋，请继续努力。
> 你的实力综合评定已经达到十都级，但因为其中有相当一部分是外力（碧渊剑），故而没有申请十都级别行走审核的资格。

此刻的李阎，虽然姑获鸟的觉醒度没有达到一般的十都级别行走要求的觉醒度39%，可凭借高达93%的古武术专精和碧渊剑，依旧达到和立花宗茂堪堪持平的十都级！

李阎拨马掉转，不依不饶地冲向立花宗茂。立花年纪不大，却老于战阵，也不赶马近前，逼视着李阎手中划落的碧渊剑，上半身在马上一个后仰，抡起初雪武士刀向上斜挑，砍向李阎的手背。趁着李阎仰手避过这一刀，他双腿用力夹紧马腹，腰间猛地吃力。打挺而起，初雪刀顺势刺向李阎的胸口！

"不好！"

心中猛沉的不是李阎，而是立花宗茂。他挺起身子顺势直刺，这本是他极为得意的变招，不料看似在自己逼迫下不得已仰手的李阎只是轻巧地一翻手腕，碧渊长剑挑起一个弧度，剑尖朝上立着，寒光四射，倒像立花宗茂自己撞上了李阎的剑！立花宗茂心中一狠，偏头让过碧渊，任凭它刺穿自己左边锁骨，初雪依旧朝李阎胸口而去。

两马盘旋之际，李阎松开缰绳，倾斜身子让过长刀，接着胯下马匹追住立花战马的马尾之际，伸手拔出碧渊，顺带从他左肩膀往外划出好大一道伤口。盈盈的绿色光点和黑色的大名鬼神之力在立花伤口上盘旋了一会儿才消失不见。

立花宗茂两次交锋都吃了暗亏，发狂之下圆抡初雪逼退李阎，掉转马头抢攻而上，两马缠斗在一处！马上刀剑刺、挑、戳、磕、旋、抖，初雪和碧渊在空中连续击鸣。浑浊的黄白雪泥被八只攒动马蹄踩踏得到处乱溅，立花宗茂一咬牙，虚晃一刀拨马便走。

自始至终李阎都没什么表情，此时见立花飞退，他眼中戾气大作，胯下战马双眼泛红，打了个响鼻，蹄子撒欢似的追赶过去。只是马匹逼近立花宗茂后背的时候，李阎心中忽然一寒。战场上有黑色波纹泛开，马上的立花宗茂整个身子平仰，雪亮的刀光环划而出，黑色波纹喷薄。

小居合斩！

碧渊剑笔直劈下，立花宗茂脖子上的血点变得深邃而妖冶起来。

> ⚠ 主动引爆，血蘸！

噗！立花宗茂的口鼻双眼里有大团大团的黑色血花涌出来，他咳出大口的血沫，眼前一黑，跌落马匹。

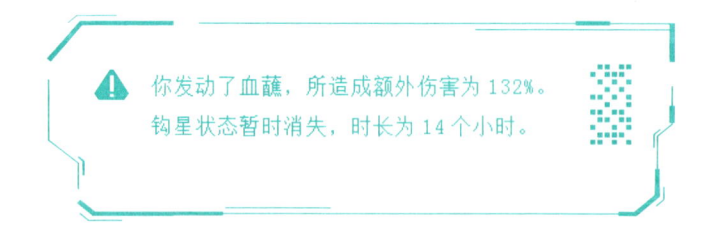

> ⚠ 你发动了血蘸，所造成额外伤害为132%。
> 钩星状态暂时消失，时长为14个小时。

另一边，一道血柱冲天而起，马头在空中翻滚，马匹扑通跪倒在地，身子往前犁动了二米多，把马上的李阎摔了出去！

李阎在地上滚了两圈卸去力道，眼光毒辣的倭寇骑兵对滚落地面的李阎顺势补枪，至少有六把长矛扑棱棱地朝李阎戳刺而来！

咚咚咚戳击地面的声音接连响起，雪泥四溅之下，长矛擦着李阁甲胄而过。不多时，滚动的李阁势头一定，几名经验丰富的倭寇骑兵暴喝一声，这才刺出长矛。李阁一个飞燕抄水，碧渊剑清啸环舞，几杆枪头横飞出去。一名倭寇突遭斩击，又因过于用力失去重心跌落下马，身子在半空中便被李阁拦腰斩断。

李阁噔噔退了两步，小腹上鲜血四溢，二十厘米长的伤口凄厉狰狞，如同猛兽敞开的嘴巴。如果不是血蘸引爆带偏了刀势，这一式小居合就可能将李阁和马匹一齐拦腰斩断。

失去战马的李阁长剑格住一名骑将的马刀，仰头看向立花宗茂。立花此刻栽落下马，浓浓的黑气猛地包裹住了他，几名明军骑兵同样看到便宜，冲着黑气不断戳刺，发出阵阵金铁之声，可收效甚微。

蓦地，黑气中立花宗茂翻滚而出，羽织凌乱，兜也不知道丢到哪儿去了，但他一抹嘴角残血，却是神采奕奕的模样。

涅槃重生！

李阁让过倭寇骑将圆抡起来的马刀，一名明军骑兵冲马戳刺那名倭寇的胸口，刀来枪往之际，两骑纠缠到一起，再也顾不得站着的李阁。

李阁抖落碧渊剑上的血肉，全然不顾小腹伤口，面对同样下马的立花宗茂，身上杀气浓重。再杀一次就好了。

明明狼狈不堪，立花宗茂却也没有多么惊慌。他扯掉身上被划烂的羽织，冲着李阁冷冷一笑，指了指明军战阵的方向。

李阁眼角一瞥，蓦地，一阵猛烈的喊杀声音响起，一列约二百人、盔甲鲜明的倭人部队杀进明军阵营，顷刻间挑破战阵好几个口子，有的骑兵甚至已经逼近明军的心腹位置。这些人头戴金箔押桃形兜，兜斗独树一帜，骑兵和步兵都有，锐势难当。

> ⚠ 附加状态特殊部队——西国军。

立花宗茂哈哈大笑："明人，战争可不是一人勇武就能决定胜负的。"

偏厢车车阵豁口当中，骆尚志带队，四五列骑兵扬着大明龙旗杀出来！

同样是附加状态特殊部队——京都神机营。

可李阎心中反而压抑了几分。蓟镇兵和神机营作为李如松手下首屈一指的强军，不会惧怕立花宗茂的西国军。但是骆尚志等人鏖战一天一夜，伤亡惨重，人人伤疲不堪，骆尚志自己刀都砍卷刃了两把，此刻面对休整一夜、如狼似虎的西国军，胜负堪忧。

可战至此刻，李如松岂会没有准备？细碎的"望！""灭！"指挥声响起，一阵黑乎乎的方状物飞舞而来。西国军势头正盛，不甚在意，有的用藤牌格挡，有的甚至想用长矛拨开，但也有一部分当初雨夜恶战冲锋在前的西国军脖颈一凉，勒住缰绳拼命往外跑。

一边的立花宗茂也是吓得亡魂皆冒，他是亲眼见过李阎当初抠开几个这样圆溜溜的黑色物事，冲着近在眼前的本多忠胜扔了过去，他更是对本多那匹被炸成筛子的战马记忆犹新。

那些物事当然不是手榴弹，而是神机营车兵的火器——毒火天鸦。这也就是《武备要略》所记载的毒火炮，用草篾拢住火药，糊纸数十层，中空腹内藏淬毒铁蒺藜。顺风而射，可至数百米。

一个个不规则的块状物咣当咣当地砸在藤牌上，火药嗤的一声炸开，淬毒的铁蒺藜呈一个扇形倾泻出去，笼罩了一片西国军，那些轻率地拿长矛去拨打的骑兵更是直接被蒺藜糊了一头一脸，形容惨烈。这些火器是暴雨之后李如松为数不多的存货，此刻亮了出来，顿时引得联军一阵大乱。

火炮轰击之后，步骑突出，一杆鲜红帅旗遥遥而立。李如松顶盔贯甲，骑一匹四蹄翻白的骏马于中军，剑指大名联军。

各营盘锣鼓大作，神机营千户骆尚志、副将安清国、宣府游击将军章接、蓟镇都司方时辉、参将吴惟忠，辽阳营参将祖承训、副将李芳春……悍将齐出，刀马并鸣，杀入战国大名联军之中！

宇喜多部和上杉部纷纷加入战团，这场浩大的厮杀刚刚拉开序幕！

宣府游击将军章接与一名倭寇战将刀枪撞在一起，两人皆为对方的气力所惊讶，同时"咦"了一声。

收集倭寇情报出身的缇骑虎卫、对大名颇为了解的方时辉叫道："老章留神，这倭贼名叫十时连久，号称生摩利支天，是立花手下的第一悍将。"

章接冷笑一声："倭人的手段高低放一边儿，花名起得真是一个赛一个的响亮。"说罢催马迎向那人，手中镔铁长枪如同狂蟒舞动。

方时辉转过头来，望向自己身前的一名青色胁差、头戴日月兜冕的倭人大将。这是石田三成，丰臣秀吉军团五奉行之一。

"哈哈，这可是条大鱼，还没有立花宗茂那么扎手，可惜那几位不识货。"方时辉皮笑肉不笑。

年近半百、一顿饭还能吃三碗的吴惟忠额头冒汗。他身前是一个头裹白巾、穿淡白色织锦，却少了一只右臂的年轻男子——新阴流四天王之一柳生但马守宗严的长子——柳生昌。

"这小倭贼少了只胳膊，还他娘的不好对付。"

弓箭纵横的战场之上，局势愈发胶着。

李阁撕破金色符咒，为小腹的伤口止血。

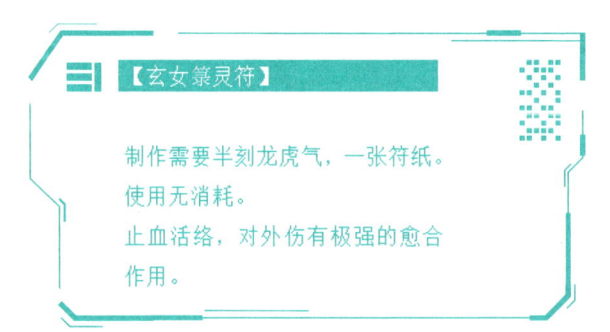

> **【玄女篆灵符】**
> 制作需要半刻龙虎气，一张符纸。
> 使用无消耗。
> 止血活络，对外伤有极强的愈合作用。

立花宗茂见状急往前走，李阎蹬地迎上，青白二色挥动之际，一杆环首大刀斜斜插了进来，立花宗茂一惊，抽身飞退。

左军步兵营百户孙守廉把黑色长巾扣进刀柄环中，用牙齿咬紧。大刀闪亮的刀口横在胸前，和李阎站在一起。

李阎作势欲扑，意图以多打少，没想到孙守廉伸手拦住了他："你且去护着提督，这倭人我来对付。"

李阎用惊鸿一瞥打量过来人，一副欲言又止的纠结表情。那人并着李阎肩膀，急声说道："有队西国倭寇快杀到提督大人身边去了，领头那人悍勇无匹，军中无人能挡。提督手下最勇者便是那扛大纛的宋懿，你与他系出同门，肯定也差不了，速去救援！"

李阎眼神一动，想起了什么似的，只得对孙守廉道："将军，事不可为，切勿恋战。"说罢回头，往李如松战阵方向杀去。

立花宗茂见李阎远去，眼光闪烁，并没有追赶。孙守廉手指抚摸刀背，猛地冲向立花宗茂，一记力劈华山落下！

立花迎上来人，横刀与环首刀刃碰撞在一起，刺耳的撞击声响起，宽厚的刀刃被初雪砍出一个豁口。

孙守廉也不在意，环首刀厚，开了刃抢下去谁也受不了，对倭人这种锋利却刃口薄的武器最合适。没想到立花承受住这一记，飞快后退半步，双肩下摆抖落环首刀，一记斜劈向上。

逆袈裟！

孙守廉被一刀斩断脚掌,痛嘶一声跌倒在地。几名倭人刀盾手拥上来,锐利刀锋接连劈落,猩红鲜血从人缝间流淌而出。

左军副将李宁不可思议地捂着胸腔,呼吸之间身上的几处血洞血点乱喷,脚下已经汇聚成没入脚面的一摊。他倒进雪中,半张脸没入浑浊的雪里,露出一只浑浊的眼睛,身前横七竖八,尽是明军惨死的尸体。

见李宁倒地,男人抖落左手黑色单戟上的肉屑,拨马前冲。在头戴金箔押桃形兜的西国军中,这人分外扎眼。

此人身上裹着黑色胴具,上面贴着黑白相间的符纸,连面部也笼罩得结结实实。他左右手持黑色短戟,一股腐烂的味道从铠甲之中弥漫出来,旁人的幡旗上家纹各异,可只有他自己的幡旗上画着两列共六枚铜钱。

周遭人的目光惊惧,即使是同伴,这个人的气息也让人不安。对他们来说,这个家伙就是最可怕的妖魔,或者说是……骑鬼。

骑鬼冲锋之际,眼中无比麻木。

"我的名字……好像是真田幸村,记不太清了。我甘愿牺牲肉身以对抗九州岛上的妖魔之时,只记得那些和尚为我起的谥号:大光院殿月山传心大居士。"

腰间深红色酒葫芦乱晃,黑色夹克披在肩膀,白色衣领被咸腥的风吹动,洁白的脖颈显得美好无比。

"可是,对手好像只是普通的人类。啧,真是懦弱的领主,信长、秀吉、家康,呵呵,都靠不住啊。"

黑色皮鞋踩在浑浊的冰泥里,她随手捡起一柄雁翎刀,嫌弃地甩下上面的血迹。

"眼前这些人奋不顾身地冲过来,就像冲向火焰的蚂蚁。几颗炮弹冲着我撞过来，如同瘙痒。这身上的胴具是几个大神官合力打造的，耗费的鬼神之力超过五百刻。我随意挥砍着，又是几颗头颅飞过头顶。我能感受到跃动的生命火焰熄灭。"

她伸了个懒腰，胡乱挥舞了几下手里的刀，双脚尝试着跳动，然后高高跃起，蔚蓝色的牛仔裤如此耀眼。

"我真的不想杀人，没有意义啊。为什么不明白，不消灭那些妖魔，当镇压国运的大名鬼神之力消耗殆尽时，便是足以灭国乃至灭世的灾难。即使逃避到别的地方，又能怎——"

铛！黑色胴具刹那间碎裂成漫天渣滓，一截黑色枯槁的手臂倒飞在空中，半滴血也没有。黑色单戟打着旋儿飞舞在空中，扑哧一声插进土里。

骑鬼被一刀挑飞出去，枯槁的身体裹着沉重的铠甲在空中凌乱翻滚，把几匹战马撞得筋断骨折，才堪堪停在一棵杨树前面。骑鬼颤抖着想站起来，却发现自己的右臂已经不翼而飞。

映入骑鬼眼帘的是一对纤细的脚踝。

"内心独白爽不爽？不过瘾的话，我可以让你再念首诗，我知道你们兴这个。"

余束前跨两步，手心握着一柄随处捡来的雁翎刀，肩膀披着黑色和褐色夹杂的夹克衫，白色衬衫上沾着零星的泥点。

"不念？那就收工。"

长刀划落，耗费五百刻鬼神之力打造的胴具像豆腐块一样被切得七零八落。骑鬼，不，真田幸村仰望天空，缓缓合眼。

余束丢开长刀，抬起了头，和山坡下纵跃而来的男人对视。

奔赴过来的李阎心里骂了一句什么，转身朝李如松身边赶去。

第九章
深重

念圆满一脸纠结,手中一颗纯黑色的佛珠裂成几块。

"那女人是谁?某尊隐匿的强大野神吗?"他收回目光,眺望山下分裂成几块的战场,"不过,还有得打。"

一溜血花飙溅出去。

借给宋懿一千铁甲马兵的保定梁心马刀劈落,杀退一名倭人长枪兵,左手死命地拉住缰绳,却有些按不住躁动的马匹。

他左右张望,天空已经泛起鱼肚白,周围尽是各色看不懂的幡旗。宋懿的先锋骑兵此刻不见踪影,各色的旗帜猎猎舞动,明军和各大名所属的倭人士兵混在一起,乱成一锅粥。

"怎么会有这么多人?"梁心惊疑不定,只是血肉横飞的战场上哪里顾得了这么多,只得一心往前冲去。

大名联军并没有收缩包围圈来加紧消灭中央苦苦支撑的李如松部队,而是选择把各家族约五千精锐集合起来,由立花宗茂带队组织冲锋,并企图利用骑鬼斩首。

至于联军接近两万人的主力部队,则绵延在杨元驰援的路上!

黑田军骑兵防线只是看上去的一层。宋懿作为箭头直插进去以后,大军试图长驱直入,却发现路上步步带血,伤亡远远超出杨元最初的设想。

可倭寇拼死的抵抗更让杨元笃定李如松势如累卵,两军主力因此陷入拉锯战中。苍黑色的山野和黄白混杂的平原交接,几万人在其中纠缠厮杀。黑压压的人头躁动轰鸣,血气冲霄!

杨元本该坐镇中军，此刻也亲临战线，时不时有流矢和铁弹险而又险地擦过他身边，可他不担心自己，只是寸步不离地跟在一名裹着明光铠甲、腰挎宝剑、须发皆白的老人身边。

一杆深蓝色火焰边纹的倒三角旗帜上分明写着一个"宋"字；另有一杆杏色八卦纹悬书刀旗，这是天师道的标志；而两杆旗帜中间簇拥着一杆高高的深红豹尾旗帜，上书"三军司命"四个大字！

大明军中尚红，"司命皇旗"是万历皇帝钦赐给宋应昌和易羽二人的。皇旗所指，如同万历皇帝亲临。这支被紧紧簇拥的五百人精锐，便是无数明军舍生忘死的原因。

宋应昌面色沉静，血飙到脸上也毫不动容。易羽面皮发白，连血管都看得一清二楚。最惨烈的厮杀就在他身前爆发，残肢断骸四处乱飞，一个甲片单薄的倭寇被捅破肚皮，死命地将半截肠子往腹腔里塞，看得易羽腮帮子一阵鼓动。

可他还是平神静气，扮出一副威严模样，与山坡上的念圆满和尚遥遥相望了一阵儿，然后两人不约而同地错开双眼。

"师兄师兄，我准备好了。"阿朏白嫩的脸蛋上神色严肃，满手抓着紫金符箓：北帝酆都摄妖雷箓、神都九荡神光帝正咒、上霄通宝紫金九神焰箓……旁人不清楚，易羽却看得心惊肉跳，嘴上应付："嗯嗯，拿稳就好。"

他凝视着眺望战场的念圆满，心中暗暗嘀咕：真言神道的神官是吧？鹬蚌相争，渔翁得利。都是靠国运龙虎气混饭吃的修家，规矩大家都明白，你不动手，我也不动手，别闹幺蛾子。

"黑田大人，我们不动手吗？"一名八九岁大的姬御守问道。

念圆满摇了摇头："等等看。"

作为真言神道的继承人，他手上的确有几个可以顷刻间让战场变作修罗地狱的手段，眼下两军对垒，最合适不过。但是那杆天师道旗帜下的年轻神官，却让他心中发紧。两个国家的神官放开手脚施术，会消耗大量的国运鬼神之力，眼下国内形势每况愈下，实在不宜大肆斗法。

不过小手段还是可以搞搞的。

另一边的易羽凝视战场，忽然"咦"了一声。

声声闷响如雷，倭寇的铁铳部队专朝明军持刀盾的步兵下手，却让过骑兵部队，企图分割战场。一轮齐射下去，不知道多少明军跪倒在地，身上铜钱大小的伤口血流如注。

"杀！"梁心以长枪挑破一名倭兵的喉咙，马匹飞快地从倭人身边飞掠而过，长枪朝前猛突进倭寇的火铳队。蓦地，眼前一阵地动天摇，胯下青鬃战马竟然疯了似的，把自己摔倒在地。倒地的梁心死命扫动长枪，却架不住倭刀队伍对着自己头脸一阵乱砍。他怒吼着抬起枪杆阻挡，眼前却被滴淌热血的长刀遮盖。

而这并不是个例。

"这个倭国神官不守规矩，使阴的毁咱大明的战马。"易羽骂了一句。

另一边，黑田眼睁睁地看着几名明军身上插着数杆长箭却依然浴血奋战，身上伤口较浅的也已经开始愈合，喃喃地说："彼此彼此。"

"黑田大人！"侍奉的姬御守一声尖叫，倭寇战阵当中蓝白绿色的幡旗之间，那一抹高高矗立的鲜红大纛如此狰狞夺目，势不可当的青色铁流最尖端，虎头大枪穿破藤巴家纹旗帜，直奔念圆满而来！

那骑者网巾歪斜，满身血污，双肩吞肩兽被捣烂，左边小腿连同腿裙不翼而飞，胸口被剐了一块碗口大小的血肉，却双眼明亮，带着不可一世的锋芒。

右军先锋营，宋懿。

本多忠胜枪尖带血，他捂着被划破的右腰，脸色难看无比。

"追!"他踉跄着夺下一匹属下的战马,收拢自己手下被冲得七零八落的东国军,急急忙忙朝宋懿追去。

"明国竟然还有这样的骑兵!那支明军骑兵甲胄不齐,分明是拼凑起来的,怎么会?"

本多忠胜说不清楚自己与那明军先锋短暂却惨烈的交锋是输是赢,可那先锋枪披鲜红大氅冲起来的时候,拥有特殊状态"挑马"的东国军居然挡都挡不住,让宋懿的人马硬生生冲散了。那时先锋手中的虎头枪,让久经沙场的本多闻到了死亡的味道。

"黑田大人,不如暂时撤退。"

念圆满瞥了那童子一眼:"明国的大首领(宋应昌)都身在战阵,本多藩主还在战场上拼命,你叫我逃走?"黑田犹豫了一会儿,又叹息说,"何况,来不及的,只能拦下他。"

各色胴具大铠的骑将呼喝之间挥动长矛朝宋懿杀来,重重的铁围拦在了先锋营面前,刚将村田吉次、东郡之熊原种良、长枪后藤又兵卫基次等将蜂拥而至,却连人带甲撞在沾满血糜的虎头大枪之前,筋断骨折,惨呼连连。

一时间挡者尽死。

号称加藤双杰的饭田直景、森本一久左右攻来,念圆满目光闪烁,忽然大喝一声:"让过那扛旗者!拦腰断他后路!"

两人再不迟疑,散开截杀中段的先锋骑兵。那宋懿无人可挡,径直朝念圆满所在的将旗处杀来,那杆白金色大枪那一刻锋芒耀眼,如同煌煌之日。

"一个先锋官,六品的明国将领,二十刻的鬼神之力。就算勇武,我也能拖住。只要本多老伯赶到,你就是瓮中之鳖了。"念圆满握紧长刀,脸色狰狞,"我可是黑田家的子孙啊,是龙光如水圆清的儿子,真言神道圆满大师的嫡传,拥有八十刻龙虎气的大名之子,何况……"

他咆哮出声，飘飞的黑气从口鼻眼中溢出，身后翻滚的藤巴纹路之中，一条庞大的黑蛇冲了出来！

"你们明国的首领那里，谁来驰援呢？"

满身疮痍却面冷如铁的宋懿在目睹了和尚身后的浓郁黑气之后，冰冷的眼眸中先是泛起一丝涟漪，紧接着是山呼海啸一般的浓烈杀意，一裘血铠宛如惊雷。

先锋营众马长嘶。

宋懿一马当先，白金大枪上挂着的红色纛旗鲜艳夺目。染血大纛高五尺宽三尺，鲜红绸子凄艳如血，旗心绣黑色飞龙图案，旗边绣火焰纹，九条飘带飞扬。

如果李阎在这儿，惊鸿一瞥就可以读出这杆大纛的信息：

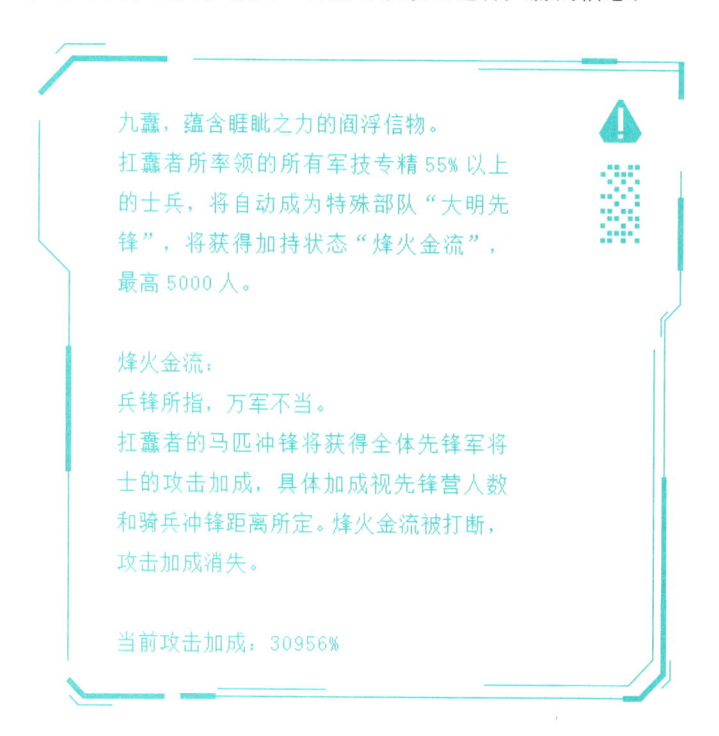

九纛，蕴含睚眦之力的阎浮信物。
扛纛者所率领的所有军技专精55%以上的士兵，将自动成为特殊部队"大明先锋"，将获得加持状态"烽火金流"，最高5000人。

烽火金流：
兵锋所指，万军不当。
扛纛者的马匹冲锋将获得全体先锋军将士的攻击加成，具体加成视先锋营人数和骑兵冲锋距离所定。烽火金流被打断，攻击加成消失。

当前攻击加成：30956%

扑哧！虎头枪尖撞破黑蛇，撞破武士刀，撞破念圆满的胸膛！

战马高嘶扬蹄，虎头大枪把对方挑穿在半空中，初生的第一缕阳光之下，这一幕最终定格。

明军三杆飘飞的鲜明大旗之下。

"冲过去！"

杨元贴在宋应昌身边，短弩射中一名倭寇的喉咙。穿着轻便甲胄的宋应昌细长的双眸来回扫视，他瞥向杨元马下一名伏地的倭人尸体，忽然大喊一声："小心！"

那倒伏在地上的倭寇欻的一声扑了过来，一杆明晃晃的武士刀刺中杨元胸口，鲜血迸溅在倭寇的脸上。杨元手指捏住武士刀，一尊灰熊在他身后若隐若现。

混乱的喊杀声中，一具又一具蛰伏的倭寇尸体暴起，滚滚长刀扑向众人。藤牌手挡在宋应昌和易羽的身前，十几杆长枪刺向四面八方的倭寇，扑哧扑哧枪锋入肉的声音不绝于耳，可还是有几名身手矫捷的倭人冲了进来，距离宋应昌已经不足三尺。

宋应昌紫髯飞散，拔出长剑来伸手欲刺，霎时间狂风大作，黑色羽毛锐利如刀锋，几道血箭从倭兵身上迸射出来，武士刀无力下垂。

九翅苏都一边的羽毛纯黑，另一边的羽毛则是金黄色。

"辽东镇总旗李阎属下九翅苏都，见过天使大人。"

"宋老头，你看那女妖手上。"易羽惊叫一声，宋应昌依言望去，九翅苏都的手里抓着一截黑色犀牛角的玉轴，黯淡无光。

"陛下的圣旨？"宋应昌又惊又怒。

【九翅苏都（龙虎气强化）】

状态：完好

评价：十都

备注：沐浴过大明龙虎气的野神，得到正式册封之后，将彻底摆脱妖魔的身份。

奔涌的青色铁流渐息。截截碎裂的黑色刀片扎进宋懿的肩膀，他的面庞上沾满圆滚滚的血珠，手中长达三米的虎头枪尖挑穿一名灰色僧袍男人的胸口，簌簌血珠从大纛边沿洒落。

宋懿枪尖挑着和尚，战马依旧不依不饶地朝前奔驰。

念圆满圆突的眼睛不时转动，双手无力地握在枪上，大片大片的黑血迸溅挥洒。二人高下对视，嗓子里咯咯作响的念圆满眼白外露，表情似哭似笑。和尚的尸体迅速风干摧折，被战马跑动间扬起的强风吹成漫天黑灰，沾血僧袍无力垂落。

战马悲嘶接连响起，疯狂的黑田联军把火绳枪的子弹和铁炮的炮弹全都倾泻出去，连同为联军的其他大名部队也不管不顾。饭田直景、森本一久带队杀进先锋营的马队之中，念圆满的死一时间让所有倭兵陷入了疯狂。

冲过黑田骑兵防线，冲过本多家东国军阻截，冲过近万人的联军战阵，冲过加藤和黑田的近卫队，这支似乎永远不会停歇的青骑先锋营，最终还是停了下来。

烽火金流，被打断了。

虎头大枪枪头砸进泥里，宋懿拔掉脸上一截黑色刀片，蓦然回首，才发现一路冲来身后的弟兄仅剩不到一千人。

几名力竭的明军跌落马匹，身上斑驳的盔甲缝隙里插着四五支箭矢，再没起身。

宋懿掉转马头。他恍惚之间肆意奔驰过万人战阵，枪下战国武将亡魂不下十几人。此刻停住，才觉得小腿疼痛难忍，他伸手去摸，却摸了一个空。

几枚铁弹穿透盔甲，在宋懿的肩膀上留下通透的窟窿。小腹和胸口的旧伤崩裂，如果仔细观察裂口，甚至能看见黑红色的内脏蠕动。

以东国军为首的大名联军把强弩之末的先锋营围死，山野间曾经肆意无匹的青色一点点被抹除。本多忠胜挥动马鞭奔驰而来，大声呼喊着念圆满的名字，直到看见地上那一袭血色僧袍才住了马，通红的脸庞上双眉倒竖。

骑在马上的宋懿调拨马头，虎头枪正对本多忠胜，滚滚血珠从他泛青的下巴滴落。身上深深浅浅几十道伤口鲜血淋漓，只几个呼吸就在马下流成了血洼。

饭田直景、森本一久两人手持长矛杀来，那明人先锋分明油尽灯枯，此刻不动手，更待何时？

眼睛低垂的宋懿猛地抬头，手中的虎头枪先是轻轻贴在长矛上，接着手腕翻转，枪头旋舞打落森本手中长矛，横划掠过森本的喉咙，枪锋带着一块血肉插在饭田的手背上！

"啊！"

"退后！"

"来！"

三人皆是怒目圆睁，一人痛，一人怒，一人狂。

本多飞马而来，蜻蜓切和虎头大枪相撞。

当啷！

身上鲜血淋漓的宋懿口吐鲜血，虎头枪悲鸣一声，就此脱手！

本多手中蜻蜓切向上一翻，直奔摇摇欲坠的宋懿面门扎去。忽然，一道清冽剑吟，淡绿色剑光飞掠而来，本多枪尾上挑磕飞碧渊剑，不依不饶地甩动枪头朝摇摇欲坠的宋懿插去。

一声沉闷的惊人吼声狂袭而来，音浪扩散，本多忠胜胯下战马一软，长枪失了准头，险而又险地擦过跌落战马的宋懿脑袋，只挑破了他的网巾。

"藩主大人，你看山上。"一名东国军叫道。

本多一抬头，山坡上的喊杀声和叮当乱响的兵器声逐渐浓郁，画着祇园守纹的幡旗倭寇蜂拥而下。本多忠胜以为骑鬼得手，心中先是一喜，之后看到立花宗茂的狼狈模样，又是一沉。

满身血污的立花宗茂夺路而逃，身上的大铠破烂不堪，身后牛头旃檀大手挥动，周身金红色流质转动，整个身子缩了一圈，却显得愈发精悍，块块肌肉凸起，犹如抵天之神。

【牛头旃檀（龙虎气强化）】

状态：完好

评价：十都

它的拳头砸向立花，被立花扯马避过，马蹄边上的泥土轰然飞散。

一道青色骑影迅猛飞至，和立花宗茂缠斗在一起，两马且战且走，顷刻间已经到了本多阵前。立花宗茂的黑鬃战马受到技能"飞马"的加持，而那匹青鬃战马则双目赤红，眼神饿狼似的，全然不似马匹温驯。

正是李阎。

值得一提的是，扔出碧渊剑的李阎此刻并非手无寸铁，他单手握着名刀初雪，反倒是立花宗茂只拿着一把寻常太刀，只两三个回合，太刀已经如同锯齿一般。本多抖开蜻蜓切，长枪枪头刁钻颤动，李阎手中初雪刀与之磕碰几个回合，兵器太短占不到便宜，当机立断甩刀刺向本多忠胜，趁他抽枪格挡，抓起地上的錾金虎头枪横拦在了宋懿身前。

本多枪杆挡住初雪刀锋，枪头抽打，把武士刀打飞到立花宗茂身边。

"拿好。"他虎吼一声，通红的脸上威严如金刚，立花宗茂抓住初雪长刀，脸上青一阵红一阵，最终怒视李阎。马上的李阎指尖轻触白金色枪杆，眼神凝视着枪杆上的鲜红色大纛旗。

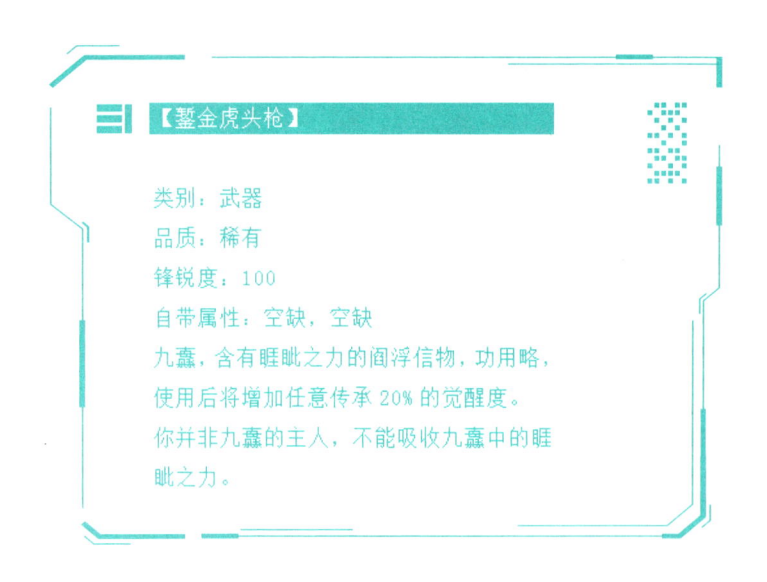

【錾金虎头枪】

类别：武器
品质：稀有
锋锐度：100
自带属性：空缺，空缺
九纛，含有睚眦之力的阎浮信物，功用略，使用后将增加任意传承20%的觉醒度。
你并非九纛的主人，不能吸收九纛中的睚眦之力。

李阎把虎头大枪一摆，冲着身后的宋懿说道："这玩意儿不错，给我使使。"

宋懿的眼皮一阵阵发沉，但还是兀自和挡在自己身前的李阎对视了一眼。他勉强咧了咧嘴角："拿去便是。"

李阎放声长笑，抬手扬出一个瓷瓶，虎头大枪带着沉闷的风声一晃而过，将瓷瓶打碎，淋漓的深红色液体淋在枪尖上。杆上的红色大旗摆动不休，顺便把三四杆飞矢扫飞出去。

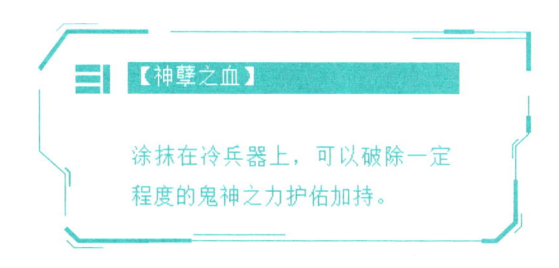

> 【神孽之血】
>
> 涂抹在冷兵器上，可以破除一定程度的鬼神之力护佑加持。

本多忠胜纵马而来，赤色鹿角兜夺目无比，手中蜻蜓切寒意逼人。

"旃檀，给我掠阵。"李阁眼中似有熊熊烈火，虎吼一声，毫不犹豫地冲马迎上本多。

大纛的鲜血逐渐干涸成暗红色，阵阵充盈的感觉浇铸着李阁的每一寸血肉，发自灵魂的满足和喜悦洋溢开来，耳边有悦耳的女声荡漾：

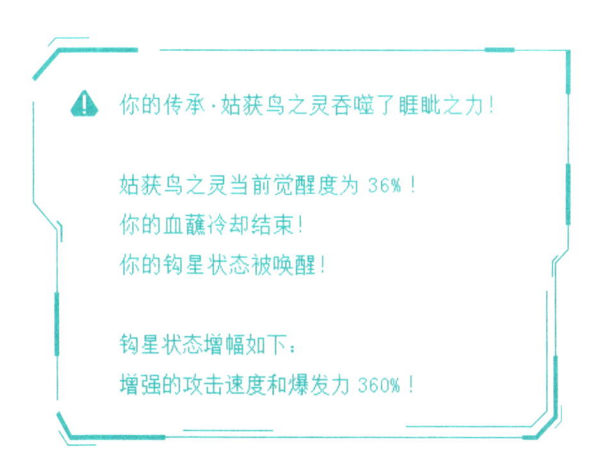

> ⚠ 你的传承·姑获鸟之灵吞噬了睚眦之力！
>
> 姑获鸟之灵当前觉醒度为36%！
> 你的血蘸冷却结束！
> 你的钩星状态被唤醒！
>
> 钩星状态增幅如下：
> 增强的攻击速度和爆发力360%！

铛！蜻蜓切和虎头枪如同两道长龙扑击撕咬，两团枪头砰砰相撞，砸出漫天火星。二人缠斗十合有余，蓦地，本多忠胜抓住李阁双肩曲折的空当，大枪作棍，朝李阁面门砸去！

> 姓名：本多忠胜
> 官职：中务大辅
> 状态：大名（有鬼神之力护佑，一切伤害减免 20%，阎浮行走造成减免 40%！）
> 赤钵（本多忠胜受戒殿前中书长誉良信大居士，自带相当于个人生命力 50% 的护甲强度，受伤之后的愈合速度增强 100%）
> 专精：枪术 89%
> 佛学：44%
> 主动技：二十打（连续戳击），四十打（迅猛的连续戳击），鬼神八十打（蕴含鬼神之力的连续戳击）
> 被动技：枪铳牙（蜻蜓切）

李阎捏着枪杆的手咯吱作响，枪杆格住迎面砸来的蜻蜓切，虎头枪尖顺着本多的枪杆往下一滑。本多只是眨个眼的工夫，那枪尖竟然刁钻地扎到自己手背上来！

铛！初雪长刀向上挑起虎头枪尖，让李阎无功而返，立花宗茂把马一拍，也加入战团，三匹马厮杀起来。

不过这次虎头枪的试探，也让李阎捕捉到了一个棘手的信息，就是本多的特殊状态"赤钵"所附加的护甲强度，是不受要害限制的。

之前说过，无论一个人生命力如何惊人，喉咙或者心脏被刺穿，也只有死路一条。可本多的赤钵并非增加 50% 的生命力，而是罩上了一层没有死角的盔甲，在打破这层护甲之前，本多忠胜相当于没有任何要害可抓。

看得出，本多忠胜没有立花宗茂复活这样堪称无赖的被动技能，取而代之的是较之立花宗茂更为可怕的战斗力！

虎头枪和蜻蜓切又一次磕在一起，然后彼此撞开。李阎反手往回抽枪，尾杆擦过立花宗茂的马头，不给兵器较短的立花宗茂近身的机会，而身下战马和本多忠胜的战马正好交错，李阎福至心灵，一抬枪杆往后倒劈而下，任由枪头被重力拉扯坠下。这样放枪使不上力气，枪头下坠得极慢，根本不可能伤到本多。

可本多忠胜常年在沙场搏杀，一眼就看出这一手的毒辣之处，竟然毫不犹豫地学李阎一样，蜻蜓切往后倒劈。战马上的两人背对彼此，枪头却在两人之间相撞！枪镰钩在一起，发出清脆的碰撞声。

李阎发觉手感有异，知道本多没有上当，只是箭在弦上不得不发，只得夹紧马腹，两人不约而同地倒拖枪身，把枪杆往后一拉！

"下马！"两人皆是一声高吼！

桓侯八枪，倒骑龙。

这一枪本来是倒抽钩住敌人腰身，借助马力把敌人拖下马。不过现在两人枪镰相勾连，便是比拼气力的时候了。

本多以气力见长，姑获鸟强化360%爆发力的李阎也不遑多让！

本多输在马上。服用穷奇血的青骢战马前蹄高扬，大片口水飞洒出来。

本多忠胜的身子不由自主往后一仰，鹿角头盔剧烈摇晃，已经失去平衡，眼看要被李阎钩下马去。他也是果断之人，当下动了松开蜻蜓切的念头，可蜻蜓切一松，却是李阎主动抖开了枪镰。

因为立花宗茂的初雪长刀已经劈砍到了李阎的胸口。

"恼人！"

李阎把长兵器的优势发挥得淋漓尽致，虎头枪枪尾后发先至，戳至立花宗茂右眼，逼退了立花宗茂不算，青骢战马不依不饶地盘住立花宗茂，已经打算先杀立花！

本多忠胜掉转马头，心中的惊骇已经无法用语言形容。

他十岁侍奉德川，搏杀战场快三十年，手中枪术已经到了百尺竿头，加上年纪渐大，自认突破不能，立花宗茂在骑打上不是自己的对手，可年纪轻轻，对战阵剑术的理解却不在自己的枪术之下，这已经让他惊为天人。

而这个上次碰面还因为兵器原因被自己三枪挑落战马的明人，在枪术的理解上，似乎还要高出自己一截！他拍马杀至李阎和险象环生的立花宗茂之前，蜻蜓切抖入战阵，试图逼退李阎。

李阎手中虎头大枪舞成一道飞龙卷。他后仰身子让过蜻蜓切，旋拧枪身，和初雪刀架在一起的虎吞枪头抽打在立花宗茂的胸口上，打得立花宗茂吐出一大口血，显然杀心不止。

本多忠胜冷哼一声，腰间一挺，锋利的枪尖竟然直直停在原处，顿了一下，朝李阎脑门砸了下去！

战马飞驰而过，倒在马上的李阎眼看着十字枪枪尖掠过自己的头顶，然后猛地压下，也是惊出一身冷汗。

虎头枪宛如怒龙抬头，架住蜻蜓切枪身，二人正僵持间，下巴滴血的立花宗茂一咬牙，拼着五脏翻江倒海的剧痛，挥动初雪长刀朝李阎头颅劈来。

这一下，李阎险象环生。

锋利的初雪刀越发逼近，李阎双眼眯紧，立花宗茂脖子上一滴嫣红鲜血颜色越发深沉。

扑哧，一截剑尖切豆腐似的穿过立花宗茂的背甲，从他的胸前透了出来，剑尖透着一抹绿意。宋懿掷出碧渊宝剑，然后胳膊无力垂落，疲惫的脸色归于平静。

不知道从哪儿来的一道长箭噔地离弦而出，朝着宋懿射来，却被场上和众多先锋营骑兵搏杀倭寇的牛头游檀随手挡住。

立华宗茂脸色苍白如纸，无力地跌落下马，眼见不活。

李阎"啧"了一声，也不知道在可惜什么。

本多忠胜痛苦地闭上双眼。仗打成这个样子，无论输赢，倭国都元气大伤。何况立花宗茂被明人追赶至此，骑鬼的斩首只怕也以失败告终。

前方明晃晃的李家帅旗已经看到旗枪一角，后面一长两短三杆鲜亮旗帜高举，"三军司命"四个大字分外清楚！

"哈哈哈……"本多忠胜抽回蜻蜓切，马匹嗒嗒嗒后退几步，他摘下鹿角头盔，直视李阎。

李阎直起腰身，虎头大枪抖了一个枪花，开口便是腾腾的杀气："你想怎么死？"

本多忠胜深吸一口气，中气十足的呼喊传出去，一声又一声，近前的几百人纷纷后退，给中间的先锋营骑兵留出好大一片空地。

"喂！"

本多忠胜指了指一名胡子拉碴、满口黄牙的倭人打扮的士兵，冲他耳语着什么。那胡子拉碴的倭兵脸色变了又变，好一会儿才走到李阎马前："本多藩主手里有德川家族的印信，他愿意代表德川系向明国和谈。"

这是德川家康一开始就吩咐本多忠胜的事情，一旦事不可为，持自己的印信向明国乞和也无妨。毕竟，德川家的人没有理由为秀吉的野望赴死，即使那是整个倭国的希望。

"你是明人？"李阎冷冷问道。

无论战场形势如何，此刻李阎、宋懿等不到千人被本多忠胜近万人围住是事实，可李阎却并没有为本多的和谈之言所动容。

那人一愣，犹豫好一会儿才闷闷回答："是。"

拉碴胡子话音刚落，虎头大枪扯破空气，猛烈枪头抽过那人的头颅，好像一个烂西瓜爆碎开来似的，血雾弥漫。本多忠胜顿时红了眼睛，一挺十字长枪，朝李阎冲来。倭寇涌动如黑潮，奔着先锋营杀来。

骑马立在众人之前的李阎黑色发丝舞动，枪尖上白的红的滴滴答答滑落,四只灰白马蹄翻起黑色泥土,辽东镇承武卫总旗大枪一抖,纵马而上。

"来!"喊杀沸腾,金铁高鸣。

几十匹战马套上偏厢车借着山势冲下,长矛和步弓山林一般耸立,硝烟袅袅,身穿镔铁铠甲的安清国刚刚砍倒一名带着日月兜的旗本武士,只听见嗖的一声,他的战马被一枚流矢插入右眼,当场毙命,他自己也摔进泥里,狼狈不堪。

骆尚志见状,手中扯紧缰绳,手里马刀晃过一名想过来占便宜的倭寇,安清国打了个滚,刀尖杵地刚刚站起,视线滑到远方,忽然惊叫出声:"将军,倭子的大将旗倒了!"

骆尚志闻言一愣,极目眺望。

八只马蹄交杂错落,青黑两马盘旋一阵彼此交错而过,掉转马头再次奔杀过来,嗒嗒的马蹄声极具韵律。

蜻蜓切锋刃戳向李阎的肩膀,眼见虎头大枪已经到了本多喉咙,李阎却不得不压住手肘,枪头扣住蜻蜓切。

几个回合下来,李阎抓住几个洞穿本多胸口或者头颅的机会,却硬生生被一个"赤钵"逼得不敢出手。虎头大枪若一击不能见功,那蜻蜓切反手便能刺穿自己的喉咙。

两马将近,各自枪锋划着对方枪杆朝握枪的五指刺去。蜻蜓切和虎头枪哪一根杆子更长,寻常人肉眼难以分辨,可李阎和本多都心知肚明——蜻蜓切。

本多猛地一拉马缰,李阎也如此炮制。四只马蹄高抬,两根枪头交叉刺出。蓦地,身子后仰的李阎握枪前推,枪尖顺着左手扎出,右臂摆荡,劲道贯穿枪杆,虎头枪尖一个横截,弃了本多握枪的手指,朝本多忠胜的马头抽去。

这一招既突然又阴损,却没逃过本多的眼睛,两人几乎同时变招,都奔对方马头抽打过去。

虎头枪噗地打在马头上,几道尺长的血箭从战马口鼻喷溅出去,那马眼看不活。

而蜻蜓切则抽空了。对,抽空了。

涎水直流的青鬃战马成了精似的,面对横拍过来的蜻蜓切,后蹄发力跳起,枪尖只在它的脖子上划出一道血痕。青马双眼发红,自顾自地打了个响鼻,眼中竟然有得意的神色闪过。

本多忠胜半生鏖战,从没见过这样的畜生!

垂死的黑马四蹄瘫软,本多忠胜惊慌抬头,青马前蹄砸在地上,朝前猛冲。李阎整个腰身前俯,虎头大枪直奔本多忠胜而去。抽空的蜻蜓切势头已去,本多再想抽枪还击已经来不及,这段时间李阎能刺出至少两枪!

铛!一颗泛着红光的钵盂虚影凭空挡在本多身前,被虎头大枪扎得迸裂出蜘蛛网纹路。李阎左手一松,身子往边上一扬,右胳臂夹住虎头枪,借着马力往前狠狠一刺!

赤钵整个被洞穿,蜻蜓切这才掠过李阎耳垂。

本多一个翻滚让过李阎随手扎出的两记大枪。青鬃战马掠过他的盔甲,他粗糙的手掌抓起蜻蜓切一角,往下猛压,枪头活了一样高昂起来。

以步对骑,本多脸上也丝毫不显惧意。

飒!

一名先锋骑兵被七八杆长矛戳透胸膛,温热的血液洒了李阎一后背,阵阵滑腻直到李阎后腰。

牛头旃檀打个滚也能压死几名倭兵,但毕竟不能照看住所有明军。不到一炷香的时间,先锋营就折损了一大半。

李阎面色冷硬,提枪纵马杀向本多,虎头大枪居高临下,挟裹着惊人的马力扎出。本多忠胜两只脚尖斜向后,眼看虎头大枪扎到,他虎吼一声，蜻蜓切淅沥沥地刺出七八道枪影，接连撞在虎头枪上。

四十打！

短促的兵器碰撞声当当不断响起，虎头枪杆上传来一阵又一阵波浪似的力道。李阎双臂一阵发麻，差点握不住手中的虎头大枪。

本多眼前一亮。这明人刚交手的时候，马枪之老辣，出枪之迅猛，几乎达到了让人绝望的地步。可眼下几十个回合过去，他的气力却明显不足。

没等本多细想，被蜻蜓切打落到脚面的虎头大枪一抖，直面本多面门！

这个变招狂如羚羊挂角，发力角度完全超乎本多的想象。本多后脑一阵发凉，压左手用后枪杆去格挡，一阵热风热辣扑面。

"输了。"李阎冷冷一笑，俯手吞袖翻枪，荡开哀鸣的蜻蜓切，虎头枪长驱直入，眼看就要贯穿本多忠胜的胸膛。

中国传统枪术把对手兵器攻击的方向分作大门和小门，本多此刻的姿势，便是小门被封，大门无力，加之以步对骑，已经输了八成。

号称倭国三大名枪之一，被荡在一边的蜻蜓切枪头上的狭长凹槽与气流摩擦，发出阵阵尖啸。李阎猛地心中一突。敏锐的青鬃马惊嘶出声，吓得浑身炸毛，而斗至此刻，绝无退路可想。

被一步步逼到死路的本多脸色却平静下来。他右脚跟进，全身后仰，挑出手里的蜻蜓切，而虎头大枪此刻入肉两寸，血点已经从大铠上溅了出来。

"明人，你有丹心，却无死志……"

鬼神八十打！

蜻蜓切枪身的梵文铭符亮如秋水，枪影恰似银瓶乍破，水浆倾泻而出，朝李阎泼来。李阎丝毫不为所动，那一夜雨水中的咸腥味道从他嘴巴里泛开，眼看银色枪影铺天盖地，他恍如不见。

"死!"

虎头大枪贯穿本多忠胜的心脏,从背后插出洞入地面!

半截金色羽翼破空而来,挡在李阎的面前。李阎只觉得眼前一黑,接着是噼里啪啦的骨肉分离声音,再睁开眼睛,头上脸上都是血沫。

九翅苏都半截翅膀被戳出十来个窟窿,脸上丝毫不见痛色,嘴上喊了一声:"大人。"

"不是让你护住宋应昌吗?"李阎皱着眉头看了她一眼,语气放软,"他这一枪扎不死我,你这是何必?"

明明身处混乱厮杀的战场上,余束却闲庭信步,连箭矢和烧红的铁弹也躲开她似的。她看着骑在马上的李阎,眼里有难得的赞叹之意:"就以术论,精彩绝伦。"

专精突破全靠个人领悟和天分,和行走是否资深没有必然联系,能拥有一项 90% 以上的专精,这是一些代行者都做不到的事情。

李如松的鲜红帅旗已经能看见全貌,而"三军司命"旗帜距离先锋营所在更是不足五百步。倭国联军接连失去几位大名将领,大批的倭寇被杀散,不时有存着各色心思的大名部队退出战场。

本多忠胜的死更是让慌乱迅速扩散,联军的溃败已成定势。可明军的伤亡,也远远超出了最初的设想。不过,这已经和李阎没什么关系了。

他看着不能起身的宋懿,宋懿也看着他。好一会儿,李阎攥紧手里的虎头大枪,默默无语。

第十章
回归

"和谈？"

李如松不可置信地问。在他这个武人看来，此刻联军溃败，诸位大名相互指责，倭国内外一片混乱，正该乘胜追击，就算不能歼灭其主力，再不济也要把倭人赶出朝鲜全境。

"缅甸、交趾、女真，加上播州，"宋应昌放下蘸着墨的毛笔，叹了口气，"我们的麻烦不少，这也是朝中阁老的意思，子茂，你要顾大局。别忘了，你把圣旨送给那两名朝鲜的野神，朝里头沸反盈天，你自己也有麻烦。"

"大局，大局。"李如松心中默念两句，只是摇头说道，"倭子不会善罢甘休的。"说罢，他意兴阑珊地告退，没再多说一句。

宋应昌捏起手里的和谈折子，审视了几遍之后，啪的一声丢在书案上。

"你想要我的枪？"宋懿躺在架子上，面色平静。

李阎抱着一坛子烧酒，刚进房门就被宋懿这一句话给噎得说不出话来。

"伤怎么样了？"他扯了个马扎坐在宋懿身边，嘴上问道。

"送你了。"

"……多谢。"李阎和宋懿的接触不多，可就这两句话聊下来，宋懿是个什么人，他看懂了一些，"天师道的人来过吧？你多久能下地？"

"养个半年，能走路，左腿瘸了。"

李阁闻言皱起眉头："天师道符箓活死人肉白骨，那道士糊弄你。"

"没有，我说不治的。"宋懿拿过李阁手里头的酒坛子猛灌了两口，大呼一句痛快，"当甚鸟兵！辞了官回霸县老家养马去。"顿了顿，他又问道，"卸任以后，朝廷封了我一个武散，赐百金。你怎么样？"

"迁大宁卫司镇抚，封勋飞骑尉，赏五百金。"

"好家伙，从五品啊。"宋懿笑出了声，"我在战场上厮杀了十年，扛纛每战必先，你这一战打完，官职就追上了我。也对，你值这个价儿。"顿了顿，他又说，"可你不是我的对手，你信不信？"

"不信，有机会碰碰。"

"有机会。"

李阁看了看天色，从怀里掏出两个酒杯，擦干净以后摆到桌上，斟上了酒，慢悠悠地说："他们私底下都叫你小马贼，只有沈将军跟你交好，怎么个故事，讲出来给我听听？"

"没意思，不提。"宋懿反问一句，"你是天津卫的是吧？"

李阁吱地喝空一杯，这酒很浑，劲倒不小。

"沧州。"

"哦，我说呢。"

两人手上的酒一杯接着一杯。偌大的酒坛子被喝空，他们一直聊到很晚，话题零零散散。

"你手下的兵还好，只是那帮子朝鲜的妖魔鬼怪，少打交道，我听说为首的木妖和鸟妖受了咱大明的龙虎气，朝廷下诏要他俩进京面圣，这里头水很深，武人不要掺和。"

"好事坏事？"

"应当是好事，只是你的身份，容易受猜忌。"

"我听说倭人要和谈，朝廷会答应吗？"

"八成是会的。朝廷没钱了。"

"罢了,跟我没关系。"

"这是什么话,你的仗还有得打。"

"哈哈。"

两人话题一住,余束掀帘看着两人。

"走了。"李阎说道。

"嗯。"宋懿颔首。

李阎摇摇晃晃地站了起来,余束把手伸了过去,李阎也没客气,挽着她的胳膊往外走。

大月盘空,平壤城的夜幕一片深蓝色。李阎腰背挺拔,半天才说:"如果我出生在这里,我大概会活成宋懿的模样。"

余束没有理会李阎的感慨,而是把一个红色葫芦塞进李阎的手里:"老刁的酒葫芦里是我答应给你的报酬,这次我们真的两清了。"她嘴角促狭地一翘,"我想你一定喜欢。"

"为什么脱离阎浮?"

"为什么这么尽力帮明国?"

"……"

余束换了个话题:"我要走了。"

"山水有相逢。"

余束开怀大笑:"跟你说话真是省心,真的不考虑跟我?"

"怕死。"

余束收敛笑意,眉眼阴沉:"以后你成了气候,别来惹我。"

"看吧。"

余束再不多言,几步就没入长街上的一片黑暗之中,水乳交融。

"山水有相逢。"李阎重复了一句。

"大人,大伙儿都等着你呢。"

王生戴着黑色眼罩,脸上的稚嫩淡了许多,取而代之的是一股子干练之气。与大名联军恶战之后，一干跟随李阎的老部下各有封赏。刁瞎眼年纪大了，只求了五百两白银的赏钱；王生年纪还轻，却在李阎的极力推荐下任了职位，此刻已经是正经的武将。

李阎脸上露出笑意。

"走，喝酒去！"

另一方面，厅中庆功宴上一片喧腾热闹。易羽推杯换盏，满面红光。倒是阿朏在椅子上两只脚丫晃啊晃的，目光越过和众将勾肩搭背走进厅中的李阎，望向他身后的一片黑暗。

日本国内，大阪。

眼前明使手持敕谕、诰命、金印，正宣读万历皇帝的亲笔诏书。五十八岁的丰臣秀吉脸色平静，听罢身旁使译的翻译，眼中阴沉一闪而逝，久久才一声叹息。

"龟纽龙章，远赐扶桑之域；贞珉大篆，荣施镇国之山。嗣以海波之扬，偶致风占之隔。当兹盛际，宜赞彝章。咨尔丰臣平秀吉，崛起海邦，知尊中国。西驰一介之使，欣慕来同；北叩万里之关，肯求内附。情既坚于恭顺，恩可靳于柔怀。兹特封尔为日本国王，赐之诰命。于戏！宠贲芝函，袭冠裳于海表；风行卉服，固藩卫于天朝。尔其念臣职之当修，恪循要束；感皇恩之已渥，无替款诚，祗服纶言，永尊声教。钦哉！"

> ⚠ 你完成了本次阎浮事件和特殊阎浮事件，完成阎浮事件总数：3。
> 你完成本次阎浮事件的评价为：大吉！
>
> 评价在精良以上，并且拥有其归属权的物品，行走大人可以直接带走，不需要在权限中购买。

> 你将带走的物品为：錾金虎头大枪，
> 蜻蜓切，都功甘露符×5
> 结算开始！

一个月后。

倭国，九州岛。

雷云密布，血洼遍地，苍黑色山峰如淬火刀锋，笔直插向天空。

"怎么这么久？"一只蓝皮独角三眼、手持黑色石锤、高几丈的怪物啐出指缝的一块碎肉，冲着眼前的黑色川流抱怨。

"我看川灵是想留在朝鲜，不想回来侍奉黑弥呼大人了吧。"满身恶臭鬃毛、两颗黄斑獠牙上翻、豪猪头、穿着生锈铁甲的妖怪脚下踩着一具红裙白衣的尸体，啧啧怪笑。

其余的妖物闻言哈哈大笑起来，一个个怪声怪色，豺狼虎豹，没有半点人样。

川流之上，一道木筏缓缓逼近，女人撑着长篙，长长的黑发遮住脸庞。

"咦？"有怪物眼尖，这才发现木筏上还丢着一团黑乎乎、圆滚滚的东西。他定睛一看，是一颗女人的头颅，布满花纹的脸上，惊恐的左眼透出凌乱发丝，嘴巴还在张合着。

"走，快走……"

木筏撞在石头上，撑长篙的女人一脚把头颅踢进黑川当中，踏上了岸。

"你们这里，谁来话事？"

第四卷

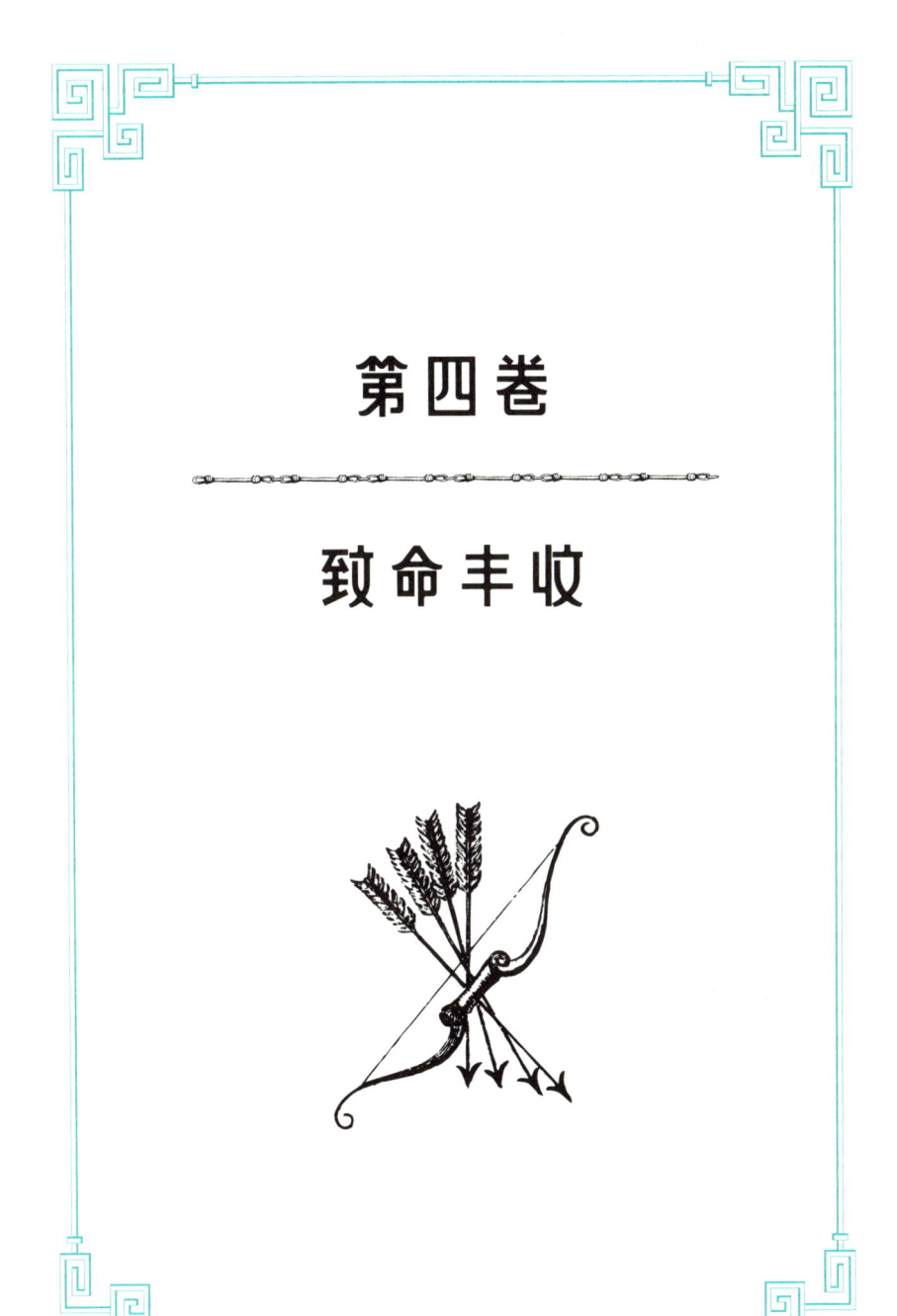

致命丰收

第一章
丰收

枪杆粗如鸭蛋,被夕阳照成橘红色。日头西沉,随之移动的红色阳光洒在握枪的手上、脖子上,最后是脸上。

男孩留着一头黑色圆寸,宽松的白色背心,黑色短裤,千层底的布鞋。一脚前,一脚后,手肘沉,枪杆稳。老人坐在红砖台阶上,磕了磕烟袋锅子。

"不错!童林,我不怕实话告诉你,张子美是我害死的。我下的毒酒,为了让她浑身溃烂不得好死!你侯二哥,也是我下的毒,包括天灵侠、地行仙、西侠南侠北侠,你身边的亲朋好友,南来北往的英雄好汉,有一个算一个,都是我下的毒!"话匣子里头嗡嗡地响,单田芳的嗓子让人忍不住往下听。

"行了大阁,玩去吧。"

男孩一咧嘴,把杆子一放,搭了块毛巾在身上,拿舀子喝了一口凉水,露出满口的白牙:"爷,最后那雍正怎么的了?"

老头子瞥了他一眼,没说话。

"嘿嘿。"男孩浓眉一立,大咧咧地说,"我要是童林,我非得弄死雍正不可——"

"玩你的去!"老头笑骂一声。

墙头几个脑袋扒拉着，几对眼珠子来回乱转，冲着院子里的男孩低声喊着："大阎哥！大阎哥！"

男孩一挑眉，扑通一声把笤子扔进水缸："爷，我出去一趟。"

"小王八蛋少惹事。"老人不耐烦地骂了两句，也睁一只眼闭一只眼。

男孩几步走到外面。

"干吗？"

"二骡子让人打了。"

男孩声音高了八度，嗓子眼里蹦出短促的一句："嗯？"

那时节街面上有的是放映厅，白色塑料的桌椅错列，画布上放的是《九龙冰室》。十来个半大小子推门就进，一个个脸上带着稚气和戾气，呼啦啦把画布上的郑伊健挡得严严实实。

"谁打的二骡子？"为首的浓眉男孩用钢厂的废弃棍子向前一指，满脸骄横。

"我！"说话的人不顾身旁圆脸女孩的劝阻，站了出来。她戴着镇子上少见的白色鸭舌帽，梳着马尾辫子，踩着一双黄色凉鞋。

一帮气势汹汹的少年围上来，白鸭舌帽女孩却浑然不惧，抄手掀翻塑料桌子，趁着混乱夺下一瓶喝剩下的啤酒，在墙皮上一砸，水花爆碎下玻璃刃口对着男孩。

"你想干吗？"女孩的声音脆生生的，眸子好似初生野鹿。

男人猛地睁开眼睛。深吸一口气，李阎撑着石床坐了起来，右手手心揉着眼睛，可揉着揉着，忍不住笑了出来："可惜是嫁人了呀。"

那一刻，李阎的脑子里一个狂邪的念头一闪而过：嫁人又怎样？他眼神一定，手掌啪地打在自己的额头上：想什么呢。

壬辰一战，李阎这根弦绷得太紧了。连番的惊变和恶战，心中压抑的怒火和杀戮欲望，几乎是从阎浮归来的下一刻，李阎就不管不顾，在石头床上倒头就睡，把结算的事情抛在了脑后。

也不知道过了多久，直到梦到了刚才那一幕，李阎才悠悠转醒。

他抬起手，昏暗的石室里这才泛起斑驳的光影来。那些炮火硝烟、弓刀马蹄、滚旗、铁铠长缨，在李阎面前飞速流转。

满眼血色、腰背挺拔的提头老卒，万马奔腾中的模糊血肉，飞溅的浑浊雪泥，死人空洞的双眼，猎猎舞动的红色司命皇旗；满身金红流质、所向披靡的牛头旆檀；翅膀护在自己身前、眼睛湿漉漉的九翅苏都；虎头枪尖挑穿尸体，烈马高扬，双蹄子踏向初升的太阳……

> 行走的状态在一定条件以内，本次修复不收取任何点数。
>
> 结算报告如下：
> "大吉"评价结算阎浮点数：
> 600点（基础200点，加成200%）
>
> 购买权限额度：
> 200%！（个人行动140% + 全额完成阎浮事件30%+ 完成特殊阎浮事件30%）
>
> 你兑换了黄金，共获得阎浮点数5500点！
> （破平壤城赏20锭金，每锭25点，杀本多忠胜后赏赐500金，每金10点）
> 扣除马术专精固化700点。
>
> 阎浮事件完成特殊奖励：
> 本次阎浮事件内容为睢眦，你将随机抽取一项包含睢眦之力的物品（包括但不限于消耗品、技能、异物、传承）。
> 抽取中……

定格的光影之中，一个金色酒盏落在李阎的手里。

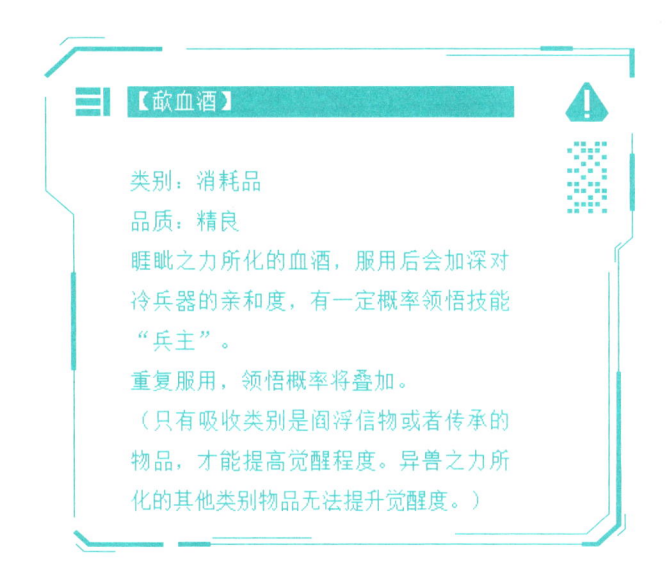

【歃血酒】

类别：消耗品

品质：精良

睚眦之力所化的血酒，服用后会加深对冷兵器的亲和度，有一定概率领悟技能"兵主"。

重复服用，领悟概率将叠加。

（只有吸收类别是阎浮信物或者传承的物品，才能提高觉醒程度。异兽之力所化的其他类别物品无法提升觉醒度。）

李阎端详了一阵，并不着急喝下去。

看得出，这次的特殊奖励比起传承来要弱得太多，这也是他早就有心理准备的事情。

你完成了特殊阎浮事件：收拢朝鲜野神。

你获得了再次抽取一次含有睚眦之力的奖励。

抽取中……

这次落在李阎手里的，是一枚金色的兽牙。

【幼年睚眦的虫牙】

类别：消耗品

品质：稀有

给普通品质的冷兵器使用，可以为其附加三个空缺属性位。

给精良品质的冷兵器使用，可以为其附加两个空缺属性位。

给稀有品质的冷兵器使用，可以为其附加一个空缺属性位。

李阎点点头，这东西适应性不广，但是很适合自己。

你在本次阎浮事件当中收获如下：

一、个人类

被动技：【杀气冲击】
你入手了一件蕴含睚眦之力的阎浮信物并吸收了它。
你开启了长期通用阎浮事件：睚眦的传承。
当前任务：破碎100件品质为精良的兵器。
阶段奖励：杀气冲击技能强化
主动技：【九凤神符】

二、物品类

【蜻蜓切】
【錾金虎头枪】
【都功甘露符】×5（与气愈术效果相同，效力更强，撕破即可生效，比气愈术简便，不容易在战斗中露出破绽。为李阎突围时李如松所赠，没用完就带回来了。）

三、秘藏类

你在本次阎浮事件当中任职明国大宁卫司镇抚,并获得明国的武勋:飞骑尉。

你获得了【阎浮秘藏·龙虎气】!
你开启了阎浮行走龙虎气使用记录,可以共享所有阎浮行走对龙虎气的使用心得。
镇抚官职带给了你三十刻龙虎气。
武勋飞骑尉将带给你每月五刻龙虎气(按照行走的所属的世界进行发放)。
请注意,因为品级原因,你所持有的龙虎气不能超过三十刻。

龙虎气效果如下:

1. 持有:免疫10%阎浮行走的伤害,5%任何类型的伤害,对一切魑魅魍魉有震慑作用。
2. 召唤:你可以消耗龙虎气对鳞·丁酉二十四果实当中的人物进行召唤。
被召唤者对行走的信任程度决定成功概率,实力评价决定消耗龙虎气的多少。
信任度在70以下无法召唤,90以上必定成功。
3. 燃烧:消耗龙虎气上限,指定行走的某项技能进行短暂的增强。长时间燃烧上限对一项技能进行增强,可能会固化强化效果。
4. 突破峰值!(唯一性)
可以指定一项陷入瓶颈(39%、69%、99%)的传承进行突破。

> 在一项传承的三次峰值突破当中,龙虎气只能充当一次突破媒介。
> 四项之后的效果权限不足,无法查询。

李阎握了握拳头,忽然转头看向自己的床边。石床上趴窝着一只毛皮雪白的幼虎,缩成一团脸盆大小,尾巴轻轻摇动,正酣然入睡。

"三十刻龙虎气?"李阎试着伸手到小雪虎的鼻子边上,手腕却被两只绒毛掌抱住。

李阎没有尝试着把手抽出来,而是试图打开自己本次的购买权限。这时候,一个声音从他耳边响起,眼前不知道从哪里冒出来一团剔透的水团。

> ⚠ 行走大人你好,在你查看个人购买权限之前,向你通知一项信息。
>
> 你的两次过关评价极高,综合你目前的个人能力评价,考核官决定提升你的阎浮权限,在此之前,她向你发起了一次私人会话。你可以选择接受或者拒绝。
>
> 考核官代号:雨师妾。

"接受。"李阎没什么可犹豫的。

水球滴溜溜地转动一阵,然后绽放开来。女人的面容从水球中跃然而出,水构成的五官十分模糊,看不真切。

李阎和女人对视了一阵,一时无言。说好的火发黑衣呢?李阎心中默念。

"我也看过那部小说。"

李阁心中噔的一声,飞快地放空精神,什么也不想。

火发黑衣是他原来很喜欢的一部热门连载小说的女主角,名字也叫雨师妾,其经历……诱人。可是刚才那句话只是李阁的内心独白,却被眼前这团清水构成的女人直接叫破。

回归之际,他就做好了被貘或者其他人上门问责的准备。实际上,他的行为也没有漏洞可抓,整次阎浮事件在一开始就被太岁屏蔽掉了,没留下任何记录。而仅凭"茱蒂"果实中支离破碎的记录,没人能指认李阁和余束早有预谋。可如果来人具有读心术的话,就另当别论了。

"别紧张,我没有你想象的那种劳什子东西,只是猜一下你听到我名字的想法,那本小说在你我这个年纪挺出名的。"

李阁眨了眨眼,心中却留意到她说的"你我这个年纪"。想一想,只要进入阎浮一年,就要经历足足六次阎浮事件,有和自己年纪差不多的资深者,也是正常的事。

"不过,你在隐瞒什么呢?"女人的嗓子带着奇异的磁性。

李阁没有理会她的问题:"你找我有什么事吗?"

"我只是好奇,自身实力不到十都,却能在序列五十以内的果实里拿到大吉的评价,极限200%的购买权限的新人行走,是个怎样的人。不过,就刚才的表现看,不算有趣。"

李阁伸了个懒腰,闭着眼睛说道:"惭愧,惭愧。"

女人慢条斯理:"你在阎浮当中的作为让很多人竹篮打水,其中,也包括我。"

"你是指,太岁?"李阁装傻。

"我很想知道那个女人的下落,如果你愿意告诉我,我可以在职权以内给你一些帮助。"

"我也不知道她的下落。那女人莫名其妙出现，还杀了我的助力与共者，之后就失踪了。貘可以调取我在阎浮世界当中的行走记录，不信你可以找他。"

"你很清楚，因为太岁，这次阎浮事件的记录为零。何况观测记录只是会不定期收录一些行走的战斗信息作为考核评估内容，不可能做到事无巨细。"

"听你的口风，是我串通太岁，目的是谋求更高的评价和奖励？"

"虽然是个无趣的人，但是你没有那么短视。毕竟，私通脱落者，你将面对的是全体阎浮行走的怒火。"

李阎面上一松，好像认可了雨师妾的话。

"我更倾向于，是太岁主动找上了你。"

李阎的脸上没有表情，心跳也依旧平稳。

"如果她用毒药一类的方式控制你，在你回归的时候，我们就会察觉。我的推论是，她以杀死你作为威胁，并向你透露一些以你现在的身份还无权知晓的消息，以此和你进行初次接触，之后强行干预你的阎浮事件内容，逼迫你跟她合作。

"我看过你的现有记录，不难看出，你是一个心志坚定，也敢于犯险的男人。所以结论是：你跟太岁一拍即合。"

李阎摇了摇头："你都替我想好了，那我乖乖认罪画押好不好？"

雨师妾自顾自地说："太岁这个人喜怒无常，这次她吃这么大亏，骨子里的凶性全被激了出来，降临之后大开杀戒是可以想见的。但是她没有杀你，说明对你的观感不错，且很有可能，她想让你脱落。当然，以她的性格，也大概就是顺嘴一提'要不要跟我混'一类的话。"雨师妾学起余束说话简直惟妙惟肖。

"而你出现在这儿，那就是拒绝了，这说明你还不想和我们翻脸。"女人的语气柔和起来，"我想要的是真相，不会为难你。只要你把你知道的说出来，这件事对你来说就到此为止。"

"我完全不知道你在说什么。"李阎语气轻松,笑着摇头。

"既然如此,我们拭目以待吧。"水团剧烈地摇晃起来。

"等等。"李阎开口。

水团的摇晃停住:"你改变主意了?"

"你说太岁还是一名行走,甚至是代行者的时候,她在阎浮里有没有至交好友呢?"

雨师妾没有说话。

"如果有,我觉得多半是女人。"

"……你自求多福。"

水团砰的一声破碎开来,水花噼啪噼啪地洒在地上。

"阎浮的女人,一个个都这么干脆?"李阎咂了咂嘴,目光幽深。

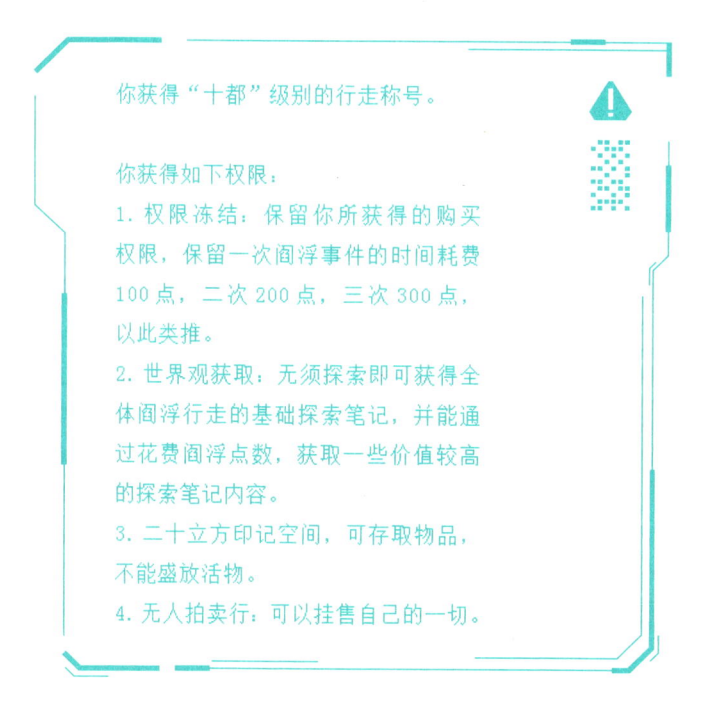

你获得"十都"级别的行走称号。

你获得如下权限:

1. 权限冻结:保留你所获得的购买权限,保留一次阎浮事件的时间耗费100点,二次200点,三次300点,以此类推。
2. 世界观获取:无须探索即可获得全体阎浮行走的基础探索笔记,并能通过花费阎浮点数,获取一些价值较高的探索笔记内容。
3. 二十立方印记空间,可存取物品,不能盛放活物。
4. 无人拍卖行:可以挂售自己的一切。

拥有搜索选项,行走就可以通过搜索获取自己想要的事物,也

可以根据需要筛选后逐条浏览。这个无人拍卖行就很有意思，它可以挂售自己不需要的物品购买权限。当然，在下一次刷新的时候没有卖掉，权限就自动消失了。另一方面，因为它显示的是挂售一切，所以很多东西就显得非常无厘头。

李阎随手点开，就看到这样几条。

【一坨屎】

售价：10000 点

一个十四五岁模样的辫发女孩，唇红齿白，容貌清秀。

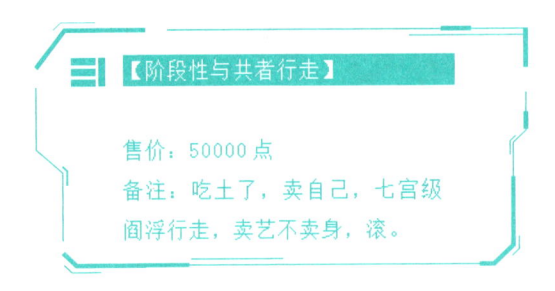

【阶段性与共者行走】

售价：50000 点
备注：吃土了，卖自己，七宫级阎浮行走，卖艺不卖身，滚。

一颗圆形水晶薄片。

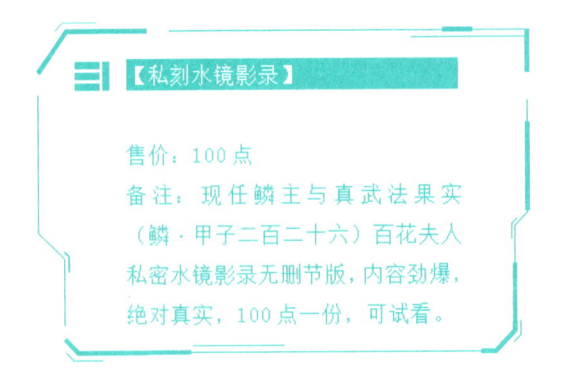

【私刻水镜影录】

售价：100 点
备注：现任鳞主与真武法果实（鳞·甲子二百二十六）百花夫人私密水镜影录无删节版，内容劲爆，绝对真实，100点一份，可试看。

不过没一会儿，这条信息就消失不见了，理由是内容不符合拍卖行规范，但是就刚才李阊看见的交易量，至少五千份。

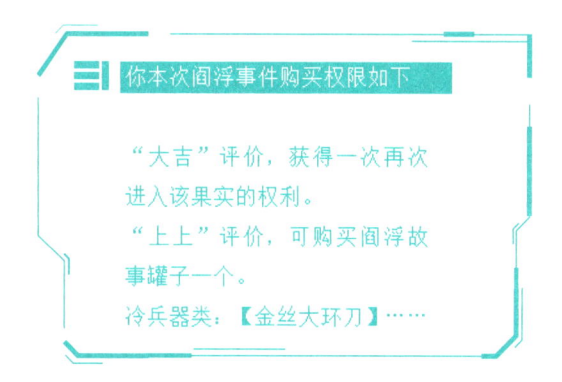

> 你本次阎浮事件购买权限如下
>
> "大吉"评价，获得一次再次进入该果实的权利。
> "上上"评价，可购买阎浮故事罐子一个。
> 冷兵器类：【金丝大环刀】……

拥有环龙剑、蜻蜓切和錾金虎头枪的李阊武器只多不少，而且其中有很多品质在精良甚至稀有，不过李阊虽然全然没有心思购买，但还是耐着性子翻到了底部。

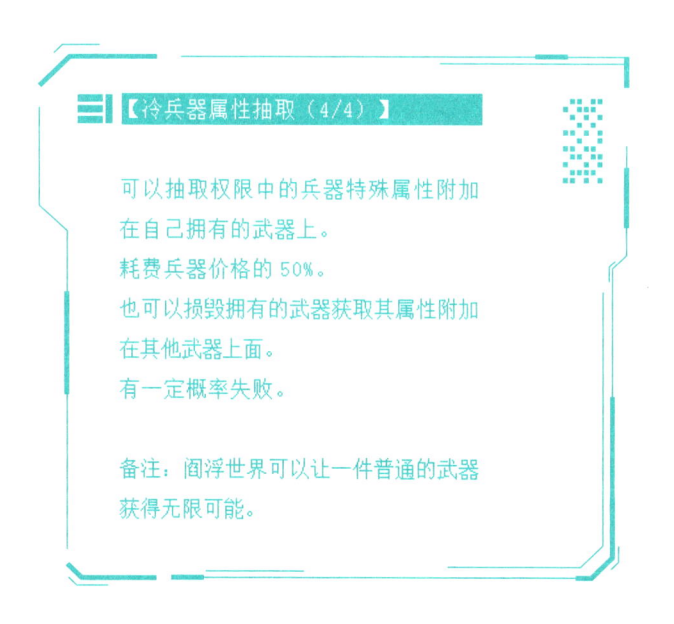

> 【冷兵器属性抽取（4/4）】
>
> 可以抽取权限中的兵器特殊属性附加在自己拥有的武器上。
> 耗费兵器价格的50%。
> 也可以损毁拥有的武器获取其属性附加在其他武器上面。
> 有一定概率失败。
>
> 备注：阎浮世界可以让一件普通的武器获得无限可能。

李阊眼前一亮，蜻蜓切的特殊属性和虎头枪的契合程度高得出奇。

【枪铓牙】

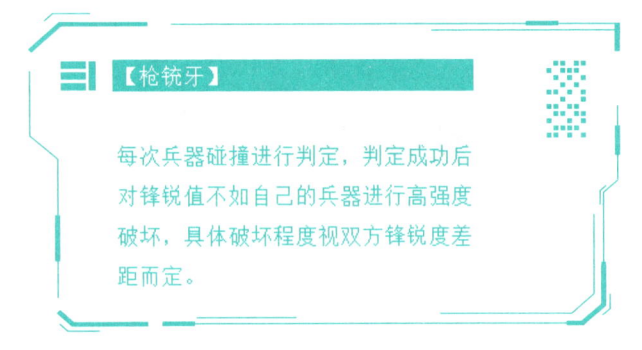

每次兵器碰撞进行判定，判定成功后对锋锐值不如自己的兵器进行高强度破坏，具体破坏程度视双方锋锐度差距而定。

虽然虎头大枪只有两个空缺的属性位置，没有任何特殊属性，可它的锋锐度却高达100，配上枪铓牙，可以说是如虎添翼。自己刚刚收获的幼年睚眦虫牙，也正好用得上。

李阁认真翻看起上面的列表，最终锁定在几把兵器上。

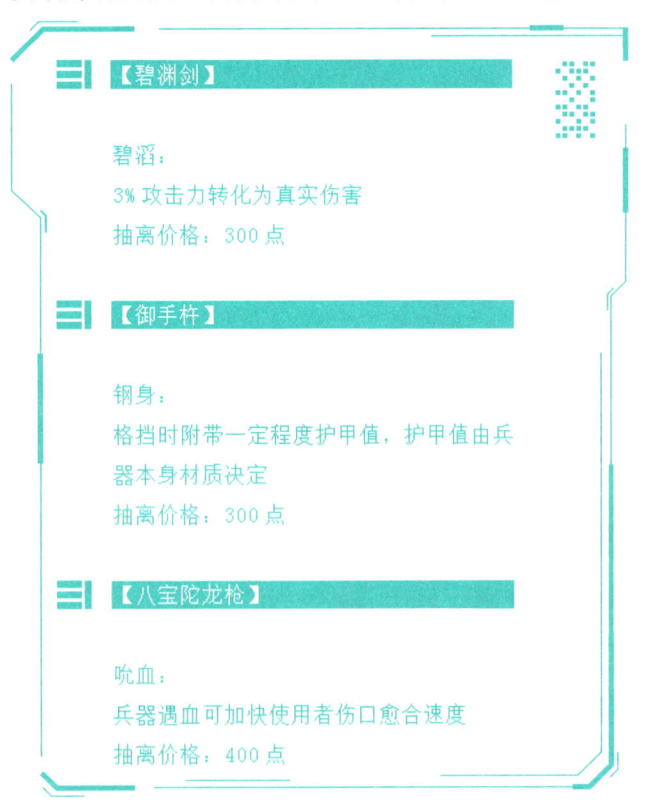

【碧渊剑】

碧滔：
3%攻击力转化为真实伤害
抽离价格：300点

【御手杵】

钢身：
格挡时附带一定程度护甲值，护甲值由兵器本身材质决定
抽离价格：300点

【八宝陀龙枪】

吮血：
兵器遇血可加快使用者伤口愈合速度
抽离价格：400点

这就是李阎准备抽离的几个属性,不过让他比较纠结的是睚眦虫牙的用法。

考虑了一会儿,李阎还是把虫牙用在了环龙剑上。他对于这把汉剑还是比较偏爱的。碧渊剑的属性全面压制环龙剑,可李阎用上去就是没有环龙剑顺手,这个东西没有道理可讲。

至于为什么不全都用在虎头大枪上,则是出于适用性的考虑。三米长的虎头大枪在较为辽阔的地带,无论步骑都所向披靡,可在狭窄的地带未免就施展不开。所以李阎还是需要环龙剑的。

睚眦虫牙质地偏软,使用方式是磨碎并且涂抹在兵器表面,大概一炷香的时间就完成了。李阎耗费了1000点阎浮点数,损毁了蜻蜓切,并把碧滔、吮血两道属性附到了环龙剑上,把钢身、枪铳牙附给了虎头大枪。

环龙剑原本就晦暗的血槽变得漆黑一片,李阎挥动起来,海潮似的剑鸣声响起。反倒是虎头大枪,没有任何变化。

【环龙剑】

品质:普通

锋锐度:15(睚眦虫牙附带5,品质精良以上无效)

属性:碧滔、吮血

【錾金虎头枪】

品质:稀有

锋锐度:100!

属性:枪铳牙、钢身

李阎摩挲着白金色的枪身，接着查看自己的购买权限。

> 精华类
>
> 【二级东瀛刀术精华】……

除开某些对李阎来说明显不入眼的，比如近战精华（柳生新阴流）、枪术精华，等等，李阎觉得对自己有所裨益的还是下面这个。

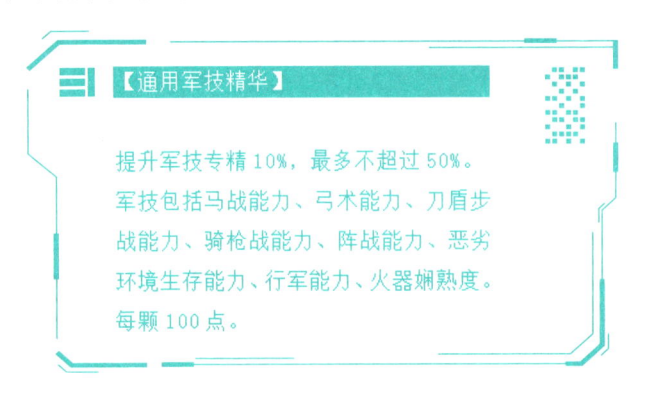

> 【通用军技精华】
>
> 提升军技专精10%，最多不超过50%。军技包括马战能力、弓术能力、刀盾步战能力、骑枪战能力、阵战能力、恶劣环境生存能力、行军能力、火器娴熟度。每颗100点。

他购买了五颗通用军技精华，所图的不是其中的正面对战能力，而是战时辅助技能。和刁瞎眼等人一路相处过来，李阎不得不承认，自己面对较为复杂的环境时，表现远不如那些摸爬滚打过来的老兵。比如对天气、地形、敌人踪迹的侦察，可食用植物的辨认，生火，甚至简便又结实的绳结等。

有件事非常值得一提。专精的种类本身极为驳杂，涵盖的广度也不同，大类别的专精很多时候可以涵盖小类别的专精，两个广度很大的专精也有可能彼此涵盖。如果一个人从小只练习一套太祖长拳，那么他的专精显示就会是太祖长拳而不是古武术，武术所包含的，远远不是几套拳法或者几门兵器而已。

李阎的古武术专精高达93%，其中的八卦掌技艺步伐、独门兵器、桓侯枪术、斗剑母架，还包括一些中医术知识，乃至北方基本已经失传的狮艺等，是一个大的类别。饶是如此，仍然有很多可以归到古武术框架当中的技艺是李阎现在所不熟悉的。

比如马术。李阎在初入壬辰的时候，阎浮曾经暂时赋予他70%马术专精，归入了他的古武术专精当中。又比如弓术，这同样是李阎不熟悉的。更别说还有其他武术门派的兵器演打方式等。

换言之，古武术是一个非常大的类别。军技也是如此，田猎、射击、号旗、舞蠹、操械，等等。如果同时学习军技和古武术两门广度极高的专精，其中不免有些重叠部分是李阎已经学会的，比如骑战斗枪术等，可这并非浪费，而是会增加专精突破峰值的可能性。

就像现在的李阎。他的专精显示为："古武术93%，热武器38%，军技50%。"其中涵盖的操弓马术、侦察等，不必赘述。

接下来的火器军械类让李阎皱紧眉头，这些对李阎来说并不适合，都是战阵军械和铠甲一类的东西。比如李阎曾经见识过的偏厢车、毒火天鸦、虎蹲炮、百连猛虎齐奔箭，等等，有一定的使用要求。比如军技专精，战场上杀伤力强，精度差。貘说过，倮类传承长于器物，想必这些就是倮类传承所需要的了。

不对。李阎立即否认了自己这个想法。在较为细腻的个人对抗当中，这些东西完全不如精悍的枪支，精度太低。只要地形辽阔，凭借李阎现在的身手，基本没有被这些东西命中的可能。

感觉上，这些更适合用来打仗，乃至攻坚，根本不适合一个个单打独斗、雇佣兵似的阎浮行走。

李阎立即反应过来，谁规定阎浮行走一定是雇佣兵性质的超人呢？貘说传承有十类。就后来李阎在网上查到的资料看，天地人神鬼为五仙，倮鳞羽毛介为五虫，如果五虫获得像"钩星"这样强力的状态，走的是个人能力路线，那五仙……

种田流吗？李阎脸上流露出一丝笑意。不以个人能力见长，而是建立自己的根据地然后发展势力，确实像所谓的种田流。

当然，这只是李阎的想法，至于到底对不对，以后自然能验证。现在还是看完自己的购买权限吧。李阎完成壬辰事件之后的点数是 5850，强化兵器和购买专精以后还剩下 4350。他有种感觉，在至少三次阎浮事件之内，自己一次是获取不了这么多的点数的。余束看似不声不响，可是如果没有她的帮助，李阎恐怕很难活着走下战场。

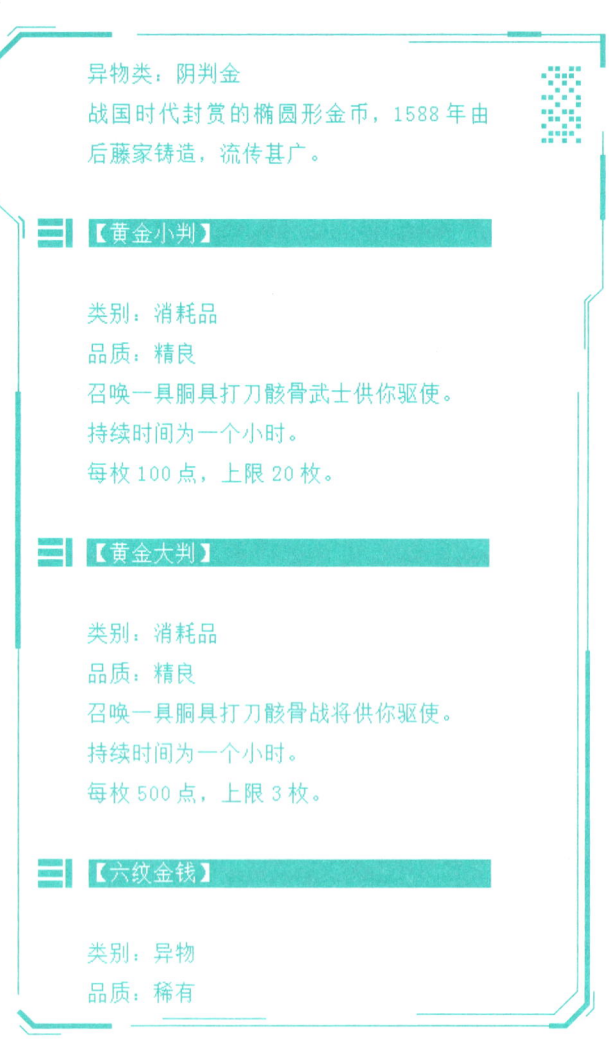

异物类：阴判金
战国时代封赏的椭圆形金币，1588 年由后藤家铸造，流传甚广。

【黄金小判】

类别：消耗品
品质：精良
召唤一具胴具打刀骸骨武士供你驱使。
持续时间为一个小时。
每枚 100 点，上限 20 枚。

【黄金大判】

类别：消耗品
品质：精良
召唤一具胴具打刀骸骨战将供你驱使。
持续时间为一个小时。
每枚 500 点，上限 3 枚。

【六纹金钱】

类别：异物
品质：稀有

召唤一具黑骑鬼供你驱使，可充能，附带两格灵位，骑鬼占据一格。
1500点，仅一枚。

旗帜类：

【大明黑色龙纹旗】

在插旗范围100米内，所有友军获得"强愈"状态，加快伤口的愈合，并每隔一段时间驱散行走身上的一项负面状态。
500点。

【立葵纹幡旗】

佩戴后获得枪术类10%加成，对近战类专精80%以上者无效。

【地榆雀纹幡旗】

佩戴后获得剑术类10%加成，对近战类专精80%以上者无效。
……

翻过许多无用的幡旗之后，李阎终于看到一面有点意思的幡旗。

【藤巴纹幡旗】

骸骨类阴物佩戴，会增强其自主意志。
100点。

让李阎意外的是，他明明已经达到了200%极限购买权限评价，竟然还有一些东西是他无法购买的，上面写着要完成特殊阎浮事件才能解锁，这是之前李阎粗略浏览时没有注意到的。

这些暗下来的权限当中，甚至不乏"传说"这样的字样，阿肽手中的"上霄通宝紫金九神焰篆"赫然在列。但详细追问，阎浮只给出了两个词眼："九州妖国""龙虎山天师道"。

接着是异物类：符箓。整个都是暗下来的，完全不能购买。然后是技能卷轴类。

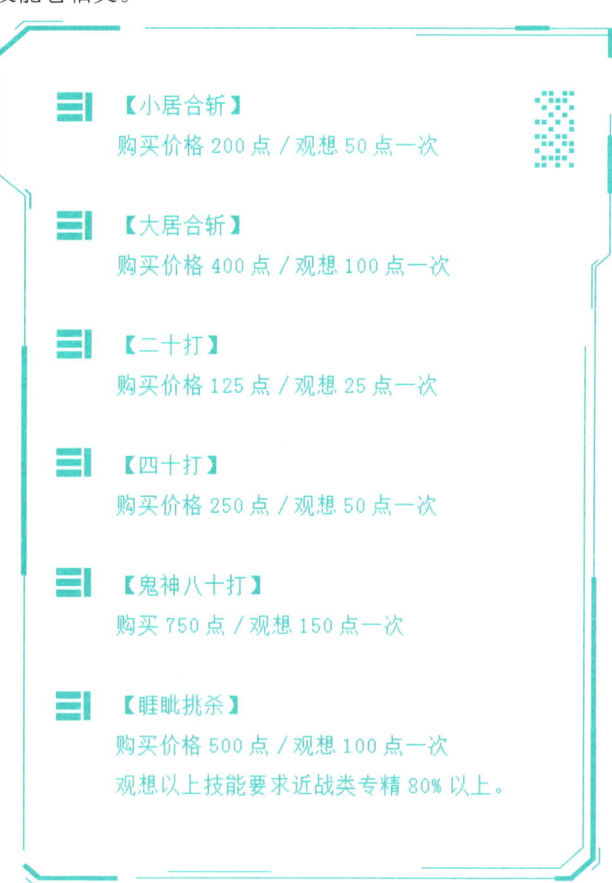

【小居合斩】
购买价格 200 点 / 观想 50 点一次

【大居合斩】
购买价格 400 点 / 观想 100 点一次

【二十打】
购买价格 125 点 / 观想 25 点一次

【四十打】
购买价格 250 点 / 观想 50 点一次

【鬼神八十打】
购买 750 点 / 观想 150 点一次

【睚眦挑杀】
购买价格 500 点 / 观想 100 点一次
观想以上技能要求近战类专精80%以上。

以上次的气愈术举例，李阎没有相关的专精支撑，只能通过购买获得，观想的选项不会出现。

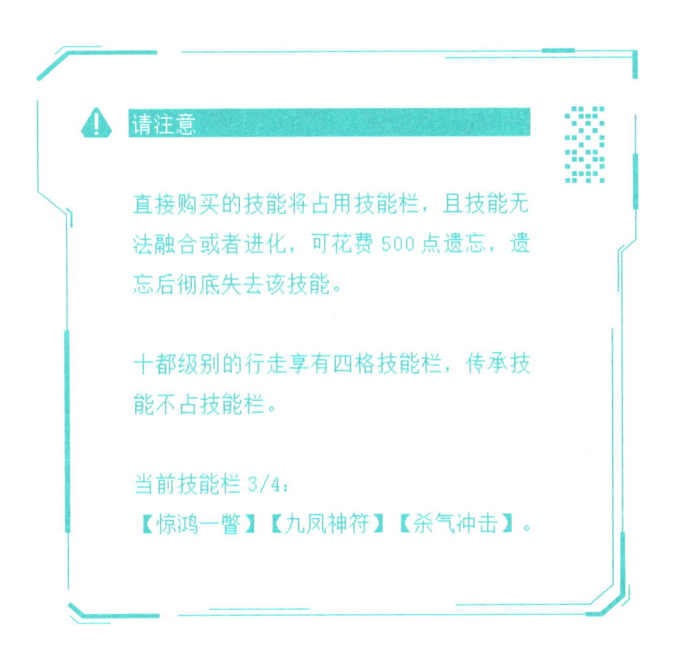

> ⚠ **请注意**
>
> 直接购买的技能将占用技能栏，且技能无法融合或者进化，可花费 500 点遗忘，遗忘后彻底失去该技能。
>
> 十都级别的行走享有四格技能栏，传承技能不占技能栏。
>
> 当前技能栏 3/4：
> 【惊鸿一瞥】【九凤神符】【杀气神击】。

对于"观想"，阎浮的解释是对技能的一次深刻体验权，如发动技能时的发力技巧、对精气神的消耗、机能的负担，乃至生死一线间的紧迫感等。观想时可能直接体悟出该技能，甚至旁征侧引、领悟出属于自己的技能。当然，也有可能是无用功。

李阎也并不吝惜。实际上，本多忠胜那手返璞归真的连刺枪术的确让他有惊艳的感觉。何况无论是姑获鸟对攻速的加成，还是碧滔的真实伤害加血蘸这样的组合，都跟鬼神八十打这样的技能非常合拍。

只观想了一次二十打，李阎的脑海中就有轻微的电感，与本多忠胜的枪斗历历在目。他仰手扎出虎头大枪，枪身点在空气中撕扯出数道银亮枪痕，然后收腕，任凭枪痕雪泥鸿爪一般消逝。

李阎舔了舔嘴唇，眼中难掩兴奋之色。他放下大枪，抽出强化过的环龙剑来，海潮击坝似的脆响接连响起。号称刀剑劈砍中耗力最烈的后两指握柄劈法，李阎只一个抖腕的时间，环龙剑就刺出了接近二十剑！

噔！李阎忍不住后退一步，周身顷刻间汗出如浆，他缓了一口气，倒也没什么大碍。

观想，这是水磨功夫啊。

李阎非但不沮丧，反而觉得振奋异常。说句不客气的话，进入阎浮之前，能指点李阎剑术的人已经不多。获得了钩星状态以后，他颇有些拔剑四顾心茫然的意思。毕竟，也没听说那些了不起的老一辈武术家有李阎这般光怪陆离的经历。

而观想则为李阎指了一条明路。

只是，想从上面的四个技能观想中体悟出一点自己的东西，李阎还需要时间，以及大量的阎浮点数。至于购买，李阎不作考虑，因为只有专精达到一定水准时，解锁相对应类型的技能才会有观想的选项。如果以后自己有需要，但是专精达不到观想要求的技能，那时再耗费那格技能栏也不迟。

最后，阎浮故事罐子。

就是上次被坑过一次之后，所谓能开出一切梦幻之物的阎浮罐子，李阎基本不抱什么太大的希望。可是人就是这样，有时候不耍两把难受，况且50点也在李阎的接受范围以内。可以再试一次，万一真开出什么好东西呢？

依旧是椭圆形的茶叶罐子，李阎捏碎开来，柔和的光彩不断膨胀，接着不断收缩。李阎只觉得手上突然一沉，一件黑色的风衣落在了自己手上，样式破旧，但是看着就让人脑补出20世纪90年代游荡在美国迈阿密街头的流浪汉。李阎掀开衣领，竟然在内兜发现了一根……胡萝卜？！

【史密斯的长风衣】

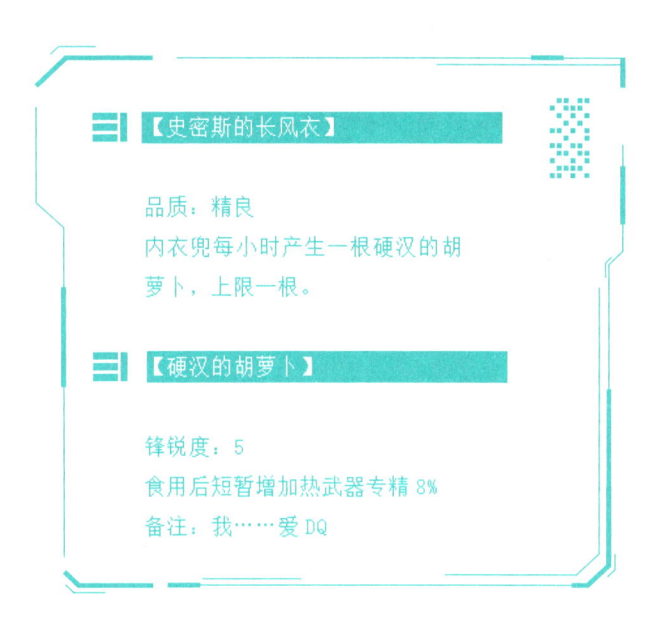

品质：精良
内衣兜每小时产生一根硬汉的胡萝卜，上限一根。

【硬汉的胡萝卜】

锋锐度：5
食用后短暂增加热武器专精8%
备注：我……爱DQ

好像是比上次强一点？

李阎正在纠结，却发现光影底部还有一行小字：

⚠️
完成特殊阎浮事件
"收拢朝鲜野神部队"所获得的购买权限。

李阎下意识地点开，第一行上赫然写着：野神的馈赠！

⚠️
你可以从以下的馈赠中挑选任意三项。
每项花费1点。

由李阎归拢的野神有几百，但是彼此之间的强弱差距极大，所以他们馈赠物品的价值也是如此，而且五花八门，无所不包。比如金岩蛙的馈赠是一把品质稀有的匕首，食甲狐狸送的是一张人皮面具，恩德鹊则赠送了一颗可以增加视力的红果，等等。另外，其实叫"野神的馈赠"也并不准确，因为其中还包括王生等军将的馈赠，大概是弓刀一类的东西。

李阎浏览过后，选出了他觉得价值最高的三样。

【高良那的救命毫毛】

类别：消耗品
被动触发，抵抗一次致命攻击，存在溢出上限。
馈赠者：高良那

【九翅苏都的羽织黑帕】

类别：奇物
召唤100只苏都鸟，可与行走自由交流。
馈赠者：九翅苏都

【苏都鸟】

体重：3克
特性：空中静止，倒退飞行，垂直起落，灵巧闪避，时速100公里。
苏都鸟死亡后无法补充。
馈赠者：九翅苏都

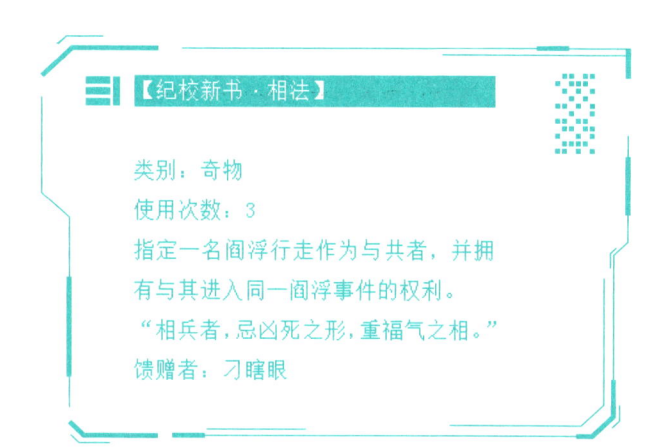

> **【纪校新书·相法】**
>
> 类别：奇物
> 使用次数：3
> 指定一名阎浮行走作为与共者，并拥有与其进入同一阎浮事件的权利。
> "相兵者，忌凶死之形，重福气之相。"
> 馈赠者：刁瞎眼

救命毫毛不必多说。羽织黑帕里的苏都鸟则是探路、追踪、侦察的必备。至于"纪校新书·相法"，李阎也是看到之后才注意到，阎浮之中原来未必都是独行侠。即使彼此之间的关系不是利害一致的与共者，只要能达到同行者的利益底线，几名行走共同进行阎浮事件，执行力不知道比独行侠高出多少。找几个可靠伙计一起，也不必顾忌背后的冷箭。即使是果实中的土著，但像邓天雄、刁瞎眼这样可靠的伙计，并不是每次都能碰到的。

当然，野神馈赠中还是有不少其他好东西的，但是既然做出了选择，也就不必留恋。

也许是出于个人习惯，相比于阴判金、旗帜这样的外物，李阎对那几个技能的观想抱有更大的兴趣，尤其是鬼神八十打。

其实这绝非最优解。阴判金这种消耗品对自身实力没有太大裨益，不过它的短期效果一定在观想技能之上。但是观想技能究竟要投入多少点数，李阎自己心里也没底。所以判金和旗帜这类对李阎来说并不迫切的消耗品，他没有着急购买，而是准备先把阎浮点数用来观想技能，看看效果再做决定。

环龙剑一声嘶鸣，马步沉稳的李阎轻轻吐出一口气，开始了对四十打的观想……

第二章
丹娘

除了必需的吃睡盥洗，接下来的几天，李阎几乎泡在了大院武场里，沉迷于对技能的观想和体悟当中。

居合斩是刀术，和环龙剑以及虎头大枪的相性不和。李阎的观想重点，还是在四十打、鬼神八十打和瞋眄挑杀上。每次耗费点数观想以后，李阎要花几个小时甚至十几个小时的时间去揣摩和练习。其中最有进展的，就得数瞋眄挑杀这个来自宋懿的技能了。或许是因为两人都是涿州枪好手，李阎只需要把属于宋懿的那份印记吃透成为自己的东西就行。

嘭！木屑尘土纷飞，李阎一记枪杆子挑出去，木桩最终承受不住，破碎开来。值得一提的是，李阎手中的可不是虎头大枪，而是自家没开锋的白蜡杆子。

也许是巧合，十都权限赠予李阎的二十立方独立空间，取物方法正是抚摸胸前的混沌文身。环龙剑和虎头枪李阎都放了里面，每到夜深人静，李阎会特地练习从印记中取出武器后瞬间挥砍和戳刺的动作。在李阎看来，这样出其不意的攻击，本身的效力就不在技能之下了。

"那个，三大队的大阎，来队里头拿你的邮件。快点，大喇叭喊累了……"

"三大队的大阎……大喇叭都喊累了……"

李阎抹了把汗，把杆子一扔，往院子外面走去。

丁零零，李阎推开自己朱红色的大门，冲着骑着半旧不新的凤凰牌自行车路过的中年妇人点头："婶儿，出去啊。"

"大阎啊。"脸蛋黑中透红的中年女人脚面踩地,"吗时候回来的?"

"有一阵儿了。"

"走啊,上家看看你伯伯去?"

"有事儿,回头。"

咚咚。

李阎扫了一眼屋里头,还是老几样儿,墙上挂着字画,办公桌,盆景,饮水机,就是办公椅上的人看着眼生。

"大阎哥?"在桌子边上玩手机的姑娘一抬眼,看见李阎,先是眨了眨眼睛,然后一口叫了出来。

"大玉儿?"李阎依稀辨认出来,"赵金虎呢?你怎么在这儿?"

"撸了。我这不是大学生村官吗?大阎哥你坐,我给你倒杯水。"这姑娘啪地站起来,往地上一戳足有一米七五。

"不用了,我拿完件儿就走。"

"哦,你等会儿啊。"

李阎在镇上待到十五岁,其间也回来过几次,对镇上这些人的感情很深。这姑娘小名叫大玉儿,小时候梳两个牛角辫子,不好看,至少当时看港片陈宝莲、李丽珍的少年李阎觉得不好看。不过小时候李阎好像帮她出头,跟邻村的浑小子打过架。嗯,自己那时候最浑。

不过现在看上去,小姑娘出落得水灵多了,瓜子脸白面皮,一双眼睛如秋水如寒星,像是白水银里养着两丸黑珍珠,笑起来很清爽,身段也不错。李阎暗自点头。

"哥,你的件儿。"大玉儿把手伸过来。

"行,谢了啊。"李阎接过来转身往外走,玉儿张了张嘴,李阎已经推门出去了。她睫毛眨了眨,没出声。

"大阎，吗时候回来的？"把自行车往院里头的槐树下一摆，戴着黑色皮帽子的男人喊了一嗓子，呼出满口的白气。男人五十多岁，身材魁梧，面容刚毅，两道浓眉立着，带着几分匪气。

"得有一阵了吧，四伯。"

"回来干吗？别见天的不干正事儿。"

李阎乐呵呵地答应着，从兜里拿出一盒玉溪跟男人递过去："这不想您了嘛。"

这人是李阎父亲的把兄弟，这边叫盟兄弟。小时候李阎惹事儿，都是他往外领人。李阎之前患病的事只有身边几个人知道，他也无意徒惹人悲，此刻却省了好大的麻烦。

"后晌上我家去，听见没？我让你婶弄点河蟹，咱爷俩喝两盅。"

"行。"李阎答应得很爽快。

男人的脸上有柔和的神色一闪而逝。他这辈子就生了俩闺女，从小是把李阎当儿子看的，李阎回来他嘴上不说，但是心里头是高兴的。

"对了大阎。"

"四伯你说。"

"搞对象了吗，伯给你介绍一个？"

"吗玩意儿？"

男人往屋里头努了努嘴。

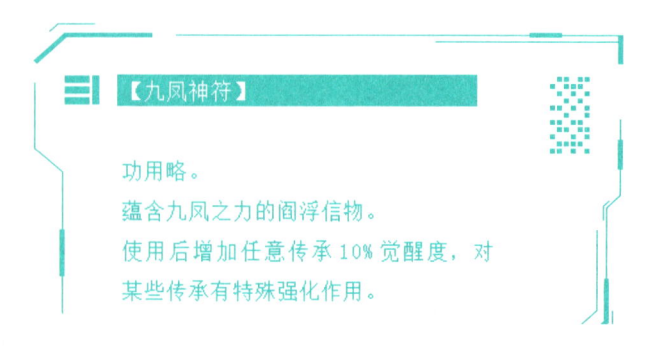

【九凤神符】

功用略。
蕴含九凤之力的阎浮信物。
使用后增加任意传承10%觉醒度，对某些传承有特殊强化作用。

> 备注：大荒之中，有山名曰北极天柜，海水北注焉。有神，九首人面鸟身，名曰九凤。
>
> ——《山海经·大荒北经》

⚠ 你的传承姑获鸟之灵吞噬了九凤之力！

⚠ 姑获鸟之灵当前觉醒度为 39%+7%。

⚠ 尝试突破 40% 峰值需要耗费 10% 额外觉醒度，当前额外觉醒度 7%。此后每多 5% 觉醒度，成功概率增加 10%，耗费 35% 额外觉醒度必定突破。
使用其他方式突破返还额外觉醒度。
突破 40% 峰值需要二十刻龙虎气。

⚠ 你的血蘸技能暂时沉睡，下次阎浮事件之前必然觉醒并强化。

李阎的双眼之中泛着淡淡的红色，龙虎气所化的白色幼虎围绕着他转了几圈，兀自打了个哈欠，神色疲惫。

李阎坐在沙发上，拿起茶碗连喝了几碗凉水，忽然抓起了桌上的红色葫芦。这是余束给李阎的，说是与他两清的谢礼。之前余束答应过，会让他更快接触更高的门槛，李阎想来是跟突破峰值有关。

啵，李阎虚着眼睛去扒葫芦口，一阵黑光猛地包裹了他，紧接着李阎就感觉有白花花的东西往自己身上一撞！馥郁的香气让李阎脑子一激灵，猝不及防之下，喉咙一阵发紧。

女人的脸红得能滴下血来，一双原本温婉美丽、此刻却充斥着羞愤之意的眼睛死死盯着李阎，柔若无骨的手掌掐住他的脖子。

"我跟你拼了！"

李阎额头青筋暴起，脸憋得通红。他的眼角只能看到女人精致雪白的锁骨，想出声的喉咙却更紧了几分，只能发出咯咯的声音。

砰！砰！砰！

此刻李阎老院的大门外头，细嫩的巴掌正卖力地拍打着铁环。

"大阎哥，我妈让我给你送两斤青果，大阎哥！"大玉儿瞥了一眼微笑地站在一边、穿着一身长风衣的女人，手上不自觉加了几分力气。

其实在这个年纪的姑娘里，大玉儿对自己的模样还是挺有自信的，不比这个穿风衣的女人差。可是两个人站在一起，她就是觉得自己矮了一头。这种差距并不在长相，而是别的什么。

"是不是不在家？"女人问了一句。

"上午还在的。"大玉儿回答说，"那个，姐，你找大阎哥有什么事吗？"她对着这个路上遇到的女人问道。

"朋友，拜访而已。"

"哦。"大玉儿答应了一声。

一阵焊铁转动声传入，门缓缓打开。

"大阎哥。"

李阎点点头，勉强笑了笑，没着急开门，看了旁边站着的雷晶一眼。

"还是上次的事儿？"

大玉儿好奇地看了一眼女人。这妮子心眼多着呢，李阎就这么不咸不淡地说了一句,她心里头憋的那股子酸劲儿就去了大半。

雷晶往前走了两步,邻家院子里传来阵阵犬吠。

"师哥,不如我们进去说。"

"天快黑了,你一个人来的?"李阎面色自然地问道。

"车进不来,白叔在道边等着。"

"来都来了,让他进来喝杯水嘛,那车还能丢了?你去叫他。"李阎大方地挥挥手。

"唔,好。"雷晶没多说什么,转身往胡同外面走去。

"谢谢二姨了啊。"李阎把一塑料袋青果接过来,压低声音对女孩说,"家里来亲戚了,你先回去。"

"哦。"大玉儿眼珠转了转,有些不情愿地看了看胡同外面的雷晶。她看李阎面色严肃也没坚持,足尖无意地踢打着路面,默默地离开了。

眼瞅着大玉儿离开,门前终于空了下来,李阎着急忙慌地回头看了一眼。屋里头的女人手掌扒着铝合金门窗和李阎对视,如画的眉头颦着,神色复杂地冲李阎摇了摇头。

"师哥。"

"啊?"李阎回头,雷晶和脸色冷峻的平头男人站在他眼前。

"哦,我想了想,来者是客,家里头米面粮油啥都没有不像话,也到饭点了,咱出去吃一顿。"

雷晶不着痕迹地歪了歪脸蛋,只是微笑着说:"好。"

"等我把东西放下啊。"李阎把门一关几步进了客厅,看着缩在一角的女人。

屋子里头凌乱不堪,一柜子的衣服都被翻了出来,散落得到处都是。

女人的手掐着一柄水果刀,上半身穿着宽大的淡蓝色男士衬衫,下半身穿着从柜底翻出来的掐银丝青缎的绫裙,这可是李阎太奶奶时候的物件了。她柔艳的脸蛋上满是局促，牙齿咬着下唇，戒备的眼睛像是雌兽。

正是摄山女。

"摄山女大人，其实我跟那个女人不熟，眼下这个局面我也是始料未及……"

李阁努力让自己不打磕巴。他不是没想过余束的葫芦里是什么稀奇古怪的东西，甚至做好了面对危险的准备，只是没想到葫芦里是一个女人，一个浑身上下一丝不挂的女人。

"你肯定喜欢"，余束上翘的嘴角还历历在目。

"我……我先出去，你冷静一下我们再谈。"李阁放下青果，面对摄山女一步步往后退。

摄山女目送着李阁离去，好一会儿，当啷一声刀子落地，她把脸埋进衣领里，久久无语。

熟食和蔬菜列满柜台，泛着气泡的方形鱼缸里各色鲜活的鱼游来游去，进门的酒柜边上是一个金色的招财猫。利落的小姑娘拿起便利笺和圆珠笔走过来："吃吗您嘞？"

三人找了个靠窗的位置，李阁伸手指了指雷晶。女人环视了一圈热气缭绕的饭店，脸上带着浅笑："上几个招牌就行，一壶茶水。"

姑娘垂着眼睛在笺上写着什么，一收笔抹头就走，扔下一句："茶水桌上有，我给你们添壶热水。"

平头男人一如既往地保持缄默，只是无意间看向李阁的眼光多了几分忌惮。说来也是怪事，那天在音像店见过李阁，平头男人当晚就做了一个怪梦，梦见自己站在音像店门口朝沙发上坐着的李阁悍然出手，过程已经记不清了，他只记得最后眼前一黑之前，朝自己太阳穴踢来的那撼如雷霆的一脚和男人桀骜凶戾的神色。

"小地方没什么好吃的，见笑了。"李阁有点不好意思地挠了挠头，笑容温和。镇上的馆子还是有几家的，这家就算不错，可说是请雷晶的馆子，多少有点跌份。

"啊？我觉得挺好的，不过我节食，这又都是荤菜，师哥你可得多吃点。"

"好，我一定。"李阎哈哈一笑。今时不同往日，那时节的他是枯冢中待死的病虎，此刻却是入海的猛龙。虽然他打心眼里不愿意掺和国术协会狗屁倒灶的烂事，雷晶这个女人的城府脾性也不太合李阎的眼光，但是诸葛亮也才让刘备请了三次，本来也是举手之劳，雷晶的心意很足，何况还有老头子的一份情面在，李阎也不太说得出拒绝的话来。

雷晶敲了敲拇指，又说道："师兄的气色看上去好多了。"

"朋友介绍的中医，有起色。"

"真的？中医，这……能行吗？"雷晶惊喜的样子不像装的。

"如果你说的还是上次的事儿，我想我可以替你想想办法。"李阎说话很直接。

雷晶眼前一亮，又有点不好意思地说道："其实上次之后，我也不太想再叨扰师哥。这次我来，是因为我联系了NMDP（美国国家骨髓捐赠计划）的朋友，人已经到了北京，想让师哥过去试一试。另一方面，"顿了顿，雷晶接着说，"我找到了一位北方的国术师傅，想让师哥看一看水准如何。当然，师哥您愿意帮忙，是最好不过。"

"行，没问题。"李阎想想也是，自己摆明患病，即使愿意帮忙，雷晶也不一定放心。说起来人家尽心尽力给自己联系美国方面的骨髓库，这份人情不可谓不大，做事情这么周到又让人舒服，李阎实在没什么可挑理的。

门一开，馆子里下单的姑娘一手端一个盘子走了进来。大拌菜、水煮鱼、干煸鱿鱼丝、京酱肉丝。色泽浓厚，量大份足。

"谁啊？北方武术圈子就这么大，你说出来，有水平的我多少应该听过一点名头。"李阎招呼着两人动筷子。

雷晶从包里抽出一张相片递给李阎。照片上是一个十八九岁的少年，皮肤白皙，面容俊美，双眼狭长，薄嘴唇，显得有些阴沉。李阎扑哧一笑。

"师兄，是不是年轻了点？"雷晶显得有点不放心。

"师妹。"

"啊？"

"你这拨稳了。"

等李阎走到家门口，天已经快黑了，他拎着两个饭盒站在台阶前头，好一会儿才哑然失笑。他推门往里走，院子里架子上的杆子摆放得井井有条，水缸蓄满了水，晾衣架上是洗干净的汗衫，窗沿上厚厚的尘土也被擦得干干净净。客厅的大灯亮着，地上的瓷砖锃光瓦亮。

摄山女坐在沙发上，手指轻轻地剥开青果壳，茶色果冻似的皮蛋颤巍巍地一点点消失在女人的嘴里。

"那个，没吃呢？"李阎把饭盒放在茶几上，两人四目相对。

女人一言不发，只是默默地看着李阎，眸子的底色没有丝毫涟漪。

"将军，你不是明人。"摄山女穿着李阎的蓝色衬衫，下面换了黑色的九分裤，因为不太合身，两只蓝色的衣袖耷拉出一块，裤脚则露出脚踝，让这个初见时柔美馥郁的妇人显得干净清丽。只能说，衣服的搭配对女人来说是本能。

"严格来说的确不是。"李阎把饭盒推到摄山女面前。

他摸不准这名号称百余年未曾踏出过摄山半步的野神实力究竟如何。当初荒屋中初见摄山女，惊鸿一瞥也看不出她的伪装，龙虎气强化以后的九翅苏都和牛头旃檀也做不到这一点。可这次再见到她，摄山女的表现和一般女人无二，只是力气要大上很多。

三 摄山女，灵力枯竭的阴神

"我有办法把你送回去，不过需要时间。"

摄山女长长的睫毛颤了颤。

"回去……"她认真地看着李阎，"我可以离开这个院子吗？"

"随时可以。"

摄山女站了起来，李阎以为她要走，心里头盘算着留下她的话，没想到她弯腰从茶几底下掏出一台巴掌大小的红色收音机。

"没声音了，一开始能响的。"她有点不好意思地对李阎说。

"电池没电了吧。"李阎把收音机拿起来摁了摁开关，从抽屉里拿出两节电池换了上去。

沙沙的声音响了起来，内容好像是实况足球直播。摄山女侧着耳朵听了一会儿："一开始不是这个人。"她忽然仰起脸问正在喝水的李阎，一双眼睛黑白分明。

咕噜咕噜，李阎一边吞咽着热水一边看着摄山女，直到把水喝干净放下茶杯，才对着女人豁然一笑。

摄山女没再提别的事，关于李阎，关于太岁，甚至关于这里是哪儿。她什么都不问，只是看书，听收音机，看电视，学着用洗衣机，学着用电锅炒菜。

大多数时间她都很安静。李阎在院子里练习枪术和剑术，她有时候在旁边看，有时候自己听收音机。李阎给她买了一部手机，她又学着上网。只是细节李阎就不关心了。

院子里多出一个女人，这其实没有李阎一开始想象的那么糟糕。在摄山女面前，李阎没有秘密必须遮掩。宅子够大，摄山女也不需要入眠，进食是兴趣，男女共处的尴尬事儿一概没有。

而自从有了一个细心的女人照料，李阎觉得自己懒了很多。唯一的烦恼大概就是周围多了些闲话，好像是从摄山女常去的菜市场流传开的。李阎本就无意遮掩她的存在，甚至这两天在联系熟人想给摄山女办张身份证。

两周之后的下午，盖着浮土的大院中央。

力道贯穿李阎流水一般的肌肉，发出一声脆响，白金色的枪头像是抖开须发的猛虎高扑涧水，铁声不知从何而起，经久不绝。

在李阎视网膜前的那行观想列表中，睚眦挑杀已经灰暗下去，这代表李阎对这一技能的体悟已经到达上限。

成了！

不过李阎能感觉得到，自己体悟出的这记挑扎枪技和宋懿的风格截然不同。睚眦挑杀是宋懿多年马战厮杀练就的先手杀招，威力不俗。而技击出身的李阎用出这一招来，其要点不是猛，而是快！同样是先手，宋懿的睚眦挑杀讲究一击必杀，而李阎的这记挑扎，却旨在打乱敌人的攻势，破开敌人空门，挑扎本身威力不大，但紧随其后如潮水一般的攻势才是杀招。

这一招被李阎命名为：虎挑。

从价值 500 点的睚眦挑杀中领悟虎挑，李阎只花了 300 点。

也许是因为从小热爱双截龙和拳皇，李阎已经迫不及待想尝试自己的"连招"了。

血蘸 + 虎挑 + 鬼神八十打 + 血蘸伤害爆发！

不过，四十打，乃至鬼神八十打的观想则并不顺利。李阎已经在这两个技能上投入了 1000 点阎浮点数，足够把两个技能都买下来，四十打的选项也已经灰暗，无法继续体悟，但进度却并不能让李阎满足。现在的他勉强可以用出本多忠胜死前那惊艳如同乍破水浆的连绵枪术，可对体力和精力消耗太大，只使用一次，李阎的太阳穴就一阵阵发疼,这让他大为不满。

就差临门一脚,李阎却不知道这一脚该往哪个方向踹出去。

李阎的练习告一段落,同时,他也确定了自己的购买事项。归拢一下他这次点数花费,回归奖励加剩余点数共6550点,固化马术专精花费700点,强化兵器花费1000点,通用军技花费500点,五枚黄金小判、一枚黄金大判1000点,观想技能花费1300点,购买六纹金钱花费1500点,大明黑色龙旗耗费500点,还剩下50点。

同时,李阎把自己除了鬼神八十打以外获得的所有权限统统挂在了拍卖行上,大多数的权限竟然也都以购买价格的10%卖了出去,最后入账700多点。

其实这也从侧面证实了李阎的想法。单打独斗的行走,至少有一半的权限是没有购买需求的,如果阎浮当中全是李阎这样的行走,那么购买权限就肯定会滞销。但事实却是,只要实用,购买权限在拍卖行就属于热销货。李阎就看到一颗断肢再续的丹丸,单单购买权限就要2000点,而阎浮回归有花费点数治愈外伤的功能,所以这颗丹丸一定是给别人用的。

此外,三十刻的龙虎气上限,李阎花费了二十刻龙虎气画九凤神符,在下次阎浮事件之前,两个月的时间会再带给李阎十刻龙虎气,二十刻的龙虎气足够让李阎突破姑获鸟第一次峰值。而此后每四个月,李阎都会获得二十刻龙虎气,足够他再画一道九凤神符。也就是说,以后每两次阎浮事件,即使什么都不干,李阎都会有10%的觉醒度提升!

从不到"十都"一半的实力,到不算各种底牌、单凭姑获鸟39%觉醒度就稳稳达到"十都",并且能保证自己平稳达到下一次69%的觉醒度峰值瓶颈,壬辰一战李阎收获之大,可见一斑。

最后,在那颗摄山女收拾东西时"不小心"打碎的红色酒葫芦里面，余束还留下了一块银色的金属块。

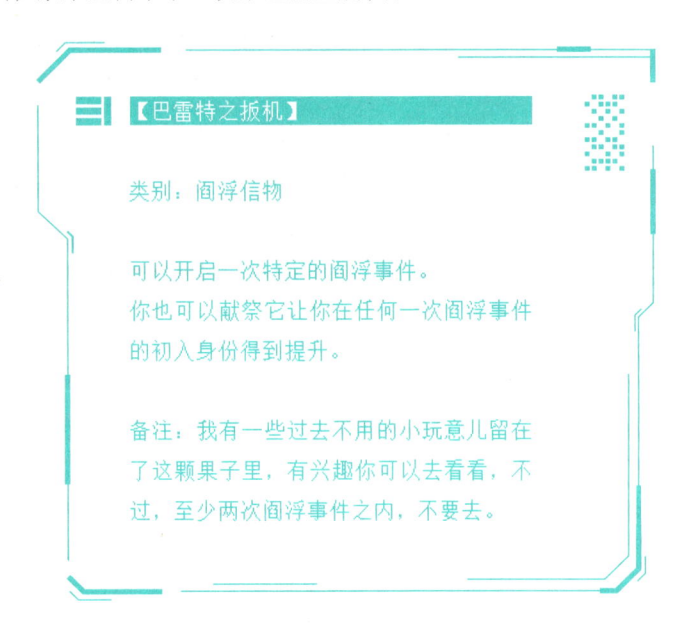

【巴雷特之扳机】

类别：阎浮信物

可以开启一次特定的阎浮事件。
你也可以献祭它让你在任何一次阎浮事件的初入身份得到提升。

备注：我有一些过去不用的小玩意儿留在了这颗果子里，有兴趣你可以去看看，不过，至少两次阎浮事件之内，不要去。

想着这些，李阎收了虎头大枪，走到屋里头坐在阳台上听收音机的摄山女身边："摄山女大人这样的称呼太生分了，你有别的名字吗？"

摄山女偏过头看向一身大汗的李阎，轻轻摇头。

"你让我想想。"摄山女掏出手机，食指戳着屏幕，好像在查字典。

李阎用手指抹去脸颊的汗水，看着盈盈盯着屏幕的摄山女，脑子杂七杂八的，倒忽然想起雨师妾的那句"好自为之"。他下意识地翘了翘嘴角。什么全体阎浮行走的怒火只是扯淡，别人不说，那位雨师妾对待李阎的态度就相当暧昧。不过自己受到了一些资深行走的迁怒应该是不假的，而这些人，不大不小地掌握着一些能给自己带来麻烦的"权限"。

兵来将挡，水来土掩。往前的路，是需要人自己走出来的。收音机里适时传来男人深沉的朗诵，是尼采的《偶像的黄昏》。

"那些杀不死我的，终将让我变得更强。"

"你觉得温言怎么样？"摄山女抬起头。

"温言？和你不太搭。"

"这样啊。我喜欢侠气一点的，让我再想想……"

摄山女又低下头，认真地翻动屏幕。

这时李阎脱口而出："不如叫丹娘？"

女人手指一停，眸子里折映的满是夕阳的华彩。

"好啊。"

⚠ 匹夫未折志，中流万古刀

检测到行走所在地——天·甲子九
已扫描附近系统，即将开启新篇章——《京城夜沸》
投放区域：燕都，东经 40 度，北纬 115 度
果实难度：Hard（困难）模式
系统加载中……

阎浮祝各位行走旅程愉快。
跨越山海，再会有期。

从姑获鸟开始

作者_活儿该

产品经理_高玄月　装帧设计_星野　产品总监_夏言
技术编辑_顾逸飞　责任印制_刘淼　出品人_吴涛

营销团队_毛婷　魏洋　礼佳怡　陈玉婷

鸣谢（排名不分先后）

果麦
www.guomai.cn

以微小的力量推动文明

图书在版编目（CIP）数据

从姑获鸟开始 / 活儿该著. -- 成都：四川文艺出版社，2023.12
ISBN 978-7-5411-6745-4

Ⅰ.①从… Ⅱ.①活… Ⅲ.①长篇小说—中国—当代 Ⅳ.①I247.5

中国国家版本馆CIP数据核字(2023)第159206号

CONG GUHUONIAO KAISHI
从姑获鸟开始

活儿该 著

出 品 人	谭清洁
产品经理	高玄月
责任编辑	陈雪媛
装帧设计	星　野
插画设计	也　斋
封面题字	宗　宏
卡牌题字	霍一德
责任校对	段　敏
出版发行	四川文艺出版社（成都市锦江区三色路238号）
网　　址	www.scwys.com
电　　话	021-64386496（发行部）　028-86361781（编辑部）
印　　刷	北京盛通印刷股份有限公司
成品尺寸	145mm×210mm
开　　本	32开
印　　张	15
字　　数	400千
印　　数	1-32,000
版　　次	2023年12月第一版
印　　次	2023年12月第一次印刷
书　　号	ISBN 978-7-5411-6745-4
定　　价	88.00元

版权所有　侵权必究。如发现印装质量问题影响阅读，请联系021-64386496调换。